天涯文库

本书受到海南师范大学中国语言文学省级A类重点学科、中国语言文学一级学科博士点资助
海南省哲学社会科学2017年规划课题【HNSK（YB）17－43】

林希逸《三子口义》及其文艺思想研究

郑天熙　著

中国出版集团　東方出版中心

图书在版编目（CIP）数据

林希逸《三子口义》及其文艺思想研究 / 郑天熙著
. 一上海：东方出版中心，2022.12
ISBN 978 - 7 - 5473 - 2099 - 0

Ⅰ. ①林… Ⅱ. ①郑… Ⅲ. ①林希逸－文艺思想－研究 Ⅳ. ①I0 - 02

中国版本图书馆 CIP 数据核字（2022）第 219013 号

林希逸《三子口义》及其文艺思想研究

著　　者　郑天熙
策划编辑　潘灵剑
责任编辑　戴浴宇
封面设计　钟　颖

出版发行　东方出版中心有限公司
地　　址　上海市仙霞路 345 号
邮政编码　200336
电　　话　021 - 62417400
印 刷 者　上海万卷印刷股份有限公司

开　　本　890mm × 1240mm　1/32
印　　张　11.625
字　　数　282 千字
版　　次　2022 年 12 月第 1 版
印　　次　2022 年 12 月第 1 次印刷
定　　价　68.00 元

序

李春青

天熙的博士论文要出版了，这是他在北师大三年辛勤耕耘的成果，是很值得庆贺的。一个博士生，短短三年，既要上课，又要阅读大量与博士论文没有直接关系的基础类书籍，参加导师主持的读书会以及一些科研活动，还要写出一部 20 万字以上的博士论文并顺利通过答辩，实在是难上加难的事情。我的许多学生到了答辩结束时都是面容憔悴，像是霜打了的茄子。然而天熙博士却举重若轻，做得很好。记得每周一次的读书会，他每次都做最充分的准备，不仅细读了规定书目，而且还旁及相关文献，所以他总是做最长篇的发言，头头是道，有理有据。更令我惊奇的是，直到毕业之时，他依然还是神采奕奕、笑脸盈盈，总给人以阳光少年的感觉。

天熙的博士论文是以南宋理学家林希逸的《三子口义》为主要研究对象，尝试运用文化诗学的方法对林希逸的理学思想、文艺思想以及两者之间的联系予以阐释。所谓“文化诗学”，正如天熙在博士论文“绪论”中所说，不是美国的格林布拉特和海登·怀特代表的那种新历史主义学说，而是北师大文艺学多年以来探索和实践的一种研究路向，其主旨是把作为研究对象的某种文学观念、文艺思想看作是在具体历史语境中生成演变的动态过程，而不是既成的结论；注意梳理与其他各种社会政治、道德、哲学等文化因素之间的互动关系，特别注重言说主体之人格结构、情感倾向对其话语建构的重要影响。可以说天熙是比较准确地学到了这种文化诗学的研究方法，并且在博士论文中比较成功地运用了。他对林希逸所处时代的整体文化走向有比较清晰的了解，尤其是对彼时思想界“三教合一”以及“理学世俗化”“理学家文人化”的趋势有深刻把握，故而，当他把林希逸置于这一特定文化语境中加以解读时，就顺理成章地勾勒出其一方面站在儒家基本立场上解读老庄，另一方面又援老庄以入儒，从而实际上践行“三教融合”之路的学术轨迹。在此框架之下，他对林希逸“文道并重”文艺思想及其各种具体表现展开深入探讨，从而揭示其“三教融合”思想在文艺思想上的显现。这样的研究就具有了文化诗学所追求的“动态性”和“整体关联性”特征。

博士毕业之后天熙去他的母校华南师大马茂军教授那里做博士后研究，茂军教授正承担着古代选本文献整理方面的国家社科基金重大项目，天熙旋即进入其课题组，从而完成了一个华丽转身：从文学理论转向文献整理。世上的所谓学问有两种：一种以“追问真相”为鹄的，一种以“意义建构”为宗旨。这原本是植根于人类两种基本好奇本能的学问：一者追问“是什么”，面对的是事实；一者追问“为什么”和“怎么样”，面对的是意义和价值。各有各的合理性，也各有各的研究路数。然而当下学界党同伐异，是己而非人者众，有一干妄人或无知之辈，总认为只要不能量化或者验证的学问都是虚的，不是真学问。又有一些自命不凡之士则认为文献整理、文字训诂、版本校勘之类缺乏人文精神，无思想，人人可为之，并非真学问。二者皆为偏狭浅陋之见。自古以来，章句训诂之学与义理之学就并行不悖，共同构成传统文化之整体。汉学、宋学俱为学问；古文、今文各有其弊。然而真正的大学问则是取二者之长而兼之，以材料考据为其深邃思想之基础，以独到见解为其爬梳文献之导引，互为支撑，相得益彰。天熙既领会寻觅“心性”“义理”之本领，又窥得“别录”“七略”之门径，诚得天之独厚，可谓大有幸！宜持之以恒，“尊德性而道问学”，倘假以时日，定能有所建树。

天熙贵州人，仡佬族，为人淳朴，了无机心，胸有所思，辄见之于面。喜谈论，凡有可以自由发言的场合必有所言说。又善唱，尝有师生集会，与蒙古族姑娘合唱《敖包相会》，歌声入云间，举座皆惊叹。彼时情景，宛在昨日。

2022 年 5 月 23 日于北京京师园

目　录

绪　论

一、研究综述

林希逸(1193—1271)是南宋理学艾轩学派最后的代表人物。艾轩学派是二程之学的分支,由伊川弟子尹錞(和靖)、王蘋(信伯)的弟子陆景端传出,创始人是林光朝(艾轩)。传承谱系为林光朝(艾轩)—林亦之(网山)—陈藻(乐轩)—林希逸(肃翁)。《宋史》无传。《宋元学案》载:"林希逸,字肃翁,号竹溪,福清人。端平进士,淳祐中,迁秘省正字,景定中,官司农少卿,终中书舍人。有《鬳斋前集》《易义》《春秋传》《考工记解》(云濠按:《鬳斋前集》六十卷,《易义》《春秋传》俱佚。《鬳斋续集》三十卷,《考工记解》二卷行世)。"①有关林希逸的生平,《淳熙三山志》《福清县志》《八闽通志》《福州府志》都有简要介绍。林希逸的《庄子鬳斋口义》(简称《庄子口义》)、《老子鬳斋口义》(简称《老子口义》)、《列子鬳斋口义》(简称《列子口义》)在海内外有很大的影响(尤其是在日本),其现存著作除了《三子口义》外,还有《鬳斋考工记解》《竹溪鬳斋十一稿续集》《竹溪十一稿诗选》。

林希逸是艾轩学派的殿军,他的《庄子鬳斋口义》《老子鬳斋口义》《列子鬳斋口义》(简称《三子口义》)是以南宋白话语体,通俗地注解《庄子》《老子》《列子》的著作,开创了以义理、文章注解"三子"

---

① 黄宗羲著,全祖望补修,陈金生、梁运华点校:《宋元学案》,北京:中华书局,1986年,第1484页。

的典范，体现出开放的三教融合思想，代表南宋末年理学发展趋势，而林希逸的文艺思想恰恰与其三教观有密切联系，理解其三教观是探究林希逸文艺思想的关键，据此可以准确把握南宋末年以来理学家“流而为文”的整体趋势。对于这样一位三教关系十分开通，文艺思想颇有创见，同时又有相当文学创作成绩的理学家，学界目前的成果相对于其他理学大家还不够深入全面。下文分为《庄子鬳斋口义》研究、林希逸文学研究及其他研究三部分依次介绍。

（一）《庄子鬳斋口义》研究

林希逸研究较早的是杨黛《〈庄子口义〉的理学观》（1989年）①。作者从“具时代特点的注庄思想特色”和“对庄子本体论的改造”两方面来论述《庄子口义》的理学观。杨黛还有《〈庄子口义〉注庄特色》（1997年）②。李见勇、王勇的《三教合一，归终理学——论林希逸〈庄子口义〉的思想倾向》（2008年）论述以道解庄、以佛解庄和理学解庄的特色，阐明《庄子口义》最终的立场是理学③。李见勇《通俗易懂，晓畅明白——论〈庄子口义〉的语言特色》④（2008年）具体分析了《庄子口义》引用口语、俚歌、俗谚、诗歌造成的富有感情色彩的语言特点。该文较早关注到《庄子口义》的通俗化、口语化特点及其易普及传播的优势，但未能注意发掘林希逸的“口义体”与文学点评的微妙联系。林溪《略论〈四库全书总目〉对林希逸〈庄子口义〉的评价》（2012年）指出《总目》的品评得失，但《庄子口义》是否是林希逸对《庄子》的“还原性诠释”，有待继续探讨。

---

① 杨黛：《〈庄子口义〉的理学观》，《浙江月刊》1989年第3期。
② 杨黛：《〈庄子口义〉注庄特色》，《中国文学研究》1997年第4期。
③ 李见勇、王勇：《三教合一，归终理学——论林希逸〈庄子口义〉的思想倾向》，《内江师范学院学报》2008年第1期。
④ 李见勇：《通俗易懂，晓畅明白——论〈庄子口义〉的语言特色》，《文教资料》2008年第31期。

刘思禾《林希逸解庄论——以自然天理说的辨析为中心》(2012年)一文分析《庄子口义》的理学思想,深入挖掘了"自然天理"与庄子思想之间的张力,以及与传统理学的异同①。该文将之纳入二程、朱熹思想中对比论述,彰显其独特性。笔者对林希逸的"自然天理"说有不同的意见。该作者另一篇文章《南宋林希逸的理学思想》(2013年)分析归纳出林希逸不同于朱、陆的理学思想,即心悟理、三教不异、归于自得②。该文准确把握了林希逸理学思想的心化特点,但没有分析林希逸对理学的接受方式,这是其理学思想形成的关键。

林希逸《庄子口义》的硕博士论文,在笔者检索范围内,国内较早的是简光明《林希逸庄子口义研究》(1990年)③,杨文娟《宋代福建庄学思想研究》(2006年)中有两章讨论林希逸《庄子口义》④。此外还有陈怡燕《林希逸〈庄子口义〉思想研究》(2008年)⑤、郭辛茹《"召唤结构"视阈中的〈庄子〉阐释差距研究》(2010年)⑥、林溪《〈庄子口义〉研究》(2012年)⑦、王倩倩《林希逸〈庄子鬳斋口义〉研究》⑧。

王伟倩《林希逸三教融合思想研究》(2013年)分析《老子口义》《列子口义》《鬳斋考工记解》及诗集中的三教融合思想⑨。遗憾的是该文缺乏对《庄子口义》的考察。李京津《林希逸庄学思想研究》(2015年)从《庄子口义》发题的"五难"出发,探究林希逸对

---

① 刘思禾:《林希逸解庄论——以自然天理说的辨析为中心》,《古籍整理研究学刊》2012年第2期。
② 刘思禾:《南宋林希逸的理学思想》,《兰州学刊》2013年第4期。
③ 简光明:《林希逸〈庄子口义〉研究》,硕士学位论文,台湾逢甲大学中国文学研究所,1990年。
④ 杨文娟:《宋代福建庄学思想研究》,博士学位论文,华东师范大学中文系,2006年。
⑤ 陈怡燕:《林希逸〈庄子口义〉思想研究》,硕士学位论文,台湾师范大学,2009年。
⑥ 郭辛茹:《"召唤结构"视阈中的〈庄子〉阐释差距研究》,硕士学位论文,江西师范大学中文系,2010年。
⑦ 林溪:《〈庄子口义〉研究》,硕士学位论文,河北大学中文系,2012年。
⑧ 王倩倩:《林希逸〈庄子鬳斋口义〉研究》,硕士学位论文,山东大学中文系,2013年。
⑨ 王伟倩:《林希逸三教融合思想研究》,硕士学位论文,河北大学中文系,2013年。

庄子“道”“逍遥”“齐物”“养生”范畴的注解，讨论《庄子口义》的天理观、自然观和在世论以及以禅注庄和三教融合特色①。安江《林希逸〈庄子口义〉评点研究及其海外传播》(2015 年)以散文评点为中心，论及《庄子口义》所体现的文学时代环境及其海外传播②。

王晚霞博士论文《林希逸文献学研究》(2015 年，2018 年出版同名专著)普查到林希逸现存著作《老子鬳斋口义》《列子鬳斋口义》《庄子鬳斋口义》《考工记解》《竹溪鬳斋十一稿续集》《竹溪十一稿诗选》的海内外传本有 50 种、27 种、106 种、16 种和 27 种，分别对《三子口义》《鬳斋考工记解》《竹溪鬳斋十一稿诗选》及诗选版本详加稽考，还考证了林希逸的生平及交游。该书提供大量海外的林希逸著作版本，是国内第一部对林希逸著述作全面文献学研究的论著③。

除单篇论文及硕博士论文外，还有一些史论著作提及林希逸。方勇《庄子学史》做过专章评介④，熊铁基、刘固盛、刘韶军《中国庄学史》指出林希逸著《庄子口义》是为了寻求庄子真意，阐述林希逸关于《庄子》“大宗旨未尝与圣人异”的观点，以及《庄子口义》以禅解庄的特色⑤。

(二) 林希逸文学研究

有关林希逸文学研究，国内较早关注的是陈庆元《宋代闽中理学家诗文——从杨时到林希逸》(1995 年)，分别论述了《宋史·道学传》中记载的七位闽籍理学家的诗文，重点介绍了朱熹、真德秀、

---

① 李京津：《林希逸庄学思想研究》，博士学位论文，湖南师范大学哲学系，2015 年。
② 安江：《林希逸〈庄子口义〉评点研究及其海外传播》，硕士学位论文，山西大学中文系，2015 年。
③ 王晚霞：《林希逸文献学研究》，北京：中国社会科学出版社，2018 年。
④ 方勇：《庄子学史》，北京：人民出版社，2008 年。
⑤ 熊铁基、刘固盛、刘韶军：《中国庄学史》，北京：人民出版社，2013 年。

林光朝、林希逸[1]。石明庆《林希逸诗学思想的特色及其学术基础简论》(2008年)论述林希逸《诗》《骚》并重，李杜同尊；以禅喻诗，重在悟入；《击壤》风雅，超越江湖的诗学思想特点[2]。

沈扬《林希逸诗学思想的渊源与独创》(2014年)论述林希逸诗学思想的渊源，其独创处主要有"求《骚》以情、雅重并兴寄""参句如禅、因静观物""奇而有法、正而不拘"三点[3]。周炫《刘克庄与王迈、林希逸的文学交游述考》(2014年)考察刘克庄与林希逸的文学交往[4]。王晚霞《林希逸的文学思想》(2015年)通过对其诗文提及陶渊明、杜甫、黄庭坚、陆游等作进行统计分析，得出这些诗人的文学思想为林所继承的结论[5]。同一作者的《南宋文人的文化生活——以林希逸与文人雅士的交游为中心》(2015年)从"以文会友""游乐互访""撰写序跋题记""缅怀逝世友人"四个方面来考察林希逸的交游[6]。常德荣《南宋艾轩学派的诗学呈现》(2016年)依次论述林光朝诗的"富丽奇古"、林亦之诗"清新疏朗"、陈藻诗"率意而为"，林希逸诗"华滋严密"。文章以艾轩学派为整体考察对象，认为其尊重诗歌文学特性，重视诗歌法度，但未能指出艾轩学派四代传人文道观的发展变化[7]。

相关硕博士论文有：周翡《林希逸律诗艺术研究》[8]、丁丹《林希逸诗歌研究》[9]、周兰《林希逸诗歌研究》[10]。

---

① 陈庆元：《宋代闽中理学家诗文——从杨时到林希逸》，《福建师范大学学报》1995年第2期。

② 石明庆：《林希逸诗学思想的特色及其学术基础简论》，《新国学》第7卷，2008年。

③ 沈扬：《林希逸诗学思想的渊源与独创》，《集美大学学报》(哲学社会科学版)第17卷第1期，2014年1月。

④ 周炫：《刘克庄与王迈、林希逸的文学交游述考》，《湖南社会科学》2014年第4期。

⑤ 王晚霞：《林希逸的文学思想》，《福州大学学报》(哲学社会科学版)2015年第4期。

⑥ 王晚霞：《南宋文人的文化生活——以林希逸与文人雅士的交游为中心》，《闽江学院学报》2016年第1期。

⑦ 常德荣：《南宋艾轩学派的诗学呈现》，《石家庄学院学报》2017年第1期。

⑧ 周翡：《林希逸律诗艺术研究》，硕士学位论文，辽宁师范大学中文系，2016年。

⑨ 丁丹：《林希逸诗歌研究》，硕士学位论文，南京师范大学中文系，2010年。

⑩ 周兰：《林希逸诗歌研究》，硕士学位论文，广西大学中文系，2011年。

（三）林希逸其他研究

林希逸其他方面的研究有李秋芳《林希逸〈鬳斋考工记解〉及其价值》（2011年）①、王晚霞《林希逸的佛教观》（2016年）②、《南宋士风文化中林希逸与诸权贵交游考论》（2015年）、《林希逸生卒年考辨》③（2016年）、王伟倩《论林希逸〈老子鬳斋口义〉的注解特色》（2012年）、黄云硕士论文《林希逸老子鬳斋口义研究》④（2016年）、孙明君《林希逸〈老子鬳斋口义·发题〉释读》⑤（2017年）等。台湾师大凌照雄硕士论文《林希逸〈老子鬳斋口义〉研究》（2016年）分别从《老子口义》的诠解特色、《老子口义》论"道"和论"德"来展开论述，肯定《老子口义》在中国老学史上的意义⑥。刘佩德博士论文《列子学研究》在"宋金元列子学"一章设专节分析《列子口义》，王晚霞《列子鬳斋知见版本考》⑦普查了《列子口义》的现存版本（2015年）。

林希逸研究成果如下表：

1. 林希逸《庄子口义》研究单篇论文年代排序

作　者	年　代	论　文　标　题
杨　黛	1989	《庄子口义》的理学观
	1997	《庄子口义》的注庄特色

---

① 李秋芳：《林希逸〈虞斋考工记解〉及其价值》，《河南师范大学学报》（哲学社会科学版）2011年第2期。

② 王晚霞：《林希逸的佛教观》，《南昌大学学报》（人文社会科学版）2015年第3期。

③ 王晚霞：《林希逸生卒年考辨》，《东南学术》2016年第1期。

④ 黄云：《林希逸老子鬳斋口义研究》，硕士学位论文，曲阜师范大学哲学系，2016年。

⑤ 孙明君：《林希逸〈老子鬳斋口义·发题〉释读》，《北京大学学报》（哲学社会科学版）2017年第2期。

⑥ 凌照雄：《林希逸〈老子鬳斋口义〉研究》，硕士学位论文，台湾师范大学国文系，2016年。

⑦ 王晚霞：《林希逸〈列子虞斋口义〉知见版本考》，《河南师范大学学报》（哲学社会科学版）2015年第1期。

续　表

作　者	年　代	论　文　标　题
孙　红	2003	林希逸以儒解庄及其原因
张　梅	2004	《庄子口义》对《庄子》文学的分析
李　波	2006	评点视角下的林希逸《庄子》散文研究
李见勇、王勇	2008	三教合一,归终理学——论林希逸《庄子口义》的思想倾向
李见勇	2008	通俗易懂,晓畅明白——论《庄子口义》的语言特色
杨文娟	2010	林希逸《庄子口义》的散文评点特色
林　溪	2012	略论《四库全书总目》对林希逸《庄子口义》的评价
邢华平	2012	论诠释者的解经视域——以林希逸《庄子口义》为例
刘思禾	2012	林希逸解庄论——以自然天理说的辨析为中心
	2013	南宋林希逸的理学思想
孙　红	2013	以禅解庄——林希逸《庄子口义》对《庄子》的阐释

2. 林希逸文学研究单篇论文年代排序

作　者	年　代	论　文　标　题
陈庆元	1995	宋代闽中理学家诗文——从杨时到林希逸
石明庆	2008	林希逸诗学思想的特色以及学术基础简论
沈　扬	2014	林希逸诗学思想的渊源与独创
周　炫	2014	刘克庄与王迈、林希逸的文学交游述考

续 表

作　者	年　代	论　文　标　题
王晚霞	2015	林希逸的文学思想
	2016	南宋文人的文化生活——以林希逸与文人雅士的交游为中心
常德荣	2017	南宋艾轩学派的诗学呈现

3. 林希逸其他研究单篇论文排序

作　者	年　代	论　文　标　题
李秋芳	2011	林希逸《鬳斋考工记解》及其价值
王伟倩	2012	论林希逸《老子鬳斋口义》的注解特色
王晚霞	2015	林希逸的佛教观
	2015	林希逸生卒年考辨
	2015	南宋士风文化中林希逸与诸权贵交游考论
	2015	林希逸《列子鬳斋口义》之间版本考
孙明君	2017	林希逸《老子鬳斋口义·发题》释读

4. 林希逸研究的硕博士论文排序

作　者	硕/博(年代)	论　文　标　题
简光明	硕(1990)	林希逸庄子口义研究
杨文娟	博(2006)	宋代福建庄学研究
陈怡燕	硕(2009)	林希逸《庄子口义》思想研究

续 表

作 者	硕/博(年代)	论 文 标 题
肖海燕	博(2009)	宋代庄学研究
丁 丹	硕(2010)	林希逸诗歌研究
郭辛茹	硕(2010)	“召唤结构”视阈中的《庄子》阐释差距研究
周 兰	硕(2011)	林希逸诗歌研究
林 溪	硕(2012)	《庄子口义》研究
王倩倩	硕(2013)	林希逸《庄子鬳斋口义》研究
王伟倩	硕(2013)	林希逸三教融合思想研究
李京津	硕(2015)	林希逸庄学思想研究
王晚霞	博(2015)	林希逸文献学研究
安 江	硕(2015)	林希逸《庄子口义》评点研究及其对外传播
凌照雄	硕(2016)	林希逸《老子鬳斋口义》研究
黄 云	硕(2016)	林希逸《老子鬳斋口义》研究
周 翡	硕(2016)	林希逸律诗艺术研究

从上表可以看出，林希逸研究，2010 年以前数量极少，只有 12 篇。2010 年到 2017 年是高峰期，共 32 篇，其中 2013 到 2017 这三年论文数量为 20 篇。以林希逸及其著作为研究对象的硕博士论文数量在逐渐增加，说明林希逸研究近年来正在为学界所关注，不过，据笔者主要在中国所作的统计，1989 年到 2017 年产生的林希逸成果总计 43 篇①，其中，硕博士论文只有 16 篇，数量较少。理

① 含两篇中国台湾地区的硕士论文，分别是学陈怡燕的《林希逸〈庄子口义〉研究》(台湾师范大学)和凌照雄的《林希逸〈老子鬳斋口义〉研究》(台湾师范大学)。中国台湾地区研究林希逸的单篇论文可参考凌照雄硕士论文，数量也不多。

学史、文学史著作也很少对林希逸的理学思想、文艺思想及其诗文创作进行评介。

其次，在研究对象上聚焦《庄子口义》，共 23 篇，《老子口义》《列子口义》《考工记解》以及数量不少的诗文集则少人问津，研究《老子口义》3 篇，研究《列子口义》1 篇，研究《考工记解》1 篇，林希逸诗歌研究也只有 3 篇文章。除诗歌外，林希逸《太玄精语》《潜虚》《学记》《春秋语》等著述也尚未被关注。目前研究成果相对于林希逸的著作并不平衡。①

再次，在研究内容上，主要关注以儒解庄、以禅解庄、汇通三教、文学评庄、语言特色五点，且多有重复，亟待研究方法和视角的创新。论者屡屡提及"口义"的通俗性，但并未注意"口义体"与林希逸文学评庄之间的密切关系，也未能发现"口义体"与林希逸对禅宗公案语录的阅读体验的微妙关联。此外，对林希逸何以能构建对三教如此开通的理学思想，与南宋末年整体的文化思潮有何关联，体现出何种思想趋势等问题都缺乏深入考察。

林希逸文学研究多从诗文本文细读分析诗学思想，但没有从发生学角度观照林希逸文艺思想的灵活性，实际上林希逸文艺思想存在双重话语系统，迥异于传统理学家。

最后，既有研究成果在研究路径和方法上以文献学、文学细读为主，而文化诗学的角度也许更能发现和打开林希逸研究的新视野，因此，本书在细读的基础上，尝试引进文化诗学的研究方法，挖掘林希逸研究新的学术增长点。

二、研究方法

(一) 文本细读法

本书以林希逸《庄子鬳斋口义》《老子鬳斋口义》《列子鬳斋口

---

① 王伟倩硕士论文《林希逸三教融合思想研究》考察了林希逸《老子口义》《列子口义》《鬳斋考工记解》及其诗集所体现的三教融合思想，但未涉及《庄子口义》。

义》为主要对象，考察其三教融合思想以及理学思想，作为理解其文艺思想的重要背景与前提。因此，需要深入研读《三子口义》，分析林希逸使用儒家、理学、道家、佛教等各种资源的注解方法，揭示其融通三教的阐释策略，评价其注解“三子”的得失。只有细读文本，才能作出准确定位与评判。林希逸《竹溪鬳斋十一稿续集》与其他诗文集也需要详细研读，以全面总结林希逸的文艺思想与诗文实践。

（二）文化诗学研究法

文化诗学是中国学者创立的文艺理论，它要求把研究对象看成立体动态式的，语境化生成的，即不存在静态不变的文论观点与理论，任何言说都必须结合主体处身的历史文化语境与自身情境，所表达的文论观点与其总体的精神资源、时代思潮、社会文化有密不可分的联系。文化诗学的重心，不在于罗列各种文论观点，这样容易忽视文论生成的文化语境，不能较好揭示其与文化总体动态的密切联系，其意义生成的机制被抽空，与时代精神总体的深层关联难以呈现。文化诗学强调要深入考察主体何以这般言说的动机与心理，以及言说想要达到的目的或是其与当时文化语境的深度关联，反映出何种文化态势及演变规律，等等。简单地说，文化诗学侧重点不在正面阐述，而是将镜头拉到文论观点与整体文化语境千丝万缕的联系中，试图在宽广的文化总体中揭示文论观点的发生机理，照亮言说者的文论与其整体精神世界的关系，并对文论反映出的文化思潮演变态势作出说明。

本书对于林希逸文艺思想的探讨即采用文化诗学研究法，将努力揭示林希逸三教融合思想、理学思想与其文艺思想之间的深度关联。我们的立论基于这样的逻辑预设：对于理学家来说，如果对“道”（理学的终极本原）有信仰性接受，他必然对“文”保持最低限度的戒备，以使全副身心用于“作圣之功”，一旦“道”在主体精神世界中的神圣性下降乃至泯灭，他便不会对“道”产生强烈的祈求之心并躬身实践，从而对“溺于文辞”的警惕大大淡化，也就能正视文学自身（之前只是“载道”的他者性存在），给文学自性规律存在留下空间，进行文学批评与创作。重心是林希逸文艺思想的发生学观照，只有弄清林希逸三教融合及其理学思想，准确分析出“道”在林希逸是信仰性存在还是知识性存在，才能准确论述林希逸何以形成其如此的文艺思想，也能对其何以能将理学思想、佛道资源转化为文艺理论作出说明，同时阐明林希逸文艺思想在南宋末年理学家中的典型意义。

三、研究目标与研究内容

本书研究目标有二：一是从义理与文章两个角度研究林希逸《三子口义》，一是论述林希逸文艺思想的发生机制。本书研究内容主要有两部分：一是林希逸的《三子口义》，一是林希逸的文艺思想。着重探究林希逸借用儒家、道家、佛教资源注解“三子”的具体方法与得失，指出林希逸注解“三子”的目的与阐释策略，提炼其三教融合思想与理学思想，总结“三子”文章学理论，全面深入地考察林希逸文艺思想的丰富性与复杂性，分析林希逸文论中看似矛盾之处，重点论述林希逸的三教融合以及理学思想如何影响其文艺思想，在理学家群体中有何重要意义，反映出怎样的文化发展态势，等等。此外，本书还将考察林希逸诗学观点与诗歌艺术，揭示林希逸文学实践、文艺思想与三教融合思想三者的深层动态关联。

第一章　南宋三教融合思潮与林希逸其人其书

第一节　南宋佛道二教与三教融合思潮

佛道二教在中国经过数百年的发展，不断地与儒家思想斗争、融合，在两宋逐渐发展成适应王权政治又能开展自身教化的宗教形式，既为佛道二教自身的存在争取地位，又使佛道二教更加渗透进士大夫以及普通民众的精神世界，融入中华传统文化的整体格局之中，深层影响着中国民众的人生观、价值观。通过士大夫对佛道二教的消化吸收，佛道二教成为宋代学术主潮——理学形成的重要助缘与思想资料。士大夫积极与僧道交往，使佛道二教表现出新的特点。本节介绍南宋佛道二教的发展与南宋的三教关系，以揭示林希逸的理学思想、文艺思想与南宋文化语境的深层联系。

一、南宋佛道二教新发展

（一）南宋禅宗

中国禅宗自慧能六祖奠定其中国化特色后，与中国文化水乳交融。慧能禅将“佛”这个超然于此岸世界的存在拉向了人，认为人的自性包含万法，通过直面自性，努力开显自性，便可成佛。这种改革对佛教中国化具有深远意义。它使禅宗迥异于印度式的禅，在修持方式上适应中国小农经济的生活状态，取消印度禅讲究苦修、禅定等程式化修行，改以安住当下，在日常行事中念念照顾自性，即能开显自身本具之佛性，顿悟成佛。佛教至此完全成为中国化的佛教，慧能禅也因成功改造印度禅而广受欢迎，形成“凡言禅，皆本曹溪”的格局。禅宗发展到宋代，在思想理论上，没有改变慧能禅的宗趣和根本，但在接引行人的方式上，更加灵活自由，形成沩仰宗、曹洞宗、临济宗、法眼宗、云门宗五家七宗的局面（临济下有杨岐、黄龙二脉），法眼宗在宋初最著名的是永明延寿，延寿下一二世后，法脉无闻。云门宗经过宋初的发展，在北宋仁宗至徽宗时期盛况空前，南渡后逐渐衰微。南宋禅宗最兴盛的是临济宗与曹洞宗。临济宗在石霜楚圆以后分为黄龙派与杨岐派。

洪秀平先生将两宋禅学的新特点归纳为禅学与理学、禅净教融合的趋势、看话禅、默照禅、士大夫参禅、禅学的文字化与文字禅六个方面，而从禅宗史上看，禅净教融合并不自宋代始，唐代宗密在《禅源诸诠集都序》提出“经是佛语，禅是佛意，诸佛心口，必不相违”，提倡华严宗教理，形成“华严禅”。宋代禅师在此基础上又融合净土念佛法门，形成“念佛禅”，以及“天台禅”等，故禅净教融合不算是宋代禅宗的新创。因此从禅宗内部来看，看话禅、默照禅、禅学的文字化与文字禅是禅宗发展至两宋时自身出现的新面貌。

1. *看话禅*

宗杲（1089—1163），俗姓奚，宣州宁国县（今安徽）人。号妙喜、字昙晦，孝宗赐号“佛日”，孝宗赐谥号“大慧”。一生经历坎坷，曾因与主战派张浚、张九成等人来往密切且有“神臂弓”诸偈表达对主战派的赞颂，被秦桧及其党羽忌恨，强制编管于衡州、梅州，曾在江西、福建、浙江（杭州、宁波）等地弘法。宗杲爱国之心赤诚，曾提出“忠义心即菩提心”。

宗杲在禅宗史上的最大贡献即在于提出“看话禅”这种独特的参禅方式。所谓的“话头”，与禅宗公案相联系但又有所不同，不对公案进行解释，也不运用逻辑概念去认知，而是摘取公案中的某些关键字眼作为“话头”，将心念注于其间，不作任何思维，日常生活、行住坐卧时时提起话头，不作他想，也不分析。大慧宗杲提出参话头的方法是：

> 所谓功夫者，思量世间尘劳底心，回在干屎橛上，令情识不行，如土木偶人相似，觉得昏怛没巴鼻可把捉时，便是好消息也。①

“话头”并不是要思量猜测，而是要斩断情识，看到“没巴鼻”才行。《大慧语录》提出参究的话头主要有“庭前树柏子”“麻三斤”“干屎橛”“狗子无佛性”“一口吸尽西江水”“东山水上行”以及云门“露”字等，宗杲倡导的这些话头都属于“活句”，不是“死句”。宋代禅宗一个很大的特点是推向生活化，在行住坐卧中反观自心，禅师随机取材，通过各种对机而巧妙的言语以及肢体动作启发行人，“机语”充满暗示性与随机性，灵活无限，不能用惯常逻辑理解，死于句下。不过，这种简捷迅猛的“棒喝”法门必须是明心见性的大德禅师才能随机施用，如果自己于禅无甚体会，就会流于随意编造怪言以自炫，走向玩弄文字游戏的偏途，这正是大慧宗杲提倡看话禅想要矫正的流弊。

宗杲提出看话头的第二个原因，是对默照禅持久而强烈的批评。他指出：“照来照去，带来带去，转加迷闷，无有了期。”②“有般杜撰长老，……教一切人如渠相似，黑漆漆地紧闭却眼，唤做默而常照。”③“殊失祖师方便，错指示人，教人一向虚生浪死，更教人是

---

① 大慧宗杲：《大慧普觉禅师语录》卷 28，《大正新修大藏经》（简称《大正藏》）第 47 册，CBETA 电子佛典，2014 年第 4 版，第 931 页。
② 大慧宗杲：《大慧普觉禅师语录》卷 25，《大正藏》第 47 册，第 918 页。
③ 大慧宗杲：《大慧普觉禅师语录》卷 27，《大正藏》第 47 册，第 925 页。

是莫管，但只恁么歇去，歇得来情念不生。到恁么时，不是冥然无知，直是惺惺历历。这般底，更是毒害，瞎却人眼，不是小事。”①大慧宗杲批评的默照禅在林希逸的家乡福建路盛行，②而林希逸又对《大慧语录》相当熟悉，《庄子鬳斋口义》大量引用《大慧语录》，即提到过宗杲所批评的默照禅。③

2. 默照禅

曹洞宗宏智正觉(1091—1157)，隰州(山西隰县)人，俗姓李。正觉十一岁出家，十四岁受具足戒，十八岁游方参学，后住持明州天童寺，倡导默照禅三十余年，使默照禅在南宋初年相当普及，追求正觉修习默照禅的僧俗达数千人，曹洞宗因此在正觉时代得以振兴。默照禅，顾名思义，是通过守静默坐而“休歇身心”，体悟清净空寂之性的修禅方法。坐禅是曹洞宗的家风，杨曾文先生认为正觉的默照禅是在曹洞宗芙蓉道楷、丹霞子淳道真歇清了倡导的“休歇”禅法基础上发展而来。④ 正觉提倡，通过默照洞彻真心。所谓“真实做处，唯静坐默究，深有所诣。外不被因缘流转，其心虚则容，其照妙则准。内无攀援之思，廓然独存而不昏，灵然绝待而自得”⑤。正觉提倡的默照禅是在“默”与“照”的相互配合下，洞见本心，体悟自性，从而消除妄念烦恼。这是与看话禅相对的一种禅法，它有别于在语默动静中悟禅的南宗禅，也不是简单回归于北宗禅，有论者甚至认为，默照禅含有《庄子》等道家思想因素。⑥ 默照禅在南宋的普及，既是禅宗主动向中国传统文化靠拢的结果，也是

① 宗杲撰，吕有祥、吴隆升校注：《大慧书》，郑州：中州古籍出版社，2008年，第16页。

② 《大慧普觉禅师语录》卷十七载：“而今诸方有一般默照邪禅，见士大夫为尘劳所障，方寸不宁，怗便教他寒灰枯木去，一条白练去，古庙香炉去，冷湫湫地去，将这个休歇人。尔道，还休歇么？殊不知这个猢狲子不死，如何休歇得！来为先锋，去为殿后底不死，如何休歇得。此风往年福建路极盛。”

③ 《庄子鬳斋口义校注》，第249页：“郁闭而不流，则是禅家所谓‘坐在黑山下鬼窟里’所谓默照邪禅也。”

④ 杨曾文：《宋元禅宗史》，北京：中国社会科学出版社，2006年，第507页。

⑤ 宏智正觉：《宏智禅师广录》卷6，《大正藏》第48册，第73页。

⑥ 杜继文、魏道儒：《中国禅宗通史》，南京：江苏人民出版社，2008年，第468页。

其在当时发展的新特点。

3. 禅学的文字化与文字禅

所谓的禅学"文字化"，是指禅宗发展到两宋，由之前的"不立文字"，到大量出现案头化的文本著作，如灯录、公案拈颂、评唱等，而"文字禅"则是以写作公案的偈颂的形式表达禅意，以此作为参禅的特点，而无论是禅学文字化还是文字禅，均表明两宋时期的禅，在传播媒介形式上大量借助于语言文字，文本化为众多灯录、语录以及公案等作品。这是与宋代士大夫普遍参禅密不可分，也与禅宗有意向士大夫阶层传教相关，是士大夫与禅僧相互靠拢而形成的新的禅宗特点。

宋代僧人编辑语录之风盛行，士大夫又乐于为之写序推广，《丛林盛事》卷下云："本朝士大夫为当代尊宿撰语录序，语句斩绝者，无出山谷、无为、无尽三大老。"这里的山谷、无为与无尽，即指黄庭坚、杨杰、张商英。由道原编撰，经北宋翰林学士杨亿奉真宗之旨整理而成的《景德传灯录》是宋代最早的一部兼语录与传承法脉于一体的灯录著作，后来陆续编四部灯录，分别是：李遵勖编《天圣广灯录》三十卷；惟白集《建中靖国续灯录》三十卷；悟明集《联灯会要》三十卷；正受编《嘉泰普灯录》三十卷。由于五部灯录有重复，僧人普济合五为一，删繁就简，编成《五灯会元》。

除了编辑灯录、语录，宋代还以文字解释禅宗公案，形成文字禅。由于公案中的对话及动作不可用常情理解，宋人便以辞藻华丽的文字或暗示，或象征地表达禅意，甚至对公案作文字考证，文字禅风靡两宋。自云门宗的汾阳善沼作《颂古百则》以来，僧俗二众纷纷拈古、颂古、代别，①最著名的当属"禅门第一书"——《碧岩录》，由圆悟克勤评唱雪窦重显的《颂古百则》而成。《碧岩录》既有

① 拈古是拈取（选择）某公案并对其进行散文式的点评，颂古是用偈颂解释公案，代语有两种：一是禅师提问无人回答或答语不契，禅师代众自答；二是代古人，即在古人有问无答处代答。别语指公案中已有回答，再作答语。

"垂示",又有"本则",还有"评唱""颂语",文采飞扬,对公案能"直截大意",是"文字禅"的典型代表,一经推出,深受僧俗喜爱。

有论者指出宋代的禅是适应士大夫口味的禅,①这也集中体现在文字禅的风行上。"绕路说禅"给雅好文辞的士大夫提供逞才炫技的方式,士大夫的禅悦之风促使佛教向士人阶层的传播,推动士大夫与禅僧的交往,促进其对禅宗的理解、接受,进而影响其学术思想、文艺创作。林希逸阅读过大量的禅宗语录与公案,尤喜爱《大慧语录》,并与许多僧人来往,禅学修养深厚,成为其注解道家作品的重要资源,林希逸的诗文也蕴含佛门意象与佛禅旨趣。

(二) 南宋道教

道教经过魏晋南北朝数百年间与儒家、佛教的磨合斗争,终于在隋唐迎来鼎盛,道教崇尚的黄白外丹之术以及追求肉体长生不老流弊丛生,道教中人不得不调整教义,从外丹转而以静功、存思、气法为主要形式的内丹修炼。两宋即是内丹道的成熟时期,出现了石泰、薛道光、陈楠、白玉蟾所谓的"南宗五祖"传法世系,尤以南宋的白玉蟾贡献最大。

白玉蟾,本姓葛,名长庚,琼州人。后改姓白,名玉蟾。字以阅、众甫,又字如晦,号玭庵,又号琼琯,自号海琼子,或海南翁、琼山道人、武夷散人、神霄散吏、琼山老叟、灵霍童景洞天羽人。生卒年历来说法不一,但活动年代在南宋时期为学界所公认。白玉蟾少年聪慧,受到良好的文化教育,为日后总结发展南宗道教准备了有利条件,被后世道徒尊为南宗五祖。白玉蟾著作丰厚,明《道藏》收其《玉隆集》6 卷、《上清集》8 卷、《武夷集》8 卷、《海琼白真人语录》4 卷、《海琼问道集》1 卷、《海琼传道集》1 卷及内含其注的《九天应元雷声普化天尊玉枢宝经集注》2 卷等。

---

① 杜继文、魏道儒:《中国禅宗通史》,第 395 页。

学界认为白玉蟾是有宗派性质的南宗的实际创立者。① 他不仅是南宗的重要人物，还受过上清派法箓，施行符咒，擅长“雷法”，还兼习儒佛二家，“三教之书，靡所不究”②，提倡三教融合，认为三教之妙在于“止止”，“止止者，止其所止也。《周易》艮卦兼山之义，盖发明止止之说；而《法华经》有‘止止妙难思’之句，而《庄子》亦曰‘虚室生白，吉祥止止’。是知三教之中‘止止’为妙义。”③

在世界观上，白玉蟾主张道家的以“道”为终极根源的宇宙生成论，与《老子》的“道”十分类似，但白玉蟾又融进佛教的“空”：“空无所空，无无所无，净裸裸，赤洒洒地，则灵然而独存也。”④不仅如此，在形上之道与形下之万物的关系上，白玉蟾还吸收了佛教华严宗“一多互摄”的理论，认为“一为无量，无量为一”⑤，“一尘一蓬莱”，“一叶一偓佺”⑥。表现出对佛教的积极汇通。

在修行观上，白玉蟾更借鉴禅宗修行方法，要求保持心的凝定澄澈上：“心者，神之舍。心宁则神灵，心荒则神狂。虚其心而正气凝，淡其心则阳和集，血气不挠，自然流通，志意无为，万缘自息。……念起则神奔，念住则神逸。”⑦这种对妄念的止息，内在心性的关注，与禅宗很相似，白玉蟾即说过：“有一修行法，不用问师傅。教君只是饥来吃饭困来眠，何必移精运气，也莫行功打坐，但去净心田，终日无思虑，便是活神仙。”⑧与任运无心的南宗禅几无二致。

---

① 参见卿希泰主编，詹石窗副主编：《中国道教思想史(第三卷)》，北京：人民出版社，2009年，第48页。
② 白玉蟾：《海琼问道集·留长元序》，《道藏》第33册，第140页。
③ 白玉蟾：《武夷集·武夷重建止止庵记》，《修真十书》卷45，《道藏》第4册，第798页。
④ 白玉蟾：《武夷集·武夷重建止止庵记》，《修真十书》卷45，《道藏》第4册，第798页。
⑤ 白玉蟾：《海琼白真人语录》卷1，《道藏》第33册，第115页。
⑥ 白玉蟾：《海琼传道集·快活歌》，《道藏》第33册，第153页。
⑦ 白玉蟾：《东楼小参》，《海琼白真人语录》卷3，《道藏》第33册，第130页。
⑧ 白玉蟾：《上清集·水调歌头·自述》，《修真十书》卷41，《道藏》第4册，第789页。

白玉蟾还重视伦理道德，将伦理道德神秘化，从鬼神报复的角度论证不遵守伦理道德的可怕后果："此等之家，不崇纲常理道，不畏天地神明，口味厌秽荤膻，身履邪淫杀道，不遵公法，惟务私荣，肆毒逞凶，恣行不善，是致鬼妒神憎，妖邪竟起。"[①]白玉蟾将儒家伦理道德纳入道教，将之作神秘化解读，赢得统治者好感。

南宋道教积极融合儒家与佛教，从儒家来看，一方面道教提倡伦理道德，既使之成为教理的一部分，又为道教发展取得政权的支持，另一方面宋代理学家也吸收道教有关宇宙生成论与修养论思想来建构理学；对于佛教，道教主要吸收其心性理论丰富自身教理，白玉蟾即借鉴佛教华严宗、禅宗思想，建立丰富精深的内丹道理论体系。南宋道教的教理体系在整体上呈现内向化的特点，尽管白玉蟾也关注金丹修炼，但无疑更重视内在的心性功夫，这种以"心"为焦点的内向化实乃两宋以来儒家(理学)、佛教、道教三家共有趋势，内向化影响着两宋文化的总体特征及士人的精神面貌，即宋文化的内敛、省思、尚理的特点。

二、南宋三教融合思潮

佛道二教自创立起便开启与儒家的冲突、融合过程。作为文化共同体中的基础，三家思想必然在冲突中互相吸收借鉴，走向融通。正如有学者指出："儒教必须吸收佛道的逻辑思辨、终极关切和宇宙生成理论，以补形而上之道的不足；佛教必须兼容儒教的道德性命，以不违中国血缘的、宗法的心理情感；道教必须并蓄佛儒的教义与礼乐，以提升逻辑思辨和经世力度。"[②]在对立斗争中，各家以别家为参照，都发现自身的缺陷并吸收他家长处，结果即是三教在长期斗争中彼此融合，不断调整，发展成适应中国世俗文化与

---

① 白玉蟾：《九天应元雷声普化天尊玉枢宝经集注》卷上，《道藏》第2册，第580页。

② 张立文、祁润兴：《中国学术通史·宋元明卷》，北京：人民出版社，2004年，第64页。

王权政治的三教，共同熔铸中国传统文化。

而中国士人无论对佛道二教支持还是反对，精神世界中总有儒家思想作为底色。中国在传统的小农经济基础上形成的宗法观念根深蒂固，儒家即以宗法观念拓展而来，构筑起宏大的王权政治与伦理道德系统，成为中国士人的文化基因。佛道二教想要发展，就必然面对政权体制与伦德原则而作出调整。道教属于中国本土宗教，它没有“华夷之别”的身份认同问题，而佛教属于外来文化，又因为它需要削发为僧，严重冲击了宗法制的家庭、家族观念，也冲击了王权统治的合法性基础，与儒家思想成尖锐对立。历代辟佛者或倡佛者都需要面对这一问题作出说明。

唐代的韩愈是反佛的代表人物，主张用行政手段“人其人”“火其书”“庐其居”，以达到维护纲常伦理的目的。但佛教已有深广的群众基础，强力猛攻并不得法，宋代欧阳修即提出“修其本以胜之”，认为需要发扬儒家自身义理，才能达到削弱佛教的目的，“佛所以为吾患者，乘其缺废之时而来，此其受患之本也”，“然则礼义者，胜佛之本也”，“王道不明而仁义废，则夷狄之患至矣”。①

王权政治与伦理道德方面的压力使佛教人士必须调整教理，北宋云门宗僧人佛日契嵩则是代表。契嵩《辅教编》积极提倡儒家孝道，认为三教“迹”不同，但都“同于为善”。② 南宋大慧宗杲汇通三教的论证方法也是“迹异本同”：“三教圣人立教虽异，而其道同归一致，此万古不易之义。”③南宋山河破碎，风雨飘摇的时情激起大慧宗杲强烈的爱国忠君之心，并倡导“忠义心即菩提心”，体现出鲜明的民族爱憎与传统伦理道德修养。

佛教人士多是从佛教不违儒家的角度调和佛儒，而宋代理学

---

① 欧阳修：《本论》，《文忠集》17、《居士集》17，文渊阁《四库全书》，台北：台湾商务印书馆，1986 年，第 1102 册，第 136—139 页。

② 释契嵩著，邱小毛、林仲湘校注：《原教》，《辅教编》上，成都：巴蜀书社，2011 年，第 3 页。

③ 大慧宗杲：《大慧普觉禅师语录》卷 22，《大正藏》第 47 册，第 906 页。

一方面对佛道二教尤其是对佛教尖锐批判，另一方面又暗自吸收其理论作为思想资料。这一明斥暗收的态度在周敦颐、张载、二程、朱熹、陆九渊等宋代理学大家身上均有体现①。限于篇幅，这里只介绍朱熹对佛教的批判与吸收。

由于朱熹的天理是实体化存在，其中包含仁义礼智等内容，他批判禅宗言语道断的修持方式以及无伦理道德的规定。“且所谓天理，复是何物？仁义礼智岂不是天理？君臣、父子、兄弟、夫妇、朋友岂不是天理？若使释氏果见天理，则亦何必如此悖乱，殄灭一切，昏迷其本心而不自知耶？”②朱熹天理的实体性令其不能接受佛教缘起性空的中道观。但实际上朱熹却无处不吸收佛教的思想，比如解释张载《西铭》的“理一分殊”，朱熹深受华严宗“理事无碍”“事事无碍”之思想，他还借鉴佛教“一月普现一切水，一切水月一月摄”的譬喻说明理学的“太极”：“本只是一太极，而万物各有禀受，又各自全具一太极尔。如月在天，只一而已，即及散在江湖，则随处可见，不可谓月已分也。”③朱熹常说“人心常炯炯”“心既常惺惺”，“惺惺”出自永嘉玄觉的《禅宗永嘉集》：“惺惺寂寂是，无记寂寂非；寂寂惺惺是，乱想惺惺非。”④

林希逸融通三教即以朱熹的观点为主，朱熹批判佛教“灭绝人伦”“不务下学”以及老子“劳攘”、尚权谋等，《庄子口义》和《老子口义》都有矫正。相对于朱熹对佛教的借鉴，生活在南宋晚期的林希逸更是有过之而无不及，不仅没有捍卫门户的姿态，还提倡“以佛证儒”，积极会通三教。

从整个南宋三教关系来看，佛道二教逐渐被理学成功吸收与

① 理学对佛教的义理吸收，潘桂明先生有详细论述，参见潘桂明：《中国佛教思想通史(第3卷上)》，南京：江苏人民出版社，2009年，第22—66页。

② 朱熹：《晦庵先生朱文公文集》，《朱子全书》，上海：上海古籍出版社，合肥：安徽教育出版社，2010年，第23册，第2837页。

③ 黎靖德编，王星贤点校：《朱子语类》，北京：中华书局，1986年，第6册，第2409页。

④ 永嘉玄觉：《禅宗永嘉集》，《大正藏》第48册，第389页。

转化，并融进传统文化主潮，林希逸等朱熹以后的理学家，没有继续恪守儒家义理边界，对他们来说，不断打通三教，吸收佛道资源作为理解儒家经典的参考是具有极大诱惑力的学术工作。而融通三教又与理学在南宋中后期走向世俗化呈现互为增上的联系：一方面佛道在终极境界上与儒家无异，势必对儒家思想的唯一性有所消解，导致理学的权威性与神圣性下降；另一方面理学在南宋的世俗化使其在士人心中地位下降，理学由信仰蜕变为知识，亲身躬行的理学宗徒罕见，他们并不在意门户的捍卫，义理的纯正，而是敞开胸怀，比他们的理学前辈更加开放地吸收佛道。反映在文学上，由于对佛道的开放接纳以及理学的权威性下降，文学的审美自性得以重视，佛道义理的话语形式及思维方法也运用于文学活动的理论探讨中，产生佛道化的文论术语。凡此种种，均在林希逸的三教融合论、理学思想、文艺思想、诗文实践中充分体现。

第二节　南宋后期的理学与文学

南宋后期理学逐渐世俗化，失去了在士人阶层中的神圣性，真德秀等理学官员利用政治权力将文学纳入理学规范，导致理学与文学的张弛离合。另外，受功名诱惑的士人大都不能躬身实践理学，理学家开始正视文学自性并探究文学规律。同时，南宋中后期由于理学被尊为官方意识形态与科举必考内容，指导科举时文写作的各类文章学著作大量涌现，文章点评之风兴盛。本节论述南宋后期理学自身发展态势及其与文学之间的张弛离合关系，以对林希逸的探究作重要的背景交代和方法论说明。

一、南宋理学大势

钱穆说："中国传统文化，注重对人文社会与历史演进之实际贡献。中国人爱说'通经致用',或说'明体达用'。中国人看重经学,认为经学的伟大,其理想即在此。即由学问来完成一个人,再由此人来贡献社会。所贡献的主要事业对象则为'政治'与'教育'。此等理想人格之最高境界,便是中国自古相传所谓的'圣人'。"①钱穆先生的话用于形容以"内圣外王"为目标的宋代理学家十分切当。宋代理学家不仅要求自身在人格境界与学问知识上有所修为,更重要的是,他们积极寻求与政治的合作,试图借助世俗政权推行理学的政治理想与主张,这固然有儒家经典源头上的基因在起作用,也跟宋代理学家以实际行动积极参政、进入权力机构的政治行为有关。南宋的理学即显示出与政治直接而微妙的关系。

宋廷南渡后,王安石新学被宋高宗作为北宋灭亡的替罪羊,因而迅速衰落,一直在民间私相传授的二程洛学由杨时、胡安国等程门弟子发扬光大,揭开南宋理学序幕,进而在乾道、淳熙年间,迎来理学的繁荣发展,出现了朱熹、陆九渊、张栻以及吕祖谦的金华学派、叶适的永嘉学派与陈亮的永康学派等诸多理学人物与流派,彼此进行深入的学术争论,也使自身学术思想得以深化与丰富。但好景不长,不久即发生长达六年的"庆元党禁",理学被斥为"伪学",朱熹也在党禁中怨愤而逝(1200)。理宗则从小受到理学熏陶,亲政后为拉拢理学官员,开始推崇理学,②理学绝地反弹,从早先的"伪学"甚至"逆学",一跃而成为官方意识形态。理学在南宋的升沉表明,一旦与现实政治发生联系,作为文化知识话语的理学便不能摆脱现实权势的制衡,有时甚至被当成政治砝码而被利用,不能自主。

理宗即位后对朱熹接连褒奖,宝庆三年(1227)下诏:"朕观

① 钱穆:《中国学术通义》,北京:九州出版社,2011年,第6页。
② 白寿彝总主编,陈振主编:《中国通史》第7卷,上海:上海人民出版社,1999年,第290页。

朱熹集注《大学》《论语》《孟子》《中庸》，发挥圣贤蕴奥，有补治道。朕方励志讲学，缅怀典刑，深用叹慕。可特赠熹太师，追封新国公。”[①]绍定二年(1229)九月，又改封朱熹为徽国公，[②]还对朱熹儿子，工部侍郎朱在说：“先卿《中庸序》言之甚详，朕读之不释手，很不与之同时也。”[③]理宗还废黜王学，对理学的道统也给予承认。

淳祐元年(1241)春正月甲辰，诏曰：“朕惟孔子之道，自孟轲后不得其传，至我朝周敦颐、张载、程颢、程颐，真见实践，深探圣域，千载圣学，始有指归。中兴以来，又得朱熹，精思明辨，折衷融会，使《大学》《论》《孟》《中庸》之旨本末洞彻、孔子之道益以大明于世。朕每观五臣论著，启沃良多。今视学有日，其令学官列诸从祀，以副朕崇奖儒先之意。”寻以“王安石谓‘天变不足畏，祖宗不足法，人言不足恤’，为万世罪人，岂宜从祀孔子！其黜之！”[④]

真德秀等理学官员得以重新召回任用，理学也成为官方哲学与权威正统。当理学完全成为官方控制的意识形态，它相对于其他学说的排他性即得以凸显，学说内部的正常斗争也会因权力的导向而趋同，从理学自身来看，经南宋前期王学与洛学的升沉消长，到乾淳理学繁荣的论争直至朱熹的理学集大成，其内部义理构建已趋顶峰，思想活力在朱熹以后开始减退，到理学被宋理宗崇为官方哲学时，理学士人便开启理学向文化的转型。[⑤]

二、南宋后期理学对文学的规训及理学的知识化

何俊先生主要从思想的形态化及其向日常生活的落实、政治

---

① 陈邦瞻：《道学崇黜》，《宋史纪事本末》卷80，北京：中华书局，1977年，第879—880页。
② 陈邦瞻：《道学崇黜》，《宋史纪事本末》卷80，第880页。
③ 陈邦瞻：《道学崇黜》，《宋史纪事本末》卷80，第880页。
④ 陈邦瞻：《道学崇黜》，《宋史纪事本末》卷80，第880页。
⑤ 何俊：《南宋理学建构》，上海：上海人民出版社，2013年，第311页。

化、学术化三个层面深入探讨南宋末年儒学由思想向文化的转型，本书则聚焦理学在南宋末年的世俗化①。当然，从广义来看，无论是思想向日常生活落实、还是政治化、学术化其实都是理学世俗化的表现，我们侧重揭示：第一，理学官员不满足于仅在行政上推行理学，还要在文艺领域争夺话语权，企图以理学规训文学，将“文统”纳入“道统”，否认文学自性，实现理学对文学的全面控制；②第二，理学经现实政治权力的推动以及科举名利的诱惑，定于一尊后逐渐僵化陈腐，蜕变为以知识形态而非信仰形态在读书人中传播，导致理学神圣性下降，士风浮华、道德沦落，理学也以知识话语的形式而成为南宋举子谋稻粱的工具以及文艺创作与理论探讨的资料储备。

(一) 纳文入理

在将理学积极推入现实政治的努力上，真德秀与魏了翁两位理学高官尤为突出。魏了翁写给真德秀《神道碑》说：“惟与公同生于淳熙，同举于庆元，自宝庆讫端平，出处又相似然。而志同气合，则海内寡二。”黄百家特称：“从来西山、鹤山并举，如鸟之双翼，车之双轮，不独举也。”③真德秀(1178—1235)，字景元，后更希元，建宁浦城人，师朱熹弟子詹体仁。《宋史》称真德秀：“立朝不满十年，奏疏无虑数十万言，皆切当世要务，直声震朝廷。四方之士诵其文，想见其风采。”可见其在朝野中的威望。真德秀向理宗进《大学衍义》，但实际效果并不理想，相对于行政事务的应对处理，理论阐发与道德说教显得迂阔不实，正如四库馆臣所言，《大学》八目虽是

---

① “理学世俗化”说法还见常德荣：《理学世俗化与南宋中后期诗坛》，《文学评论》2011 年第 4 期。

② 实际上文道关系是宋代理学家都绕不开的问题，这里想突出的是，南宋后期的理学家在文艺领域强行以理学规训文学，甚至还借助自身的政治影响，强调文学对于理学的工具作用，压制文学的审美自性。

③ 黄宗羲：《西山真氏学案黄百家案语》，全祖望补修，陈金生、梁运华点校：《宋元学案》卷 81。

自古帝王正本澄源之道："若夫宰驭百职，综理万端，常变经权，因机而应，利弊情伪，虽事而求，其理虽相贯通，而为之有节次，行之有实际，非空谈心性即可坐而致者。"[①]委婉地批评了真德秀等理学官员缺乏实际事务的处理能力。

除了向理宗进《大学衍义》，真德秀还大力推广理学文艺观，试图在文艺领域争夺话语权，以理学主导文学，这实在是南宋理学家对"斯文"薪火相传的努力。他的老师朱熹，即开始有意构建理学家的"新文统"[②]，朱熹认为"道根文枝"，文从道中流出，诗歌创作应在体认天理与涵养性情方面努力，水到渠成后发而为诗便会"不期然自高远"。

身居高位的真德秀继承朱熹的理学文艺观，不仅推进理学向现实的政治理论转化，还以"斯文"自任，认为文学是"贯道之器"，真德秀还以理学标准编辑《文章正宗》，《纲目》说：

> 正宗云者，以后世文辞之名多变，欲学者识其源流之正也。自昔集录文章者众矣，若杜预、挚虞诸家，往往湮没弗传，今行于世者惟昭明《文选》、姚铉《文粹》而已，繇今视之，二书所录果皆得源流之正乎？夫士之学，所以穷理而致用也，文虽学之一事，要亦不外乎此。故今所辑以明义理切世用为主，其体本乎古、其指近乎经者，然后取焉，否则辞虽工亦不录。[③]

真德秀强调，文学的目的在于"穷理而致用""明义理切世用"，文章选取标准是"其体本乎古、其指近乎经"，即以儒家经典为准，体现经世致用，不选内容空洞、文辞浮华之文。真德秀以实用眼光

① 黄宗羲：《西山真氏学案黄百家案语》，全祖望补修，陈金生、梁运华点校：《宋元学案》卷81。
② 祝尚书：《论宋代理学家的"新文统"》，《宋代文学探讨集》，郑州：大象出版社，2007年，第82—104页。
③ 真德秀：《文章正宗纲目》，文渊阁《四库全书》第1355册，第5页。

审视文学，沙汰其审美性，保留其实用功能，这已然是对文学空间的挤压，他试图以理学过滤文学，将文学纳入理学的学修系统中，逼退文学的审美自律，使文学成为理学“内圣外王”的工具性存在。真德秀对诗歌功用观有更加详细的论述：

或曰：此编以明义理为主，后世之诗，其有之乎？曰：《三百五篇》之诗，其正言义理者盖无几，而讽咏之间，悠然得其性情之正，即所谓义理也。后世之作虽未可同日而语，然其间兴寄高远、读之使人忘宠辱，去系吝，翛然有自得之趣，而于君臣父子大义亦时有发焉，其为性情心术之助，反有过于他文者，盖不必颇言性命而后为关乎义理也。读者以是求之，斯得之矣。①

真德秀认为诗歌会使人“得性情之正”，然而这“性情”却是理学家推崇的温柔敦厚，是理学设立的人格修养的终极精神境界，而非文学活动中一切发于内心真实的情感，②诵读诗歌有助于“性情心术”，说到底还是把诗歌归结为理学修养功夫的工具、媒介，使读者在诗歌中有所涵养，乃至体认“君臣父子大义”等天理。在这样的文艺观下，诗文的审美自律消解于对天理的终极主导，文学自性特征不会得到重视，文学规律也不会成为理学家关注的焦点。

魏了翁也强调“道本文末”的理学文艺观，《坐忘居士房公文集序》说：“文云者，亦非若后世哗然从众去宠之文也，游于艺以博其趣，多识前言往行以蓄其德，本末兼该，内外交养，故言根于有德而

① 真德秀：《文章正宗纲目》，文渊阁《四库全书》第1355册，第7页。

② 如屈原之“发愤”，这一情感在理学家看来就不是“性情之正”。本书在第五章还会用到“性情”一词表达文学活动中诸如“发愤”在内的一切真实情感，借以阐释林希逸文艺思想中的两重话语。

辞所以立诚……后之人稍涉文艺则沾沾自喜，玩心于华藻，以为天下之美尽在于是，而本之则无，终于小技而已矣。”①轻视辞藻华丽的诗文，认为君子不应留心于此。朱熹再传弟子金履祥则收集理学人士之诗文而成《濂洛风雅》六卷，并仿《江西宗派图》作《濂洛诗社图》，有意编排理学诗派的传承谱系，体现出鲜明的排他性，清人王崇炳在《濂洛风雅序》论及此书的内容及编写目的：“陶炼性情，涵养德器，莫善于诗，诗取其正，以风雅存濂洛，以濂洛广教学。”②金履祥将邵雍、二程等理学诗人之诗执为不二之定法，欲以此控制诗歌创作，将诗歌导入理学所规定的固有模式之中。对此，四库馆臣明确指出：“夫邵子以诗为寄，非以诗立制。履祥乃执为定法，选《濂洛风雅》一编，欲挽千古诗人，归此一辙。”③

从真德秀、魏了翁到金履祥，无不将文学纳入理学，以建立理学系统中的“新文统”，与文人争夺文化权力。文人有深刻的创作体会，理学家全面夺去文学的生存空间，必然激起文人的反弹。④真德秀的《文章正宗》即招致批评，顾炎武说真德秀“以理为宗，不得诗人之趣”，指出他忽略文学的审美特性，片面强调“理”的选文标准。真德秀制造的理学与文学的紧张对立，文人甚为不满，这集中体现在刘克庄受真德秀之托为其《文章正宗》编辑诗歌一类时的相左见解：

> 《文章正宗》初萌芽，西山先生以诗歌一门属余编类，且约以世教民彝为主，如仙释、闺情、宫怨之类，皆勿取。余取汉武

---

① 魏了翁：《坐忘居士房公文集序》，《鹤山集》卷51，文渊阁《四库全书》，第1172册，第579页。

② 王崇炳：《濂洛风雅序》，金履祥编：《濂洛风雅》卷首，《丛书集成初编》，北京：中华书局，2011年，第1783册，第1页。

③ 永瑢等：《仁山集提要》，《四库全书总目》卷165，北京：中华书局，1965年，第1419页。

④ 这里不光指南宋对文艺创作感兴趣的人，也指虽然一定程度上接受理学，但反对理学完全剥夺文学自律的文艺观的人。

帝《秋风词》，西山曰："文中子亦以此词为悔心之萌，岂其然乎！"意不欲收，其言如此……凡余所取而西山去之者大半，又增入陶诗者甚多，如三谢之类，多不入。①

刘克庄是南宋末年的文坛领袖，诗文词皆领一时风骚，他选诗就有审美考量，但真德秀以"理"为主，多不同意刘的选诗，南宋末年理学与文学的对垒由此可见。理学借助政权之势欲揽文学于自身之内，但文学的审美自性在南宋末年已是文人们的共识，理学家与文人的文学观分庭抗礼。刘克庄曾在《恕斋诗存稿跋》中说："嘲弄风月，污人行止，此论之行已久。近世贵理学而贱诗，间有篇咏，率是语录讲义之押韵者耳。然康节、明道，于风月花柳未尝不赏好，不害其为大儒。"②所谓"语录讲义之押韵者"即是理学家文艺观盛行的南宋末年文坛现状之一，客观地说，在邵雍、二程那里，虽然也有"作文害道"的说法，但没有把理学文艺观奉为不二之正宗使天下遵之。南宋末年经真德秀等人强力推行的理学文艺观却走向极端，欲统领整个文坛话语，使之规入理学系统，导致南宋末年的诗歌生气散失，灵光黯淡，"理学兴而诗律坏"（刘克庄语）。

南宋末年的诗歌在理学的大肆侵入下，出现大量或以诗表达理学思想，或阐述经典的理学诗，忽略诗歌声律、遣词、造境等方面的要求，方回曾说："晦庵《感兴》诗，本非得意作。近人辄效尤，以诗言理学。"③诗歌充满理学家的头巾气，诗味淡薄，钱锺书先生曾说："宋诗还有个缺陷，爱讲道理，发议论；道理往往粗浅，议论往往陈旧，也煞费笔墨去发挥申说。这种风气，韩愈、白居易以来的唐诗中已有，宋代'理学'或'道学'的兴盛使它普遍流传。"④由于理

① 刘克庄撰，王秀梅点校：《后村诗话》，北京：中华书局，1983年，第4页。
② 李壮鹰主编，李春青副主编；刘方喜编著：《中华古文论释林（南宋金元卷）》，北京：北京大学出版社，2011年，第126页。
③ 方回：《七十翁吟五言古体十首》，文渊阁《四库全书》第1193册，第496页。
④ 钱锺书：《宋诗选注序》，北京：人民文学出版社，2005年，第6页。

学对文学的压制与规训，诗歌议论之风在南宋末年的诗坛上更加盛行。

真德秀还提倡“鸣道之文”，强调文章的载道、实用之功能，刘克庄评论真德秀：“晚岁论文尤尚义理，本教化，于古今之作视其格言名论多者取焉，若徒华藻而于义无所当者不录也。”①由于理学在理宗朝封为官方正统思想并成为科举的主要内容，士子追求场屋科举带来的名利，不务理学践履之功，科场文风随之改变，宋末元初的戴表元曾说南宋后期文坛：“诸贤高谈性命，其次不过驰骛于竿牍俳谐、场屋破碎之文。”②一方面空谈性命，不躬身实践，另一方面又受名利刺激专注于场屋之文的训练。魏了翁批评道：“论今士习之敝，不本之履践不求之经史，徒剿去伊洛间方言以用之科举之文，问之则曰先儒语录也。”③周密论述南宋科场文风之变：

> 南渡以来，太学文体之变，乾、淳之文，师淳厚，时人谓之“乾淳体”，人才淳古，亦如其文。至端平江万里习《易》，自成一家，文体几于中复。淳祐甲辰，徐霖以书学魁男省，全尚性理，时竞趋之，即可以钓致科第功名。自此非四书、《东西铭》太极图、《通书》、语录不复道矣。④

为考取功名，文章创作在内容上完全以性理之书为主，宋末吴渊在《鹤山集序》中说：“后生接响，谓性外无余学，其弊至于志道忘艺，知有语录，而无古今。始欲由精达粗，终焉本末具舛。然则言之不文，行之不远，亦岂周子之所尚哉。”⑤在理学对文学的强制规

---

① 刘克庄：《西山真德秀文忠公行状》，王蓉贵、向以鲜校点，刁忠民审订：《后村先生大全集》卷 168，成都：四川大学出版社，2008 年，第 4294 页。

② 戴表元：《方使君诗序》，《剡源文集》卷 8，文渊阁《四库全书》第 1194 册，第 106 页。

③ 魏了翁：《隆州教授通直郎致仕谯君墓志铭》，《鹤山集》卷 76，文渊阁《四库全书》第 1173 册，第 192 页。

④ 周密：《癸辛杂识》，文渊阁《四库全书》第 1040 册，第 36 页。

⑤ 吴渊：《鹤山集序》，文渊阁《四库全书》第 1172 册，第 77 页。

范与科举的现实诱导双重影响下，南宋末年的文章创作呈现出理学化面目，士子在场屋时文中孜孜营务，导致道学与古文的对立，刘克庄说："士谓程文为本经，他论著为外学。"①林希逸也说："今场屋之士为诗文、四六者，皆曰外学。"②可见当时士人汲汲于科举时文写作的状况。理学控制下的文坛一片黯淡，由于不能在文辞上用功，末流学人只得搬弄俚俗之语作文，致文章卑弱，缺乏创作活力。四库馆臣论及南宋后期文坛：

> 至宋真德秀《文章正宗》，始别出谈理一派，而总集遂判两途。然文质相扶，理无偏废。各明一义，未害同归。惟末学循声，主持过当，使方言俚语，俱入文章，丽制鸿篇，横遭嗤点。③

理学对文学的压制导致文学衰弊，叶适说："程氏兄弟发明道学，从者十八九，文字遂复沦坏。"④元初的戴表元说："后宋百五十余年，理学兴而文艺绝。"⑤元代的虞集曾对南宋末年的文坛有一段精辟的论述：

> 宋之末年，说理者鄙薄文辞之丧志，而经学、文艺判为专门。士风颓靡于科举之业，岂无豪杰之出、能不浸淫汩没于其间？而驰骋凌厉以自表者，已为难得，而宋遂亡矣。⑥

---

① 刘克庄：《跋付渚诗卷》，王蓉贵、向以鲜校点，刁忠民审订：《后村先生大全集》卷110，第2874页。

② 林希逸：《林君合四六跋》，《竹溪鬳斋十一稿续集》，文渊阁《四库全书》第1185册，第683页。

③ 永瑢等：《总集类一》，《四库全书总目》卷186，第1685页。

④ 叶适：《习学记言》卷47，文渊阁《四库全书》第849册，第770页。

⑤ 袁桷：《戴先生墓志铭》，《清容居士集》卷28，《丛书集成初编》第452册，第58页。

⑥ 虞集：《庐陵刘桂隐存稿序》，《道园学古录》卷33，文渊阁《四库全书》第1207册，第467页。

理学与科举的双重影响导致士子只顾科举之业，理学与文学形成对垒之势，而现实利益的诱惑愈加侵蚀理学的神圣性，使之蜕变为知识话语，失去对士人理想信仰方面的塑造、支配之力，导致南宋末年士风道德堕落，士人空谈仁义，行为卑劣，谄媚之风盛行。这是理学世俗化的又一表现。

（二）理学的知识化及南宋末年士风

所谓的理学知识化，是指理学在南宋末年在义理建构趋于醇熟，逐渐僵化陈腐，加之被官方定位一尊，失去学术上的论争自由，思想活力逐渐衰退，越发空洞干瘪，开始由思想走向文化，参与现实生活中的常识构成，成为从官方到民间、从都市到农村的普遍大众的一般知识。何俊先生有一个生动恰当的比喻：

> 正如一条大河，从源头的细流开始，中间经过分流与汇入，形成了在两岸紧迫中回旋冲撞的巨流，最终它将两岸冲开，使跳跃咆哮着的流水趋于舒缓，融入大海。这个融入，是河的生命的终结。但是在另一个意义上，即在文化的意义上、在海的意义上说，南宋儒学、河流也是获得了新的生命，在这个新生命中，将涌动、培植、迸发出新的活力。

“河的生命的终结”，是指生动活泼的理学思想在创生性上趋于停滞，而“融入大海”则指南宋末年理学开始全面渗透进民众常识，成为大众的一般知识。从理学思想到文化、知识的世俗化过程，由于有官方政治与科举名利的双重力量引导，其自身必然会变异，正如葛兆光先生指出：“当一种本来是作为士绅阶层以文化权利对抗政治权力，以超越思想抵抗世俗取向的，富于创造性和革命性的思想学说，当它进入官方意识形态，又成为士人考试的内容后，它将被后来充满了各种世俗欲念的读书人复制，这时，它的本质也在逐渐被扭曲。”[1]这些知识在民间有可能通过乡约、族规等形式凝定为伦理规范，规约着大众的日常生活，甚至走向桎梏人性的僵化教条。从士绅阶层来看，理学的知识化则主要表现为：理学终极精神境界的神圣性被瓦解，圣贤气象作为口头禅挂在士人嘴边而不践行，理学成为一堆空阔无实的知识概念。

理学落实为政治理论，必然受到各种复杂的外在条件及施政主体能力的限制而陷入理想渺远，行动迂阔的尴尬境地。周密对当时的士风分析道：“自义理之学兴，士大夫研深寻微之功，不愧先儒，然施之政事，其合者寡矣。夫理精事粗，能其精者，顾不能粗者，何欤？是殆以雅流自居，而不屑俗事耳。”[2]士大夫不仅缺乏实际的行政能力，还利用理学获取高官厚禄，理学在他们心中完全是工具性存在，不能引导其道德修养，且被他们用来自我标榜，欺世盗名。周密说：

> 世又有一种浅陋之士，自视无堪以为进取之地，辄亦自附于道学之名。褒衣博带，危坐阔步，或抄节语录以资高谈，或闭眉合眼号为默识。而扣击其所学，则于古今无所闻知，考验其所行，则于义利无所分别。[3]

无真才实学，又徒袭理学表面形式，至于行为事迹则无耻卑劣。理宗朝权倾一世的贾似道，为笼络士大夫，大量任用这类毫无实际能力的理学官员，这些人“鲜有孔孟之道与理学准则的身体力行者，绝大多数为满口仁义道德、满腹男盗女娼的伪君子和谨守程朱规矩、拱手高谈性命、长期脱离现实生活的‘愦愦冬烘’般的腐儒”[4]。不仅如此，贾似道喜爱谗佞之人，他权势如日中天时，不少官员争

---

① 葛兆光：《中国思想史》(第二卷)，上海：复旦大学出版社，2001 年，第 252 页。
② 周密：《癸辛杂识后集》，文渊阁《四库全书》第 1040 册，第 51 页。
③ 周密：《齐东野语》，文渊阁《四库全书》第 865 册，第 750 页。
④ 张岂之主编，朱汉民分卷主编：《中国思想学说史(宋元卷)》，桂林：广西师范大学出版社，2007 年，第 40 页。

相谄媚，林希逸也写过给贾似道的生日贺启，对贾似道毫无底线地吹捧。方回赋《梅花诗》给贾似道献媚而得升迁，待贾似道失势，则“虑祸及己，遂反锋上十可斩之疏，以掩其迹。时贾已死矣，识者薄其为人”。① 四库馆臣也说“（方）回人品卑污”，“其居心尤巧诈可鄙”。②

度宗咸淳四年（1268）年王柏说：“最是士大夫心术日坏，掇拾先儒绪言以为稗贩之地，由是起声誉，又是窃高爵重禄，责以实政，平日无具，临事颠倒错谬，又善为强辩以文之，至此比闾族党之士，终日酣痼于无用之言。”③这是对南宋末年士风很切当的描述。

在文艺领域内，由于理学的信仰之力被抽空，它对文学的规范必然会松弛，一般士人转为正面关注文学活动的自身规律，理学进而作为文学创作的话语资源被运用于诗文。江湖诗人广泛吸收理学话语入诗，如钱锺书先生《容安馆札记》提到的：

翠草红莲地，光风霁月天。几神千载悟，纸上更须圈。（陈杰《题濂溪画像》）

风叶静千林，归根深复深。江山皆本色，天地见初心。（陈杰《和叶宋英》）

言之浅矣乾坤大，逝者如斯昼夜滔。（陈杰《携碧香酒赏红白桃因观江涨》）

烟霭渺无际，宛类太极初。（卫宗武《钱竹深招泛西湖值雨即事》）

有体兼有用，迥异凡草木。（卫宗武《赋南墅竹》）

化工溥至仁，生机运不停。（卫宗武《春日》）

---

① 周密：《癸辛杂识别集》卷上，文渊阁《四库全书》第1040册，第129页。
② 方回：《桐江续集》，文渊阁《四库全书》第1193册，第220页。
③ 王柏：《宋故太府寺丞知建昌军王公墓志铭》，《鲁斋集》，文渊阁《四库全书》第1186册，第285页。

钱锺书先生还说:“山谷虽偶有此类句,江西社中人只做禅语,放翁则喜为之,江湖派遂成习气。”①表明理学话语已成为江湖派的“诗料”。理学诗并不是在南宋末年才出现的,实际上,两宋理学家多有在山水间体认理趣的诗作。如程颢《郊行即事》、邵雍《春去吟》、张载《芭蕉》、杨时《偶成》、张栻《桃花坞》、朱熹《晚霞》、魏了翁《次韵李参政湖上杂咏》等,均是以诗言理的上乘之作。南宋末年以理入诗,标志着理学普泛化为知识话语而成为诗歌创作的资料库,虽不乏精致之作,但大部分是“经义策论之有韵者”,文人既不践履,也不于山水间体会理趣,只堆砌理学辞藻,味同嚼蜡,诗歌不过是理学概念的韵体表达。

理学作为人生践履之学,本身是无涉文艺的,②但其正心、诚意的内省修养功夫以及“廓然大公”“光风霁月”的终极精神境界,却无疑具有美学因素。而随着神圣性的抽空,士人不再将之作为言行指导,也不再亲身践行体会“纯是天理”之境,理学便由切实的人生受用之学转变为士人思考文学活动的工具,在表达形式和终极境界上,多被视为文艺活动中理论言说(诗论、文论)的话语储备。此外,由于门户之见寡淡,对佛道开放接纳,二家资源在思维方式与知识话语上,也成为文论建设的思想资源,文学活动的自身规律在实践与理论(文论)两方面得以深入探讨。通过对理学世俗化的分析来理解理学家文艺思想与文学实践,这是本书探究林希逸三教融合思想、理学思想与文艺思想、创作实践之间关系的重要方法论。

---

① 转引自季品峰:《钱锺书与宋诗研究》,博士学位论文,复旦大学,2006年,第41—42页。

② 在理学的价值系统中,文艺是要为理学服务的,所谓“文以载道”,文艺自身的属性需要控制在一定的限度内,如表现圣贤气象,温柔敦厚的诗作,至于其他的情感,在理学系统中是需要转化的,也不宜在诗中表达。理学家认为文艺的根源在于理学终极之“道”,一旦对“道”有所体认,发而为文,自然文采洋溢,即朱熹所谓“道根文枝”。

三、南宋文章评点与选本

南宋理学压制文学，与文学对立，这里的理学主要是程朱理学，南宋还有浙东学派，虽然后期被程朱理学所涵摄，这一学派却有自己独特的文道观及文艺思想，且与科举紧密相关。浙东学人以吕祖谦、薛季宣、陈傅良、叶适为代表，经史兼通，他们不仅没有像真德秀那样视科举为“余事”，反而十分重视科举时文的写作，且有丰富的文章学理论，是南宋中后期引导全国科举写作潮流的先锋。南宋浙东人士领衔推出了一批指导科举诗文创作的专书以及古文选本，祝尚书先生因为陈骙《文则》、陈傅良《止斋论祖》、吕祖谦《古文关键》等文章学著作的相继问世而将南宋孝宗朝(1163—1189)定为中国文章学的成立时期。① 有学者指出：“许多浙东学人的个人遭际、学术事业、文学思想都与科举关系密切，他们中很多人都有研摹和教授科举文法的经历，其中尤以吕祖谦、陈傅良为渠率。可以说浙学的不断壮大，很大程度上依赖于他们科举教学的吸引力。”②为指导时文写作，浙东学人或评论文法，或写作范文，或编选古文，以教授科举写作法度与程式。篇幅所限，本节重点讨论吕祖谦的《古文关键》，以粗窥南宋中后期文章学著作特点。

四库馆臣谓吕祖谦《古文关键》：“祖谦此书实为论文而作，不关讲学。”③《古文关键》主要是文章写作的指导之书，而非性命义理之讲学，与真德秀编的《文章正宗》有很大区别。如果说《文章正宗》是真德秀欲以理学规范文学，压制文学自性的话，那么《古文关键》恰好重视的是文章本身的技法程式，只不过，这里的文章特指科举时文。《古文关键》全书分为总论、卷上、卷下三部分。总论有“看文字法”“看韩文法”“看柳文法”“看欧文法”“看苏文法”“看诸

---

① 祝尚书：《宋元文章学》，北京：中华书局，2013年，第50页。
② 郭庆财：《南宋浙东学派文学思想研究》，北京：中华书局，2013年，第176页。
③ 永瑢等：《古文关键提要》，文渊阁《四库全书》第1351册，第716页。

家文法”“论作文法”“论文字病”等内容，卷上、卷下则录取韩文 13 篇、柳文 8 篇、欧文 11 篇、苏洵文 6 篇、东坡文 14 篇、苏辙文 2 篇、曾巩文 4 篇、张耒文 2 篇，并在文章内进行标抹圈点与评价，但现存《古文关键》极少保留圈抹标记，只有评点文字。①

在“看文字法”中，吕祖谦说：“学文须熟看韩、柳、欧、苏，先见文字体式，然后遍考古人用意下句处。苏文当用其意，若用其文恐易厌。盖近世多读。”指导士子要熟悉大家的文字体式与用意，还特别指出苏轼文章为人熟知，不能直接用其文，须用其意而出新，表明此书的指导态度。接着提出“四看”：

> 第一看大概主张；
>
> 第二看文势规模；
>
> 第三看纲目关键；如何是主意首尾相应，如何是一篇铺叙次第，如何是抑扬开合处。
>
> 第四看警策句法；如何是一篇警策，如何是下句下字有力处，如何是起头换头佳处，如何是缴结有力处，如何是融化曲折剪截有力处，如何是实体贴题目处。

随后依次给出看韩、柳、欧、苏以及其他古文大家文章的总体方法，如“学韩文简古不可不学他法度”，看柳文“当戒他雄辩”“学欧平淡不可不学他渊源”，看东坡文“当戒他不纯处”，可谓仔细深微，金针度人，把每家文章的关键处教与读者，令其掌握各家文章“关键”，得以在时文写作中巧妙化用。在“论作文法”中还说“文字一篇之中须有数行齐整处，须有数行不齐整处”，要求写作中“语新而不狂、常中有变、正中有奇”，“题常则意新、意常则语新”，不断授

---

① 据吴承学先生，唯日本鹿儿岛大学的高津孝教授所藏的日本官板《古文关键》有清晰的点抹，较好地保存了该书的原貌。吴承学：《现存评点第一书》，《文学遗产》2003 年第 4 期。

人写作上的新意与技巧。总论的最后还有“论文字病”如“深、晦、怪、冗”以及“说不透、意未尽”等需要避免的文病。

无论是“四看”还是“论作文法”“论文字病”均着眼于写作技法，旨在学习优秀古文的创作技巧及章法结构，以提高科举时文的写作能力。有学者就指出南宋的古文选本编辑目的即是为时文创作提供典范，甚至大胆猜测，古文选本的编辑状态（圈抹方式以及评点的表达形式）即是仿照考官评点科举诗卷的样式，①表明南宋后期大兴的文章评点现象是受科举时文写作的影响。在卷上、卷下的主体部分，随文批点古文，令读者晓悟其中文脉设计、辞意运用之优长。如“一段意起于此”“一场意接归此一句”“此意尤好”“用得新”“健而有力”“一段之关锁”“结得极好”，等等，成为习用的评文方式。林希逸生活在南宋后期文章学著作大盛之时，他受时风影响，不仅解释义理，还分析评点《庄子》《老子》《列子》文章。

南宋后期，理学不断世俗化，理学官员（如真德秀）不仅推进理学指导现实政治，还不遗余力地以理学规范文学，将文学纳入理学系统，以“明义理，切世用”的实用标准和“得性情之正”的教化功能将文学强行收摄进理学。他们通过重构文学史、编选文章范本等途径，挤压文学空间，争夺文艺领域的话语权，招致文人的反对与抵触，形成南宋末年理学与文学的对立。

理学的世俗化还表现在其指导、约束士人精神世界的信仰之力丧失，被定为一尊后，又成为科举考试的内容，在官方意识形态的权威与现实功名利禄的诱惑双重影响下，理学神圣性被逐渐抽空，沦为一堆与现实言行毫无关系的知识话语。这在文学上的影响主要有三点：

---

① 参见林岩：《南宋科举、道学与古文之学——兼论南宋知识话语的分立与合流》，王水照、侯体健主编：《中国古代文章学的衍化与异形——中国古代文章学二集》，上海：复旦大学出版社，2014 年，第 366—367 页。

一是理学神圣权威下降导致南宋末年的理学人士不再对理学与文学之间的对抗敏感，文学除了“载道”功用外的自性规律被发现。林希逸就很重视文学，积极探讨并创作。二是理学不再是体道修道的教导，而成为文学创作的资料储备，诗文中充盈大量理学话语。其中有不乏理趣盎然的，但大多堆砌理学辞藻，毫无诗味。而林希逸恰恰能巧妙运用理学语作精致的理学诗，显示其作为理学家的文学才华。三是由于理学神圣性的消解，士人对佛道思想少有抵触心理，而是主动吸收，为己所用。同时，包括理学在内的儒道佛三家，无论是思维方式还是话语形式，均被借鉴来思考文学活动规律与特点，三家思想成为文艺理论如文论、诗论构建的思想资源。

第三节　林希逸生平及交游

一、林希逸生平

林希逸，字肃翁，一字渊翁，又号鬳斋、献机。南宋福建路福清县渔溪人，绍熙四年(1193)生。《淳熙三山志》载其为林昌言曾孙、林介之侄孙。理宗端平元年(1234)，解试第一，次年省试第一，殿试中甲科第四名，为平海军节度推官，以清白称。淳祐六年(1246)，迁秘书正字，因对乞信任给谏，又乞早决大计，以慰人望，皆为理宗采纳，七年，除枢密院编修官，历翰林权直学士兼崇政殿说书，八年，以直秘阁知兴化军，历官考功员外郎。宝祐三年(1255)，为饶州太守。景定元年(1259)，以司对郎官召主管崇禧观，二年再召，又除广东运判，三年，除考功郎兼国史院编修官，实录院检讨造朝，兼礼部郎官、崇文殿说书、直舍人院转朝散大夫、除司农少卿转朝请大夫。四年，除秘书少监、太常少卿兼朝议大夫，进讲《春秋》彻章，授守奉大夫，修进宁宗实录，授中大夫兼国子司业去国，提举玉局观，获封“福清县开国男”，咸淳元年(1265)，除直宝文阁、湖南运判、提举冲佑观，四年再祠，除知赣州。五年，提举玉局观，除秘书监兼侍讲。六年，兼权直学士院造朝，除起居郎兴祠，除秘阁修撰，提举冲佑观，七年辛未岁(1271)九月十五日，以病卒，享年七十九岁。① 林希逸晚年谄媚奸相贾似道的事迹成为其政治污点，这或许是其未被《宋史》载录之因。

林希逸在南宋末年以理学知名，不仅做得一手好诗，还兼擅书画，《书史会要》评其"能书，子泳亦能篆"②。《御定佩文斋书画谱》载："林希逸善绘事。林泳，希逸子，善墨竹。"关于林希逸早年经历，其在《报晖堂记》曾写道：

> 余不幸早孤，与吾母相依逾五十年。少为痴儿，粗知力学，求以尽为子之责而已，未有以养也。长落江湖，以侍亲之欢，不若养亲之志。滞留两学，何止百战。发已半白，而后苟窃升斗之养，而又与世寡谐，履进履斥。每以能动吾亲之忧，怡愉之奉，岁月能几何哉！③

可见林希逸年幼丧父，由其母亲抚养长大，为人子的林希逸颇知孝养人伦，力求通过自己考取功名，封侯为官来报答母亲养育之恩。他也在诗里说过，"应世只愁一首差，少曾苦学鬓今华"④，同时提及自己性格与俗世"寡谐"，仕途"进斥"，让母亲担忧。他与弟弟的同胞亲情也很深厚：

---

① 有关林希逸生平，《宋史》无载，以上信息参《宋元学案》卷47、《闽中理学渊源考》卷8、《闽南道学源流》卷16、《后村大全集》《鬳斋十一稿续集》林同序、《福州府志》、林希逸墓碑文综合而得。另，关于林希逸卒年，有数文探讨，据王晚霞博士《林希逸文献学研究》的详细考证，林希逸卒于1271年，本书从之。

② 陶宗仪：《书史会要》，文渊阁《四库全书》第814册，第750页。

③ 林希逸：《报晖堂记》，《竹溪鬳斋十一稿》卷11，文渊阁《四库全书》第1185册，第665页。

④ 林希逸：《和后村诗忆昔二首》，《竹溪鬳斋十一稿》卷1，文渊阁《四库全书》第1185册，第556页。

我嗟孤日早，汝亦守偏亲。爱甚于诸季，年多似一轮。
家虽老去足，身苦病来频。卜穴何时定，伤心历四春。①

由于从小由母亲养大，林希逸对母亲感情十分笃厚，他在《先母忌日》中写道："儿正痴时赖母贤，如今满镜白于绵。可堪远日存思日，更向衰年忆幼年。嫠早独携三稚子，世贫能有几硗田。书灯督课无虚夕，曾解衣还束脯钱。"②该诗朴实无华，但饱含感恩怀念之情地道出林希逸贤惠勤劳又关心其学业的母亲形象。林希逸年少时家境贫苦，生活甚至窘迫到要典当衣服维持生活所需。穷苦的幼时经历与母亲的勤劳哺育让林希逸对母亲充满感激。据林希逸记载，他幼年曾在外祖家生活："幼来外家，及拜王母。母怜其孤，是爱是拊。"③并受到舅舅的照顾以及学业上的提点，林希逸后来在拜谒舅舅之坟时，特别感怀舅舅的幼教蒙学之恩：

少也孤苦，母舅是怜。时来就学，诲饬拳拳。
逾叨窃取，敢昧由缘。官游南北，岁月易迁。
不拜堂下，二十六年。中斮假守，徼福自天。
儒雅之集，团栾母前。番易还里，偶以病缠。
舅别吾母，实来溪边。自此一间，云山连连。
闻舅之讣，存心欲然。吊祭弗及，遥望涕涟。
虽有书疏，此情曷宣。甥今老矣，有发如绵。
持此一酹，于舅之阡。宿草不哭，徒饮泪焉。④

① 林希逸：《百七弟》，《竹溪鬳斋十一稿》卷19，文渊阁《四库全书》第1185册，第743页。
② 林希逸：《先母忌日》，《竹溪鬳斋十一稿》卷2，文渊阁《四库全书》第1185册，第570页。
③ 林希逸：《谒考塘外祖坟》，《竹溪鬳斋十一稿》卷20，文渊阁《四库全书》第1185册，第753页。
④ 林希逸：《拜二舅坟》，《竹溪鬳斋十一稿》卷20，文渊阁《四库全书》第1185册，第753页。

全诗对舅舅的感激、怀念之情溢于言表，描写了幼时舅舅对自己学业的关照，自己成年后浮于宦海，无暇看望，知道舅舅辞世时的悲恸，舅甥之间书信来往之亲情以及自己年老的感慨，读来令人感动。林希逸对舅舅十分敬仰，舅舅的人品气质、心性喜好等给年幼的林希逸留下过深刻的印象：

吾舅虽潜德，人间两玉人。眼高俱迈俗，鬓秃共娱亲。
场屋因缘薄，诗书趣味新。少公谈颇胜，伯氏亦尤神。
门外相过少，樽中自酿醇。荆花同伴老，竹叶满怀春。
寿衷皆逾七，堂封亦与邻。赠车伤作梦，华屋怅今颦。
甥老头如雪，山空骨已尘。前年松下酹，语不尽酸辛。①

诗中称赞舅舅心性超迈，异于同流，且不喜世俗举业，偏爱诗书之乐。林希逸幼年在外祖家生活，舅舅在学业上的熏陶为他以后的为学打下坚实基础。

二、林希逸交游

步入社会的林希逸广泛结交社会各阶层人士，有不同层次的交友圈，交往内容涉及政治关怀、生活问候，以及共同游览登临、互写序跋的文人趣味等，体现出南宋文人生活的典型特点。林希逸的交往对象，既有上层权相，又有同僚、同乡、佛门僧侣，还有江湖游士。

（一）与政界高层的交往

郑清之（1176—1251），初名燮，字德源，又字文叔，号安晚，浙江宁波人，为史弥远废济王赵竑拥立理宗的重要党羽。绍定六年

① 林希逸：《两舅氏》，《竹溪鬳斋十一稿》卷19，文渊阁《四库全书》第1185册，第743页。

(1233),史弥远卒后,官至右丞相兼枢密使。端平元年(1234),疏请召还直臣真德秀等人,为帝采纳。二年,拜左丞相。晚年获准辞官,放浪湖山,寄寓佛刹。《宋史》载其"自与弥远议废济王竑,立理宗,骎骎至宰辅,然端平之间召用正人,清之之力也。至再相,则年齿衰暮,政归妻子,而闲废之人或因缘而贿进,为世所少云"。因晚年有贪污受贿之迹,世人较少论及之。

林希逸《竹溪鬳斋十一稿续集》有关郑清之的文章共两篇。一篇为《安晚先生丞相郑公文集序》①,是郑清之去世十七年后其孙收集清之文稿邀请希逸而作。序文谈及自己从政初期,与清之有文墨之交,受到清之照顾,表示感谢。林希逸中进士的端平二年正是郑清之拜左相之时。他赞美清之为有道有文之士,"其人如泰山乔岳,其文如黄钟大吕","公早游太学,即有异声。越从经邸,以至大用,高文大册,流布人间。黼黻两朝,既及文章之用;敷陈九陛,无非仁义之言"。"功言并立,不既伟乎!"对其事功、言论作了充分的赞誉。这里的言论主要是奏疏一类的政事公文,以及清之"《敬司》二铭、《元吉》十箴、《祖训》四言"等应用文,序末称"文章又其余事尔",这里的"文章",则主要指诗文:"知公学穷古今,出入经史,胸中所有浩如也。熔炼而出,顷刻千言,形之声歌,兴味尤远,岂常流所可及。"赞美清之诗文兴味高远。

另一篇为《文房四友除授集序》,作于淳祐八年(1248),再次提到与清之的文字之交:"安晚先生以少师领奉国节钺,留侍经帷,寓第涌金门外养鱼庄,日有湖山之适。仆备数校雠府,官闲无他职,颇得奉公从容。"清之曾为文房四宝除授制诰,希逸即为之作启,现存于《全宋文》林希逸卷,包括《代毛颖谢表》《代陈玄谢表》《代褚知

① 林希逸:《安晚先生丞相郑公文集序》,《竹溪鬳斋十一稿》卷12,文渊阁《四库全书》第1185册,第671页。

白谢表》《代石中虚谢表》四篇，[1]分别将笔墨纸砚拟人化为臣子谢主上的赏封。如形容笔"志难酬于脱颖，嘲莫解于沐冠。何尝叹白首之蹉跎，乃误被黑头之任使"；形容墨"面目黧黑，志气消磨。未能希捣药之仙，已甘侪饮墨之士。……徒诧屈原之独清，宁信老子之守黑"；形容纸"云隔几重，自喜卷舒之适；风驰一札，俾陪杂遝之贤"；形容砚"衒而求鬻，德愆栗玉之非；命以濡毫，班冠花塼之列"，这样的文字游戏虽然是宋代文人普遍的文学趣味，但考虑到郑清之当时的显赫地位，将笔墨纸砚拟人化为臣子向主上的一番衷心之表，难免恭维奉承郑清之的嫌疑。序的最后，林希逸表示自己刊印清之的《文房四友除授集》不为争名求进，"无他谬巧"，并赞清之"雄笔健词，不少减退，巧而不斫，雅而能华，亦非晚辈所可企望其万一也"。结合写给郑清之的两篇文章来看，林希逸不忘清之的关怀照顾以及与清之的文墨交往，但在清之晚年贪腐事迹流出后，他仍不吝恭维，略有谄媚之姿。

如果对郑清之的"功言并伟"的褒赞含有林希逸的感恩之情的话，那么林写给贾似道的文章，便十足地阿谀奉承了。《四库全书》称其"以道学名一世，而上贾似道启乃极口称誉，至以赵普、文彦博比之，殆与杨时之从蔡京同一白璧之瑕"。[2] 将林希逸奉承贾似道看作其理学家身份的污点，是与杨时从蔡京一样的瑕疵。

贾似道(1213—1275)，字师宪，号半闲，浙江台州人，贾涉之子。贾似道有一定的经学和文学才能，因其姐姿色为理宗所赏，选为贵妃，"恃宠无检"，贾似道在两淮防御蒙古战争中有贡献，受理宗器重。贾似道隐瞒鄂州之战议和真相，夸大自己的战功，受理宗大赏并下诏："今丞相贾似道身佩安危，再造王室，其元勋伟绩，不在赵普、(文)彦博下。"林希逸对贾似道的"赵普、文彦博"之比，乃

---

① 曾枣庄、刘琳主编：《全宋文(林希逸卷)》，上海：上海辞书出版社，2006年，第245—248页。本书引用的《全宋文》均属此版本，后不注明。

② 永瑢等：《竹溪鬳斋十一稿续集提要》，文渊阁《四库全书》第1185册，第553页。

出自理宗对贾似道的诏书。贾似道历仕理、度、恭三朝丞相，擅权世间长达十六年，对南宋末年的政局有深刻而重大的影响。他“恃功固位”，昏聩的度宗对他言听计从，他的权力一手遮天，排斥异己，扣留蒙古使臣郝京，嫉贤妒能，奢侈腐化，是南宋末年著名的“奸臣”。

贾似道喜爱佞谄之人，听不进反面意见，随着擅权加深，朝廷上下无不慑于其淫威，极尽巴结逢迎之能事，一些太学生被贾似道收买后，失去原则，也对其吹捧歌颂，称其为“师相”“元老”“周公”“魏公”等，“无一人敢少指其非”①。

林希逸现存写给贾似道的文章，经考察有五篇：作于咸淳元年(1265)的《贺丞相除太师》《贺丞相进封魏国公札子》《贺魏国公再拜相》；作于咸淳三年(1267)的《贺平章启》《丁卯贺平章生日》。咸淳元年为度宗立朝第二年，贾似道要求辞相，因得知蒙古攻下沱甚急，度宗无奈，下诏除贾似道为太师、镇东军节度使、魏国公，之后贾似道才到临安，度宗与之密谈，贾似道再拜右丞相。林希逸作于咸淳元年的三篇贺文，即是恭贺贾似道此次获封。《贺丞相除太师》说：“盛德元老，耆儒宗工。声猷远辈于典谟，勋烈遍铭于彝鼎。力侔再造，在长江饮马之初；忠济两朝，实大宝遗龟之际。”“虽韩以勋，潞以年，未有如公之全美。”这里的“韩”“潞”即为赵普(宋初宰相，逝世后被封为“韩王”)与文彦博(北宋贤相，封爵“潞国公”)。《贺丞相封魏国公札子》赞贾似道“修内攘外而德威强，开忱布公而容量大。气象挽回于庆祐，声华远辈于伊周”。“庆祐”指宝祐年(1253—1258)与开庆元年(1259)这六年，正是贾似道在两淮防御蒙古的战争取得显著成绩以及向理宗大夸鄂州之战大捷而备受理宗重用之时。

《贺魏国公再拜相》对于贾似道的拜相，林希逸称自己“提笔之

---

① 何忠礼：《南宋全史(二)》，上海：上海古籍出版社，2011 年，第 163、209、239、274 页。

期，紫极隃瞻。但竭一瓣香之敬，褰裳舞蹈，端笏敷陈”。《贺贾平章启》继续吹捧：“元勋大德，硕量鸿儒。和野和朝，致治慕虞周之懿，知兵知国，御戎笑秦汉之疏。”“帝方念无可酬之官，公乃有成不居之意。”把贾似道褒为功成身退的治国高人，再次将之与赵普、文彦博对比：“坐而经论，恩礼有加于潞国。”《丁卯贺平章生日》第三次提及此：“潞国以德，韩王以勋，既备两公之美。广成之寿，汾阳之考，所宜二者之兼。”林希逸之所以在五篇贺词中不惜三次以赵普、文彦博比于贾似道，大概是因为此对比出于理宗，林以此“重言”反复褒赞，把贾似道装饰为文治武功毫无瑕疵的圣人，吹捧到无以复加的地步。除了对郑清之、贾似道的贺词，林希逸还给叶梦鼎（1200—1279）、江万里（1198—1275）、马廷鸾（1222—1289）等南宋末年政界高层人士写过贺信①。

（二）与朋友、同乡的交往

刘克庄是林希逸交往的文人中最亲密的朋友，他们生活上互相关心，政治上相互照顾，常常诗文雅聚、唱和。林、刘之名在闽南颇著，《闽南道学源流》卷十六曾载林希逸“一时才名与莆人刘克庄相轧，而评者谓希逸理学实优之”②。二人才气相当，又相互欣赏，情谊十分深厚。现存《竹溪鬳斋十一稿续集》与刘克庄相关的诗篇俯首即是。据统计，共有诗歌 61 首，文章 13 篇，共计 74 篇诗文，而刘克庄《后村先生大全集》载有与林希逸相关诗文 189 篇，词 20 首，与林希逸儿子林泳，以及其他亲人相关诗文 25 篇，共计 234 篇。二人的交往涉及文艺、政治、生活等各个方面，是南宋末年文人交往的典型。

---

① 林希逸给叶梦鼎写过《贺叶右相》，给江万里写过《贺江左相》，给马廷鸾写过《贺马右相》，见文渊阁《四库全书》第 1185 册，第 696 页、第 702 页、第 703 页。

② 杨应诏：《闽南道学源流》，《四库全书存目丛书》，济南：齐鲁书社，1996 年，史部第 92 册，第 254 页。

刘克庄(1187—1269),初名灼,字潜夫,号后村居士,莆田(今福建省)人。早年受业南宋著名理学家真德秀,以荫入仕,因作《落梅》诗被指为谤讪而落职。淳祐六年(1246),理宗赏识其"文名久著,史学尤精",特赐进士出身,仕孝、光、宁、理、度宗五朝,历官至工部尚书,龙图阁直学士。林希逸赞其"言诗者宗焉,言文者宗焉,言四六者宗焉",刘克庄是南宋末期文坛领袖,诗词文皆佳,存诗四千余首,是江湖诗人群体中成就最大者。①

林希逸《后村集序》讲述了与刘克庄相识的渊源。在认识刘之前,林就已拜读其《南岳稿》与对疏等文章,然"犹未及登门也",直到中进士的端平二年(1235),才见到刘克庄,"始克见于其居",开启与刘克庄三十四年的至密之交,直到刘克庄逝世,从未断绝。林希逸曾多次建议刘克庄将自己的文集编辑出版,刘"潜避再三",林则列举莆田名人前辈文字遗落之例相劝:"莆,名郡也,前辈诸闻人文字散落不少。夹漈著书最多,可名者七百余种,今之存无一二。艾轩没五十年,遗文始裒集,仅得二十卷,放失知几何。他如次云之诗、西轩之赋,与先正二刘之作,则世无复见者矣。"对刘克庄文集出版十分关心,刘克庄这才"不得已而出之"。林希逸得到刘克庄文集后,"连月讽咏不去手",称赞其诗文及政事公文各类文体均善:

> 以余观于后村,自非天禀迥殊,学力深到,何其多能哉!诗虽会众作而自为一宗,文不主一家而兼备众体。摹写之笔工妙,援据之论精详。其错综也严,其兴寄也远。或春容而多态,或峭拔以为奇。融贯古今,自入炉鞴。有《縠梁》之洁,而寓《离骚》之幽;有相如之丽,而得退之之正。霜明玉莹,虎跃龙骧,宏肆瑰奇,超迈特立。千载而下,必与欧、梅六子并行,

① 王水照、熊海英:《南宋文学史》,北京:人民出版社,2009年,第274页。

当为中兴一大家数也。至于伦纪奏篇，途归谏流，与夫某人谢事之词，此又公立朝大节，来者宜焚香诵之，不然，文岂能徒传哉?①

评价刘克庄诗文博取多家而自铸文辞，不主一家而兼备众美。序文骈散相间，以骈为主，文采华丽，不仅将刘克庄文学特点描绘得淋漓尽致，自身也是一篇辞藻激扬的美文。《后村集》刊印后，“于时纸价倍常”，又陆续印出后、续、新三集，“今此书传流遍江左矣”。由刘克庄季子季高汇成《后村先生全集》，再请林希逸作序，林表示稿成而“先生无遗憾”②。刘克庄也十分欣赏林希逸的诗，并为其《竹溪诗》作序：

诗比其师(陈藻)，槁干中见华滋，萧散中藏严密，窘狭中见纡徐。当其撚须搔首也，搜索如象罔之求珠，斫削如巨灵之施凿，经纬如鲛人之织绡。及乎得心应手也，简者如虫鱼小篆之古，协者如韶钧广乐之奏，偶者如雌雄二剑之合。使天下后世诵之，曰诗也，非经义策论之有韵者也。③

刘克庄指出林希逸的诗枯华相济，严散互见，狭徐兼备，同时简古偶偕，尤其是能运转理语作精妙之诗，而非寡无诗味的经论有韵体。这是对林希逸诗非常恰切的评价。林希逸的理学诗，或说理而毫不枯燥，或寓理于日常生活，用词巧妙殊绝，对仗精切工整，是晚宋理学诗中的优秀之作。刘克庄在最后表示“晚见竹溪之诗，

---

① 林希逸:《后村集序》，曾枣庄、刘琳主编:《全宋文》卷7732，林希逸卷7，第340—341页。

② 林希逸:《后村先生大全集序》，曾枣庄、刘琳主编:《全宋文》卷7732，林希逸卷7，第347页。

③ 刘克庄著，王蓉贵、向以鲜校点，刁忠民审订:《后村先生大全集》第94卷，第2438页。

叹曰：吾诗可结局矣”。对挚友的诗不仅毫不嫉妒，还真诚赞美。刘克庄对林希逸的文章，同样赞不绝口，他在《竹溪集序》里说：“始余见竹溪诗而爱之，既而又见其未第时所论著二巨编，煅炼攻苦而音节偕𩐋，边幅宽余而经纬严密，叹曰：此非场屋荒速、山林枯槁者之言，必极文章之用而后已。”并提及后来林希逸入翰林学士后所写文章“士争传写，家藏而人诵之”，总结道：

> 惟竹溪已显融尤刻厉，聚古今菁英，穷翰墨变态，书不虞褚、吟不韦柳、文不昌黎艾轩不止也。故其旂夏之文精粹，典册之文华润，金石之文古雅，义理之文确切，达生则蒙叟，谈空则无尽，藏妙巧于质素，寓高远于近切，宜乎备众体而为作者之宗，殿诸老而提斯文之印者也。①

认为林希逸的文章精粹华润、古雅确切，能将高远之理与俗常之事结合起来。刘克庄还写诗表达自己读林希逸诗歌的感受：“不敢匆匆看，晴窗几绝编。参他少陵髓，饶得弈秋先。友愿低头拜，师曾枕膝传。已将牌印子，牒过竹溪边。”②（《读竹溪诗》）读得十分认真，愿意“低头拜”，甚至愿将自己的职位牌印给林希逸以表拜服，谦虚真诚的态度溢于言表。

至于二人相互唱和酬答之诗文，则为数众多。有和后村的诗，如《和后村忆昔二首》《和后村口占一首》《和后村唐衣二首》《和后村记颜一首》《和后村漫兴一首》《再和后村得孙韵》《和鞲字谢后村和篇》《三和鞲字二首寄后村》《和披字韵寄后村》《和后村三绝句》《再和》《和后村答空青韵》《和后村韵赠砚士方生》《赠周医主簿和

① 刘克庄著，王蓉贵、向以鲜校点，刁忠民审订：《后村先生大全集》第 96 卷，第 2487 页。
② 刘克庄著，王蓉贵、向以鲜校点，刁忠民审订：《后村先生大全集》第 16 卷，第 459 页。

后村诗》《后村再和堂字二首且云欲谢遣孤月一意祈天用韵为谢》《和后村书窗韵四首》《再和磨字韵谢后村以余评新稿见寄》《和后村韵二首奉寄府判真司令》;或用后村韵的,如《送建宁倅林太博用后村韵》《送徐仓用后村韵》《别莆阳郡斋张文学归建安用后村韵》;甚至有刘克庄主动邀请林希逸和诗的,如《后村为李教赋诗且以索和辄课二首》等,林希逸有"后村已病赓吟少,纵有牙弦孰与听"的诗句①,足见二人诗文酬唱之频繁,情谊之深厚。刘克庄也写过不少和林希逸以及用林希逸韵的诗,他曾一次寄五十首诗给林希逸,也曾写多首词与林希逸唱和,如《沁园春·寄竹溪》②、《沁园春·和林卿韵》③(十首)、《烛影摇红·用林卿韵》④等。

除了在诗文上相互欣赏外,林刘还有一个共同的爱好:书画。刘克庄曾为林希逸的书画作品写题跋。如《林竹溪禊帖》(包括《断石本》《定武本》《三段石本》),其中,在《断石本》中提醒"竹溪其珍闳之,十五城勿轻换"。再如为《伯释临韩幹马》《戴嵩牛》《王摩诘渡水罗汉》《江贯道山水》《厉归真夕阳图》《韩幹三马》《信庵墨梅》《李伯时画十国图》《米南公帖》《跋放翁与曾原伯帖》《旧潭帖》《跋马和之觅句图》《石鼎联句图》《杨通老移居图》《又题》《石虎礼佛图》《明皇听笛图》等林希逸十七幅书画作跋。并在《厉归真夕阳图》跋中写道:"竹溪方当驾天厩知飞黄,行绿槐之御路,顾宝惜戴、厉二画,嗜好如此,毋乃侵余之彊乎?""竹溪他日坐摛文堂,草制罢展卷观画,勿忘老夫。"⑤表现出二人的书画之好。

二人在政治仕途上也相互关心,刘克庄写过《次韵竹溪中书重

---

① 林希逸诗:《老去》,《竹溪鬳斋十一稿续集》卷 5,文渊阁《四库全书》第 1185 册,第 603 页。

② 刘克庄著,辛更儒笺校:《刘克庄集笺校》第 15 册,北京:中华书局,2011 年,第 7149 页。

③ 刘克庄著,辛更儒笺校:《刘克庄集笺校》第 15 册,第 7152 页。

④ 刘克庄著,辛更儒笺校:《刘克庄集笺校》第 15 册,第 7430 页。

⑤ 刘克庄著,王蓉贵、向以鲜校点,刁忠民审订:《后村先生大全集》第 103 卷,第 2641 页。

修县桥二首》[①]《答林中书》《林希逸依旧宝谟阁广东运判》[②]《林希逸除考功郎官》[③]等诗文。在生活上他们交往相当密切。在二人生日时会彼此祝贺。林希逸写过《和后村八十札》、《贺刘尚书生日劄》、《回后村生日启》(景定五年)、《回后村刘尚书生日启》(咸淳二年)、《回后村生日启》(咸淳三年)、《回刘后村生日启》(咸淳四年)等劄启以及《贺后村生日庆八十》等诗歌。刘克庄也写过《水龙吟·林中书生日》[④]、《最高楼·林中书生日》[⑤]、《鹊桥仙·林侍郎生日》[⑥]等祝贺林希逸生日的词。

刘克庄得孙子,林希逸写《贺后村得第七孙》诗表示祝贺;林希逸儿子大渊去看望刘克庄,刘克庄写《喜大渊至二首》,林希逸又写和诗《和后村喜大渊至二首》;二人会同约游览但有时爽约,如《和后村问讯水南失约二首》《雨中怀后村石塘之约爽矣》《诸侄约至黄檗因思前岁刘朔斋同宿约后村不至慨然有感》等;刘克庄赠送林希逸新鲜荔枝,林写诗《后村先生再寄新出名荔赋谢一首》《和前韵谢后村饷甘露团荔子一首》等诗表示感谢;刘克庄犯眼病,林希逸写诗《问讯后村目眚》表示关怀。一段时间不见,彼此也很挂念,林希逸曾写诗《怀后村作》:"常时交讯无虚日,每日迂谈尽五更。"表现出二人非一般的情谊。

刘克庄早林希逸两年去世,林十分悲痛,写下《悼刘主簿》《次韵方持叟见寄一首因悼后村》《挽后村五首》等诗。"汝身汝伯相为命,一死一生尤痛心。"(《悼刘主簿》)"忽忽缠悲绪,茫茫恨化机。何时吊乌石,有泪湿渔矶。"(《次韵方持叟见寄一首因悼后村》)"词

① 刘克庄著,王蓉贵、向以鲜校点,刁忠民审订:《后村先生大全集》第42卷,第1124页。
② 刘克庄著,王蓉贵、向以鲜校点,刁忠民审订:《后村先生大全集》第65卷,第1721页。
③ 刘克庄著,王蓉贵、向以鲜校点,刁忠民审订:《后村先生大全集》第69卷,第1836页。
④ 刘克庄著,辛更儒笺校:《刘克庄集笺校》第15册,第7334页。
⑤ 刘克庄著,辛更儒笺校:《刘克庄集笺校》第15册,第7441页。
⑥ 刘克庄著,辛更儒笺校:《刘克庄集笺校》第15册,第7470页。

源泉万斛，笔欲挽天河。诗比韩欧密，文追汉晋多。”“云鬓登堂老，论文四十年。”“筋力衰难强，伤心苦涕零。”（《挽后村五首》）对挚友去世表达无尽悲伤与缅怀。林希逸还写了《后村墓祭》《代后村遗表》《宋龙图阁学士赠银青光禄大夫侍读尚书后村刘公状》，刘克庄生平详尽事迹《宋史》无载，赖林希逸这篇《行状》留史。

用文学记录日常生活上的交往，是宋代士大夫文化的典型内容，他们不光有细腻精致的文人趣味，如前述相互诗文酬唱、为彼此文集及收藏的书画作品写序跋，诗文成为记录他们衣食住行、喜怒哀乐各种生活状态的主要形式，这是宋代文学的一个重要特点，通过林刘二人的交往，我们可以清晰地感受到诗文创作与他们平常生活之间水乳交融的关系。

林希逸还与刘翼、严粲、林公遇及其子林同、林合三人等往来密切，写下不少诗文。刘翼（1198—?），字躔甫，号心游，福建福清人。与林希逸同师陈藻，有同窗之谊。刘翼曾取自己的诗作十九首集为《心游摘稿》，寄给林希逸，林为之作序，讲到刘躔甫“鄙夷场屋之技，独力于诗”。“闻人说举子业，即掉头回首而去，独与翁守乐轩之书，呻吟竟日”①，是一个不喜世俗科举，独好诗文之趣的人。林希逸也时常流露林泉之好，他曾在《陈郎中启》中自己“浪次山之迹，居怀野鹤之心”，“生平耻作俗下文章”，“盟鸥之约莫遂，入梦林泉”，常引刘躔甫为同调，曾在《别躔甫》中说：“功名会上前缘薄，灯火社中遗恨多。”《寄刘躔甫》中也说：“功名纵似秋风客，见解何如春梦婆。”林希逸写给刘躔甫的诗文还有《刘躔甫许以古诗集见假而竟不至代书催之》《心游刘躔甫》《刘躔甫七十》《再用仙字韵答刘躔甫》《回刘躔甫生日启》（两篇）等。1992 年发现的林希逸墓碑，碑文即为刘翼所写，林希逸生卒年及生平详尽信息，赖此碑文得以知晓。

严粲（生卒年不详），字君叔，一字明卿，号华谷，福建邵武人，

① 林希逸：《心游摘稿序》，曾枣庄、刘琳主编：《全宋文》卷 7732，林希逸卷 7，第 344 页。

与族兄严羽并称"二严"，与戴复古、林希逸交往密切，是南宋末年重要的江湖诗人。著有《华谷集》，对《诗经》有深入研究，精通毛诗，有《诗缉》三十卷行世，是宋代诗经学的重要成果。林希逸为之作序，称严粲有关《诗经》之说"大抵与老艾合"，《序》评价其解诗：

> 乃知其钩贯根叶，疏析条绪，或会其旨于数章，或发其微于一字，出入穷其机综，排布截其幅尺，辞错而理，意曲而通，逆求情性于千载之上，而兴寄所在，若见其人而得之。至于音训疑似，名物异同，时代之后前，制度之纤悉，订证精密，开卷瞭然。呜呼，《诗》于是乎尽之矣。①

艾轩学派创始人林光朝推崇《诗经》，提倡不拘泥文字去解《诗经》，"笔墨蹊径，或不可寻逐"，林希逸看到严粲《诗缉》之论，遂有"艾轩惜不见子"之叹，对其书推崇备至。

林公遇(1189—1246)，字养正，号寒斋，福建福清人。其人淡泊名利，与林希逸交好，林希逸《寄林寒斋》曾说"此是渊明向上人，少年早已谢簪绅"。林公遇逝世后林希逸作《梦寒斋》"握手不知为已死，掀髯犹更话无生"，表达对好友的思念。林同，字子真，道号空斋居士，林公遇之子。林希逸曾作《子真昆仲用虹字韵坚十七之约因眩爽和以谢之》。林合，字子常，林公遇之子，林同之弟。林同林合两兄弟与晚年林希逸来往很近，林同还为《竹溪鬳斋十一稿续集》作序，为《庄子鬳斋口义》作跋，推崇备至。林希逸给林同写《题子真人身倡酬集》，评其诗歌"超伦绝类，出人意表，始若可骇，徐而爱之"②。给林合写《林君合诗四六跋》，一方面赞其于场屋之文与诗歌四六"两能"；另一方面以长辈身份对林合"妙年场屋未了"而

---

① 林希逸：《诗缉序》，曾枣庄、刘琳主编：《全宋文》卷7732，林希逸卷7，第337页。

② 林希逸：《题子真人身倡酬集》，曾枣庄、刘琳主编：《全宋文》卷7733，林希逸卷8，第363页。

倾心于诗歌四六写作提出批评，主张不要学江湖诗人以诗干谒之风。林希逸写给林同、林合的诗文有《答子常》《用韵谢子真》《用韵谢子常》《回石塘林子真生日启》《回石塘林子常生日启》等。

林希逸还与众多朋友有诗文来往，有政界高层、上级、师长，也有同乡、同僚、同窗，还有晚辈，多集中在福建一带，交往内容涉及宴饮、同游、赠送礼物以及生日、升迁、得子等祝贺、诗歌唱和等。从林希逸与其朋友的文学交往可见，南宋末年士人的诗文写作，不仅仅是自我抒情的需要，还具有突出的礼尚往来的社交应用性。在这些和诗、谢诗与贺启中，林希逸与朋友之间的关系得以进一步加强，友谊得以进一步加深，诗文的应用性、交际性反过来起着巩固士人交际圈的作用。朋友之间共同的文学修养与人文趣味又使他们在诗文往来中驰骋文学才华并相互竞争、彼此欣赏，诗文写作也是士人日常生活与社交的必备技能。[①]

（三）与佛门人士的交往

除了与士人的交往外，林希逸与佛门人士的交往也值得重视。《续集》有不少写给僧人的作品，或是与僧人和诗，或是为僧人诗文集写题跋，或是为圆寂僧人写塔铭等。受僧人朋友邀请为寺庙作记时，偶尔也会提及自己的佛门交往情况。因此，这些作品能考察林希逸的佛学修养、对僧人主业的认识以及对僧人创作文学的态度。

《续集》涉及四位僧人，分别是柯山上人（《和柯山玉上人三首》）、雪岑（《题雪岑诗》）、白沙和尚（《三偈白沙和尚》）、震上人（《二偈赠余干震上人》）。有讲禅宗修持功夫的："虽然说我梦中梦，却要知渠身外身。"（《和柯山玉上人三首》）有讲诗歌与佛教关系的："诗家格怕无僧字，圣处吟须读佛书。"（《题僧雪岑诗》）有赞叹僧人做慈善的："万事有缘人赞叹，白沙师造赵州桥。"（《三偈白

① 周剑之：《新型士人关系网络中的宋代启文》，《北京师范大学学报》（社会科学版）2016年第6期。

沙和尚》)有联系到《庄子》"濠上观鱼"的:"濠上观鱼宁无影,悟得应知吾与渠。"(《二偈余干震上人》)

林希逸还为禅师语录作序,有的是禅师与林相识,请林为自己的语录作序,如《介石语录序》:"介石向在南山,余尝一见之,道貌粹然,出语有味,为其乡人也爱之,为其名辈也敬之。寂久矣,侍者景恢乃以此录远求著语。"[①]有禅师生前与林希逸相识,圆寂后其语录由弟子编辑,请林作序,如《剑关禅师语录序》:"乙丑,剑关入闽,来玉融,相求于溪上。……挹其容峨峨然,听其言洒洒然。……来往语移时,若有意于余者,心甚奇之,每惜其匆匆而去。无何,闻已示寂矣,为之咨嗟累日。"[②]与林相识的禅师请他为某一部语录写序,如《断桥和尚语录序》:"忽缁衣及门,持此卷求序。"[③]林希逸对禅宗史、禅宗公案非常熟稔,如:"曹溪之传,马驹散天下,莫盛于李唐,此师(剑关)则蜀珍也。其后始有德山、圭峰出焉。至我朝中兴,则圆悟尤盛。尔来敭历五山,有若痴绝、无准诸老,皆表表于时。"[④]"末后举黄龙三关因缘,遂得关南一拳,打夫鼻孔,有许儳㤚,有许作略,生平受用不尽。"[⑤]对《剑关禅师语录》收录禅师语言"遗落不具"的著作,林希逸有自己的看法,他将之与禅宗语言特点联系起来:"禅本无觉,非觉无见也;道本无言,非言无传也。因言而觉,则此编之传足矣;若背觉而迷信,则是甜是苦,皆为毒药,虽多奚以哉!"[⑥]只要读者能因言觉悟,顿识自心,《语

① 林希逸:《介石语录序》,曾枣庄、刘琳主编:《全宋文》卷7731,林希逸卷6,第332页。
② 林希逸:《剑关禅师语录序》,曾枣庄、刘琳主编:《全宋文》卷7732,林希逸卷7,第345页。
③ 林希逸:《断桥和尚语录序》,曾枣庄、刘琳主编:《全宋文》卷7734,林希逸卷18,第96页。
④ 林希逸:《剑关禅师语录序》,曾枣庄、刘琳主编:《全宋文》卷7732,林希逸卷7,第345页。
⑤ 林希逸:《介石语录序》,曾枣庄、刘琳主编:《全宋文》卷7731,林希逸卷6,第332页。
⑥ 林希逸:《剑关禅师语录序》,曾枣庄、刘琳主编:《全宋文》卷7732,林希逸卷7,第345页。

录》所收就足够了，如果迷而不觉，不识自心，无论何种感受皆与解脱无关，再多的文字也只会成为障碍。这番话对《语录》收集不全给予禅宗化的解释，主张让人因文悟道，不执着文字多寡全残。林希逸没有从常情出发，如表示对《语录》收集不全的遗憾等，而是在禅宗语言观的角度对此问题发表见解，对禅宗的熟悉可见一斑。

不仅如此，林希逸评价禅师的禅法，也十分内行，如："老辣痛快，险怪奇绝，实语诳语，句句皆破的，为之悚然。"(《断桥和尚语录序》)"锋稜峭拔，霜凛芒寒，杀活纵横，无所捞摸，真风穴、杨岐种子。"(《剑关禅师语录序》)在《枯崖和尚漫录跋》中，林希逸对这位"舍儒入释"的朋友表示赞叹，"进退未可量"，并评价其禅法"已具眼目大慧"。希望朋友能精进道业，以后能够入载《僧宝传》①。

林希逸还会给僧人的诗集作序跋，体现出林希逸对僧人身份独特的认识，他还就僧人如何处理修行与写诗的关系提出看法，表达了一些委婉的批评。

悟上人，为林希逸同乡，舍儒出家，但"习气未忘，酷好诗"，集成《枯崖》二编，由于悟上人出家前曾是"偃溪径山掌记"，希逸即为之写《悟书记小稿序》，在《序》中针对徐师川(1075—1141)改僧人文集名为《奇葩》发表看法："余曰：皮毛剥落，叶尽归根，是为汝宗本色，贯花散花皆病也。师川此名，毋乃病之乎？"②意为追求外在色相，不返归自心，这不是禅宗的归趣。林希逸特别看重禅僧的人生目标：明心见性。过分涉猎诗文创作，恐耽误修行："然则余以书生而喜古尊宿言句，悟以衲子而弄穷秀才生活，恐彼此皆病也。"③对于自己"耽佛"，林希逸是自知的，刘克庄称其"近禅"，但他对禅师

① 林希逸：《枯崖和尚漫录跋》，曾枣庄、刘琳主编：《全宋文》卷7732，林希逸卷8，第373页。

② 林希逸：《悟书记小稿序》，曾枣庄、刘琳主编：《全宋文》卷7731，林希逸卷6，第331页。

③ 林希逸：《悟书记小稿序》，曾枣庄、刘琳主编：《全宋文》卷7731，林希逸卷6，第331页。

过分染指诗文则有所保留，在他看来，禅师要以明心见性为主业，不能迷恋诗文。

《跋乡僧诗集》表达两点，一是诗集应该由自己挑选，而不能让别人代劳："从上诸吟家诗，有自选，无求选于人者。……今人不自信，而以此质于人，误矣。"①请僧人朋友自己选诗，不要让林希逸"去取"。二是仍指出僧人应以此生"了单传之事"，不能沉溺文辞："今上人欲了单传之事，而用工于此，道进于技乎？技进于道乎？"最后还劝朋友"留以自玩，勿示人可也"②。

从林希逸给僧人朋友诗集写的序跋来看，他对僧人尤其是禅宗门人有很清晰的定位，他们的主业应是了脱生死、觉悟本心，不能颠倒主次，像文人一样耽于文辞。另外，林希逸的僧人朋友大多是文化程度较高且雅有诗好的人，文字之交又会加深其对佛门人士的交谊，这是林希逸对佛教持续感兴趣的社交基础。

林希逸僧人朋友众多，自己又以文名当时，很多僧人请林希逸为新修、重建的佛教建筑作记，现存有《重造应天寺记》《潮州开元寺法堂记》《重建昆山县广孝寺记》《通慧大师真身阁记》《泉州重修兴福寺记》等作，反映出林希逸与佛门中人的广泛交往，是我们考察林希逸佛教观的重要资料。

第四节　林希逸著作及学术渊源与新变

一、林希逸著作

载录林希逸著作情况的文献主要有《宋元学案》卷四十七、《闽中理学渊源考》卷八、《闽南道学源流》卷十六、《竹溪鬳斋十一稿续集》四库提要、《福州府志》、《福清县志》、《宋史·艺文志》、林希逸

---

① 林希逸：《跋乡僧诗集》，曾枣庄、刘琳主编：《全宋文》卷7733，林希逸卷8，第365页。
② 林希逸：《跋乡僧诗集》，曾枣庄、刘琳主编：《全宋文》卷7733，林希逸卷8，第365页。

墓碑文字、《庄子鬳斋口义校注》前言等。综合并整理以上文献信息，林希逸著作主要有：

经类：《鬳斋考工记解》(存)、《春秋三传正附论》十三卷(佚)、《春秋义》(佚)、《易讲》四卷(佚)、《易外传》一卷(佚)、《两朝宝训》二十一卷(佚)、《周礼说》(佚)、《述诗口义》(佚)等八部。

史类：《野史》八卷(佚)一部。

子类：《庄子鬳斋口义》(存)、《列子鬳斋口义》(存)、《老子鬳斋口义》(存)等三部。

集类：《竹溪集》九十卷(佚)、《竹溪十一稿前集》六十卷(佚)、《竹溪鬳斋十一稿续集》(存)、《竹溪诗》(佚)、《竹溪十一稿诗选》(存)、《山水别集》及《水木清华诗》(佚)、《奏议》(佚)、《讲议》(佚)、《内外制》(佚)、《诗文四六》(佚)等九部。

另有林希逸为刘翼编辑的文稿《心游摘稿》(存)并为之作序，为僧人释行海编辑《雪岑和尚续集》二卷(存)并作序。《全宋文》辑出林希逸未收进文集里的二十一篇单篇文章①。本书不拟作详细的文献考证，主要文本从周启成校注的《庄子鬳斋口义校注》②、张京华点校的《列子鬳斋口义》③、黄曙辉点校的《老子鬳斋口义》④、四库全书本《竹溪鬳斋十一稿续集》《竹溪十一稿诗选》《江湖后

---

① 有关林希逸著作信息，本节参考王晚霞《林希逸文献学研究》，特表感谢。《全宋文》收录的林希逸未入文集的二十一篇文章为《断桥和尚语录序》(咸淳元年三月)、《断桥妙伦禅师塔铭》《甫里先生文集序》(宝祐六年十一月)、《网山集序》(嘉熙二年)、《后村集序》(淳祐九年二月)、《后村先生大全集序》(咸淳六年九月)、《剑关禅师语录序》《枯崖和尚漫录跋》《鄱阳刊艾轩集序》《诗缉序》《寿圣禅寺记》《宋故朝奉大夫直龙图阁金公文刚墓志铭》《文房四友除授集序》《西亭兰若记》《孝宣厉精为治论》《心游摘稿序》《御赐宸笔道山堂大字记》《乐轩诗筌序》《浙西安抚司干办公事厅壁记》《重建永隆院记》《诸贤与东峦书跋》。另，周兰的硕士论文《林希逸诗歌研究》(广西大学 2011 年)辑出林希逸佚诗十二首：《水月岩诗》《游玉华洞》《石竹山》《半山亭》《普陀岩》《丹灶》《宝所石》《济贫笋》《游石竹紫云洞》《石室》《双鲤石》《洗耳泉》。

② 林希逸著，周启成校注：《庄子鬳斋口义校注》，北京：中华书局，1997 年。

③ 林希逸著，张京华点校：《列子鬳斋口义》，上海：华东师范大学出版社，2016 年。

④ 林希逸著，黄曙辉点校：《老子鬳斋口义》，上海：华东师范大学出版社，2009 年。

集·林希逸卷》以及《全宋文·林希逸卷》。

二、林希逸《三子口义》介绍

(一) 关于"口义"

所谓"口义",即"口头释义",口语化特征明显,通俗易懂,利于流传。林经德《庄子鬳斋口义》序说:"此书以口义名者,谓其不为文,杂俚俗而直述之也。"①不用文雅的书面语,而掺杂俚俗之口语,将深奥义理直截明白地阐述出来。"但'口义'云者,犹今人'今译''白话'之类,循文解义,务取明晓"。② "口义"在唐代是一种与"墨义"相对的考试形式,要求考试者口头表达经义。宋代大兴文治,书院建设、讲学等文化教育活动十分繁盛,深奥的经义需要用白话讲解,方便受众领会其意。同时,受到禅宗"语录"一类文体的编纂启发,儒家士人也开始用白话形式阐释儒家经典。北宋胡瑗即著有《周易口义》《洪范口义》二书,《四库全书》称其辞"平近"。虽然并无直接的文献证据表明林希逸著《三子口义》受到胡瑗著作的影响,但《三子口义》阐释语言的口语化、通俗化却是显著特色。从他对禅宗语录的熟稔程度来看,他也完全有可能吸收禅宗"语录体"口语化的风格。由于宋代白话距先秦近,今时语距先秦远,用宋代白话解释先秦语要比用现代白话解释先秦语所损较小,这是林希逸《三子口义》对今人理解"三子"的独特贡献。

"口义"还可使阅读过程中产生的兴会感悟得以畅快淋漓的发挥。口语无须在表达上过多考虑辞采,不用费时措辞,以致电闪火花般的阅读感受消逝,能即时地传达出刹那间的阅读体会,葆有审美体验的鲜活感与灵动感,这是雅正的书面文字很难办到的。林希逸认为以这种方式读"三子"是自己的一大创见,刹那感兴自然更宜采用生活化的口头语言,而非雅正文辞。

---

① 林希逸著,周启成校注:《庄子鬳斋口义校注》,第514页。
② 林希逸著,黄曙辉点校:《老子鬳斋口义》,第2页。

口头语与书面语一个重要的区别是：在场性与即时性，由于需要迅速传达电光闪烁般的审美感兴，又要体现禅宗活泼泼的瞬时体验，并以之为理解“三子”的新途径，“口义”恰恰符合需求，口语的直白性与通俗性，又使《口义》的义理阐释明白晓畅，《四库提要》评价《庄子鬳斋口义》：“不务艰深之语，剖析尚为明畅。”这正是“口义体”语词特点所带来的阐释效果。

（二）《庄子鬳斋口义》

林经德《庄子鬳斋口义序》记载：“戊午，访竹溪于溪上，因语而及，溪忽谓我曰：‘尝欲为南华老仙洗去郭、向之陋，而逐食转移，未有闭户著书之日。忧患废退以来，遂以此抒忧而娱老，今书幸成矣。’”[①]可知，林希逸注庄有“抒忧娱老”之意，据杨黛考证，这里的“戊午”即宝祐六年，正是林希逸注庄之时：“正值权臣丁大全任右丞相兼枢密使，权势达到顶点，林退居江湖，注庄解忧。”[②]林希逸注庄的另一个重要原因，则是他对郭象、向秀的庄子注疏不满意，不仅如此，他还对宋代吕惠卿的《庄子义》、王雱的《南华真经新传》颇有微词：“最后乃得吕吉甫、王元泽诸家解说，虽比郭象稍为分章析句，而大旨不明，因王吕之言愈使人有疑于庄子。”[③]并表示自己于《庄子》一书“稍有所得”，“前人所未尽究者”，还说自己如扬雄那般善于知人（知庄子），究竟什么使林希逸对自己的注庄工作如此自信呢？

要回答这一问题，首先来看看林希逸对阅读《庄子》有“五难”的描述：

> 况此书所言仁义性命之类，字义皆与吾书不同，一难也；

---

① 林希逸著，周启成校注：《庄子鬳斋口义校注》，第514页。
② 杨黛：《〈庄子口义〉的注庄特色》，《中国文学研究》1997年第4期。
③ 林希逸著，周启成校注：《庄子鬳斋口义校注》，发题第2页。

其意欲与吾夫子争衡，故其言多过当，二难也；鄙略中下之人，如佛书作为最上乘者说，故其言每每过高，三难也；又其笔端鼓舞变化，皆不可以寻常文字蹊径求之，四难也；况语脉机锋，多如禅家顿宗，所谓剑刃上事，吾儒书中未尝有此，五难也。①

前两难为林希逸将《庄子》与儒家经典对比而作的评价，是针对深受儒家经典熏陶的士人阅读《庄子》遇到的障碍而言。林希逸指出，《庄子》中的“仁义性命”与其在儒家思想语境中的意义并不相同。另外，《庄子》一书处处与孔子“争衡”，语言常常过激而“剑走偏锋”，导致“过当”。第三与第五难是林希逸将《庄子》与禅宗对比的结果。在佛教中，佛菩萨宣说佛法是“对机设教”，根据高低不同层次的根机，讲深浅有别的佛法，令一切众生都能蒙益，而众生学习佛法，必须选择与自己相应的教法才能受益，因此，下等根机的人看佛菩萨为上等根机开示的佛法，难免深奥难懂，不得其门。林希逸眼中的《庄子》正如同佛菩萨对最上根机之人所讲的佛法，故而言语每每“过高”，一般人很难读懂。第五难是对比禅宗语录公案的语言特色而来，《庄子》文辞类似于禅宗的“语脉机锋”，很难入其门。禅师以各种打破常规、灵活机动的语言（包括肢体动作）令行者当下斩断情执，如刀剑般锋利无比。林希逸认为《庄子》语言如同禅宗“机锋”，惊世骇俗，不同寻常，如果着实理解，则易受其蒙蔽，这就是第五难。

从“五难”可以看到，他的注庄有两个明确导向，一是将《庄子》纳入儒道佛三教交融的思想语境中互观互释，试图从“他者视阈”中获得“真意”。二是注意文章技法与文辞，识破其行文鼓舞处，学习《庄子》写作技巧。

接着，林希逸提出解庄策略及对《庄子》义理的基本定位：

① 林希逸著，周启成校注：《庄子鬳斋口义校注》，发题第1页。

是必精于《语》《孟》《中庸》《大学》等书，见理素定，识文字血脉，知禅宗解数，具此眼目而后知其意一一有所归着，未尝不跌荡，未尝不戏剧，而大纲领、大宗旨未尝与圣人异也。若此眼未明，强生意见，非以异端邪说鄙之，必为其所恐动，或资以诞放，或流于空虚，则伊川淫声美色之喻，诚不可不惧。①

要真正读懂《庄子》，就得有精于四书的儒学知识，并熟悉禅宗解数，还需熟知文章形式规律与特点，具备这两方面修养后阅读《庄子》，就能发现，《庄子》与儒家在大纲领、大宗旨上一致，这是林希逸对《庄子》义理的基本判断。②

现在可以回答林希逸自信注庄有所得的原因，林希逸提出理解《庄子》的两方面修养，他都具备："希逸少尝有闻于乐轩，因乐轩而闻艾轩之说，文字血脉稍知梗概，又颇尝涉猎佛书，而后悟其纵横变化之机，自谓于此书稍有所得，实前人所未尽究者。"③他的文章修养来自艾轩学派的传承，而自己又是理学家，精于儒家经典，且常读佛书。因此，林希逸注庄之新，一方面来自其三教互观的阐释视阈，尤其是以佛禅解庄，另一方面来自其对《庄子》的文章分析。林希逸诗《庄子口义成》即表达了他自认注庄这两方面新意：

逍遥而下是全书，渔父诸篇却不如。意外形容辞独至，句中脉络字无虚。

机锋颇似禅三昧，根极祇求性一初。千古濠梁同会面，子

① 林希逸著，周启成校注：《庄子鬳斋口义校注》，发题第2页。

② 苏轼《庄子祠堂记》即有"庄子助孔子"的观点，林希逸曾受其启发，他说："自'天下之治方术者多矣'至于'道术将为天下裂'，分明是一个冒头。既总序了，方随家数言之，以其书自列于家数之中，而邹鲁之学乃铺述于总序之内，则此老之心，亦以其所著之书皆矫激一偏之言，未尝不知圣门为正也。读其总序，便见他学问本来甚正，东坡云庄子未尝讥夫子，亦看得出。"(《庄子鬳斋口义校注》第491页)

③ 林希逸著，周启成校注：《庄子鬳斋口义校注》，发题第2页。

真知我我知鱼。①

林希逸以禅解庄主要是方法论的借鉴，即吸收禅宗公案、语录的理解方法用于阐释《庄子》。由于有庄儒“未尝异”的基本判断，林希逸以儒解庄主要是一种汇通二家的工作，即打通《庄子》文辞表面看似与儒家相异处，对《庄子》讥毁儒家作出新的阐释。

（三）《列子鬳斋口义》

《列子鬳斋口义》存世版本有中国国家图书馆藏元初刻本，影印收入《中华再造善本》、原北京图书馆（后更名为中国国家图书馆）藏元刻本，影印收入《续修四库全书》，以及《正统道藏》抄本《冲虚至德真经鬳斋口义》，更有日本的四种古本《列子鬳斋口义》，分别是长庆元和间木活字印本一种，以及宽永四年、庆安五年、万治二年印本。② 据王庚《列子鬳斋口义》序，《列子口义》是三种《口义》最后完成的，王庚还说自己喜读《列子口义》：“喜其虚静廖泊之旨，可以清灵台而御外物也。”评价全书：“诀微剔坚，不胶闻见，脱然如庖丁游刃而肯綮不留，如匠石运斤而蟠错俱解。”并高度赞叹林希逸对《列子》有所契悟：“鬳斋游心物初，得无问之趣，故能融得失于蕉鹿，齐喜怒于芧狙，有韩子沉潜反复之乐，而无困厄悲愁之态，是真心契列子者，岂但口之云乎哉？”③

宋代帝王皆好道家学说并推崇道教，不断整理修订《道藏》。《列子》作为道教经典，地位越来越高，宋真宗加封列子为“冲虚至德真人”，改《列子》书名为《冲虚至德真经》并刊行。宋徽宗尊信道

---

① 陈思编，陈世隆补：《两宋名贤小集》卷 320，文渊阁《四库全书》第 1364 册，第 419 页。

② 《列子鬳斋口义》详细版本信息参张京华《列子鬳斋口义》整理弁言。见林希逸著，张京华点校：《列子鬳斋口义》，第 1—29 页。

③ 王庚：《鬳斋先生列子口义后序》，林希逸著，张京华点校：《列子鬳斋口义》，第 7 页。

教，且亲注解《列子》，上有所好，下必甚焉，在全国尊道教的氛围下，出现宋徽宗的《冲虚至德真经义解》、范致虚的《列子解》、孙鹗的《列子注》、江遹的《冲虚至德真经解》以及林希逸的《列子鬳斋口义》。金代高守元则汇集晋张湛、唐卢重玄、宋徽宗赵佶以及范致虚四人注而成一书，可见《列子》研究之兴盛。① 林希逸有诗《列子口义成》：

> 庄列源流本一宗，微言妙趣不妨同。
> 但知绝迹无行地，岂羡轻身可御风。
> 二义乖违刘绝识，八篇参校湛何功。
> 就中细细为分别，具眼应须许此翁。②

相对于宋代其他的《列子》注疏，林希逸《列子口义》主要有三个特点：

第一，在语言上保持"口义"体通俗化、口语化特色，讲究对阅读《列子》兴会式感悟的传达，如："若就《庄子》观之，上面一截说了，却把个至怪底结杀，此是其立意惊骇世俗处，非实话也。今添入'思士''思女'等语，却浑杂了。"③这里的"至怪""惊骇世俗""浑杂"，是对文风、文势等方面的体会，还引用寓言解释《列子》，如："'自孕'者，无牡而皆牝也，今人说海中女人国亦然。"④林希逸也非常重视《列子》文章，提醒读者注意其前后文的安排设计等，如："此不特言理之妙，亦是作文机轴。文章无此机轴，则不见斡旋之妙。"⑤

---

① 管宗昌：《〈列子〉研究》，沈阳：辽海出版社，2009 年，第 67 页。
② 陈思编，陈世隆补：《两宋名贤小集》卷 320，文渊阁《四库全书》第 1364 册，第 419 页。
③ 林希逸著，张京华点校：《列子鬳斋口义》，第 21 页。
④ 林希逸著，张京华点校：《列子鬳斋口义》，第 20 页。
⑤ 林希逸著，张京华点校：《列子鬳斋口义》，第 14 页。

第二,《列子口义》重视辨伪问题。由于宋代《列子》研究浸润在从上至下的崇奉道教氛围中,研究者对于《列子》的辨伪问题一般不太重视。但林希逸对《列子》真伪的问题给予充分的关注,他认为不辨《列子》真伪,会导致对文意的误解,有可能错认其为“异端”。然而林希逸的辨伪,却不是严格的文献学意义上的辨伪,遵循的是一种“主观标准”——认定庄子和列子属于同宗学问,它们应共享同一思想旨趣与文本组成形式。而后者所谓“文本组成形式”,涉及林希逸文章学思想。

第三,《列子口义》以儒道佛三教解列,阐释角度更加多样。包括援引儒家典籍、意义同异对比及以儒家为本位对《列子》的评价;对《列子》符合《老子》思想旨趣处予以说明并举出《老子》相同意旨之文句;提出“庄列一宗”但“列不胜庄”的结论。林希逸以佛解列还表达自己的佛教观。

(四)《老子鬳斋口义》

宋元时期的《老子》研究呈现出繁荣兴旺的局面。注解《老子》的人数较前代明显增多。严灵峰《老子宋注丛残》说:“宋人解《老子》者,百三十余家。”到今天所见“宋代的《老子》之注者和研究者为七十八家”,其中现存完整的宋代《老子》注本有二十八家(包括金代)。[①] 相对于汉唐老学研究者,宋元时期不仅研究者身份多样化,学者、文人、士大夫,乃至僧人道士,均有注老作品问世,而且各有基于自身立场和学术观点的注解,研究方式也不拘一格,既有整理,也有注释、诗颂、专论等。林希逸的《老子口义》以口语白话通俗解释《老子》而得其“初意”。林希逸有《老子口义成》诗:

见彻深微字字精,五千言哉与谁明。

---

① 熊铁基、马良怀、刘韶军:《中国老学史》,福州:福建人民出版社,2005 年,第 317 页。

事因借喻多成谤，经不分章况立名。
数十有三元是一，道虚无实始为盈。
苏云近佛非知老，老说长生佛不生。①

《老子鬳斋口义发题》提出三点：第一，老子之书，“其言皆借物以明道”，即以譬喻的方式言道，如果不明于此，将借喻之语作指实理解，难免误解而有所贬议，被儒家指为“异端”，“故晦翁以为老子劳攘，西山谓其有阴谋之言”。第二，对苏辙的《道德真经注》表示不满，“文意语脉未能尽通，其间窒碍亦不少”，不认同苏辙的佛老“相合”论，林希逸认为《庄子》多言生死问题，故与佛书合，但《老子》的“无为而自化”“不争而善胜”却并非生死问题，故与佛学有异。尽管如此，林希逸还是在解老中借用佛家资源，只不过相对于《庄子口义》与《列子口义》，引用的佛教概念、禅宗公案较少，主要是在思想义理上以佛解老。第三，《老子》“不畔于吾书”，即与儒家相通。只是其含“矫世愤激之辞，时有太过耳”。故林希逸著《老子口义》目的在于“得其初意”。

三、学术渊源与新变

(一) 林光朝、林亦之、陈藻

据《闽中理学渊源考》卷八记载，林希逸所在的艾轩学派由林光朝创立，一传至林亦之，再传为陈藻，三传为林希逸，这个理学学派有明显的地域特征，成员均为福建籍，林希逸说：“自南渡后，洛学中微，朱张未起，以经行倡东南，使知圣贤之心不在训诂者，自莆田南夫子始，初疑汉儒不达性命，洛学不好文辞，使知性与天道不在文章外者，自福清两夫子始。”②这里的“南夫子”，即是林光朝，

① 陈思编，陈世隆补：《两宋名贤小集》卷320，文渊阁《四库全书》第1364册，第419页。
② 李清馥：《闽中理学渊源考》卷8，文渊阁《四库全书》第460册，第140页。

"福清两夫子"，即是林亦之与陈藻。

林光朝(1114—1178)，字谦之，莆田人，人称"艾轩先生"，谥号文节。林光朝继承的是程颐(伊川)的学脉，曾受学于陆景端(子正)，陆景端则为程颐的二传弟子，传承谱系为程颐(伊川)—尹錞(和靖)—陆景端(子正)—林光朝(艾轩)早年有场屋之声，后不意举事，往吴中陆景端处问学，"专心圣贤践履之学，通六经贯百氏"，学成后在莆田的东井红泉讲学，从学者众，尊称其为"南夫子"。林光朝是南渡以后最早在东南一带传播洛学的，朱熹年少时曾在莆田听林光朝讲学，叹其"说得道理极精细，为之踊跃鼓动，退而思之，至废寝忘食"。

林光朝自不意科举后，专事圣学，既通达义理，又躬身践履，深得时人敬佩，曾为孝宗讲《中庸》，孝宗大为赏识。"通达世务，负士望甚重。出使入朝，徇义忘私，无田宅以遗妻子"，林光朝一身正气，秉公直言，从不委曲奉承，甚至敢对皇帝的任命提出异议，"不拜而去"①，吕祖谦称赞道"此举过江后未有也"②。联系到南宋士大夫普遍的奢靡、谄谀之风，林光朝的廉洁奉公、安贫乐道，十分难能可贵。可以说，他的言行事迹，与其"以身为律，以道德为权舆，不专习词章为进取计"，对圣贤之学躬身践行密不可分。

林光朝虽然学脉远承程颐，但却更接近心学，对此，全祖望说："和靖高弟，如吕如王如祁，皆无门人可见。盐官陆氏独能传之艾轩，于是红泉、双井之间，学派兴焉。然愚读艾轩之书，似兼有得于王信伯，盖陆氏亦尝从信伯游也。且艾轩宗旨，本于和靖者少，而本于信伯者反多，实先槐堂之三陆而起。特槐堂贬及伊川，而艾轩则否，故晦翁于艾轩无贬词。终宋之世，艾轩之学，别为源流。"③

---

① 刘克庄：《艾轩集序》，《艾轩集》，文渊阁《四库全书》第1142册，第553页。
② 李清馥：《闽中理学渊源考》卷8，文渊阁《四库全书》第460册，第140页。
③ 黄宗羲：《艾轩学案》，全祖望补修，陈金生，梁运华点校：《宋元学案》卷47，第1470页。

认为艾轩学术与王蘋接近，王蘋则偏于心学倾向，他曾给皇帝上书："人心广大无垠，万善皆备，盛德大业，由此而成。故欲传尧舜禹汤文武之道，扩充是心焉尔。"①全祖望也说王蘋"颇启象山之萌芽"②，还在《象山学案》中将王蘋、林光朝等人都列为陆九渊的讲友③。

由于讲究以心悟道，林光朝平生未尝著书，曾说："道之全体存乎六虚，六经注解固已支离，若复增加，道愈远矣，故不著述。"④认为"汉儒之于章句或泥而不通"⑤。刘克庄称："以语言文字形世，非先生意也。"他的教学方式也很独特："于圣贤微旨有得于师传者，惟口授学者，使之心通理解。""日用是根株，言语文字是注脚，学者须求之日用，求之不已，则察乎天地。"主要以言传口授的方式教学，而体会大道应在平常日用中进行，不应拘泥于语言文字。林光朝曾以"睡是大家睡，梦是独自作"启发林亦之（网山），令其有所得，师事光朝三十余年，林光朝还曾与陈藻（乐轩）在古寺中讽诵《国风》，竟使陈藻"顿得《中庸》之旨"⑥，这些师徒之间活泼灵动又不乏神秘的教学事迹，显示林光朝创立的艾轩学派突出的"心化"特点。

艾轩学派还有一个重要特点——重视文章，这与其远承的洛学鄙视文辞很不一样。明代郭万程曾说："自道学兴，辞命多鄙，光朝之门，独为斐然。"⑦林光朝即雅有文名，陈宓赞其文"森严奥美，精深简古，上参经训，下视骚词。他人数百言不能道者，先生直以

---

① 杨应时：《闽南道学源流》卷2，《四库全书存目丛书》，史部第92册，第29页。
② 黄宗羲：《震泽学案》，全祖望补修，陈金生，梁运华点校：《宋元学案》卷29，第1047页。
③ 黄宗羲：《象山学案》，全祖望补修，陈金生，梁运华点校：《宋元学案》卷58，第1884页。
④ 郑岳：《艾轩文选后序》，《艾轩集》，文渊阁《四库全书》第1142册，第668页。
⑤ 林光朝：《艾轩集》卷4，文渊阁《四库全书》第1142册，第586页。
⑥ 事见林希逸：《鄱阳刊艾轩集序》，文渊阁《四库全书》第1142册，第554页。
⑦ 李清馥：《闽中理学渊源考》卷8，文渊阁《四库全书》第460册，第140页。

数语，雍容有余”。[①] 刘克庄称“先生（林光朝）学力既深，下笔简严。高处逼《檀弓》《穀梁》，平处犹与韩并驱”。[②] “好深湛之思，加煅炼之功。……以约敌繁，密胜疏，精掩粗。”[③]林希逸曾说：“老艾一宗之学，固非止于为文，而艾轩之文，视乾、淳诸老为绝出。”[④]重道而不忽略文，是林光朝至林希逸四代传人都坚守的主张。

林亦之（1136—1185），字学可，号月渔，是林光朝弟子中的优秀者。生前清贫，布衣终老，“据槁梧，倚空山，生无一事如其意，年才五十死”，“身前后之穷”，林希逸认为林亦之是少数的见道之人，因此虽然一生穷困，但其文必被“鬼神珍惜”[⑤]。林亦之继承林光朝“心学”特点，他以“不动心”评舜，认为舜这样的圣人无论穷达，均能无所动其心：“舜则无所慕，亦无所恶，故无所动其心，是之谓圣人也。舜之此心盖与天地鬼神为同本。”[⑥]还认为人人皆存舜这样的心：“宇宙谁独无是心哉？学者能于一食之顷静而存之，则舜之此心去之千载，有如皎日也。”[⑦]林亦之区别“天地之心”与“限量之心”，认为前者“汪洋汗漫，无所纪极”，后者无论多大总有界限。他认为周公之心即是“天地之心”。林亦之评价孔子“以万世为事业”，使圣人之道有所托。但他认为求圣人之道于“简牍簠簋”是“末者”，需求“夫子之本心”才能知其道。这些都是对其师心学思想的继承。

林亦之也重视文章，写得一手好文。四库馆臣评其文“亦以峻洁简峭为工”。刘克庄曾说：“网山论著句句字字足以明周公之意，得少陵之髓矣。其律诗高妙者，绝类唐人。疑老师当避其锋。他

---

① 陈宓：《艾轩集旧序》，文渊阁《四库全书》第 1142 册，第 553 页。
② 刘克庄：《艾轩集旧序》，文渊阁《四库全书》第 1142 册，第 553 页。
③ 永瑢等：《乐轩集提要》，文渊阁《四库全书》第 1152 册，第 27 页。
④ 林希逸：《丘退斋文集序》，曾枣庄、刘琳主编：《全宋文》卷 7731，林希逸卷 6，第 327 页。
⑤ 林希逸：《网山集序》，文渊阁《四库全书》第 1149 册，第 855 页。
⑥ 林亦之：《网山集》，文渊阁《四库全书》第 1149 册，第 875 页。
⑦ 林亦之：《网山集》卷 3，文渊阁《四库全书》第 1149 册，第 875 页。

文称是。”林希逸曾集艾轩、网山二人诗，序而名之曰《吾宗诗法》，评林亦之的诗“格制精严，趣味幽远，具吾宗正法眼者”①。不仅如此，林亦之还在理论上对文章的重要性作出说明，并批评伊川作文害道论，提出为学者应学问（道）与文章（文）齐头并进，学圣人之道自不必多言，而学习文章，则有助于读通古书句读，还能体会经典“鼓吹天地，讴吟性情”的一面，即能感受得道者的“圣贤气象”。林亦之以儒家六经为例，在形式（通句读）与情感（见性情）两方面论证了重视文章的必要性，②强调学习文章对于学道的不可偏废，摒弃伊川激烈排斥文辞的做法，完成艾轩学派对于文章的合法性论证。

陈藻（生卒年不详），字元洁，自号乐轩。陈藻比其师网山更穷困，“至浮游江湖，崎岖岭海，积襁得百年，归买数亩，辄为人夺去。士之穷无过于此矣”。但陈藻能安贫乐道，“入则课妻子，耕织勤生务本，有拾穗之歌焉。出则与生弦诵，登山临水，有舞雩之咏焉”。③ 陈藻对林光朝以讽诵《诗经》的方式令自己得解悟十分感念，曾写诗：“何人悟芣苢，此老独遗筌。曾待艾翁来，国风话长短。忽听诵采蘋，玉川茶八碗。”④陈藻诗文“清刻新颖，锻炼字句”。林希逸曾评价林亦之与陈藻之文：“网山奥而清，乐轩奇而法。”⑤林希逸对于艾轩学派重文传统的知晓与接受，即得自陈藻，他曾说：“希逸少尝闻于乐轩，因乐轩而闻艾轩之说，文字血脉稍知梗概。”是因为陈藻而知林光朝，开始关注文章。他说：“诸家经解，言文法

---

① 林希逸：《网山集原序》，文渊阁《四库全书》第 1149 册，第 856 页。

② 这里的“性情”主要指圣人气象，即宋儒念兹在兹的圣贤人格（“廓然大公”“物来顺应”等）与精神境界在经典之文中的表现，与一般文学（诗文等）中的各种世俗情感有别。

③ 刘克庄：《乐轩集序》，王蓉贵、向以鲜校点，刁忠民审订：《后村先生大全集》卷 95，第 2454 页。

④ 艾轩先生文集刊传后，陈藻作古风三篇以贺，此处所引即是其中诗句。见《乐轩集》卷 3，文渊阁《四库全书》第 1152 册，第 68 页。

⑤ 林希逸：《丘退斋文集序》，曾枣庄、刘琳主编：《全宋文》卷 7731，林希逸卷 6，第 327 页。

者，理或未通，精于理者，于文或略，所以读得不精神，解得无滋味。读艾轩先生道既高，而文尤精妙，所以六经之说，特出千古，所恨网山乐轩之后，其学既不传，今人无有知之者矣。”[①]表明自己继承了艾轩学派文道并重的传统。林希逸对《庄子》的兴趣，也有陈藻的影响，陈藻有《读庄子》诗：“尧无是处桀无非，此语堪惊与道违。造物恩私多鬼琐，始知庄子得真机。”[②]

（二）林希逸对艾轩学派的新变——对理学的知识性接受

南宋学派林立，且极具宗派意识，门人大都能捍卫并光大自宗思想。艾轩学派虽四传而绝，但传人无论穷达与否，均坚守学派主张，师生关系融洽亲密，有自觉的学派认同。林亦之在林光朝死后作《艾轩先生成服》曰：“呜呼！先生其吾父也。抚棺大叫，有所不可忍。伤哉！痛哉！”[③]陈藻对于艾轩之学“笃守旧闻，穷死不悔”[④]，林希逸亦称：“然某，艾轩之裔也，所读者艾轩之书，所守者艾轩之道。”并对艾轩学派传人在其晚年不为人知而感叹不已。[⑤]《三子口义》常以“无容心”释道家义理，并以文解“三子”，这些都是对艾轩学派的“心化”倾向以及文道并重观的继承。

不过，相对于继承，林希逸对艾轩学派宗风的新变，更值得关注。林光朝对佛教有鲜明的批判态度，曾说“儒释之分若青天白昼”，林亦之“辟佛甚严”，作《浮屠氏》一文，从“中国之教”与“西方之俗”的区别入手，说明中国之人“裂其衣冠，去其须发”是违背伦

---

① 林希逸著，周启成校注：《庄子鬳斋口义校注》，1997 年，第 512 页。
② 陈藻：《读庄子》，《乐轩集》，文渊阁《四库全书》第 1152 册，第 28 页。
③ 林亦之：《艾轩先生成服》，《网山集》，文渊阁《四库全书》第 1149 册，第 890 页。
④ 永瑢等：《乐轩集提要》，文渊阁《四库全书》第 1152 册，第 27 页。
⑤ 林希逸：《乐轩诗筌序》：“世其学（艾轩）者，网山一人；再传乐轩，又皆以布衣死。艾轩在，网山以艾轩名；网山在，乐轩以网山名。近二十年，乡井闻见日陋。……至若艾轩氏，则问之晚少年，则漫不省。乐轩虽得寿，后网山死四十年，衰白穷槁，人以为常人矣，且面背讥笑不小。其文既不适时，间出语又惊世骇俗，至于今讥笑未已也。”见曾枣庄、刘琳主编：《全宋文》卷 7732，林希逸卷 7，第 347 页。

常之举。[1] 传至陈藻，对佛教开始有所改变，他曾说："佛书最好证吾书。"[2]《三教》诗更有儒道佛相通之意："枉费功夫是学仙，圣门妙处与僧传。百年合死千年赘，一物都无万物全。"[3]而林希逸更进一大步，认为儒家与道家在根本宗旨上是一致的，三教关系更加开通，这不得不说是一个很大的新变。而这一重大转变的关键，在于林希逸对理学的接受方式与前代艾轩学人有别。

我们先分析艾轩学人的处世行为。林光朝徇义忘私、秉公直言，被皇帝赏识封官却不就职，死后无田宅留给妻子，表现出作为儒家知识分子的气节与风骨；林亦之与陈藻，生前亦无显贵之身价，甚至潦倒一生，唯独于圣门之学孜孜践行，场屋举业之意淡泊，山林吟咏之趣颇多；林希逸则不同，他不仅通过科举中进士，提出"有文字来，为文之士谁不欲用于世"[4]的主张，甚至还写过五篇给权奸贾似道的贺启，极尽阿谀奉承之态，毫无名节之虑，四库馆臣也评此举为"白璧微瑕"。林希逸作为理学家，本应躬身践履圣贤之道，给士人作出表率，他的诗作也时时透露"名利皆空"、向往林泉之乐的想法，为何有如此分裂之态？

笔者认为，这与其对理学思想的知识性接受而非信仰性接受有关。如果是后者，那他必对理学话语体系持有必要的恭敬之心并汲汲于理学实践，所谓理学家的"信仰"，即儒学内化为其唯一主导的世界观与价值观，同时以儒学为社会行为、处事接物的指导，对儒学的终极境界毫不怀疑并孜孜以求，一切言行谨守儒学规范。而如果是前者，则仅视儒学为思想体系，不将之作为行住坐卧的指导，不以儒学为身心皈依处，仅将理学作为一种思想学说对待，至

---

① 林亦之：《浮屠氏》，《网山集》，文渊阁《四库全书》第 1149 册，第 879 页。
② 林希逸曾引用陈藻此言。见林希逸著，周启成校注：《庄子鬳斋口义校注》，第 144 页。
③ 陈藻：《乐轩集》卷 1，文渊阁《四库全书》第 1152 册，第 34 页。
④ 林希逸：《丘退斋文集序》，曾枣庄、刘琳主编：《全宋文》卷 7731，林希逸卷 6，第 327 页。

于自己的言行，则有另一套处世原则。理学可以影响林希逸的人生观、价值观，但他并非完全服膺理学，对理学开出的终极境界也未必有强烈的希求之心。

区别了对理学的两种接受方式，我们看到，林光朝践履圣学，不任御封官职，林亦之、陈藻以布衣终老去，安贫乐道，都表现出对圣门之学的坚定信仰与践行，对理学是信仰性接受；而林希逸不同，他对于理学近乎知识性接受，即理学是其学术思想，它可以对林希逸的处世方式提供参考，但不具备唯一指导性与终极皈依性，他可以不顾理学教导，谄媚权贵，同时也不妨碍其对理学话语熟练运用，表现出一副“以道学名世”的理学家模样。质言之，林希逸精神世界中的理学是知识而不是信仰，他不必具有“传道”的强烈责任与捍卫心理。① 这就能解释为何林希逸处处以理学自标，而又去逢迎贾似道的分裂行为。

对理学的知识性接受，使林希逸并不过多地在严分正统与“异端”上敏感，他更对三家思想的互通互释感兴趣，三教融合在他那里走得更远。从文道关系上看，如果某人对“道”是信仰性接受，“道”是他生命的终极信仰，那么，无论文学有何种审美诱惑，他都会以“载道”的工具来看待文学，对“作文害道”有最低限度的防范。但林希逸对“道”是知识性接受，没有汲汲于践行，因而“作文害道”的心理压力在林希逸身上并不大，类似朱熹那样既出于理学家身份严防文辞之溺，又忍不住诱惑而赋诗写文的矛盾分裂，在林希逸处不会存在。

---

① 此处重在说明林希逸这方面的相对欠缺，他也不是毫无“传道”意识。宋代知识分子“为往圣继绝学”的传统在林希逸身上仍有保留，从他重视艾轩传人的文集刊传，为之奔走敦促即能看出。但在其思想学说中，“传道”“卫道”意识比较寡淡。

第二章　三教融合下的《庄子鬳斋口义》

第一节　《庄子鬳斋口义》以儒解庄

林希逸认为，要真正通达《庄子》本义，就不能局限在《庄子》自身的思想体系内，需参照儒佛二家的理论资源，才能对《庄子》有所得。发题提出读《庄》"五难"，有"三难"是在与"吾儒书"对比中得出的：

> 况此书所言仁义性命之类，字义皆与吾书不同，一难也。
>
> 其意欲与吾夫子争衡，故其言多过当，二难也。
>
> 况其语脉机锋，多如禅家顿宗，所谓剑刃上事，吾儒书中未尝有此，五难也。①

读"吾儒书"并没有的上述三种困难，因此，林希逸说，理解《庄子》需具备儒佛修养："是必精于《语》《孟》《中庸》《大学》等书，见理素定，识文字血脉，知禅宗解数，具此眼目而后知其意一一有所归着，未尝不跌荡，未尝不戏剧，而大纲领、大宗旨未尝与圣人异也。"

---

① 林希逸著，周启成校注：《庄子鬳斋口义校注》，发题第1页。

他对《庄子》的基本立场是“庄儒不二”。只不过这种“大纲领”“大宗旨”的“庄儒不二”，在他看来不是那么明显直露，需要动用儒佛两家资源作对比式的理解，扫荡固有偏见，才能得此真意。“若此眼未明，强生意见，非以异端邪说鄙之，必为其所恐动，或资以诞放，或流而空虚。”可见，林希逸注《庄》有自觉的目的：一是为《庄子》被定为“异端邪说”正名，二是试图通过以儒解庄，证明《庄子》与“吾儒”并不冲突。本节探讨《庄子口义》以儒解庄并评价其得失。①

一、“此书字义不可以《语》《孟》求”

林希逸在《庄子口义》中多次提到，《庄子》中与《语》《孟》相同的字词，不可按照其在儒家语境中的意义理解。在解释《德充符》“虽天地覆堕，亦将不与之遗”时说：“读庄子之书，与《语》《孟》异，其语常有过当处，是其笔法如此，非真曰天地能覆堕也。”②这里指出的《庄子》与《语》《孟》的差异，是行文风格的不同，《庄子》的笔法常有夸张处，没有儒家经典那样平实，不能按儒家字义理解《庄子》。

林希逸之所以不按儒家字义解庄，还有更重要的原因。他解释《大宗师》“其心志”：“此书字义，不可以《语》《孟》之法求之。前辈云：佛氏说性，止说得心。既曰异端矣，又安得以吾书字义求之！”③关键在于林希逸强调了佛（包括道）的“异端”地位，既然是“异端”，就不能以“吾书”字义理解。“此语不入圣贤条贯，所以流于异端，须莫作《语》《孟》读方可。”④“不入圣贤条贯”，这种一方面

① 关于林希逸为《庄子》“异端邪说”的正名，其实不限于《庄子》，三部《口义》都十分自觉地为“三子”“去污名化”而努力，可以说，去除对《庄子》《老子》《列子》的“异端”评价，是林希逸一以贯之的目的。至于以佛禅解庄，则是为了借鉴禅宗公案的思维方式，最终还是要理解《庄子》真意——庄儒不二。

② 林希逸著，周启成校注：《庄子鬳斋口义校注》，第 83 页。

③ 林希逸著，周启成校注：《庄子鬳斋口义校注》，第 102 页。

④ 林希逸著，周启成校注：《庄子鬳斋口义校注》，第 181 页。

努力为《庄子》"异端"正名，与"吾儒未尝异"，另一方面又在极力廓清《庄子》字义与儒家字义，使林希逸"庄儒不二"的论证工作出现很大的逻辑矛盾。因为，如果是无关庄儒核心思想的字义，各自独立理解亦无妨，但林希逸廓清的字义，基本都是儒家思想的核心词汇：

> 大抵《庄子》之所言仁义，其字义本与《孟子》不同，读者当知，自分别可也。①
>
> 此书礼乐仁义，字义不同，并以为外物矣。②

"礼乐""仁义"正是儒家思想的核心词汇。林希逸认为，诸如《骈拇》"屈折礼乐，呴俞仁义，以慰天下之心者，此失其常然也"；《马蹄》"道德不废，安取仁义！性情不离，安用礼乐"等句中的"仁义礼乐"，均不是儒家思想语境中的"仁义礼乐"，"不入圣贤条贯"，不能按照儒家原意去理解。

针对《庄子》对儒家核心字义的正面攻击，林希逸的处理办法是分清泾渭："不可以圣贤书律之，当另作一眼看。"③而对于其他字义，林希逸则引儒家经典，如《易》《孟》《诗》《左传》等来解释。从全书来看，解释单词可分为以下五类：

一是等义互释。即引用出现相同字词的儒家经典，说明二者字义等同。释《应帝王》"无为名尸，无为谋府；无为事任，无为知主"中四个"无"："此四个无字，是教人禁止之意，与《论语》四勿字同。"④释《大宗师》"神鬼神帝，生天生地"："帝，犹《易》曰'帝出乎震'之帝也，鬼之与帝，所以能神者，此道为之。天地亦因道而后

---

① 林希逸著，周启成校注：《庄子鬳斋口义校注》，第142页。
② 林希逸著，周启成校注：《庄子鬳斋口义校注》，第150页。
③ 林希逸著，周启成校注：《庄子鬳斋口义校注》，第110页。
④ 林希逸著，周启成校注：《庄子鬳斋口义校注》，第134页。

有，故曰生天生地。《易》有‘太极生两仪’是也。”[①]如释《天地》“致命尽情”之“情”：“尽情者，尽其性中之情也，此情字与《孟子》‘乃若其情，则可以为善’同。”[②]成玄英疏为：“尽生化之情。”[③]而《孟子》此语中的“情”，戴震《孟子字义疏证》云：“情犹素也，实也。”[④]按林希逸，所尽之情，即为性中之情实质素。再如释《天地》“啮缺可以配天乎？”：“配天，犹《书》云‘殷礼陟配天’也，言王天下也。”[⑤]释《天地》“素逝”：“素逝者，以素朴而往，犹《易》言‘素履往’也。”[⑥]林希逸以《周易》《论语》《尚书》《孟子》等儒家经典，与《庄子》作等义互释。

二是直接说明相同字词在儒家经典中有不同含义。释《德充符》“夫若然者，且不知耳目之所宜，而游心乎德之和”：“此和字非若《中庸》所谓‘中节’之和而已。”[⑦]释《达生》“犹疾视而盛气”之“疾”：“疾字有怒之意，即直视也，却与匹夫‘按剑疾视’不同。”[⑧]

三是引用儒家经典解释《庄子》字词。释《在宥》“无解其五藏”“尸居而龙见”：“《礼记》曰：‘筋骸之束。’解其五藏，便是不束矣。”释《应帝王》“化贷万物而民弗恃”之“贷”：“贷，施也，言施化于民也。凡字训义亦就平仄处呼，施字便与施字同义，‘天施地生’‘云行雨施’‘天施’‘雨施’，此二字平仄虽殊，其义则一。”[⑨]可见林希逸还注意解释字词的音韵。释《马蹄》“义台路寝”之“义”：“义者，养也，‘居移气，养移体’之地，必当有此二字。”[⑩]释《天地》“古之蓄

① 林希逸著，周启成校注：《庄子鬳斋口义校注》，第109页。
② 林希逸著，周启成校注：《庄子鬳斋口义校注》，第203页。
③ 郭象注，成玄英疏：《庄子注疏》，北京：中华书局，2011年，第241页。
④ 杨伯峻：《孟子译注》，北京：中华书局，1960年，第241页。
⑤ 林希逸著，周启成校注：《庄子鬳斋口义校注》，第190页。
⑥ 林希逸著，周启成校注：《庄子鬳斋口义校注》，第187页。
⑦ 林希逸著，周启成校注：《庄子鬳斋口义校注》，第84页。
⑧ 林希逸著，周启成校注：《庄子鬳斋口义校注》，第294页。
⑨ 林希逸著，周启成校注：《庄子鬳斋口义校注》，第129页。
⑩ 林希逸著，周启成校注：《庄子鬳斋口义校注》，第147页。

天下者”之“蓄天下”：“蓄天下，即《孟子》所谓以善养天下者。”①

四是用儒家经典作为该字词的例证，或以儒家经典为之作外延性阐释。释《达生》“始乎故，长乎性，成乎命”之“故”：“故，本然也，《孟子》曰：‘言性者，故而已矣。’”②再如释《应帝王》“犹涉海凿河而使蚉负山也”之“凿河”：“凿河即是疏九河之类。”③疏九河在《尚书·禹贡》记为“九河既道”。林希逸这种引儒家经典作为外延、例证不仅在解释单个字词时，在他涉及寓言神话该不该作事实理解时，标准仍然是儒家经典记载与否。如“庄子虽为寓言，而《礼记》所载原壤貍首之歌，则知天地之间，自古以来，有次一等离世绝俗之学。”④再如：“此事之喻，又与‘见豕负涂，载鬼一车’者不同，然圣人既以此语入之爻辞，则是世间必有此事，亦不足怪也。”⑤体现出儒家经典在林希逸思想中的主导地位。

五是解释完《庄子》字词外，列举出该字词在儒家经典中的另外含义。如释《齐物论》“师旷之枝策也”：“策：击乐器之物也，今马鞭亦曰策，《左传》‘绕朝赠之以策’，羊昙以策击西州门，皆马策也。”⑥成玄英疏“策”：“打鼓枝也。”⑦与林注同。但林希逸还举出“策”的另一含义：马策，并引《左传》等儒家经典作例证。

以上是林希逸引儒家经典解释《庄子》单个字词时的情况，以第一类居多。⑧ 大部分都能较为准确地解释，不过，其中也有不恰当甚至牵强之处。他将《庄子》的“蓄天下”解为《孟子》的“以善养天下”，《孟子》原文为“以善服人者，未有能服人者也；以善养人，然后能服天下。天下不心服而王者，未之有也”（《离娄下》）。如果结

① 林希逸著，周启成校注：《庄子鬳斋口义校注》，第 184 页。
② 林希逸著，周启成校注：《庄子鬳斋口义校注》，第 295 页。
③ 林希逸著，周启成校注：《庄子鬳斋口义校注》，第 127 页。
④ 林希逸著，周启成校注：《庄子鬳斋口义校注》，第 116 页。
⑤ 林希逸著，周启成校注：《庄子鬳斋口义校注》，第 293 页。
⑥ 林希逸著，周启成校注：《庄子鬳斋口义校注》，第 29 页。
⑦ 郭象注，成玄英疏：《庄子注疏》，第 41 页。
⑧ 全书引儒家经典注解《庄子》字词之处见本节末附表 1。

合《庄子》以及整个道家思想对“圣人”治天下的思想来看，“蓄天下”是道家倡导的“无为而为”，使百姓“皆自然”，而不是以“善”“不善”等概念强加给百姓，使他们陷入争名逐利之中。因此，虽然都是治理天下，但林希逸所引的《孟子》与《庄子》的蓄养天下，有明显区别，没有揭示《庄子》的本意。再如林希逸注《大宗师》“不雄成，不谟士”：“士与事同，古字通用，如《东山》诗曰‘勿士行枚’也。”[①]“勿士行枚”，成玄英疏为：“纵心直前，而群士自合，非谋谟以致之者也。”[②]仍将“士”解为“群士”，与林解不同。通观整句及前后文，我们认为成玄英疏较为贴近《庄子》原意。

二、庄儒对比

林希逸常常把《庄子》与儒家作比较，包括相似对比与差异对比。前者即《庄子》与儒家或在义理上，或在所载事实上，或在某些情节事件的安排设计上，或在思想与文风两方面都存在近似处。如释《逍遥游》题目：“游者，心有天游也；逍遥，言悠游自在也。《论语》之门人形容夫子之一‘乐’字。此旨所谓逍遥游，即《诗》与《论语》所谓‘乐’也。一部之书，以一‘乐’字为首，看这老子胸中如何？”[③]在林希逸看来，《庄子》的“逍遥游”之意，与孔颜之“乐”相当。孔子称赞颜回“箪瓢陋巷”仍“不改其乐”，又自称“饭疏食饮水，曲肱而枕之，乐亦在其中矣”（《述而》）。宋代理学家重视个体人格的锤炼，对“孔颜之乐”的精神境界多有探讨。林希逸身为理学家，对周敦颐、张载、二程、朱熹等探讨的“孔颜之乐”的问题不会陌生。从自由、畅快、“从心所欲”的精神体验来看，《庄子》所谓“逍遥游”与“孔颜之乐”的确有相通处，但“孔颜之乐”是儒者依照儒家圣贤自得的精神境界，“逍遥游”则是庄子摆脱一切束缚、等观万

---

① 林希逸著，周启成校注：《庄子鬳斋口义校注》，第98页。
② 郭象注，成玄英疏：《庄子注疏》，第126页。
③ 林希逸著，周启成校注：《庄子鬳斋口义校注》，第1页。

物、昂首云天，精神无限自由的体验，有论者说“孔颜之乐”是儒者自有之乐，[①]“逍遥游”与“孔颜之乐”是有差异的。

《庄子口义》释《在宥》形容“人心排下而进上，上下囚杀”一段：

> 此一段把《孟子》“出入无时，莫知其乡”合而观之，便见奇特。[②]

《孟子·告子上》原句为：“孔子曰：‘操则存，舍则亡；出入无时，莫知其乡。’惟心之谓与？”朱熹释为：“孔子言心，操之则在此，舍之则失去，其出入无定时，亦无定处如此。孟子引之，以明心之神明不测，得失之易，而保守之难，不可顷刻失其养。学者当无时而不用其力，使神清气定，常如平旦之时，则此心常存，无适而非仁义也。”[③]孔子对心有“出入无定时”“无定处”的形容，朱熹称心“神明不测”“得失之易”“保守之难”，学者须常常存养。对比《庄子·在宥》此段言心“其疾俯仰之间而再抚四海之外，其居也渊而静，其动也悬而天”，与《孟子》此处之“心”都有灵动、自由，在时间和空间上无法固定的特点，在这一点上，林希逸提出将二者“合而观之，便见奇特”，是见到二者形容“心”的相似处。

但《孟子》中“心”还有“得失之易”“保守之难”的特点，由此开出学者努力存养之功夫，这是《在宥》这一节（甚至整个《庄子》）言“心”没有提及的，林希逸引儒家经典与《庄子》作相似对比，仅仅是孤立地指出二者的某些相似点，并没有在贯通二者基本意旨的基础上作比较，影响到“庄儒不二”结论的可靠性。

在释《胠箧》田子成杀齐君盗齐国时，林希逸说：

---

① 李煌明、李宝才：《“孔颜之乐”辨说》，《求索》2007 年第 10 期。
② 林希逸著，周启成校注：《庄子鬳斋口义校注》，第 166 页。
③ 朱熹：《四书章句集注》，北京：中华书局，2011 年，第 310 页。

田氏篡齐，公贷入，看《左传》所言，便是借圣人之法以济其盗贼之谋，战国之时，大抵如此，故庄子以此喻之。①

这是外延性举证，意为《左传》中也记载此事，并果如《庄子》所说，盗其国并与“圣智之法而盗之”。以儒家经典的记载与否作为《庄子》寓言故事真伪的依据，是林希逸常有的做法。

在释《天地》华封人与尧的故事时，林希逸在故事的结尾说道：

尧犹欲问，而封人不之答，但曰退已，犹言尔去休。接舆“趋而辟”，荷蓧丈人“至则行矣”，伊川不得与同舟者言，皆此机关也。②

这里同样没有解释故事寓意，而是列举《论语》中孔子不得与楚狂接舆言、子路不得反见荷蓧丈人以及程伊川的一则与舟人的问答记录(《河南程氏外书》卷十二)作比较，三者皆“失其答”，反显出问答中某一方的高明不测，亦显出所论问题的高妙不凡。“机关”，即对事件、情节的设计关扣，为其间的人物增添神秘色彩。就此而言，林希逸列举的《论语》及程伊川的问答情节与《天地》华封人与尧的故事安排确有类似之处。

林希逸还指出《庄子》在意旨和表达上都与儒家相似，如释《山木》“且君子之交淡若水，小人之交甘如醴；君子淡以亲，小人甘以绝。彼无故以合者，则无故以离”：

君子之交淡而亲，小人之交甘而易绝，皆说尽人世情状，此语虽入之《语》《孟》亦得。无故以合，则无故以离，《氓》诗便

① 林希逸著，周启成校注：《庄子鬳斋口义校注》，第154页。
② 林希逸著，周启成校注：《庄子鬳斋口义校注》，第193页。

可见也，此一句又是一个好条贯。[①]

“条贯”是林希逸常用词，如“此语不入圣贤条贯”[②]，“死生亦大矣，此五字，乃《庄子》中一大条贯”[③]，表示“主题”之意，与《氓》是“好条贯”，是说“无故以合，则无故以离”与《氓》中男子对女子始乱终弃的“无故”主题的相似，二者可以贯通理解。前句可入《语》《孟》，也是说儒家经典中同样有“人世情状”的表达。

以上是相似对比，还有差异对比，或以为是《庄子》特色予以承认；或只列出二者不同，不作评论；或认为庄子完全站在反面立场立说；或以儒家为准提出批评。释《大宗师》子祀、子舆、子犁、子来四人莫逆于心的故事：“曾子之易箦，其言如许，圣贤之学也，庄子为此论，又自豪杰。”[④]按《礼记·檀弓上》记载曾子言：“君子之爱人也以德，细人之爱人也以姑息。吾何求哉？吾得正而弊焉，斯已矣。”这与《大宗师》中子犁对子来生病持以顺应造化自然而不生任何怜爱之情的态度完全不同，林则评价其“豪杰”。

在庄儒思想水火不容处，林希逸只列举二者不同，不作评论。释《列御寇》“夫内诚不解，形谍成光个，以外镇人心”：“‘和顺积中，英华发外’此圣门之言。内诚不解，诚积于胸中为化也。……成光者，有光仪也，即积中发外之意，而此以为有迹之学。”[⑤]《礼记·乐记》“和顺积中，英华发外”强调由内而外的表现，内在和顺积累于胸，发于外在表现即是英华。在林希逸看来，这是“圣贤之学”，但此处《列御寇》却恰恰批评这样的显发为“有迹”，是“内诚不解”的反映，需要“化”。面对尖锐对立，林希逸的做法是列举而不作评价。他也指出《庄子》完全“反其（儒家）说”之处：“邦有道则见，邦

---

① 林希逸著，周启成校注：《庄子鬳斋口义校注》，第308页。
② 林希逸著，周启成校注：《庄子鬳斋口义校注》，第181页。
③ 林希逸著，周启成校注：《庄子鬳斋口义校注》，第82页。
④ 林希逸著，周启成校注：《庄子鬳斋口义校注》，第114页。
⑤ 林希逸著，周启成校注：《庄子鬳斋口义校注》，第477页。

无道则隐，此圣贤之言也。庄子却反其说……”[①]“圣人则曰：‘明于五刑，以弼五教。’此则曰以刑为本，而礼为附，皆是反说。”[②]这种与儒家思想完全相对立的说法，他也不作评论。

林希逸常作庄孟对比，全书达七次，[③]表明对《孟子》的熟悉程度及庄孟对比之兴趣。总体来看，林希逸认为《孟子》与《庄子》有以下三点不同。

一是二书立论的出发点不同。如释《养生主》“为善无近名，为恶无近刑，缘督以为经，可以保身，可以全生，可以养亲，可以尽年”：

> 即《孟子》所谓“寿夭不二，修身以俟之”也。孟子从心性上说来，便如此端庄，此书(《庄子》)却就自然上说，便如此快活。[④]

孟子立论从“心性”出发。所谓孟子从“心性”上说来，是指孟子强调“本心”的重要性。他说：“大人者，不失其赤子之心也。”(《离娄下》)“赤子之心”的特点，是“纯一无伪”[⑤]，他还说：“君子所以异于人，以其存心也。君子以仁存心，以礼存心。”(《离娄下》)并指出：“学问之道无他，求其放心而已矣。”(《告子上》)由于“本心”需要存养“仁”“礼”等，《孟子》书中必多教化、劝服，文风显得“端庄”，而《庄子》主旨是“自然”[⑥]，一切言说都从“自然”展开。内心不存杂念，随顺自然，也指外在实践活动顺应规律，不妄作。由于没有刻意为善为恶的心念和行为，显得自由自在，表现于文风，即

---

① 林希逸著，周启成校注：《庄子鬳斋口义校注》，第 57 页。
② 林希逸著，周启成校注：《庄子鬳斋口义校注》，第 104 页。
③ 这里仅指庄孟对比。至于林希逸以孟解庄，包括引《孟子》解释《庄子》字词则有 34 处之多(含 7 次庄孟对比)。庄孟对比分别在《庄子鬳斋口义校注》第 16、49、86、138、142、150、460 页。
④ 林希逸著，周启成校注：《庄子鬳斋口义校注》，第 49 页。
⑤ 朱熹：《四书章句集注》第 8 卷，第 272 页。
⑥ 林希逸著，周启成校注：《庄子鬳斋口义校注》，第 113、225 页。

是“快活”。林希逸的“自然天理”既有继承《孟子》“本心”的一面，强调“本心”具足天理，也有吸收《庄子》“自然”的一面，认为只有内心活动和外在行为都顺应自然才能开显天理，这种圆融的理学观使他虽然指出《孟》《庄》立论出发点不同，但尽力在目的处汇通二家：“其言虽异，其所以教人之意则同也。”①

二是二书文风不同。释《齐物论》“其寐也魂交，其觉也形开，与接为构，日以心斗”：

> 与接为构，日与心斗，即孟子所谓“旦昼之所为，有梏亡之”者。孟子说得便平善，被他如此造语，精神百倍亦警动人。后之禅家，其言语多是此等意思。②

二书所欲表达者相通，但《孟子》显得平易妥善，庄子则因为有形象的描述而“精神百倍”，文学性的描述带来“精神百倍亦警动人”的阅读效果，二书文风不同，不仅是思想出发点有异，语言表达的不同特点也形成各异的文章风貌及阅读效果。《庄子》文风的畅快特色还可以通过与《周易》《论语》对比得来。“大明之上，太虚之上也；窈冥之门，无极之始也。《易》言‘一阴一阳之谓道’，亦是此等说话，但其说得含蓄，庄子要说得畅快，故其辞如此。”③这是与《周易》比较；“此意只是‘不可与言而与之言，失言’。圣门只是一句，他却撰出许多鸿洞说话。”④所谓“鸿洞说话”，即天马行空的寓言故事，这是与《论语》比较。林希逸通过与儒家典籍在行文风格、文辞运用上的对比，得出《庄子》文章快活、精神、“鸿洞”的文章特点。

---

① 林希逸著，周启成校注：《庄子鬳斋口义校注》，第 49 页。
② 林希逸著，周启成校注：《庄子鬳斋口义校注》，第 16 页。
③ 林希逸著，周启成校注：《庄子鬳斋口义校注》，第 171 页。
④ 林希逸著，周启成校注：《庄子鬳斋口义校注》，第 282 页。

三是二书对仁义、礼乐的理解不同。如释《骈拇》“淫僻于仁义之行，而多方于聪明之用也”：

> 告子言“义外”，庄子则并以仁义为外矣。以仁义为淫僻，而与聪明并言，皆以为非务内之学。[①]

《孟子》原句为：“告子曰：‘食色，性也。仁，内也，非外也；义，外也，非内也。’孟子曰：‘何以谓仁内义外？’曰：‘彼长而我长之，非有长于我也；犹彼白而我白之，从其白于外也，故谓之外也。’”朱熹曰：“故仁爱之心生于内，而事物之宜由乎外。学者但当用力于仁，而不必求合于义也。”[②]“仁内”是因为仁爱之心生于内，“义外”则是对外在事物作出恰当的反应，因此是“由乎外”。成玄英疏《骈拇》此句：“夫曾史之徒，性多仁义，以此情性，骈于脏腑。性少之类，矫情慕之，务此为行，求于天理，即非率性，遂成淫僻。”[③]相对“骈拇枝指”出于性之自然，“仁义”并非自然本性，以外在的仁义强加于人，会“残生伤性”。因此，林希逸认为，《孟子》把“仁”放在心上理解，“仁”是内于人心的，《庄子》的自然宗旨要求荡涤一切人为因素，“仁义”是人为之物，违于“性命之情”，属于自然性情之外。

《庄子口义》释《骈拇》“天下莫不奔命于仁义，是非以仁义易其性与？”：“知仁义而不知道德，是以外物易其性也。”[④]释《马蹄》“道德不废，安取仁义！性情不离，安用礼乐！”：“道德，自然也，庄子以仁义为外，故曰道德不废，安取仁义！性情，固有也。庄子以礼乐为强世，故曰情性不离，安用礼乐！若孟子曰‘节文斯’，‘乐斯二者’圣贤之言也。此书礼乐仁义，字义不同，并以为外物矣。”[⑤]林

---

① 林希逸著，周启成校注：《庄子鬳斋口义校注》，第138页。
② 朱熹：《四书章句集注》，第306页。
③ 郭象注，成玄英疏：《庄子注疏》，第171页。
④ 林希逸著，周启成校注：《庄子鬳斋口义校注》，第142页。
⑤ 林希逸著，周启成校注：《庄子鬳斋口义校注》，第150页。

希逸认为《庄子》之"道德"，是"自然"，而仁义是外于"道德"的，礼乐是强加于世，正因为自然道德的废离，才有外在人为的因素产生。关键是，《庄》《孟》二书所言的"礼乐仁义"并不同义。

《骈拇》《马蹄》等篇目对儒家思想（包括儒家圣人和学说）进行了激烈抵制和抨击。林希逸也看到了这种冲突，由于注庄出发点是证明《庄子》的"大纲领""大宗旨"处相合，林希逸的处理办法是，认为《骈拇》《马蹄》中强烈反对的"仁义礼乐"，并不是《语》《孟》（即儒家思想）中的"仁义礼乐"，二者能指相同，所指有异，以此回避庄子对儒家的理论冲击。

三、以儒家文献解庄

《庄子口义》引用的儒家文献主要有《论语》《周易》《孟子》《礼记》《诗经》《春秋》《尚书》《左传》《孔子家语》，以及《朱子语类》、伊川《论语解》等，其中，引用《论语》《周易》《孟子》解庄频率最高，均达十五次以上，①具体引用情况参见本节的附表 2。篇幅所限，下文仅就林希逸引《论语》《周易》解庄稍加探讨。

林希逸认为《庄子》某些文句与《论语》表达之意相似，如"修德就闲，邦'无邦则隐'也。"②"赏罚不如无，'必也使无讼'之意。"③"所不能闻，所不能言，即'性与天道，不可得闻'之意。"④"忧患不能入，便是'仁者不忧'。"⑤"勿问其礼，'与其易也，宁戚'也。"⑥前半段是《庄子》文句，后半段即是林希逸引用《论语》的解释，基于宋代阅读《庄子》者普遍对儒家四书五经较为熟悉，林希逸并未对儒家文献有过多解释，直接引之解庄。

---

① 仅统计林希逸引上述三书解释《庄子》文句的条数，不包括林希逸引三书解释《庄子》单个字词及只进行对比之处。

② 林希逸著，周启成校注：《庄子鬳斋口义校注》，第 192 页。

③ 林希逸著，周启成校注：《庄子鬳斋口义校注》，第 194 页。

④ 林希逸著，周启成校注：《庄子鬳斋口义校注》，第 196 页。

⑤ 林希逸著，周启成校注：《庄子鬳斋口义校注》，第 210 页。

⑥ 林希逸著，周启成校注：《庄子鬳斋口义校注》，第 473 页。

不过，这种要求调动读者自身对儒家文献的理解为前提的注解，有时会偏离《庄子》原意。如释《大宗师》“故善吾生者，乃所以善吾死也”：“善吾生者，全吾身也，所谓‘朝闻道，夕死可矣’是也。”[①]《大宗师》此处是在表达通过“两忘而化其道”来保全生命，平视生死；而林希逸所引则在强调“闻道”的价值，即使早上听闻大道，晚上结束生命也可，二者似各有侧重。

林希逸对《论语》表达了独特理解，他认为佛家有“悟”的法门，讲究心悟自得，儒家也有“悟”，并且如同儒家有悟之顿渐两门，儒家同样有顿悟和渐悟两类。他释《骈拇》“夫不自见而见彼，不自得而得彼，是得人之得而不自得其得者也，适人之适而不自适其适者也”：

> 自得其得，自适其适，即自见自悟也。……自闻自见，若在吾书，即《论语》“默而识之”……仲弓之持敬，渐也；颜子之克己复礼，顿也。不然，何以曰：“一日克己复礼，天下归仁焉。”仁，何物也？一日而得之，非顿悟而何？[②]

林希逸因《骈拇》的“自见自得”提及禅宗的“悟”，并说《论语》中“默而识之”的修学方法也是“悟”，还批评朱子《论语集解》中将“识”解为“志”，即外在的文字记录，林希逸则认为“识”是“自见自得”，并不是靠外在积累而来的，是“悟”来的。同时，仲弓“居敬而行简”的修行方式类似渐悟，而颜回“克己复礼”，在时间上相对快捷（“一日”），属于“顿悟”。林希逸此论，与其师乐轩“佛书最好证吾书”有很大关系。“证”，表明儒家思想中本有而隐幽之处，借助佛家参照而显现。在林希逸看来，佛道二家思想，“吾圣贤”也有论及。

林希逸也常直接引用《周易》文句而不加解释。如：“天地覆

---

① 林希逸著，周启成校注：《庄子鬳斋口义校注》，第107页。
② 林希逸著，周启成校注：《庄子鬳斋口义校注》，第144页。

坠，犹《大传》言‘乾坤毁’也。”①“肃肃，严冷之意，赫赫，辉明之意，即是‘一阴一阳之谓道’，如此下四句。”②“久病长阨而不死，即《易》所谓‘贞疾，常不死’也。”③林希逸有时将《周易》文意与《庄子》结合得较好，解释比较到位。如释《大宗师》“齑万物而不为义，泽及万世而不为仁”：“盖言无为而为，自然而然，我无容心，故不得以此名之。《易》曰：‘鼓万物不与圣人同忧。’亦是此意。”④该句出自《周易·系辞》，周振甫释为：“圣人为济世利民而忧，道的济世利民是无所用心的，所以没有忧。”⑤在“无心”上，《庄子》与《系辞》这句话的确有相通之处。再如释《田子方》“长官者不成德”：“不成德，不自有其成功。犹《易》曰‘或从王事，无成’也。”⑥《坤·象》原文为：“或从王事，无成有终。”尚秉和《周易尚氏学》：“阴顺阳。故无敢成，成，法也，式也，言不敢作法也。”“代乾作事，故曰有终。”⑦《庄子》与此句均有“不自成其成”之意。林希逸有时会引《周易》表达对《庄子》文意的理解，如释《在宥》“彼其物无穷，而人皆以为终；彼其物无测，而人皆以为极”：“《易》不终于《既济》，而终于《未济》，是知物无穷而物无测也。”⑧引《周易》以《未济》终结说明万物不可尽测、不可终穷。

不过，林希逸引《易》解庄，也有不准确之处。如释《知北游》“天地有大美而不言”：“即《乾》‘以美利利天下’，不言所利大矣哉。”⑨陈梦雷《周易浅述》：“《乾》始无所不利，非可指名，故言利，不言所利也。”⑩是说《乾》利万物，但不言“所利之物”，重点是，

① 林希逸著，周启成校注：《庄子鬳斋口义校注》，第 83 页。
② 林希逸著，周启成校注：《庄子鬳斋口义校注》，第 320 页。
③ 林希逸著，周启成校注：《庄子鬳斋口义校注》，第 464 页。
④ 林希逸著，周启成校注：《庄子鬳斋口义校注》，第 122 页。
⑤ 周振甫译注：《周易译注》，北京：中华书局，1991 年，第 234 页。
⑥ 林希逸著，周启成校注：《庄子鬳斋口义校注》，第 324 页。
⑦ 转引自周振甫译注：《周易译注》，第 16 页。
⑧ 林希逸著，周启成校注：《庄子鬳斋口义校注》，第 171 页。
⑨ 林希逸著，周启成校注：《庄子鬳斋口义校注》，第 332 页。
⑩ 转引自周振甫译注：《周易译注》，第 10 页。

《乾》强调对"所利之物"不言，而《庄子》此处是天地自身大美而不言，二者之间存在些微不同。

林希逸两次引《蒙》"时中"解庄，分别是：

释《天地》"时骋而要其宿，大小，长短，修远"："时骋，时出而用也，要其所归宿，不可以一定言。或大或小，或长或短，或远或近，便是'时中'之意。"①

释《天下》"恶乎在？无乎不在"："便是'时中'之意。"②

"时中"，出自《蒙·彖》："以亨行，时中也。"张涛解为："此言九二，九二与六五正应，是为时；九二具下体之中，是谓中，故曰'时中'。"③可见"时中"并不仅是字面义"及时而适中"④。而成玄英释上述《天地》句："要在会归而不滞一，故或大或小，乍短乍长，乃至修远，恣其来者，随彼机务，悉供其求，应病以药，理无不当。"⑤即使将"时中"理解为"及时适中"，《天地》此句也只有"适中"之意，即应万物之机宜而无不当，并无明显的"及时"之意，何况林希逸未注意到"时中"的另一含义。至于《天下》此处，只是强调道术遍一切处，也无"及时"之意。

林希逸引《易》解庄有成功处，也有不尽准确处，他或仅在字面意义上将《庄》《易》两书的某些文句加以汇通，或没有整体理解文本，仅是断章取义地引用《周易》，或没有仔细斟酌两书文句的意义差异，随意而牵强地引用《周易》。

四、对讥毁儒家的回应与庄儒不二

除了引儒家文献解释《庄子》字词、文句以及进行庄儒对比外，林希逸还指出《庄子》讥毁儒家的文句并说明原因，努力论证"庄儒

---

① 林希逸著，周启成校注：《庄子鬳斋口义校注》，第 189 页。
② 林希逸著，周启成校注：《庄子鬳斋口义校注》，第 491 页。
③ 张涛注评：《历代名著精选集：周易》，南京：凤凰出版社，2011 年，第 25 页。
④ 有学者也这样解释："行动及时而中正。"（见周振甫：《周易译注》，第 25 页）
⑤ 郭象注，成玄英疏：《庄子注疏》，第 224 页。

不二”。传世的《庄子》文本，多处直接诋毁儒家人物及其儒家思想，外杂篇较内篇尤甚。林希逸提到《庄子》诋毁儒家处有：

1. 庄子之意，伊周孔孟，皆在此一句内。①（释《齐物论》）

2. 此因至人又发圣人之问，且就此贬剥圣门学者。②（释《齐物论》）

3. 此段因《论语》所有借以讥毁圣门也。③（释《人间世》）

4. 此数句是不指名而讥毁孔子。④（释《应帝王》）

5. 某所有贤者，赢粮而趋之，便是暗说孟子荀子，推而上之，孔子亦在其间矣。⑤（释《胠箧》）

6. 循循以诱诲学者，故以为媚一世，此皆讥吾圣人之意。⑥（释《天地》）

7. 此段讥吾圣人，在孔子时，已有荷蓧丈人、楚狂接舆、长沮、桀溺，皆是此一种人。⑦（释《天运》）

想极力调和庄儒的林希逸并没有略过《庄子》批评讥诲儒家处，就是内篇没有明确批评的地方，林希逸也表示：按照《庄子》的思想逻辑，儒家人物所言所行以及儒家思想均在其排斥之列。上引第1、3、4、5条即是《庄子》正文未明说，林希逸予以点破的。至于《庄子》指名讥斥儒家处，林希逸亦不回避，如第2、6条。他还会将讥毁儒家人物的事例放到儒家文献中观察，如第7条，这似乎能起到独特的心理作用：儒家经典地位重要，既然《论语》就有讥毁夫子之事，这就提醒门户之见强烈的读者，在心理上起到缓冲《庄

① 林希逸著，周启成校注：《庄子鬳斋口义校注》，第16页。
② 林希逸著，周启成校注：《庄子鬳斋口义校注》，第39页。
③ 林希逸著，周启成校注：《庄子鬳斋口义校注》，第79页。
④ 林希逸著，周启成校注：《庄子鬳斋口义校注》，第129页。
⑤ 林希逸著，周启成校注：《庄子鬳斋口义校注》，第159页。
⑥ 林希逸著，周启成校注：《庄子鬳斋口义校注》，第205页。
⑦ 林希逸著，周启成校注：《庄子鬳斋口义校注》，第234页。

子》对儒家诋毁的强度。

林希逸还有其他的阐释思路，之所以称“阐释思路”，而非“阐释策略”，因为林希逸是在儒家本位立场中对《庄子》作整体理解的，由此带来其面对《庄子》讥毁儒家的文本事实作出的独特阐释，关键处是有关策略性的阐释要放入其以儒家思想为主导的对《庄子》的整体理解中去把握。

我们看到，证明儒道不异，既是林希逸注庄的最终目的，也是其对《庄子》的整体理解。① 在注庄“五难”中，他提道：“其意欲与吾夫子争衡，故其言多过当，二难也；鄙略中下之人，如佛书所谓最上乘者说，故其言每每过高，三难也。”②“过当”，是《庄子》欲与儒家争衡的表现，而“过高”，是《庄子》鄙夷世俗儒之处。“过高”“过当”在林希逸笔下区分不是太清（从前述也可理解，因为欲与儒家争衡，必然会涉及对世俗之儒的排抑），“但其著书初意，正要鄙夷世俗之儒，故言语有过当处，不可以此议之”。③ 二词均表达林希逸儒道不异之论，而《庄子》出于“争衡”“鄙夷俗儒”而激烈讥毁儒家人物及思想，在行文上有照管不到处。林希逸的处理办法是：其言辞“过当”偏激，或承认其语言巧妙，或承认其理有所可取。如：

> 此数句乃是讥诮圣贤，以形容真人之不可及，……此皆过当之论。④（释《大宗师》）
>
> 以尧对桀言之，曾、史、盗跖之类也，全书意势皆如此，其理皆未正，然笔力岂易及哉！⑤（释《在宥》）

---

① 林希逸对《庄子》的整体理解包含两部分：一是《庄子》的理论主旨——是“自然”；二是《庄子》与儒家思想的关系——“大纲领大宗旨未尝异”。这里着重谈第二点。

② 林希逸著，周启成校注：《庄子鬳斋口义校注》，发题第1页。

③ 林希逸著，周启成校注：《庄子鬳斋口义校注》，第9页。

④ 林希逸著，周启成校注：《庄子鬳斋口义校注》，第103页。

⑤ 林希逸著，周启成校注：《庄子鬳斋口义校注》，第162页。

以虎狼为仁，便与盗亦有道意同，此皆排抑儒家之论。但其言虽偏，亦自有理。①（释《天运》）

此是庄子撰出这般名字，以讥诲儒者，其言虽怪，而以世故观之，实有此理。②（释《胠箧》）

既然认定《庄子》讥毁儒家是语言"过当"，则不可着实理解，须"另具一只眼"，何况其间还有笔力巧妙处或"有理"之处。如此阐释，巧妙化解《庄子》与儒家思想的紧张关系。针对理学家有关《庄子》不务世间社会事务，只务内心超脱的批评，林希逸指出《庄子》也是"理会事""精粗一贯"的人。如：

观此一句，其意何尝不欲用世！何尝不以动静为一！③

末学者，古人有之，而非所以先，此一句犹好看得，庄子何尝欲全不用兵刑礼乐！④

看此数句，庄子如何不理会世法！⑤

林希逸直接在《庄子》文本中找到庄子务下学、精粗一贯的证据，不仅证明庄子是"理会事"的人，就是平善质实的儒家经典，也有类似《庄子》恣肆文风的"痛快"处。《庄子》与儒家均精粗一贯，只是《庄子》语言鼓舞放荡，多有过当处，圣贤说得"浑成"，无此弊端：

---

① 林希逸著，周启成校注：《庄子鬳斋口义校注》，第 228 页。

② 林希逸著，周启成校注：《庄子鬳斋口义校注》，第 154 页。

③ 释《天运》"以此进为而抚世，则功大名显而天下一也"。林希逸著，周启成校注：《庄子鬳斋口义校注》，第 211 页。

④ 释《天道》"末学者，古人有之，而非所以先也"。林希逸著，周启成校注：《庄子鬳斋口义校注》，第 115 页。

⑤ 释《庚桑楚》"券内者"一节。林希逸著，周启成校注：《庄子鬳斋口义校注》，第 361 页。

观此一段，庄子依旧是理会事底人，非止谈虚说无而已。伊川言释氏“有上达而无下学”，此语极好，但如此数语中，又有近于下学处，又有精粗不相离之意。……此庄子中大纲领处，与《天下》篇同。东坡以为庄子未尝讥孔子，于《天下》篇得之，今曰：“庄子未尝不知精粗本末为一之理，于此篇得之。”更有一说，圣贤之言，万事无弊，诸子百家亦有说得痛快处。且如《易》曰：“形而上者谓之道，形而下者谓之器，化而裁之谓之法，利用出入，民咸用之，谓之神。”……何尝不说粗底！说得如此浑成，便自无弊。①

对于《庄子》中老子直呼孔子名的情况，林希逸说道：“《礼记》中亦有老子呼圣人以名处，想问礼于老聃而师之。”②以儒家文献为衡量标准来看，虽然有老子呼孔子名字的事实，但庄子是恭敬儒家圣贤的：

只此可见，庄子非不知敬吾圣人者。③（释《寓言》）

既总序了，方随家数言之，以其书自列于家数之中，而邹鲁之学乃铺述于总序之内，则此老之心，亦以其所著之书皆矫激一偏之言，未尝不知圣门为正也。读其总序，便见他学问本来甚正，东坡云：“庄子未尝讥夫子。”亦看得出。④（释《天下》）

通过把《庄子》直接讥诲儒家之处理解为过当“矫激”处，并列举大量《庄子》“理会事”“精粗一贯”“敬吾圣人”的文句，林希逸为

① 林希逸著，周启成校注：《庄子鬳斋口义校注》，第182页。
② 林希逸著，周启成校注：《庄子鬳斋口义校注》，第243页。
③ 林希逸著，周启成校注：《庄子鬳斋口义校注》，第434页。
④ 林希逸著，周启成校注：《庄子鬳斋口义校注》，第491页。

我们展现了一个“庄儒不二”的庄子形象。

综上所述，林希逸以儒家思想为本位，在《庄子》阐释中大量引用儒家文献，对《庄子》单个字词、文句或作等义互释，或作外延例证，或作对比互观，努力论证“庄儒不二”。不得不说，这样的主观“创构性阐释”显然会对《庄子》原意有所遮蔽，[①]本节最后一个问题是对林希逸“庄儒不二”证明工作的评价。我们认为，虽然林希逸找到不少的《庄子》“敬吾圣人”的文本证据，但他的“庄儒不二”证明工作仍有一些问题。[②]

第一，证明思路有逻辑矛盾。林希逸对《庄子》中的儒家字词表示“不能以《语》《孟》求”，二家对“仁义”的理解不同，试问，如果我们认为“仁义礼乐”等为儒家核心思想的话，既然《庄子》中的“仁义礼乐”并非儒家“仁义礼乐”，这的确可以说明庄子没有讥毁儒家思想（所攻击的“仁义”并非儒家思想），但核心思想都不一样了，如何说明二家“大纲领”“大宗旨”不异？

第二，即使林希逸没有从“仁义礼乐”的角度，而是从庄子“理会事”“知精粗为一”“敬吾圣人”的角度证明“庄儒不二”，这样的证明也有以偏概全的问题，林希逸通常是对《庄子》某个文句有“精粗一贯”的字面义便立即认定庄子跟儒家一样也是“下学上达”的，缺乏对《庄子》前后文的通贯理解，有断章取义的嫌疑。他引用儒家典籍，不顾文句的整体义，从整体语境中抽出，只取字面义，极易给人带来庄儒很多文句与儒家相通的印象。[③] 由于证据以偏概全，加之注释的随意性，并不能有力证明“庄儒不二”。

---

① “创构”说法取自刘笑敢，这里指林希逸通过注庄建构自己的思想理论。见刘笑敢：《庄子哲学及其演变》，北京：中国人民大学出版社，2010 年，第 309 页。

② 这里是对林希逸注庄中“庄儒不二”论证工作的评价，而不是讨论《庄子》与儒家是否真的“不二”，前者完全是在林希逸思想语境探讨，后者则是直接就庄儒二家思想讨论，虽然会有所交叉，但很明显，二者是不同的话题。

③ 应该说，《庄子》中的部分文句意义可以与儒家典籍相通。但据前文的分析，林希逸的确存在引用时断章取义，不仔细斟酌其间差异，随意牵强的毛病。

第三，林希逸谈及《庄子》“大纲领”“大宗旨”[①]，除了在发题处，一处是“自然”[②]；另一处出现在释《在宥》某节，该节出现的以下字句（并不是连贯句）值得注意：“匿而不可不为者，事也；……远而不可不居者，义也；亲而不可不广者，仁也；节而不可不积者，礼也；……物莫足为也，而不可不为。……主者，天道也；臣者，人道也。”[③]以此判道庄子“精粗一贯”，已是以偏概全，关键是林希逸竟认为此处是《庄子》的“大纲领”，这实在难逃主观之嫌：因为此处谈及仁义礼，便认定这是主旨，以证明“庄儒不二”。再说，此处的“仁义礼”，按林希逸说法，是不能“以《语》《孟》求解”的。

第四，林希逸说明“庄儒不二”处基本在外、杂篇[④]。他以外、杂篇中的句例说明“庄儒不二”，还有一个他自己的前提：外杂篇均为庄子自作。“内篇、外篇正与《左传》《国语》相似，皆出一手。……故或以为非庄子所作，却不然。”[⑤]而外、杂篇思想取向与内篇实有差异，有的激烈排斥儒家，有的折中调和，[⑥]如果我们参照通行的理解：外、杂篇有可能非庄子所著而是其后学之作，以外、杂篇庄儒调和处证明“庄儒不二”，便不能说是严密的。[⑦]

林希逸的证明工作有不少缺陷，虽然如此，他在融合二家思想上仍作出很大的贡献，使《庄子口义》成为南宋风格独具的注庄作品，尤其要看到林希逸作为理学家对道家思想的包容开放。他以

---

① 应与林希逸所言“条贯”“大条贯”区别开来。“大纲领”“大宗旨”表示《庄子》一书的宗旨以及林希逸对《庄子》的整体理解，“条贯”“大条贯”只表示某文句或某部分文意相通。

② 见林希逸著，周启成校注：《庄子鬳斋口义校注》，第225页。

③ 见林希逸著，周启成校注：《庄子鬳斋口义校注》，第181页。

④ 林希逸在注内篇时基本未提及庄子“知精粗为一”“未尝讥吾圣人”“理会事”等，注外、杂篇时才有此等说法。

⑤ 见林希逸著，周启成校注：《庄子鬳斋口义校注》，第151页。

⑥ 崔大华：《庄学研究》，北京：人民出版社，2005年，第195、260页。

⑦ 参见刘笑敢《庄子哲学及其演变》中对《庄子》内篇、外篇、杂篇的文献学考证。至今学界对于内篇与外杂篇是否为庄子自作仍未有完全一致的意见。宋代也有人怀疑外、杂篇并非庄子本人作。林希逸则认为内外杂篇均是庄子自作，苏轼也曾根据杂篇中的《天下》篇认为庄子未尝讥孔子。

儒解庄的得失，值得我们认真反思。

附表 1　《庄子鬳斋口义》引儒家文献解释字词统计表

篇　目	原　文	释　　文	出处	征引次数
齐物论	师旷之枝策也。	击乐器之物。今马鞭亦曰策。《左传》"绕朝赠之以策"。	《左传》	2
天运	蚊虻噆肤，则通昔不寐矣。	昔即夕也，《左传》曰："居则备一昔之卫。"	《左传》	
大宗师	不雄成，不谟士。	士与事同，古字通用，如《东山》诗曰："勿士行枚"也。	《诗》	3
天道	万物化作。	化作，化生也，《诗》言"薇亦作止"是也。	《诗》	
田子方	是求马于唐肆也。	《诗》云"中唐有甓"，唐肆，今之过路亭也。	《诗》	
人间世	匠石之齐，至乎曲辕，见栎社树。	栎，木名也，社之中有此栎木也。《论语》曰"夏后氏以松"，"周人以栗"。	《论语》	2
应帝王	无为名尸，无为谋府，无为事任，无为知主。	此四个无字，是教人禁止之意，与《论语》四勿字同。	《论语》	
大宗师	神鬼神帝，生天生地。	帝，犹《易》曰"帝出乎震"之帝也。	《易》	8
应帝王	化贷万物而民弗恃。	贷，施也。……"天施地生""云行雨施"，"天施""雨施"，此二字平仄虽殊，其义则一。	《易》	
胠箧	丘夷而渊实。	丘夷，山颓而夷平也，犹曰"山附于地，剥"也。	《易》	
天地	素逝而耻通于事。	素逝者，以素朴而往，犹《易》言"素履往"也。	《易》	
庚桑楚	圣人藏乎是。	藏者，"退藏于密"也。	《易》	

续 表

篇 目	原 文	释 文	出处	征引次数
刻意	能体纯素，谓之真人。	纯素即《乾》之“纯粹精也”。	《易》	8
天道	此乘天地，驰万物，而用人群之道也。	乘天地，犹曰“乘六龙以御天”也。	《易》	
天道	天德而出宁。	出宁者，“首出庶物，万国咸宁”也。	《易》	
德充符	而游心乎德之和。	此和字非若《中庸》所谓“中节”之和而已。	《礼记》	3
在宥	故君子苟能无解其五藏，……尸居而龙见。	《礼记》曰：“筋骸之束。”解其五藏，便是不束矣。……尸居者，其居如尸然，即《曲礼》所谓“坐如尸”也。	《礼记》	
山木	入其俗，从其俗。	“入国问俗”，问禁也。	《礼记》	
天运	又奚杰然若负建鼓而求亡子者邪?	“王建路鼓于大寝之门外”，建鼓，言所建之鼓也。	《周礼》	1
大宗师	同于大通。	大通，即大道也。所谓圣者无所不通，“睿作圣”，睿即通也。	《尚书》	4
应帝王	犹涉海凿河而使蚉负山也。	凿河即是疏九河之类。	《尚书》	
天地	啮缺可以配天乎?	配天，犹书云“殷礼陟配天”也，言王天下也。	《尚书》	
外物	非佚者之所。	所，犹“所其无逸”之所也。	《尚书》	
德充符	是之谓才全。	才者，质也，如孟子曰“天之降才”也。	《孟子》	6
马蹄	虽有义台路寝，无所用之。	义者，养也，“居移气，养移体”之地，必当时有此二字。	《孟子》	

续　表

篇　目	原　文	释　　文	出处	征引次数
天地	古之蓄天下者。	蓄天下，即孟子所谓以善养天下者。	《孟子》	6
天地	致命尽情。	尽情者，尽其性中之情也，此情字与《孟子》“乃若其情，则可以为善”同。	《孟子》	
达生	犹疾视而盛气。	疾字有怒之意，即直视也，却与匹夫“按剑疾视”不同。	《孟子》	
达生	始乎故。	故，本然也，孟子曰：“言性者，故而已矣。”	《孟子》	
在宥	上为皇而下为王。	此皇字如圣尽伦，王尽制，如《天下》篇所谓内圣外王也。	《荀子》	1

附表 2　《庄子鬳斋口义》引儒家文献解释《庄子》文句统计表①

征引书目	所　在　页　码	征引次数
《论语》	17、107、144、171、192、194、196、210、215、237、253、256、268、270、318、132、473	17
《荀子》	56	1
《诗经》	70、163、195、471、482	5
《周易》	83、88、122、144、171、188、256、316、320、324、330、332、338、359、464、491	16
《孟子》	94、98、136、144、185、238、253、257、265、268、269、312、333、359、361、369、412、452	18

① 说明：因所释文句及引文过多过长，表中仅列释文所在《庄子鬳斋口义校注》所在页码、所征引的书目及征引次数。另，此处统计不包括仅作庄儒对比的部分。

续 表

征引书目	所在页码	征引次数
《春秋》	72	1
《左传》	88、195、266	3
《尚书》	48、190、201、216、256、278、324、385、412、473	10
《孔子家语》	186	1

第二节 《庄子鬳斋口义》以佛解庄

虽然引佛解庄非自林希逸始，魏晋南北朝时期支遁的《逍遥论》以及唐代成玄英的《庄子疏》都不同程度地以佛释庄，但在注庄史上第一次大量使用佛教名相、禅门公案、语录等佛家材料注庄的，是林希逸的《庄子口义》，并在南宋以后产生广泛影响，远播日韩朝等国。

本书第一章第一节已介绍，林希逸所在的南宋末年，正是禅风遍行、文人士大夫几乎无不谈禅的时代。林希逸濡染其间，自会受禅风影响。何况林希逸的老师陈藻（乐轩）曾说："佛书最好证吾书。"[①]认为佛书可为儒家经典（"吾书"）提供佐证，二者并不相违，林希逸又"颇涉佛书，悟其纵横变化之机"，对《庄子》解以佛禅旨趣在他看来是一大发现。他为此颇显自信，"自谓于此书稍有所得，实前人所未尽究者"。对于禅宗公案"有所得"的信心，使他认为《庄子》之所以被人误解为异端邪说，原因是人们没有眼目识出其像公案那样的"文字鼓舞处"，"语脉机锋，多如禅家顿宗，所谓剑刃

① 林希逸著，周启成校注：《庄子鬳斋口义校注》，第 144 页。

上用事，吾儒书中未尝有此”，需要“识文字血脉，知禅宗解数，具此眼目而后知其意一一有所归着”（《庄子鬳斋口义》发题）。

一、引禅宗公案、佛经典籍解庄

在解释《齐物论》“周与蝴蝶必有分”时，林希逸说：“此一句似结不结，却不说破，正要人在此参究，便是禅家做话头相似。”[1]大慧宗杲禅师提倡的参话头，要求摒绝思虑知见，对话头生起疑情，紧参不放，疑到山穷水尽，无路可走，就会豁然，疑团破解，桶底脱落，打破二元对立的分别世界，心花朗发，照见自己的本来面目。林希逸将“周与蝴蝶必有分”解释为“不说破”的话头，既提示此处“似结不结”的收束之妙，又指出可将之作为话头参究。

我们在第一章第一节介绍看话禅时指出大慧宗杲对默照禅有猛烈批评，林希逸颇受大慧宗杲影响，在解释《刻意》中“郁闭而不流”时，说：“则是禅家所谓‘坐在黑山下鬼窟里’，所谓默照邪禅也。”[2]这是林希逸常用的语言形式。《庄子口义》中多采用“此所谓禅家（或释氏）……”或“禅家……（通常是某某公案）便是此意”等句式来引导读者通过理解佛禅义理、公案来通达庄子。如解释《大宗师》里的“以汝为鼠肝乎？以汝为虫臂乎？”说：“此至小之物也，便是赵州‘火烧过后，成一株茅苇’之论，但其文奇。”[3]解释《庚桑楚》“能已乎？”说：“即释氏所谓大休歇也。”[4]解释《天下》“命之曰心之行”说：“今释氏所谓‘大用现前’是也。”[5]解释《天运》“外无正而不行”说：“今禅家所谓印证也。”[6]这种阐释句式，充分展现林希逸以“具眼”体会出的庄禅相通之深意。但也暴露出不少弊病。

---

① 林希逸著，周启成校注：《庄子鬳斋口义校注》，第 45 页。
② 林希逸著，周启成校注：《庄子鬳斋口义校注》，第 249 页。
③ 林希逸著，周启成校注：《庄子鬳斋口义校注》，第 144 页。
④ 林希逸著，周启成校注：《庄子鬳斋口义校注》，第 356 页。
⑤ 林希逸著，周启成校注：《庄子鬳斋口义校注》，第 497 页。
⑥ 林希逸著，周启成校注：《庄子鬳斋口义校注》，第 237 页。

在解释《大宗师》"与其誉尧而非桀也,不如两忘而化其道"时,林希逸说道:

> 毁誉、废兴、善恶,皆相待而生,与其分别于此,不若两忘而付之自然,付之自然,是化之以道也。佛家曰:"是法平等,无有高下。"又曰:"有无俱遣。"又曰:"大道无难,唯嫌拣择。"皆此意也。"两个泥牛斗入海,直到如今无消息"一语最佳。①

"是法平等,无有高下"取自《金刚经》"复次,须菩提,是诸法平等,无有高下,是名阿耨多罗三藐三菩提"。佛法认为法界一切心法、色法都是众生分别执着而起,"当知一切法有高有下者,由于众生分别执着妄见,见其如此尔。其实一切法,平平等等,哪有高下?""佛言平等,是令去其分别,去其执着,任他高高下下,而平等自若。盖其心既平,其心既等,则事相上虽有高下,亦自高高下下,各循其分,不相扰乱,则一切平等矣。"②这用来解释"两忘而化其道",十分精当。"有无俱遣"取自《圆觉经》,"大道无难,唯嫌拣择"取自道信的《信心铭》,"两个泥牛斗入海,直到如今无消息"取自《景德传灯录》,他们都在表明,与其对待、分别地看处身的世界,不如放下执着,消泯区别。

在解释《应帝王》"啮缺问于王倪,四问而四不知"时,林希逸说道:

> 四问而四以不知答之,即维摩经以不言为不二法门之意。③

在《维摩诘经》的"入不二法门品"中,维摩诘居士问众菩萨:

---

① 林希逸著,周启成校注:《庄子鬳斋口义校注》,第107页。
② 江味农:《金刚经讲义》,上海:华东师范大学出版社,2013年,第367页。
③ 林希逸著,周启成校注:《庄子鬳斋口义校注》,第125页。

“云何菩萨入不二法门?”请会中众菩萨各随个人喜好加以说明，待菩萨各各叙说后，文殊师利菩萨则道：“如我意者，于一切法，无言无说，无示无识，离诸问答，是为入不二法门。”等文殊师利再请教维摩诘居士时，他默然无言，文殊师利便称叹：“善哉！善哉！乃至无有文字语言，是真入不二法门。”①文殊师利等诸位菩萨以语言描述的不二，最终被维摩诘居士以身体语言的“默”所超越。这不答之答更加形象地回答了何为“不二”，因为一涉及语言文字，便有对待分别，无论如何说，总是在主客二分的世界中安立名相，只有脱去言筌，不涉概念，才可入不二境界。林希逸以维摩不二法门启发读者注意王倪对于啮缺四问不知答背后的大智慧，充分意识到“四问四不知答”与维摩不二法门的内在一致性。类似的引用维摩不二法门解庄还出现在解释《知北游》“知者不言，言者不知，故圣人行不言之教”说：“此是达磨西来，不立文字，直指人心，见性成佛。不言之教，即维摩不二法门也。”②

林希逸解释《天运》“由外入者，无主于中，圣人不隐”道：

> 言我随自外而入汝之听，汝未有见，而中无所主，虽闻其言，亦无得也，即禅家所谓“从门而入者，不是家珍”。③

这里的“从门而入者，不是家珍”是黄山月轮禅师的一则公案。禅宗认为众生皆有与佛无二的佛性（自性），“菩提般若之智，世人本自有之”，并且自性遍含万法，“三世诸佛，十二部经，在人性中本自具有”（《坛经·般若品》）。众生本具之自性，变成了“家珍”，若彻底顿悟，开显自性，即与佛不异。因此，语言文字、经教义理对于

---

① 徐文明译注：《维摩诘经译注》，北京：中华书局，2012年，入不二法门品第九。
② 林希逸著，周启成校注：《庄子鬳斋口义校注》，第329页。
③ 《景德传灯录》卷16：师（黄山月轮禅师）上堂为众曰：“祖师西来，特唱此事。自是诸人不荐，向外驰求。投赤水以寻珠，就荆山而觅玉。所以道：从门入者，不是家珍。认影为头，岂非大错！”

自性都是外在的，若从文字义理上求开悟见性，则是缘木求鱼，南辕北辙。“由外入者，无主于中”，宣颖释为“非吾心之精微，故无主”①。“吾心之精微”与“自性家珍”相对于“外入者”都是自身本具之物。《口义》引此则公案，与所解释的文意有深刻的相通。

虽然“自性家珍”的确不能是由外而入得来，但如何开显此本具的自性，是依循次第的渐悟，还是直面本性的顿悟，实际上是中国禅宗自慧能后南北分宗凸显的“如来禅”和“祖师禅”的问题。虽然对“如来禅”和“祖师禅”的历史界限，学术界意见尚未统一，但二者的区别十分明显：如来禅讲究“藉教悟宗”，即强调学习经典教义，按照一定的程式和严谨的戒律修持才能契入本心，而祖师禅则重在教外别传，以心传心，将文字经典的学习融在心中；也不注重固定的形式，讲究日常生活、行住坐卧，无不是修禅。② 宋代的禅宗，“祖师禅”特点尤为突出，发展出“斗机锋”、“看话头”、棒喝甚至呵佛骂祖等种种灵动而变幻多姿的参禅方式。林希逸对“祖师禅”扫言绝相的特点不会不知，但他是否抛弃一切文字义理的学习呢？

在解释《山木》“送君者皆自崖而反，君自此远矣”时，他说道：

> 此句最为深妙，言学道之人既悟之后，向之所资以自悟者，如人之饯送登舟，至于海崖，皆已返归矣。击竹而悟，卷帘而悟，皆其送者也，譬如见舞剑而善草书，始因剑而悟之，既悟则剑为送者矣，读书亦资送者也。③

击竹而悟，卷帘而悟皆是禅门著名公案④，林希逸认为如同送远行人的盘缠，击竹、卷帘都是开悟的“资粮”，看到剑舞悟草书之

① 王先谦，刘武：《庄子集解·庄子集解内篇补正》，北京：中华书局，1987 年，第 157 页。

② 参见方立天：《禅宗概要》第三章“如来禅与祖师禅”，北京：中华书局，2011 年。

③ 林希逸著，周启成校注：《庄子鬳斋口义校注》，第 303 页。

④ 击竹而悟的是香严智闲禅师，卷帘而悟的是长庆慧稜禅师。

道，亦复如此。最重要的是，对于学道人来说，“读书”也是资助“悟道”的“资粮”。可见，林希逸并没有像“祖师禅”那样完全抛弃经教义理的学习（此处可理解为儒家经典的学习），而是认为书籍经典是开悟的“资粮”，虽然不能执着于此（“由外入者，不是家珍”），但也要靠读书来悟道，它的作用，正如远行人的“盘缠”。

对《徐无鬼》中徐无鬼以相狗马使武侯大说的寓言故事，《口义》解释说：“此意盖言武侯本然之真，离失已久，略闻此语，如逃空谷而闻足音，所以喜也，禅家所谓久客还家是也。”①“久客还家”是长沙景岑禅师与南泉普愿禅师的诗偈酬答中提到的说法，表明久久执迷的人一旦顿悟与佛无异的自性，便如同长年客居在外的浪子返回自家。用这一公案解释武侯返回本真之喜，生动又恰当。类似的相通处还有对《则阳》“旧国旧都，望之俨然”寓言的解释：“而况求道之人，忽然自悟，得见其所自见，闻其所自闻者，皆本然固有之物，能不喜乎！佛氏所谓‘本来面目’‘本地风光’便是此意。”②至于《徐无鬼》中的“终身不反，悲夫！”《口义》直接将“不反”解为“犹释氏言‘回光返照’也”③。成玄英疏曰“至于没命，不知返归”④，对比二者，都强调由逐外奔竞到返回内心，但林希逸用禅语沟通了庄禅在强调主体返归自身心性的一致性。⑤

林希逸还引用《圆觉经》《六祖坛经》等佛典解庄，大多比较成功。如用《圆觉经》的“以有思惟心求大圆觉，如以萤火烧须弥山”解释《天地》中象罔得珠的寓言。知、离朱、契诟找不到黄帝遗失的玄珠，譬喻道不在聪明、言语，而《圆觉经》的原句为“何况能以有思惟心，测度如来圆觉境界。如取萤火烧须弥山，终不能着”，谛闲法

---

① 林希逸著，周启成校注：《庄子鬳斋口义校注》，第375页。
② 林希逸著，周启成校注：《庄子鬳斋口义校注》，第400页。
③ 林希逸著，周启成校注：《庄子鬳斋口义校注》，第381页。
④ 郭象注，成玄英疏：《庄子注疏》，第440页。
⑤ 类似的解释还有释《外物》“覆堕而不返，火驰而不顾”的“不返”“不顾”为“回光返照”。见林希逸著，周启成校注：《庄子鬳斋口义校注》，第423页。

师解释说："思维是第七识。凡夫三惑尚在，纵有智慧，不越世间粗智，皆由分别心中流出。何能测度如来圆觉境界？萤火非火，喻凡夫有思惟心非属真心。"①有分别的思惟心属于第七末那识，不能测度如来圆觉境界，正如黄帝之玄珠，知、离朱、契诟等语言分别不能寻获。再如用《六祖坛经》"不思善，不思恶"解释《天地》中的"不藏是非美恶"，二者均指出不能分别对待世间万物。② 林希逸引佛解庄处还有很多，限于篇幅，不再列出。③

二、缺陷与弊端

从前文分析的例子来看，在林希逸佛学知识结构中，不立文字、教外别传、直指人心、见性成佛的禅门宗趣以及祖师禅摒弃成规、在日常行事中参禅悟道的修行方式是其最熟悉也是最感兴趣的，这是他注庄的新发明：不懂得参禅宗公案，不能识其"语脉机锋"，就不能真正读懂《庄子》。由于林希逸只对禅宗甚至是祖师分灯禅这一门宗派熟悉，再加上他引以为豪的发现（"识其语脉机锋"），因而出现不少以佛禅曲附、妄附《庄子》的不当释例。从阐释学角度看，林希逸在注庄时，对禅宗有极深的前理解，在与《庄子》的意义世界融汇时，将自己有关禅宗的知识体会或硬性植入，或曲解《庄子》，导致随意乃至错误的引佛解庄。

如在解释《至乐》中"予果欢乎？"的"欢"时，说："这欢字便是'寂灭为乐'也。"④郭注："欢养之实，未有定在。"⑤"欢"即是欢乐，与佛教的"寂灭"不同，《大般涅槃经・圣行品》："诸行无常，是生灭

---

① 谛闲法师讲述，江味农记：《圆觉经讲义(附亲闻记)》，上海：上海古籍出版社，2014年，第172页。

② 林希逸著，周启成校注：《庄子鬳斋口义校注》，第202页。

③ 如用"真空而后实有"解释《天地》"虚则实"；用"定能生慧"解释《缮性》中的"以恬养知"；用"应无所住而生其心"解释《庚桑楚》"藏不虞之心"等等不一而足。分别见林希逸著，周启成校注：《庄子鬳斋口义校注》，第210、252、359页。

④ 林希逸著，周启成校注：《庄子鬳斋口义校注》，第283页。

⑤ 郭象注，成玄英疏：《庄子注疏》，第339页。

法，生灭灭已，寂灭为乐。”世间万法是有生有灭的缘起世界，修行要断灭生死，进入不生不灭的涅槃状态。因此寂灭不是生，也不是死。用“寂灭”解“欢”，有失恰当。以“解脱”解释《徐无鬼》的“大阴解之”，也是妄附。① 成玄英疏：“大阴，地也。无心运载而无分解，物形之也。”②以“身体轻安”解释《知北游》的“四肢强”③。成玄英疏为“四肢强健”，据上下文意，解为“强健”更妥。这些是林希逸不顾庄子原意，硬性植入佛禅义理的典型案例。

在解释《秋水》的“其生之时，不若未生之时”时，林希逸说道：

> 且如既生之后，我则知之，未生之前，我何由知之！即禅家所谓“父母未生之前道一句子”。④

王先谦曰：“生有尽，而天地无穷。”⑤有生命的时间，不及无生命时间那样长久，以示生命之短暂。林希逸则强调所生之时对知识的掌握，既生，则可以了之，未生，则不可了之。“父母未生之前道一句子”是唐代沩山禅师启发香严禅师的话，后来成为禅门著名话头。⑥ 它提醒参禅者在十二时中盯住这个话头，不能妄想分别，起大疑情，最后开悟。显然，林希逸的解释离《庄子》本义甚远。

《口义》还以“心迷法华转，心悟转法华”解释《德充符》“命物之化而守其宗”⑦，宣颖释曰：“主宰物化，执其枢要。”⑧《坛经》的“心迷法华转，心悟转法华”是表达不要执着于文字语言求佛法真义，自性具足一切，一旦开显本心，所有经教都能通达。这与庄子原文

---

① 林希逸著，周启成校注：《庄子鬳斋口义校注》，第395页。
② 郭象注，成玄英疏：《庄子注疏》，第456页。
③ 林希逸著，周启成校注：《庄子鬳斋口义校注》，第336页。
④ 林希逸著，周启成校注：《庄子鬳斋口义校注》，第262页。
⑤ 王先谦，刘武：《庄子集解·庄子集解内篇补正》，第172页。
⑥ 太虚：《太虚佛学》，杭州：浙江古籍出版社，2012年，第73页。
⑦ 太虚：《太虚佛学》，第83页。
⑧ 王先谦、刘武：《庄子集解·庄子集解内篇补正》，第64页。

亦不相涉。类似的不当解释还有很多,兹不赘举。[①]

造成林希逸引佛解庄不当的原因可以从以下几方面分析。首先,他的佛学知识结构,限制其在解庄时对佛教概念、公案的准确把握。从《口义》所有以佛释庄的例子来看,他对佛学的兴趣点,集中于祖师禅,而对整个佛教义理及其他宗派不甚涉及[②]。其次,从阐释技术看,由于林希逸常用“禅宗所谓……便是此意”的阐释句式,这种释义句式因为没有直接阐释庄子原意,一方面可以“如人饮水冷暖自知”的体认方式接通庄禅某些难以言传的微意,另一方面却因为缺乏正面释义,留下阐释学所谓的“意义空白”,让读者调控自身的阅读体会和禅学积累来自行填补,无疑给妄附、曲附庄禅提供了极大方便。最后,不得不提的是林希逸注庄的动机。整个《庄子口义》的阐释工作,不仅要表他识“禅宗解数”“语脉机锋”而对《庄子》别具慧眼的创新性发见,所谓“实前人所未尽究”,还要试图证明禅宗和庄子除了在义理层面有许多相通处外,一切佛教文本的源头,都可在《庄子》里找到,从而确定其先定的“庄主佛从”的关系。

《口义》提及释氏源出于《庄子》之处主要有:解释《德充符》“死生亦大矣”:“此五字,乃庄子中一大条贯,释氏一大藏经,只从此五字中出,所谓‘死生事大,如救头燃’是也。”[③]解释《大宗师》“古之真人”一段:“此一段,一句是一条贯。道书佛书皆原于此。”[④]解释《骈拇》“夫不自见而见彼,不自得而得彼者,是得人之

---

① 如以“动转归风”释《至乐》中的“形变而有生”,以“故欲其舍色身而求法身”释《知北游》中的“九窍者胎生,八窍者卵生”,以“赵州闻南泉不疑之道,便是此数语之意”释《则阳》中的“以不惑解惑,复于不惑,是尚大不惑”,等等不一而足。分别见林希逸著,周启成校注:《庄子鬳斋口义校注》,第278、335、396页。

② 据统计,《庄子口义》引佛解庄达118处,提及禅宗公案、语录36处,涉及的佛经典籍有《楞严经》《金刚经》《维摩诘经》《圆觉经》,这些都是其时文人颇喜好的佛经。而对于中国佛教的其他宗派,如密宗、律宗、华严宗、天台宗、唯识宗、三论宗等,《口义》很少提及。

③ 林希逸著,周启成校注:《庄子鬳斋口义校注》,第82页。

④ 林希逸著,周启成校注:《庄子鬳斋口义校注》,第96页。

得而不自得其得也”:“一大藏经不过此意,安得如此语!”[①]解释《知北游》“生者,喑醷物也。虽有寿夭,相去几何?”:“此意盖是贬剥人身,便是释氏所谓皮囊包血之论。子细看来,大藏经中许多说话,多出于此。”[②]等等[③]。

仅从上述的说法来看,林希逸错误是显然的,且不说以摩诃迦叶尊者为首的五百弟子在佛陀灭度后开始结集佛教的经、律、论的时间要早于庄子生活的时代,[④]就大藏经内容来说,也绝非只有禅宗一门经典的文本,按照明代智旭大师在《阅藏知津》的分类方法,包含大乘经、小乘经;大乘律、小乘律;大乘论、小乘论及西方撰述与此方撰述的杂藏。[⑤] 可见,除了禅门经典,佛教大藏经还有其他大量的佛教典籍,它们与《庄子》的义理不尽相同甚至毫无关系。而如果从林希逸注庄目的和他的佛学知识结构来看,他偏嗜禅宗,发现《庄子》存在与禅相通之处后便自信地判定大藏经所有文本均从《庄子》抽绎出,再加上先在认定《庄子》大宗旨与儒家经典无异,导致其注解错误。

林希逸熟悉禅宗典籍,引佛注庄,多有妙解,促进了庄禅互通。但不可否认,曲附、妄附佛教义理,也造成严重后果。南宋罗勉道《南华真经循本》释题说道:“诸家解者,或敷以清谈,或牵联禅语,或强附儒家正理,多非本文指义。漫曰:此文字奇处妙绝。又恶识所谓奇妙!”[⑥]此语虽未直接点名评价的是林希逸《庄子口义》,但的确点出了《庄子口义》的缺陷。

---

① 林希逸著,周启成校注:《庄子鬳斋口义校注》,第 144 页。
② 林希逸著,周启成校注:《庄子鬳斋口义校注》,第 337 页。
③ 还有《庄子鬳斋口义校注》第 104、116、244、302、505 页都提及佛教文本、义理与《庄子》的总体对比及佛教源出于《庄子》。
④ 赵朴初:《佛教常识答问》,北京:九州出版社,2012 年,第 75 页。
⑤ 参见智旭撰,杨之峰点校:《阅藏知津》,北京:中华书局,2015 年,第 65、839 页。
⑥ 罗勉道著,李波点校:《南华真经循本》,北京:中华书局,2016 年,第 2 页。

附表 3　林希逸《庄子鬳斋口义》引禅宗公案解庄列表

序号	《庄子》篇目	《庄子》原文	《口义》注文	出　处
1	《齐物论》	今者吾丧我,汝知之乎?	吾丧我三字下得极好!洞山曰"渠今不是我,我今正是渠"便是此等关窍	《景德传灯录》卷十五
2	《德充符》	死生亦大矣。	此五字,乃庄子中一大条贯。释氏一大藏经,只从此五字中出,所谓"死生事大,如救头燃"是也。	《六祖坛经》
3	《德充符》	水莫鉴于流水而鉴于止水,唯止能止众止。	禅家所谓"将心来,与汝安"。学者曰:"求心了不可得。"其师曰:"与汝安心竟。"便是此一段话。	《景德传灯录》卷三
4	《大宗师》	其食不甘。	禅家所谓"塞饥疮"是也。	敦煌卷子《传法宝记》
5	《大宗师》	屈服者,其嗌言若哇。其嗜欲深者,其天机浅。	此一句看参禅问话者,方见的庄子之言有味,如所谓"虾蟆禅只跳得一跳",便是若哇之易屈服也。	大慧普觉禅师《宗门武库》
6	《大宗师》	不忘其所始,不求其所终。	或问赵州曰:"和尚百岁后向哪里去?"州云:"火烧过后,成一株茅苇。"	《五灯会元》卷十三
7	《大宗师》	是之谓不以心捐道。	不以心捐道,即心是道,心外无道也。	《景德传灯录》卷七
8	《大宗师》	其容寂。	面壁十九年,是其容寂处。①	《景德传灯录》
9	《大宗师》	昧者不知也。	所谓"打铁作门限,鬼见拍手笑"便是昧者不知也。	《王梵志诗校辑》卷六

① 达摩面壁九年,十九年疑误。

续　表

序号	《庄子》篇目	《庄子》原文	《口义》注文	出　处
10	《大宗师》	以汝为鼠肝乎？以汝为虫臂乎？	鼠肝、虫臂，言至小之物也，便是赵州“火烧过后，成一株茅苇”。	《五灯会元》卷十三
11	《大宗师》	堕肢体，黜聪明，离形去知，同于大通，此谓坐忘。	观此坐忘二字，便是禅家面壁一段公案。	《景德传灯录》
12	《在宥》	彼其物无穷，而人皆以为终；彼其物无测，而人皆以为极。	此两句极有味，以粗言之，则“打铁作门限，鬼见拍手笑”。	《王梵志诗校辑》卷六
13	《在宥》	云将东游，过扶摇之枝而适遭鸿蒙。	赵州见投子买油而归，州云：“久闻投子，今见卖油翁。”投子曰：“油！油！”看禅宗此事，便见云将曰游，乃庄子鼓舞处。油字与游字不同，非以油为游也。	《景德传灯录》卷十五
14	《在宥》	无已，恶乎得有有！	即庞居士所谓“空诸所有，勿实诸所无”也。	《景德传灯录》卷八
15	《天运》	由外入者，无主于中，圣人不隐。	即禅家所谓“从门而入者，不是家珍”。	《景德传灯录》卷十六
16	《刻意》	水之性，不杂则清，莫动则平。	香严所谓唤做闲坐又不得也。	《景德传灯录》卷十四
17	《刻意》	郁闭而不流，亦不能清。	则是禅家所谓“坐在黑山下鬼窟里”所谓默照邪禅也。	《五灯会元》卷十九
18	《刻意》	此养神之道也。	此便是道家之学，释氏却不肯说这般神字，如曰“无始以来生死本，痴人唤作本来身”，便是骂破这般神字。	《景德传灯录》卷十

续 表

序号	《庄子》篇目	《庄子》原文	《口义》注文	出 处
19	《秋水》	吾在天地之间，犹小石小木之在大山也。	以海比天地，但见其小，岂知其大！禅家所谓“任大也须从地起，更高犹自有天来”，便是此意。	《碧岩录》第十一则
20	《秋水》	计人之所知，不若其所不知；其生之时，不若未生之时。	且如既生之后，我则知之，未生之前，我何由知之！即禅家所谓“父母未生之前道一句子”。	《五灯会元》卷九
21	《秋水》	河伯海若问答寓言。	此篇河伯海若问答，正好与传灯录忠国师“无情说法”，“无心成佛”问答同。看大慧云：“这老子软顽，撞着这僧又软顽，黏住了问。”谓其“家活大，门户大，波澜阔，命根断”，这数语，庄子却当得。	《景德传灯录》卷二十八、《大慧普觉禅师语录》第十五普说
22	《至乐》	形变而有生。	释氏曰：“动转归风。”便是此生字。又曰：“在眼曰视，在耳曰听，在手执捉，在足运奔。”	《五灯会元》卷一
23	《至乐》	庄子鼓盆而歌寓言。	李汉老因哭子而问大慧，以为不能忘情，恐不近道。大慧答云：“子死不哭，是豺狼也。”此老此语极有见识，其他学佛者，若答此问，必是胡说乱道。	今《大慧普觉禅师语录》中未载

续　表

序号	《庄子》篇目	《庄子》原文	《口义》注文	出　处
24	《山木》	送君者皆自崖而反。	此句最为深妙，言学道之人既悟之后，向之所资以自悟者，如人之饯送登舟，至于海崖，皆已返归矣。击竹而悟，卷帘而悟皆其送者也，譬如见舞剑而善草书，始因剑而悟之，既悟则剑为送者矣，读书亦资送者也。	"击竹而悟"见《景德传灯录》卷十一；"卷帘而悟"见《五灯会元》卷七
25	《知北游》	知北游问无为谓、狂屈、黄帝寓言。	问而不知答，是"此中无老僧，面前无阇梨"也。	《景德传灯录》卷十六
26	《知北游》	夫知者不言，言者不知，故圣人行不言之教。	知者不言，此是达磨西来，不立文字，直指人心，见性成佛。不言之教，即维摩不二法门也。	菩提达摩《悟性论》
27	《知北游》	啮缺问道乎被衣寓言。	释氏所谓"好手手中呈好手，红心心里裹红心"。	《五灯会元续略卷》第四下
28	《庚桑楚》	今以夊叠之细民而窃窃焉欲俎豆予于贤人之间。	释氏所谓"我修行无力，为鬼神觑破"。	《景德传灯录》卷八
29	《庚桑楚》	老子曰："子何与人偕来之众也？"	正释氏所谓"汝胸中正闹也"。	《五灯会元》卷三
30	《庚桑楚》	不知乎？人谓我朱愚。知乎？反愁我躯。	即释氏所谓"恁么也不得，不恁么也不得"。	《五灯会元》卷五

续 表

序号	《庄子》篇目	《庄子》原文	《口义》注文	出 处
31	《庚桑楚》	能已乎？	即释氏所谓大休歇也。	《景德传灯录》卷二十八
32	《徐无鬼》	武侯闻徐无鬼语大喜寓言。	禅家所谓久客还家是也。	《五灯会元》卷四
33	《徐无鬼》	以不惑解惑，复于不惑，是尚大不惑。	赵州闻南泉不疑之道，便是此数语之意。	《景德传灯录》卷十
34	《寓言》	五年而来。	禅家所谓大死人却活是也。	《碧岩录》第四十一则
35	《列御寇》	形谍成光，以外镇人心。	赵州曰："老僧修行无力，为鬼神觑破。"①	《景德传灯录》卷八
36	《列御寇》	有以自好也而呲其所不为者也。	大慧云："切不得道我会他不会。"便是此意。	今《大慧普觉禅师语录》中无此语

① 此是南泉普愿禅师之事，非赵州。

第三章　三教融合下的《列子鬳斋口义》《老子鬳斋口义》

第一节　评《列子鬳斋口义》对《列子》的辨伪

有关林希逸三种口义的研究，《庄子鬳斋口义》成果最多，《老子鬳斋口义》也常被提及，唯《列子鬳斋口义》乏人问津。对比宋代的《列子》注本，《列子鬳斋口义》虽然不及宋徽宗赵佶和范致虚训解之宏博深细，但也有简洁精当、切中要害的优点。[①] 尤其是同时代注本很少涉及《列子》文本的真伪考辨，《列子鬳斋口义》对《列子》作出许多真伪判断。

一、历代《列子》辨伪小览

现存《列子》有《天瑞》《黄帝》《周穆王》《仲尼》《汤问》《力命》《杨朱》《说符》八篇，刘向在《列子新书目录》中云："所校中书《列子》五篇，臣向谨与长社尉臣参校雠。太常书三篇，太史书四篇，臣向书二篇，内外书凡二十篇，以校出复重十二篇，定著八篇。"[②]即

---

① 宋徽宗赵佶训解及范致虚注本参见列子撰，张湛注，卢重玄解，赵佶训，范致虚解，高守元集，孔德凌点校：《冲虚至德真经四解》，南京：凤凰出版社，2016 年。

② 杨伯峻：《列子集释》，北京：中华书局，2016 年，第 291 页。

是刘向比对各版本、删去重复、整理写定后得到的八篇。有关列子本人，刘向说："列子者，郑人也，与郑缪（穆）公同时，盖有道者也。其学本于皇帝老子，号曰道家。道家者，秉要执本，清虚无为，及其治身接物，务崇不竞，合于六经。"①关于《列子》，为之作注的晋人张湛在《列子序》中说："其书大略明群有以至虚为宗，万品以终灭为验；神惠以凝寂常全，想念以著物自丧；生觉与化梦等情，巨细不限一域；穷达无假智力，治身贵于肆任；顺性则所之皆适，水火可蹈；忘怀则无幽不照。此其旨也。"②指出《列子》以虚静凝神、遗物自适的道家思想为精神旨趣。但作为先秦诸子著作的《列子》，不见于《庄子·天下》篇的各家思想讨论，列子本人也未见载于《史记》，晋以前《列子》几乎无人称引，再加上《列子》文本中种种出现于魏晋时期的事件、词汇，使《列子》及其作者的真伪考辨历代不绝。以至于读《列子》，"绕不过辨伪"③。

在杨伯峻《列子集释》的附录中，搜集列举历代辨伪文字从唐代柳宗元到当代共二十四家，可以大致分为以下几类。

一是怀疑列子其人是否真实存在。如高似孙认为列子与《庄子》中的"鸿蒙""啮缺"一样是寓言中的人名。"所谓御寇之说，独见于寓言耳"，"岂御寇者，其亦所谓鸿蒙、啮缺者欤？"④大部分人认为史上确有列子其人，柳宗元怀疑刘向"列子，郑缪（穆）公时人"的"郑"为"鲁"之误，即应是"鲁缪公"。⑤

二是《列子》文本、刘向序的真伪辨析。这是历代学人讨论的焦点。主流观点是《列子》为后人增补而成。此观点自柳宗元发其

---

① 杨伯峻：《列子集释》，第 292 页。
② 杨伯峻：《列子集释》，第 293 页。
③ 林希逸著，张京华点校：《列子鬳斋口义》，"整理弁言"第 1 页。本书所引林希逸《列子鬳斋口义》均出自该书。
④ 转引自杨伯峻：《列子集释》，附录三：辨伪文字辑略，第 303 页。
⑤ 杨伯峻：《列子集释》，附录三：辨伪文字辑略，第 302 页。

端："其书亦多增窜非其实。"①高似孙也说："出于后人荟萃而成耳。"②得出此结论的学者主要的方法有两种，一是发现《列子》文本中出现魏晋时期的事件、名物在先秦绝不会有；二是从文气、汉语用法角度，考察《列子》文本中的词汇、句式用法非先秦流行，是魏晋时的汉语流行语式。

至于具体是何人增窜，增窜多少，则说法不一。钱大昕以《列子》在晋世流传认为是晋人依托。③ 姚鼐认为《列子》为汉魏后人所加，并怀疑张湛有矫入，④也有学者认为不是张湛伪造。对于刘向序，大部分人怀疑是伪托。也有人认为向序非伪。⑤

三是《列子》与佛教的关系。主要有三种观点：一是认为后人增窜是引佛入列，即化用佛教神话增入《列子》；二是认为《列子》中与佛教相类的部分与佛教不相干，是中土的寓言故事；三是认为佛教窃《列子》，方法大多是找到《列子》与佛教典籍类似的文段进行判断。如当代学者季羡林则举出《列子·汤问》的机关木人故事抄袭西晋竺法护译的《生经》卷三《佛说国王五人经》第二十四节，由此断定《列子》成书不会早于《生经》所译出的太康六年(285)⑥。

有关《列子》真伪考辨还有一个问题，即《庄》《列》对比。柳宗元称"其文辞类《庄子》，而尤质厚，少伪作"⑦。但姚际恒认为《庄》优《列》劣。⑧ 陈三立也评价《列子》："然其词隽，其于义也狭，非《庄子》伦比。"⑨

---

① 杨伯峻：《列子集释》，附录三：辨伪文字辑略，第 302 页。
② 杨伯峻：《列子集释》，附录三：辨伪文字辑略，第 303 页。
③ 杨伯峻：《列子集释》，附录三：辨伪文字辑略，第 310 页。
④ 杨伯峻：《列子集释》，附录三：辨伪文字辑略，第 310 页。
⑤ 杨伯峻：《列子集释》，附录三：辨伪文字辑略，第 322 页。
⑥ 参见季羡林：《〈列子〉与佛典——对于〈列子〉成书时代和著者的一个推测》，《季羡林全集》第 114 卷，北京：外语教学与研究出版社，2010 年，第 42—55 页。
⑦ 杨伯峻：《列子集释》，附录三：辨伪文字辑略，第 302 页。
⑧ 杨伯峻：《列子集释》，附录三：辨伪文字辑略，第 309 页。
⑨ 杨伯峻：《列子集释》，附录三：辨伪文字辑略，第 314 页。

有关《列子》一书的真伪考辨，大致情况如上。[①] 对于《列子》文本与多种典籍重合的事实，首次为之作注的晋人张湛很少考辨真伪，顶多指出其重合处。如说《天瑞》“故曰：有太易，有太初，有太始，有太素”一段：“此一章全是《周易乾凿度》也。”[②]对该段真伪，则未论一字。由于宋代尊崇道教，宋真宗加封列子“至德”二字，《列子》书又名《冲虚至德真经》（“冲虚”为唐玄宗加封），宋徽宗不仅修炼道教功法，还亲自为《列子》作注，宋徽宗注对《列子》同样较少关注真伪考辨，如对《黄帝》中列出九渊，与《庄子》仅列出三渊的差异，徽宗注也未论一字真伪，说道：“然《庄子》独举其三者，盖别而为九，合而为三，其致一尔。”[③]而此处多受人怀疑，包括林希逸，认为很有可能是《列子》伪作者抄袭《尔雅》的九渊之名得来。宋代推崇道教的氛围使时人不会过多考察《列子》的真伪，同时在注解中，充满浓厚的道教修炼色彩。对于刘向在序中指出的《穆王》《汤问》篇“迂诞恢怪”“非君子之言”，范致虚还批评“其排而斥之如此，岂非不明其意之所随而识其所贵哉?”[④]他强调“读是书者，必得意忘言，然后可”[⑤]。对“意之所随”的追求淡化了其对《列子》真伪的判断兴趣。

相比之下，林希逸却没有忽视辨伪，他认为真伪不辨，有可能误解其意，误判其为“异端之学”：“读其书（《庄》《列》）不得其意，与不辨其真伪者，或以自误。此所以为异端之学。”[⑥]有趣的是，和范致虚一样重视“得《列子》之意”，但范不关心《列子》真伪，林希逸则

① 当代更多考辨成果参见管宗昌：《列子研究》，沈阳：辽海出版社，2009 年。
② 列子撰，张湛注，卢重玄解，赵佶训，范致虚解，高守元集，孔德凌点校：《冲虚至德真经四解》，第 19 页。
③ 列子撰，张湛注，卢重玄解，赵佶训，范致虚解，高守元集，孔德凌点校：《冲虚至德真经四解》，第 92 页。
④ 列子撰，张湛注，卢重玄解，赵佶训，范致虚解，高守元集，孔德凌点校：《范左丞解吴师中撰序》，《冲虚至德真经四解》，第 10 页。
⑤ 列子撰，张湛注，卢重玄解，赵佶训，范致虚解，高守元集，孔德凌点校：《冲虚至德真经四解》，第 258 页。
⑥ 林希逸著，张京华点校：《列子鬳斋口义》，第 167 页。

认为真伪问题关系《列子》是否为“异端”，故十分重视《列子》文本的辨伪。

二、林希逸“庄列一宗”下的《列子》“辨伪”

在刘向《列子序》之后的解说里，林指出“列子与郑缪公同时”的“缪”是“繻”之误，同时认为列子“必后于孔子，而居孟子之先”，并以列子未入《史记》，质疑《列子》出于汉代景帝时。他虽不确定篇首的序为刘向作，但认可序中“不似一家之书”的说法，认为“篇中文字或精或粗，殊不类一手”。对《列子》文本的形成，林希逸的结论是：

> 愚意此书必为晚出，或者因其散秩不完，故杂出己意，且模仿庄子以附益之。①

原因是“盖秦汉而下，书多散亡，求而后出，得之有先后，存者有多寡，至校雠而后定。校雠之时，已自错杂。及典午中原之祸，书又散亡，至江南而后复出，所以多有伪书杂乎其间，如《关尹子》亦然。好处尽好，杂处尽杂”②。林希逸从秦汉以后战火频生、书多散佚不全、杂有伪书的历史情境推论《列子》是后人杂出。这与大多数《列子》辨伪者观点一致。但他又说：“然其真伪之分，瞭如玉石，亦所不可乱也。”③这个在他看来真伪“瞭如玉石”的区分标准是什么呢？

在前文介绍的各种《列子》辨伪中，或以《列子》所载之事后于列子生活年代，或以为其中有魏晋时的思想、事实，即《列子》文本内容与列子生活时代不能相符，或以为《列子》语汇、文气不类先秦

---

① 林希逸著，张京华点校：《列子鬳斋口义》，第 5 页。
② 林希逸著，张京华点校：《列子鬳斋口义》，第 21 页。
③ 林希逸著，张京华点校：《列子鬳斋口义》，第 5 页。

典籍，也即发现《列子》文本与先秦时代的历史存在不相匹配、出现矛盾，而断定其为后人伪作。这些论断的基础，是文本在历史上的客观存在以及它在形成及传播过程中与同时代其他事物之间的互文共性关系。同一时期的历史存在，不能超越其时代限制，而呈现出一定的时代互文性。可利用同时期历史存在的互文性发现矛盾，对文本真伪进行辨别。这正是文献学辨伪的方法论基础。文本在形成及传播过程中，必与其所存在的历史上的人、事、物及时代思潮等发生关系，必然反映特定时代的精神文化面貌，最重要的是，这些关系必须符合与其他同时代的历史存在所显现出的逻辑、时间一致关系。如果在逻辑、时间上发现矛盾，即存在作伪的可能性。关键是，林希逸是不是以这样的辨伪法来进行《列子》真伪判断的呢？

在回答这一问题之前，先看看林希逸在《口义》中指出的《列子》与其他著作一致或相似之处，其中，最多的是与《庄子》相同处：

1.《天瑞》“子列子适卫，食于道，从者见百岁髑髅。……”《口义》：“此段与《庄子》同，但中间又添数语。”①

2.《天瑞》“舜问乎烝曰：‘道可得而有乎？’……”《口义》：“此段与《庄子·知北游》篇同。”②

3.《黄帝》“列姑射山在海河洲中，山上有神人焉。……”《口义》：“与《庄子·逍遥游》篇同。”③

4.《黄帝》“杨朱过宋，东之于逆旅。……”《口义》：“此段与《庄子·山木》篇同。”④

5.《杨朱》“子产相郑，专国之政三年，……”《口义》：“此

① 林希逸著，张京华点校：《列子鬳斋口义》，第17页。
② 林希逸著，张京华点校：《列子鬳斋口义》，第35页。
③ 林希逸著，张京华点校：《列子鬳斋口义》，第37页。
④ 林希逸著，张京华点校：《列子鬳斋口义》，第62页。

段与《庄子·盗跖》篇相似，其文亦如此长枝大叶。”①

林希逸在《列子口义》中指出的与《庄子》相同的文段达十七处。限于篇幅不一一列出②。另外，他还指出《列子》文本中有与《墨子》《孟子》《淮南子》等典籍在文意上的相似之处，以及《列子》中有可能加入的古代传说。③ 此外，林希逸还大量以庄解列，体现出对《庄子》的熟练把握以及通观庄列的意图。如果上文列举的庄列相通，是文字（能指）层面上的比较，那么林希逸在《列子口义》中以《庄子》文段及文意解释《列子》则是在意义（所指）层面上作出的庄列互通的考察。

如解释《黄帝》中的“华胥之国”：“此言‘华胥之国’，亦与《庄子·山木》篇‘建德之国’其意一同。”④《列子》记载：“华胥氏之国在弇州之西，台州之北，不知斯齐国几千万里，盖非舟车足力之所及，神游而已。其国无帅长，自然而已。其民无嗜欲，自然而已。”而《庄子·山木》中记载：“南越有邑焉，名为建德之国。其民愚而朴，少私而寡欲；知作而不知藏，与而不求其报；不知意之所适；猖狂妄行，乃蹈乎大方；其生可乐，其死可葬。”⑤可见，“华胥之国”与“建德之国”在自然无为、少私寡欲方面确有相似之处。

在解释《汤问》中的“然无极之外，复无无极；无尽之中，复无无尽。无极复无无极，无尽复无无尽”时，《列子口义》说道：“此下数语，与《庄子》‘有始也者，有未始有始也者，有未始有夫未始有也者’一样语脉也。”⑥“语脉”是林希逸解释《列子》时常用的

---

① 林希逸著，张京华点校：《列子鬳斋口义》，第167页。
② 参见林希逸著，张京华点校：《列子鬳斋口义》，第40、42、47、48、50、51、60、61、67、68、69页。
③ 参见林希逸著，张京华点校：《列子鬳斋口义》，第119、123、128、129页。
④ 林希逸著，张京华点校：《列子鬳斋口义》，第36页。
⑤ 王先谦、刘武：《庄子集解·庄子集解内篇补正》，第205页。
⑥ 林希逸著，张京华点校：《列子鬳斋口义》，第111页。

概念，如“看此书语脉，似失本意”①，“心都子之问，与子贡问夷齐语脉同”②，这里的“语脉”，主要指文章在行文安排、结构形式以及文势上的前后一致性。《汤问》“无极无尽”这两句话，在形式上有递进之势，与《庄子》的这句话中“始”“未始”“未始夫未始”行文上有相似的形式。

再如解释《周穆王》中亢仓子“视听不用耳目”时，《列子口义》解释：“即《庄子》所谓‘官知止而神欲行’之意也。”③认为亢仓子“视听不用耳目”的状态与《庄子·养生主》中的庖丁在解牛时“以神遇而不以目视，官知止而神欲行”相同。在《庄子鬳斋口义》中，林希逸解释此句话为“心与之会”“凝然而立”“自然而然”。④ 亢仓子不用耳目试听，在林希逸看来即是停止感官功能，而开启心神自然而然的作用。

《口义》以庄解列还有很多，不再详举。林希逸之所以不断引庄解列，是想通过庄列互通，得到庄列是“一宗之学”的结论：

> 庄列源流本一宗，微言妙趣不妨同(《列子口义成》)。⑤
>
> 《庄子·达生》篇亦有此语。此是其一宗学问相传之语，却是一件大条贯。⑥
>
> 庄、列皆一宗之学，此等议论必其平昔所讲闻者，故二书皆有之。⑦

在这里，林希逸首先认为庄、列在学术思想和精神旨趣上属于

---

① 林希逸著，张京华点校：《列子鬳斋口义》，第 56 页。
② 林希逸著，张京华点校：《列子鬳斋口义》，第 199 页。
③ 林希逸著，张京华点校：《列子鬳斋口义》，第 88 页。
④ 参见林希逸著，周启成校注：《庄子鬳斋口义》，北京：中华书局，1997 年，第 50 页。
⑤ 林希逸著，张京华点校：《列子鬳斋口义》，“整理弁言”第 1 页。
⑥ 林希逸著，张京华点校：《列子鬳斋口义》，第 40 页。
⑦ 林希逸著，张京华点校：《列子鬳斋口义》，第 57 页。

“一宗”，二者在意义显现、文辞构成上必然相通；其次，对于二书出现的相同文段，林希逸不持庄抄袭列或者列抄袭庄的观点，而是认为二书皆有的文段，恰恰是庄列“一宗”学问的体现，是此宗学问之徒经常讲习听闻的内容。最后，不得不说，林希逸以“庄列同宗”为标准，来解释庄、列二书文段重复的原因，主观性十分明显。

在解释《仲尼》中的“知而忘情，能而不为，真知真能也。发无知，何能情？发不能，何能为？”时，《列子口义》说：“盖谓知以不知，非果无知，无知而无不知也；能以不能，非果悟能，无能而吾不能也；为以不为，非果无为，无为而无不为也。”①即认为《列子》的“无知”“无能”“无为”不是真的一无所作，而是顺应自然，冥合大道。像土块、积尘那样，毫无作为，是“非理”的。他进一步认为：“庄、列之学何尝以槁木、死灰为主？”“此一节乃庄、列书中的大条贯。”②

阐明了林希逸庄列一宗论后，可以回到本书开始的问题，即林希逸对于《列子》真伪的辨别。笔者经过仔细分析，认为林希逸的真伪判断并不是严格的文献学辨伪工作，即将《列子》文本与同时代的历史存在对比，发现矛盾，进而判定真伪，而是持一种“主观标准”，即先在认定庄子和列子属于同宗学问，则它们应共享同一思想旨趣与文本组成形式。那么，凡是不符合这个同宗学问意义指向的，林希逸则判为“伪作”“非《列子》本书”。

《列子·天瑞》的“子列子适卫，食于道，从者见百岁髑髅”一节与《庄子·至乐》“子列子行食于道，从见百岁髑髅”一节相同，但参入数语。林希逸便认为“此书中间又添数句，便觉不及《庄子》”③。《庄子口义》说：“《列子》于中又添两句，便不如它（《庄子》）省了两句。”④对于加入的“羊肝化为地皋，马血之为转磷也”一段，与《庄

① 林希逸著，张京华点校：《列子鬳斋口义》，第 108 页。
② 林希逸著，张京华点校：《列子鬳斋口义》，第 108 页。
③ 林希逸著，张京华点校：《列子鬳斋口义》，第 18 页。
④ 林希逸著，周启成校注：《庄子鬳斋口义》，第 283 页。

子》"文势亦不类"，至于后面加入的"思士""思女"文句，林希逸评价更低，他更从《庄子·至乐》此节的文章结构、文势安排角度，指出："若就《庄子》观之，上面一截说了，却说个至怪底结杀，此是其立意惊骇世俗处，非实话也。今添入'思士''思女'等语，却浑杂了。"[①]按照《至乐》那一节结尾，是以至怪的比喻起到惊世骇俗的作用，意为原先文段里的意象，均非常俗之物，他在别处也提到"此皆务为骇世之言，不可以为实论"[②]，而"思士""思女"一类是常人，加到这里，影响了原先的文势，变得混乱。于是他小结道："尝疑《列子》非全书，就此段看得愈分晓。"[③]这里"看得愈分晓"的参照，便是《庄子》这面镜子。通过庄、列相同文段处的对比，从意义、文势等方面判定《列子》中属于伪作的文句。

在解释《列子·仲尼》孔子、子贡、颜回对话一节时，林希逸说道："其笔法去《庄子》远甚，恐非列子之本书。"[④]从文献学辨伪角度，这种基于"笔法"而判定为伪作的推论无论如何都太主观。但如果换一种思路，不把林希逸所做的辨伪工作理解为文献学意义上的辨伪，而是通过他《列子》真伪的断定，发现其形成这种判断的准则。不难看出，林希逸辨伪的标准，是《列子》文段在文本构成方式（"文势""笔法""太露筋骨"等）和思想旨趣上与《庄子》的一致程度。这标准的背后，即是前文阐明的林希逸之庄列同宗论。

需要指出的是，林希逸以《庄子》为参照的标准，是兼及形式和内容两方面的，只有能指和所指都与《庄子》能较大程度的符合，才被判定为《列子》本书，二者均不符，固是伪作，仅符任何一方，也是伪作。

在解释完《列子·力命》章开篇的力与命之间的对话后，林希

---

① 林希逸著，张京华点校：《列子鬳斋口义》，第 21 页。
② 林希逸著，张京华点校：《列子鬳斋口义》，第 112 页。
③ 林希逸著，张京华点校：《列子鬳斋口义》，第 21 页。
④ 林希逸著，张京华点校：《列子鬳斋口义》，第 87 页。

逸说："此章大意只如此，而其文亦直截，所以疑非《列子》之本书。"①"直截"，即不含蓄，直截了当，与林希逸所谓的"露筋骨"同义。他曾表示："然此等文字亦太露筋骨，似非所以垂训之意。《庄子》则不然。"②说明与文章构成风格上的"直截""露筋骨"的反面则是《庄子》那样以寓言说理的形象风格。《力命》此处的文字"直截"，即是形式上与《庄子》不一致，故林希逸怀疑是伪作。在解释《说符》列子学射一节时，林希逸说："据此等议论，皆非庄、列之学却近于吾儒，所以疑其非全书也。"③在内容上，不符合庄、列一宗之学的旨趣，也被林希逸列为伪书。

《周穆王》常被质疑为伪造，何治运因《周穆王》中出现"西极化人"怀疑其出于佛法传入中国之后，④马叙伦认为《周穆王》中出现的驾八骏见西王母事与《穆天子传》相符，但后者出于晋太康中，先秦的列子不可能知道，怀疑此篇系伪造。⑤ 这是文献学上的辨伪方法，林希逸并没有采取。他明明知道《周穆王》篇"此事详见于《穆天子传》"⑥，却在该篇末尾写道："据此一篇，语极到，必《列子》之本书。"⑦他的判断标准，并不是文献学意义上的，而是以《庄子》文本的形式和内容为标准对《列子》文本作出的判别：越符合《庄子》汪洋恣肆的文章风格与含蓄形象的寓意指向，越有可能是《列子》真本。

由于主要是持"庄列同宗"的评判标准，对于《列子》中出现的迥异于《庄子》的特点，林希逸则仅存疑，不能明确判断是否为真本。在解释完《天瑞》孔子与林类、子贡的故事后，他说："《列子》之

---

① 林希逸著，张京华点校：《列子鬳斋口义》，第 138 页。
② 林希逸著，张京华点校：《列子鬳斋口义》，第 160 页。
③ 林希逸著，张京华点校：《列子鬳斋口义》，第 182 页。
④ 杨伯峻：《列子集释》，附录三"辨伪文字辑略"，第 313 页。
⑤ 杨伯峻：《列子集释》，附录三"辨伪文字辑略"，第 318 页。
⑥ 林希逸著，张京华点校：《列子鬳斋口义》，第 72 页。
⑦ 林希逸著，张京华点校：《列子鬳斋口义》，第 85 页。

书，皆尊敬孔子，故其寓言之中多借孔子以为说，不知果出于列子否耶？”①“其书多推尊吾圣人，以自神其说。”②但他也表示：“庄列之论，大抵皆如此翻腾其说。”③“此亦务为高远广大之言。《庄》《列》之书皆如是。”④林希逸一贯认为《列子》如同《庄子》“过当”“翻腾”，不应直接推尊“吾圣人”，因此遇到《列子》尊敬孔子时，对其真伪的判断，只能存疑了。

以这种标准“辨伪”的结果，自然不是得到文献学意义上《列子》文本真伪的判断，而是以《庄子》为参考对《列子》所作出的内容与形式上的整理。因此文献学意义上的真伪在林希逸那里不是特别重要，他不关心《庄》《列》究竟是谁抄袭了谁（这在林希逸看来并不意味着相同处均是列子自作⑤），文献学辨伪常在此下功夫，以确定庄列成书的先后顺序。他恰恰认为这有可能是庄列“一宗之学”的体现。同时，这也意味着被林希逸判为“伪作”的部分并非毫无用处，它们只是不属于“庄列一宗”的学问，并不妨碍它们自身本具的价值。于是我们会看到这样的评价：

> 此一段文亦粹，其论亦正，但与此书前后之言殊不相合，岂前为诡说而此为庄说乎？抑彼此错杂非一家之书乎？⑥
>
> 此一段亦似非出于本书，其义理却甚正也。⑦
>
> 此篇议论皆正，皆与儒书合……实非列子家数，通诸家之学者必能辨之。⑧

---

① 林希逸著，张京华点校：《列子鬳斋口义》，第27页。
② 林希逸著，张京华点校：《列子鬳斋口义》，第4页。
③ 林希逸著，张京华点校：《列子鬳斋口义》，第98页。
④ 林希逸著，张京华点校：《列子鬳斋口义》，第111页。
⑤ 林希逸著，张京华点校：《列子鬳斋口义》，第205页。
⑥ 林希逸著，张京华点校：《列子鬳斋口义》，第181页。
⑦ 林希逸著，张京华点校：《列子鬳斋口义》，第181页。
⑧ 林希逸著，张京华点校：《列子鬳斋口义》，第205页。

虽然在形式或内容上与作为一宗之学的《庄子》不符，林希逸却肯定它们“议论虽正”的价值。这与文献学意义的辨伪只求文本客观事实，一旦认定为伪作，就不能进入原书的态度有很大不同。

林希逸将《列子》某些文段判定为“非列子本书”或“必列子本书”，貌似在作辨伪，但他判断标准却不是文献学的，即把《列子》文本的形成放回客观的历史过程中，通过文本与同时期历史存在（人、事、物、语言、时代精神等）的比较得出矛盾来作判断，而是借辨伪的名义，基于“庄列乃一宗学问”的观点，以《庄子》文本作衡量标尺，在意义呈现和形式构成两方面对《列子》进行的整合梳理。[①]因此，评价林希逸对《列子》的辨伪，重点不是考察其判断结果是否符合历史事实，即文献学标准（实际上林希逸对《列子》的真伪判断十分主观），而是考察其分殊《列子》真伪的判断标准及欲达到的目的。[②] 此外，有关林希逸《列子》的“辨伪”，还有三点需要注意。

其一，虽然林希逸以“庄列一宗”对《列子》作真伪评判，但这不影响他使用文献学的方法找出《列子》成书过程中与历史事实的种种矛盾而得出判断。如解释《说符》中丈夫蹈水的故事时说：“但此章前一半与《黄帝》篇吕梁一段全同，《列子》全书绝不应尔，以此愈知其杂。”[③]在解释《说符》白公问孔子一节时说：“此一章与《淮南·道应》篇全同。若《列子》已出于景帝时，《淮南》不应全用之，

① 此处论断是就《列子鬳斋口义》中涉及《列子》辨伪的大部分文字综合分析得来。实际上林希逸也没能处处贯彻“庄列同宗”的判断标准。如在《天瑞》篇的“齐之国氏大富”最后，他突然说道“此等处，似非《列子》本书”，没有任何文字上的交代，令人不免对此判断生疑。不过，绝大部分的真伪判断，林希逸均是以《庄子》为比照对象的。

② 现有《列子鬳斋口义》研究成果已经注意到《列子鬳斋口义》中对《列子》的真伪判断十分主观随意的特点，如王伟倩硕士论文《林希逸三教融合思想研究》第三章第一节：“林希逸对‘列子’其人、其书的观点、态度”，以及刘佩德博士论文《列子学研究》第四章第四节第一部分：“对《列子》真伪的讨论”。但或只在文献学层面上评价其真伪判断“依据不充分”，或罗列林希逸对《列子》真伪的判断结果，没有跳出辨伪来深入探讨林希逸之所以如此判断的原因。参见王伟倩《林希逸三教融合思想研究》、刘佩德《列子学研究》。

③ 林希逸著，张京华点校：《列子鬳斋口义》，第188页。

以此知非《列子》之本书也必矣。"[①]可以看到,林希逸得出《列子》为后人杂出的结论,仍采取文献学辨伪法。林希逸还对《列子》的传写错误进行订正。如释《天瑞》中"终进乎？不知也"的"进":"'进','尽'也,以'尽'为'进',声之讹也。"[②]释《黄帝》"养正命,娱耳目"的"正命":"'正命',性命也,以'性'为'正',音之讹也。"[③]释《黄帝》"姬！鱼语汝":"'姬','居'也,'鱼','吾'也,音之讹也。"[④]对于这些单个字词的订正,林希逸有时也对比《庄子》:"此段与《庄子·知北游》篇同。但'烝'字《庄子》作'丞',是也,此必传写之误。"[⑤]而涉及具体哪部分文段的真伪问题时,林希逸大多采用"庄列一宗"来衡量,这不属于严格的文献学辨伪,只是林希逸本人对《列子》的意义梳理。

其二,尽管林希逸坚持"庄列一宗"的观点,但这并不妨碍他比较二者的差异。事实上,他多次对比庄列,认为《列子》成就总体逊于《庄子》。前面提到的《天瑞》与《庄子·至乐》相同的文段,林希逸针对《列子》多出的文字,说:"此书中间又添数句,便觉不及《庄子》。"[⑥]又如《黄帝》中与《庄子·应帝王》"神巫季咸"的寓言故事相同的文段,针对《庄子》只举出三渊而《列子》九渊全举,他说:"《庄子》曰'渊有九名,此处其三',正举此三者之喻以证其前言也。看此书语脉,似失本意,以此观之,二书之是非可见。"[⑦]《庄子》以少总多比《列子》全部列举的处理较好,《列子》此九渊多见《尔雅》,"必后人以《尔雅》之名而增之"[⑧]。再如说"以此《列子》比《庄子》,

① 林希逸著,张京华点校:《列子鬳斋口义》,第189页。
② 林希逸著,张京华点校:《列子鬳斋口义》,第22页。
③ 林希逸著,张京华点校:《列子鬳斋口义》,第36页。
④ 林希逸著,张京华点校:《列子鬳斋口义》,第40页。
⑤ 林希逸著,张京华点校:《列子鬳斋口义》,第33页。
⑥ 林希逸著,张京华点校:《列子鬳斋口义》,第18页。
⑦ 林希逸著,张京华点校:《列子鬳斋口义》,第56页。
⑧ 林希逸著,张京华点校:《列子鬳斋口义》,第56页。

人谓胜之，恐亦未然”①，“然此等文字亦太露筋骨，似非所以垂训之意。《庄子》则不然”②。林希逸常批评《列子》“露筋骨”，即文意直接，不够含蓄隐匿。这些都说明，林希逸对《列子》的评价低于《庄子》。

其三，“庄列一宗”是林希逸对二书的基本判断，也是《列子口义》欲通过解释《列子》达到的目的。出于会通庄列，林希逸以《庄子》的思想意义与形式结构为标准，对《列子》进行“过滤”整理。林希逸对这一独到的发现与处理相当自负：“具眼应须许此翁。”③所谓“具眼”，和以往读《庄》《列》者最大的不同是，看到了《庄》《列》在“高广”“过当”的文辞背后，与“吾圣人”一致之处，从而打破长期以来对《庄》《列》“异端邪说”的论断，还《庄》《列》真意。只有具备“另一只眼”④，才不会被《庄》《列》浮夸文辞蒙蔽。“《庄》《列》之书，本意愤世，昏迷之人，却如此捭阖其论，而又为后人所杂。读其书而不得其意，与不辨其真伪者，或以自误。此所以为异端之学也。”⑤有“具眼”的人，会以“庄列同宗”为基础，在真伪错杂的《列子》文本中得其真意，然后才能做到“真伪之分，瞭如玉石”。在林希逸看来，“具眼”既在《庄子》那里成功运用，自然可施用于《列子》。而二者真意相同，以此辨析《列子》文段真伪，既是林希逸“具眼”照破《庄》《列》“异端”迷雾的独到处，又体现其积极会通庄列的自觉。

第二节 《列子鬳斋口义》以三教解列

《列子鬳斋口义》是林希逸以通俗的口语形式注解《列子》的著

① 林希逸著，张京华点校：《列子鬳斋口义》，第 37 页。
② 林希逸著，张京华点校：《列子鬳斋口义》，第 160 页。
③ 林希逸著，张京华点校：《列子鬳斋口义》，“整理弁言”第 1 页。
④ 林希逸著，张京华点校：《列子鬳斋口义》，第 112 页。
⑤ 林希逸著，张京华点校：《列子鬳斋口义》，第 167 页。

作，他在注解中，以儒、道（老庄）、释三家典籍与思想为资源，努力发现《列子》与三家文化的相通处，表达以儒家为本位的、三教融合的思想。通过在《论语》《孟子》《大学》等儒家典籍中寻找出与《列子》意义互通处，林希逸试图论证"吾儒"具备《列子》的思想旨趣；通过《列子》与《老子》《庄子》等道家著作之间的互照互释，他努力打通道家思想，证明"庄列一宗"；通过佛教典籍与禅宗语录公案解《列子》，林希逸则表达了独特的佛教观。

一、以儒解列

（一）《列子》中的儒家字词

对《列子》中的儒家字词，林希逸认为不能在儒家语境中理解。在解释《天瑞》"太易者，未见气也"时，他说："此'易'字，莫作儒书《易》字看。易即变也，变即化也，'太易'即大造化也。"[①]《天瑞》中的"太易"，不能理解为《周易》之"易"。有关《周易》之"易"的解释，历代不绝。唐代孔颖达《周易正义》说："夫'易'者，变化之总名，改换之殊称，自天地开辟，阴阳运行，寒暑迭来，日月更出，孚萌庶类，亭毒群品，新新不停，生生相续，莫非资变化之力，换代之功。然变化运行，在阴阳二气，故圣人初画八卦，设刚柔两画，象二气也；布以三位，象三才也。谓之为'易'，取变化之义。"[②]《周易乾凿度》云："'易'一名而含三义：所谓易也，变易也，不易也。"即"易"有简易、变易、不易等三义。"'易'者，其德也。光明四通，简易立节，天以烂明，日月星辰，布设张列，通精无门，藏神无穴，不烦不扰，淡泊不失，此其'易也'。'变易'者，其气也。天地不变，不能通气，五行迭终，四时更废，君臣取象，变节相移，能消者息，必专者败，此其'变易'也。'不易'者，其位也。天在上，地在下，君南面，臣北面，

---

① 林希逸著，张京华点校：《列子鬳斋口义》，第13页。

② 王弼注，韩康伯注，孔颖达疏，陆德明音义：《周易注疏》，北京：中央编译出版社，2012年，第7页。

父坐子伏，此其‘不易’也。”[1]今人更总结出《周易》之“易”有六种意义。[2] 总体来说，《周易》之“易”都有变化之义。而林希逸也将“太易”之“易”解为“变化”，为什么还要强调“太易”之“易”不同于《周易》之“易”呢？

在解释《天瑞》“气、形、质具而未相离，故曰浑沦。浑沦者，言万物相浑沦而未相离也。视之不见，听之不闻，循之不得，故曰易也”一节时，林希逸说：“‘气、形、质具而未相离’，只是未见气之始。于未见气之始，则但见其浑浑沦沦。然万物相浑沦，总三才而言之，不比他处说‘万物’字也。循者，求也。气既未见，则何所视？何所听？何所求？故易者，即太易也。”[3]浑沦的状态是“气”“形”“质”具备但还未分离成形的阶段，因此不可用感官作对象性的把握。他还特意指出，“未成形”不光是万物，还包括“天地人”三才，即天地、人类及万物的一切宇宙万有都还未成形的阶段，这受到张湛的影响，张湛解释“浑沦者，言万物相浑沦而未尝离也”：“虽浑然一气，不相离散，而三才之道实潜乎其中。”[4]意为浑沦是包括天地人三才在内的一切万有都未出现之时，这阶段即是“太易”，它强调的是宇宙万有还未实体化为对象前的状态，重在描述宇宙的生成过程。这就与《周易》重在探索天地人的消息变化规律有所不同。故林希逸特意区分“太易”与《周易》之“易”。

“太易”，张湛解释为：“易者，不穷滞之称。凝寂于太虚之域。将何所见耶？”[5]“《老子》曰：‘视之不见，名曰希。’而此曰易，易亦希简之别称也。太易之义，如此而已，故能为万化宗主，冥一而不

① 王弼注，韩康伯注，孔颖达疏，陆德明音义：《周易注疏》，北京：中央编译出版社，2012 年，第 7 页。
② 参见黄寿祺、张善文：《周易译注》，上海：上海古籍出版社，2012 年，前言第 11 页。
③ 林希逸著，张京华点校：《列子鬳斋口义》，第 14 页。
④ 列子撰，张湛注，卢重玄解，赵佶训，范致虚解，高守元集，孔德凌点校：《冲虚至德真经四解》，第 18 页。
⑤ 列子撰，张湛注，卢重玄解，赵佶训，范致虚解，高守元集，孔德凌点校：《冲虚至德真经四解》，第 17 页。

变者也。”[1]范致虚解释为:“无体也,无数也,冥于气,形质未相离之先,故曰太易。”[2]林希逸则解“太易”为大造化,除了强调“太易”的万有未形的特征外,还指出“太易”向实体化万物分离的动态演化过程。但在具体解释万物生成的过程时,林希逸却有自己的理解。

在解释《天瑞》“易无形埒,易变而为一,一变而为七,七变而为九。九变者,究也,乃复变而为一。一者,形变之始也”一节时,张湛说:“究者,穷也。一变而为七、九,不以次数者,全举阳数,领其都会也。既涉于有形之域,理数相推,自一至九;九数既终,乃复反而为一;反而为一,归于形变之始。此盖明变化往复而无穷极。”[3]范致虚解释说:“七,少阳之数;九,老阳之数。数终必穷,故九变者,究也。穷则变,变则通,故九复而为一。一者,形变之始也。终始反复,如环无端,自此以往,巧力不能计。”[4]对于其中的“七”“九”,张湛认为是仅举这两个阳数说明属于有形世界中自一至九的理数推演,范致虚则认为“七”是少阳之数,“九”是老阳之数。至于“一”,张、范均认为是形变至极而归一的状态,一切万有从“一”开始,又终于“一”,如此始终往复。而林希逸认为“易变而为一”的“一”是指太极:“气变而后有太极也。”至于接下来的变化过程,他说道:“有太极而后有阴阳、五行,故曰‘一变而为七’,阴阳二,与五行共为七也。少阴老阴之数八与六,少阳老阳之数七与九,此所谓九者,即乾数之极也。或以为七言少阳,九言老阳,则非此书之

① 列子撰,张湛注,卢重玄解,赵佶训,范致虚解,高守元集,孔德凌点校:《冲虚至德真经四解》,第18页。
② 列子撰,张湛注,卢重玄解,赵佶训,范致虚解,高守元集,孔德凌点校:《冲虚至德真经四解》,第17页。
③ 列子撰,张湛注,卢重玄解,赵佶训,范致虚解,高守元集,孔德凌点校:《冲虚至德真经四解》,第19页。
④ 列子撰,张湛注,卢重玄解,赵佶训,范致虚解,高守元集,孔德凌点校:《冲虚至德真经四解》,第19页。

意。”①林希逸明确指出，此处的“七”与“九”并非少阳和老阳之数。他认为，“七”是合阴阳二与五行为七，至于“九”则是用老阳之“九”代表少阳老阳、少阴老阴。而林希逸认为九“复变而为一”则是“有必归于无”。“无能生有，故曰‘一者，形变之始’。”②把万物变化的起始和终点定为“无”，将万物变化过程设定为无生有、有归无的循环，这也是张湛、范致虚没有提及的。

在解释《仲尼》中颜回“能仁不能反”时，他提到“此‘仁’字与‘诚’字一般，《庄》《列》之字义不可与吾书比”③。认为此处的“仁”应作“诚”理解，但未深入分析。而宋徽宗赵佶认为“回能仁不能反，非大仁也”，卢重玄曰：“兼有仁、辩、严、勇，吾且不与之易，况不能兼之。夫子能兼四子之不能也，故事我而不贰心也。”④皆是四子各行其是，滞于一方，而夫子能兼四子所不能，备道而兼有。没有具体分析“仁”。林希逸则强调此处“仁”与吾书之“仁”不同。类似的强调还见于解释《说符》篇孔子观丈夫蹈水寓言中的“水且犹可以忠信诚身亲之，而况人乎？”：“此‘忠信’二字之义不可以吾书之‘忠信’求之，大抵只谓诚实而已。”⑤宋徽宗赵佶释为：“至诚之道，无所不通。忠而不欺，信而不疑，诚心行之，可以感物，则动天地，感鬼神，横六合而无逆者，故游金石，蹈水火，皆可也。”⑥范致虚释为：“游于吕梁者，必顺性命之理；济于河梁者，必体忠信之道，其旨一也。”二家均未对“忠信”注释。而对这些涉及儒家核心思想的字词，林希逸尤为谨慎，表示通常不能按儒家原意理解。

出于对《列子》的“去异端化”，他强调不应照搬儒家之“仁”义

---

① 林希逸著，张京华点校：《列子鬳斋口义》，第 14 页。
② 林希逸著，张京华点校：《列子鬳斋口义》，第 14 页。
③ 林希逸著，张京华点校：《列子鬳斋口义》，第 91 页。
④ 列子撰，张湛注，卢重玄解，赵佶训，范致虚解，高守元集，孔德凌点校：《冲虚至德真经四解》，第 150 页。
⑤ 林希逸著，张京华点校：《列子鬳斋口义》，第 188 页。
⑥ 列子撰，张湛注，卢重玄解，赵佶训，范致虚解，高守元集，孔德凌点校：《冲虚至德真经四解》，第 289 页。

解释《列子·仲尼》中的“回能仁不能反”的“仁”，这里的重点不在于林希逸给出了“仁”的另一种意义——“诚”，而在于他对在《庄》《列》书中出现的儒家字词谨慎地作出区分的努力。[①] 由于道家著作常对儒家字词诸如“道德”“仁义”“礼乐”等猛烈批判，而林希逸想最大限度地通过文本阐释融合儒道二家思想，就不得不化解这种明显的对立，他的策略是，说明道家著作使用的儒家字词不能照搬儒家原意。

（二）在意义世界中会通儒列：寓言、心化、功夫论

本章第一节论林希逸对《列子》的辨伪时已指出，“庄列同宗”是其对《列》《庄》的基本定位，而既然《庄子》与儒家在大纲领大宗旨上不异，那么《列子》也与儒家相通。因此，林希逸一方面对《列子》中的儒家字词作出区分，指出不应作儒家思想观，另一方面则积极在整体意义上说明《列子》与儒家相通。实际上，林希逸以儒解列更多体现在意义世界中，实现《列子》寓意与儒家思想旨趣的沟通。而在意义世界层面汇通儒《列》，有的较为明显，有的则是对《列子》与儒家经典均作出独特解释后才形成的一致。

先看前者。在解释《说符》中“东方有人焉，曰爰旌目。”故事时，林希逸说：“此章即是‘其嗟也可，其谢也可食’之意。”[②]该句出自《礼记·檀弓下》：

> 黔敖左奉食，右执饮，曰：“嗟，来食！”扬其目而视之，曰：“予唯不食‘嗟来’之食，以至于斯也。”从而谢焉，终不食而死。曾子闻之，曰：“微与！其‘嗟’也可去，其谢也可食。”

---

① 如果不拘泥于“回能仁不能反”的“仁”之具体意义，把该句的重点放在夫子与颜回的对比，即夫子得道之全，颜回滞于一方，对该节的理解大致也不会偏差太多。

② 林希逸著，张京华点校：《列子鬳斋口义》，第196页。

需要说明的是，张湛、卢重玄、宋徽宗赵佶、范致虚等人此处的注均未提及《礼记》，林希逸则注明《列子》此段意与《礼记·檀弓下》同，有意表明“吾圣人”与《列子》有相通处。

在解释《天瑞》“杞人忧天”寓言时，林希逸说道：“此段之意，盖谓天本积气，地本积块，必有坏时，故设为此语以形容之。《易》曰：‘乾坤毁，则无以见道。’圣人亦有此意，但不言耳。”[①]《周易·系辞》原文：“乾坤毁，则无以见易。”荀爽曰：“毁乾坤之体，则无以见阴阳之交易也。”[②]朱熹释为：“乾、坤毁，则卦画不立。”[③]张载《易说》释为：“苟乾坤不列，则何以见易？易不见，则是无乾坤。”[④]各家解释均注意到《系辞》这句话是强调乾坤毁灭消失后，无从窥见易之变化。林希逸引用此语用意则在说明，天地本身会“毁灭”这一事实是儒家承认的，所以“圣人有此意”，但未明说。

在解释《天瑞》“齐之国氏大富”一节时，他说：“天时、地利，以至禽兽、鱼鳖，皆天地之所有，人盗而用之。圣人则曰‘用天之道，分地之利’。《列子》却如此鼓舞其言。”[⑤]《孝经·庶人章》全句为，子曰：“因天之道，分地之利，谨身节用，以养父母，此庶人之孝也。”郑玄注曰：“春生、夏长、秋收、冬藏，顺四时以奉事天道。分别五土，视其高下，若高田以黍稷，下田以稻麦，丘陵阪险宜种枣栗。此分地之利。”[⑥]《孝经》原句是在说明顺应四季运转规律，选择适当的田地种植相应的农作物已获取地利。林希逸引用此语表明国氏盗天时、地利、禽兽、鱼鳖等即是“因天之道，分地之利”那样顺应天地宇宙运行规律生活，只不过用了“盗”字，文辞显得过当。

类似上例以儒家经典来解释《列子》寓言的还有释《杨朱》“齐

---

① 林希逸著，张京华点校：《列子鬳斋口义》，第 32 页。
② 李鼎祚撰，王丰先点校：《周易集解》，北京：中华书局，2016 年，第 442 页。
③ 朱熹：《周易本义》，《朱子全书》第 1 册，第 135 页。
④ 张载著，林乐昌编校：《张子全书》，西安：西北大学出版社，2014 年，第 223 页。
⑤ 林希逸著，张京华点校：《列子鬳斋口义》，第 34 页。
⑥ 皮锡瑞撰，吴仰湘点校：《孝经郑注疏》，北京：中华书局，2016 年，第 41 页。

有贫者，常乞于城市”故事：“此中亦有孟子所言‘墦间’之意，但不露耳。”①解释《说符》“白公胜虑乱，罢朝而立，倒杖策”故事：“即《大学》‘心不在焉，视不见，听不闻’之意。”②直接以儒家经典阐释《列子》寓意。此外，林希逸还对《列子》作独特理解以比附儒家，甚至对儒家作出与主流不同的解释，最大程度实现儒《列》会通。

林希逸解释《仲尼》篇“无所言，无所知，亦无所不言，无所不知”：“及至于无所不言，无所不知，而亦无所言，无所知，方为造道之妙。又是一节。此即‘从心所欲不逾矩’之说，但说得鼓舞尔。”③他以“无所言、无所知”又“无所不言、无所不知”为“造道”之妙境，并认为该境即为孔子“从心所欲不逾矩”的状态。张湛则释为：

> 至人之心豁然洞虚，应物而言而非我言，即物而知而非我知，故终日不言而无玄默之称，终日用知而无役虑之名，故得无所不言，无所不知也。④

至人因为心胸廓然虚灵，能知而不知、言而不言。张湛仍在道家思想语境内，强调至人之所以达到“知而不知、言而不言”的境界是因为能够澄怀虚心，以顺应自然，至人的“言”与“知”只是“应物”“即物”之际不得不为的，而非主体以个人立场，出于个人私欲的“言”与“知”。林希逸则认为这种“自然言知”的状态，即是“从心所欲不逾矩”之境。朱熹释为：“从，随也。矩，法度之器，所以为方者也。随其心之所欲，而自不过于法度，安而行之，不勉而中也。”⑤

---

① 林希逸著，张京华点校：《列子鬳斋口义》，第 203 页。
② 林希逸著，张京华点校：《列子鬳斋口义》，第 205 页。
③ 林希逸著，张京华点校：《列子鬳斋口义》，第 94 页。
④ 列子撰，张湛注，卢重玄解，赵佶训，范致虚解，高守元集，孔德凌点校：《冲虚至德真经四解》，第 155 页。
⑤ 朱熹：《四书章句集注》，第 56 页。

他引用胡氏的理学式解释:"至于一疵不存、万理明尽之后,则其日用之间,本心莹然,随其所欲,莫非至理。盖心即体,欲即用,体即道,用即义,声为律而身为度矣。"①是本心廓然、万理明尽后,主体自主行为与社会规矩秩序的统一,不会因为主体的自发性行为造成对他人的伤害和社会秩序的混乱。再进一步,则昭示一种高度自由和谐的状态。它既使主体能随自身"所欲"而行,又处处符合于外在的规矩法度。正是在"自由"的层面上,林希逸看到"无所言、无所知,亦无所不言、无所不知"与"从心所欲"的相通。如果把"从心所欲"理解为"言"和"知","自然言知"即是"自由言知"。林希逸不是从"言与不言""知与不知"的辩证关系入手,而是在"言""知"的自由无碍特点上,发现其与"从心所欲不逾矩"的境界互通,这种互通是以林希逸对《列子》"自然言知"以及儒家的"从心所欲"作独特的理解为前提的。

林希逸甚至不惜改变儒家经典的主流理解,体现出强烈的"心化"倾向。在解释《周穆王》"不识感变知所起者"一节时,林希逸认为"识感变之所起者,事至则知其所以然"的境界与《论语》"四十而不惑"相通。② 朱熹解释"四十而不惑"为:"于事物之所当然,皆无所疑,则知之明而无所事守矣。"③他在《语录》中回答弟子对于"四十而不惑"时也说"不惑"是"于事上不惑""随事物上见这道理合是如此"④,即"不惑"对于"道理"的通达领悟,了知事物的当然之理。林希逸解释道:

> "所由然"者,言皆由心而生也。人惟不知感变之由,皆自一心而始,故有所疑惑,有所惊怛。知则不惑,则无怛矣。⑤

---

① 朱熹:《四书章句集注》,第 56 页。
② 林希逸著,张京华点校:《列子鬳斋口义》,第 76 页。
③ 朱熹:《四书章句集注》,第 56 页。
④ 朱熹:《论语五》,《朱子语类》卷 23,《朱子全书》第 14 册,第 810 页。
⑤ 林希逸著,张京华点校:《列子鬳斋口义》,第 76 页。

他把“不惑”释为知世间万物变化之因“皆自人心”，与朱熹定义“不惑”为“知事物当然之理”不同。后者是在外在事物的“理”上通达，因而“不惑”，“不惑”是澄明本心，了知外在事物的变化根本原因是自身的心念起伏。“不惑”的这种阐释，一方面暗中已越出朱熹的理解，把儒家思想导向内在，“心化”色彩浓郁；另一方面，则表明林希逸是把二家义理推向内心作为儒《列》会通的有力武器。对于《周穆王》的“不识感变之所起者，事至则惑其所由然；识感变之所起者，事至则知其所由然。知其所由然，则无所怛”这句话，张湛释曰：“夫变化云为皆有因而然，事以未来而不寻其本者，莫不致惑；诚识所由，虽谲怪万端，而心无所骇也。”①卢重玄则释曰：“夫虚心寂虑，反照存神，则能感通无碍，化被含灵矣。人徒见其用化之迹，不识夫通化之本也。”②张、卢皆强调识万物变化之本，林希逸更进一步明确指出，万物变化的根本动因是人自身的心念。应该说，在将《列子》的理解推向“心化”的过程中，林希逸提示儒《列》境界之“同”，也就暗中悄然改变了对儒家某些言句的主流理解，他的儒学思想明显有“心化”的个人色彩。

林希逸还极力寻求《列子》寓言故事反映的人生观与儒家的相通处，进而在功夫论上提倡儒家修养方法。在解释《杨朱》“子产相郑，专国之政三年”一节时，《列子口义》释曰：

> 然祸福在天，修为在我，尽人事以听天命可也。衔刀被发之术，已非明理者所为，而况恣于酒色乎？以此思之，孟子曰：“寿夭不二，修身以俟之。”多少滋味，多少理义，多少受用不尽处！孔子曰：“朝闻道，夕死可矣。”其意亦在此。③

---

① 列子撰，张湛注，卢重玄解，赵佶训，范致虚解，高守元集，孔德凌点校：《冲虚至德真经四解》，第123页。

② 列子撰，张湛注，卢重玄解，赵佶训，范致虚解，高守元集，孔德凌点校：《冲虚至德真经四解》，第123页。

③ 林希逸著，张京华点校：《列子鬳斋口义》，第167页。

宋徽宗赵佶释曰："劳形怵心者役于或使，解心释形者近于自然。或使者疑于妄，自然者全其真。朝、穆荒耽于酒色，而不动名声之丑、性命之威，盖解心释形而无所累者也；子产矜礼义法度之治，矫情性荣禄之美，唯恐其身之不治，盖劳形怵心而有所拘者也。"①重在强调子产因遵循礼义法度而丧失真性，"有所拘"，而朝、穆二人不顾外在名声，顺应自身情欲的生活方式和态度则是"解心释形"的自由表现。

而在林希逸看来，无论主体采取什么样的生活方式，祸福都不由自身，而在于天。他将文中的"善治内者，物未必乱"视为"治乱皆自然之数也"，即对超乎人自身的不由人控制的外在力量的肯定，他认为这种对不可知力量的承认，在儒家思想中也具备，但儒家思想更强调主体面对这种外在不可控力量时的处世观和修养观，即"尽人事听天命"。虽然"祸福在天"，却可以"修为在我"。孟子的"寿夭不二，修身以俟之"和孔子的"朝闻道，夕死可矣"即是儒家圣人对待不由己的外在力量的修养方式，具有强烈的实践指向。读孔孟书要求"切身受用"的践履，是宋代理学家普遍主张的。朱熹说："若是字字而求，句句而论，不于身心上著切体认，则又无所益。"②又说："某尝苦口与学者说得口破，少有依某去着力做功夫者。"③均重视主体对于经典中义理的亲身实践、存养功夫。林希逸亦强调功夫论，他指出儒家也有《杨朱》"子产相郑，专国之政三年"一节中的"祸福在天"之意，但并未在朝、穆二人的生活方式上展开（如顺应自身情欲），而是推出儒家处理"祸福在天"的主体修养论，并感叹"多少滋味""多少受用不尽"，这里的"受用不尽"，即是指通过儒家指示的修养功夫，更好地面对外界不可知的变化而

① 列子撰，张湛注，卢重玄解，赵佶训，范致虚解，高守元集，孔德凌点校：《冲虚至德真经四解》，第263页。
② 朱熹：《论语一》，《朱子语类》卷19，《朱子全书》第14册，第653页。
③ 朱熹：《论语一》，《朱子语类》卷19，《朱子全书》第14册，第660页。

安然处世。

(三) 儒列对比

《列子口义》也涉及儒列对比。如释《黄帝》“不菰不止”的“不止”：“‘不止’合作‘不正’。不正，不可指定言也。此‘不正’字，便与《孟子》‘必有事焉而勿正’同。”[①]释《汤问》“锥末倒眥而不瞬”：“孟子所谓‘不目逃’也。”[②]释《力命》“当死不惧，在穷不戚，知命安时也”：“此等言句，便与孟子‘知命者不立于严墙之下’者不同，圣贤之言所以异于异端也。”[③]释《天瑞》“人自生至终，大化有四：婴孩也，少壮也，老耄也，死亡也”：“‘血气未定’‘方刚’‘既衰’，圣人分作三截，今此分作四段。”[④]等等。

林希逸谨慎对待《列子》出现的儒家核心字词，要“具眼”识其真意，化解《列子》文本有可能冲击儒家思想处；在意义世界与修养境界上会通儒列，对《列子》与儒家经典作出独特理解，将对二者的理解推向“心化”，同时强调儒家的修养功夫，认为儒家修养之道也适用于《列子》描绘的境界；又或对比儒列，以儒家经典文句解释《列子》。林希逸将儒家与《列子》互观互照，使《列子口义》成为南宋时期有显著特色的《列子》注本。

二、以道(老庄)解列

(一) 以老解列：宇宙本源论、柔能胜刚、婴儿之和、相待而生

林希逸对《庄子》《老子》相当熟悉，遇到《列子》与老庄相同或相似的文句，他常引《老》《庄》解释。下文先论述以老解列。

林希逸认为《列子》与《老子》在宇宙本源论、柔能胜刚、处后不

---

① 林希逸著，张京华点校：《列子鬳斋口义》，第54页。
② 林希逸著，张京华点校：《列子鬳斋口义》，第131页。
③ 林希逸著，张京华点校：《列子鬳斋口义》，第154页。
④ 林希逸著，张京华点校：《列子鬳斋口义》，第24页。

争、提倡婴儿之和、事物相待而生等方面相通。如对于《天瑞》中“不生者疑独”的“疑独”，张湛释曰：“不生之主，岂可实而验哉？疑其冥一而无始终也。”①卢重玄释曰：“神无方比，故称独也，《老子》曰‘独立而不改’也。疑者，不敢决言，以明深妙者也。”②张注强调“疑独”是“不生之主”，“疑”乃因其不可在感官世界中实而验之，“独”则描述其“冥一无始终”的特征，卢注则谓“独”是无其他物象可比拟，神妙无形。正因为其无法实现在经验世界中被人用感官把握，所以不敢明确下论断，故而愈显其神妙。

林希逸则释曰：“如老子所谓‘似万物之宗’‘象帝之先’。”③《老子鬳斋口义》解释此二句为：“似者，以疑辞赞美之也。万物之宗，即庄子所谓‘大宗师’也，言此道若有若无，苟非知道者不知之，故曰‘似万物之宗’。”“象，似也。帝，天也。言其在于造物之始，故曰‘象帝之先’。”④而林希逸释《庄子·大宗师》的“大宗师”为：“大宗师者，犹言圣法天，天法道，道法自然。”⑤相比张、卢注，林希逸更重视“疑独”所体现出的在天地万物还没有对象化为实体之前的无方所、无形象的状态，同时，这种“独”的状态是生成万物的始基，类似《老子》无法用言语描述，只能勉强名之的“道”。

林希逸还解释“疑独”为“造化”：“‘疑独’者，造化也，恍兮惚兮，似有物而无物，故曰‘其道不可穷’。”⑥范致虚释“其道不可穷”为：“生物而不生者，虽先天地生而不为久，故无物之象，彼是莫得其耦，孰知其所穷耶？”⑦林希逸则突出“似有还无”的特点，即“疑

① 列子撰，张湛注，卢重玄解，赵佶训，范致虚解，高守元集，孔德凌点校：《冲虚至德真经四解》，第 14 页。

② 列子撰，张湛注，卢重玄解，赵佶训，范致虚解，高守元集，孔德凌点校：《冲虚至德真经四解》，第 14 页。

③ 林希逸著，张京华点校：《列子鬳斋口义》，第 10 页。

④ 林希逸著，黄曙辉点校：《老子鬳斋口义》，第 6 页。

⑤ 林希逸著，周启成校注：《庄子鬳斋口义校注》，第 97 页。

⑥ 林希逸著，张京华点校：《列子鬳斋口义》，第 11 页。

⑦ 列子撰，张湛注，卢重玄解，赵佶训，范致虚解，高守元集，孔德凌点校：《冲虚至德真经四解》，第 15 页。

独”虽然没有任何对象生成，但万象处在即将成形为实体前的状态，故而“恍兮惚兮”，具备对象化的一切可能，而“疑独”先于万物且生出万物、“似有物而无物”的特点，如同《老子》“生而不有”“为而不恃”的“道”。

《天瑞》中有一节：“《黄帝书》曰：‘谷神不死，是谓玄牝。玄牝之门，是谓天地根。绵绵若存，用之不勤。’”与《老子》第六章全同。各家对此解释略异。张湛曰：“古有此书，今已不存。”还注明“《老子》有此一章”①。并未说明《黄帝书》与《老子》二书的关系。范致虚说：“黄帝、老氏，皆体神而明乎道者也。道一而已，言岂有异哉？故谷神、玄牝之说见于老氏，而列子以为《黄帝书》也。”②从“体神明道”来说，黄帝和老子均是得道之人，故相关之说见于《老子》，但范认为是列子误以为《黄帝书》。林希逸则有独特看法，他说：“此《老子》全章之文，而曰《黄帝书》，则知老子之学亦有所传，但其书不得尽见。”③认为《黄帝书》乃老子思想的传承，只不过不能见其全貌。一方面肯定《黄帝书》的存在，另一方面，认为《黄帝书》继承了老子之学。林希逸对此节的解释，有两点值得注意。

其一，强调“谷”是“虚”的状态：“‘谷’者，虚也。”正因其虚而无物，能生出人与天地万物，“人之神自虚中而出”，“天地亦从此而出”④。同时，“远而无极”的“玄”、“虚而不实”的“牝”，都是在不同层面形容“虚”的特点。卢重玄释“玄牝”为：“玄者，妙而无体；牝者，应而无方。”范致虚释为：“玄者，天之色；牝者，地之类。”⑤均未侧重“玄牝”对于谷之“虚”的表现。在林希逸看来，因为谷之“虚”，

① 列子撰，张湛注，卢重玄解，赵佶训，范致虚解，高守元集，孔德凌点校：《冲虚至德真经四解》，第15页。

② 列子撰，张湛注，卢重玄解，赵佶训，范致虚解，高守元集，孔德凌点校：《冲虚至德真经四解》，第15页。

③ 林希逸著，张京华点校：《列子鬳斋口义》，第11页。

④ 林希逸著，张京华点校：《列子鬳斋口义》，第11页。

⑤ 列子撰，张湛注，卢重玄解，赵佶训，范致虚解，高守元集，孔德凌点校：《冲虚至德真经四解》，第15页。

故能为天地万物提供源源不断的生成动力，因为谷之“虚”，故能“不劳而常存”，绵绵不尽。焦竑释“玄牝”为：“牝，能生万物，犹前章所谓‘母’也。谓之玄牝，亦幽深不测之意。”苏辙释为：“牝生万物，而谓之玄焉，言见其生而不见其所以生也。”吕吉甫释曰：“玄者，有无之合。牝者，能生者也。”[①]焦、苏、吕释“牝”均有“生万物”意，与林希逸同。

其二，林希逸提及朱熹关于此节的评说：“至妙之理，有生生之意存焉。”[②]并指出：“此语极好，但其意亦近于养生之论。此章可以为养生之用，而老子初意不专主是也。故列子举此以证其不生不化之论。”[③]认为“谷神不死”的“初意”并非朱熹所说，而是指老子在宇宙论方面的认识。即强调“谷神”“玄牝”作为“天地之根”具有孕育天地万物的生化作用。在《列子》的宇宙生成论中，天地万物是由“不生”之“疑独”与“不化”之“往复”生成的，“不生者能生生，不化者能化化”[④]。因此在生成万物的功能上，《列子》的“不生不化”与老子的“谷神”“玄牝”相似，林希逸认为这是《列子》引用老子此说的原因。[⑤]

《列子》还有类似《老子》的“柔弱胜刚强”的哲学思想。《老子》推崇柔弱、处后、不争，这有老子对自然规律的经验总结。他看到自然界中，“飘风不终朝，骤雨不终日”（第二十三章），“人之生也柔弱，其死也坚强。万物草木之生也柔脆，其死也枯槁”（第七十六章），“天下柔弱莫过于水，而攻坚强者莫之能胜”（第七十八章）。狂风骤雨属于自然界中少有的强势力量，它们最终不会长久，无论是人类还是动植物，总是柔弱舒软，富有弹性的，老子以此赞美婴

---

① 焦竑注，苏辙注，吕吉甫注，均见焦竑撰，黄曙辉点校：《老子翼》，上海：华东师范大学出版社，2011 年，第 16 页。

② 此语见朱熹：《老子书·谷神不死章》，《朱子语类》卷 125，《朱子全书》第18 册。

③ 林希逸著，张京华点校：《列子鬳斋口义》，第 11 页。

④ 林希逸著，张京华点校：《列子鬳斋口义》，第 10 页。

⑤ 《黄帝书》在林希逸看来是传承老子之学的。《列子》借用此一节，来说明其“不生不化”的宇宙生存论与老子的“玄牝之门，是谓天地根”相似。

儿“骨弱筋柔而握固”(第五十五章)。当他们生命终止时,躯体僵硬,不能动弹。再如柔弱至极的水,当蓄积已久时的洪流暴发,巨大的破坏力量可摧毁世上一切坚强的事物,这些自然界的现象使老子主张持守柔弱。“坚强者死之徒,柔弱者生之徒”(第七十六章),并“知其雄,守其雌”(第二十八章),维持自己柔弱的地位,才是最终制胜的法宝。一旦急于表现“刚强”(也指一切长于人,胜于人之处),就会有危险,“持而盈之。不如其已。揣而锐之,不可长保。金玉满堂,莫之能守。富贵而骄,自遗其咎”(第九章)。

林希逸释《列子·黄帝》中“天下有常胜之道,有不常胜之道”一节为:“柔可常胜,强则不胜,此老子之论。”①至于《黄帝》中出现的老聃语句,林希逸则点明“此语见《老子》七十六章”②“‘飘风暴雨不终朝’,老子之语也。”③《汤问》中“詹何之钓”寓言,詹何用“以柔制彊,以轻制重”启发楚王治国之策。林希逸释道:“此即老子柔能胜刚之论也。”④在《说符》“子列子学于壶丘子林”的故事中,对于“形枉则影曲,形直则影正”的“形影”关系,林希逸释道:“影不先形,我不先物,能持此意,则常处万物之先矣。此亦‘不争’‘善胜’之义也。”⑤准确点出与《老子》“柔弱胜刚强”相通之处。

《黄帝》有“杨朱过宋,东之于逆旅”一节,林希逸质疑杨朱近似老子之学:“《孟子》以杨朱为‘为我’,据此数处,则杨朱似为老子之学。”⑥“杨氏为我,故无君也。”出自《孟子·滕文公下》,朱熹释为:“杨朱但知爱身,而不复知有致身之义,故无君。”⑦对于杨朱与老子之学的关系,他认为“杨朱之学出于老子,盖是杨朱曾就老子学

① 林希逸著,张京华点校:《列子鬳斋口义》,第63页。
② 林希逸著,张京华点校:《列子鬳斋口义》,第64页。
③ 林希逸著,张京华点校:《列子鬳斋口义》,第190页。
④ 林希逸著,张京华点校:《列子鬳斋口义》,第125页。
⑤ 林希逸著,张京华点校:《列子鬳斋口义》,第180页。
⑥ 林希逸著,张京华点校:《列子鬳斋口义》,第62页。
⑦ 朱熹:《四书章句集注》,第254页。

来，故庄、列之书皆说杨朱。孟子辟杨朱，便是辟庄老了”。① “人皆言孟子不排老子，老子便是杨氏。”②

林希逸还指出《天瑞》“其在婴孩，气专志一，和之至也”是老子提倡的：“婴孩之和，老子形容至矣。”对于最后的“知天地之德者，孰为盗耶？孰为不盗耶？”林希逸释为：“以天地之德观之，则盗与不盗，皆为有心者也。此役盖谓善善恶恶，若出于有心，则善亦为恶矣。《老子》曰：‘天下皆知美之为美，斯恶已。’正是此意。”③盗与不盗、善与恶皆因人心分别观之而有，林希逸引《老子》此句试图说明，善恶的对待只在人心的分别上，并不是天地之德本有的。人心一旦知道美为何物，恶即相待而成。若回归天德自然，则并无善恶对立。

（二）以庄解列：字句、寓言、庄列同宗

《列子口义》以庄解列较为复杂。由于《列子》与《庄子》在文本上有相似甚至重复处，林希逸或引庄解释《列子》字句，或在《列子》寓言的意义层面引庄注释，沟通庄列旨趣，或是对比庄列，得出“庄列一宗”但“列不胜庄”的结论。

对于《黄帝》神巫季咸三观壶子故事中的“雕琢复朴”，张湛引向秀注曰：“雕琢之文，复其真朴，则外事去矣。”④林希逸释曰：“谓‘堕肢体，黜聪明’也。”⑤《庄子鬳斋口义》释此六字为“四肢耳目皆不自知”⑥，停止感官对外在事物的抓取，则“外事去矣”，回归真朴。《庄子·大宗师》“堕肢体，黜聪明”与《黄帝》“雕琢复朴”是相

---

① 朱熹：《老氏（庄列）》，《朱子语类》卷125，《朱子全书》第18册，第3900页。
② 朱熹：《老氏（庄列）》，《朱子语类》卷125，《朱子全书》第18册，第3900页。
③ 林希逸著，张京华点校：《列子鬳斋口义》，第34页。
④ 列子撰，张湛注，卢重玄解，赵佶训，范致虚解，高守元集，孔德凌点校：《冲虚至德真经四解》，第94页。
⑤ 林希逸著，张京华点校：《列子鬳斋口义》，第57页。
⑥ 林希逸著，周启成校注：《庄子鬳斋口义校注》，第123页。

一致的。《黄帝》中的“汝不能使人无保汝”，卢重玄释曰：“汝之退身全行，绝学弃智，人所以保汝者，非汝能召之也。若能灭迹混真，愚智不显者，人亦不知保汝矣。由是言之，汝之行适足为人所保，而不能使人不保也。”这里的“保”是“守”之意，即老师优秀，学生众多，归而守师之门。这故事是说子列子弟子众多(“使人保汝”)，伯昏瞀人不仅没有肯定，反而批评列子因为“感豫出异”即在众人面前显露自己特异之处，使人崇仰而归，而恰当的做法应是和光同尘，愚智不显，混迹泯真，“百姓猖狂不知所如”(范致虚)。所以伯昏瞀人批评列子“非汝能使人保汝，汝不能使人无保汝”，即不是列子的本领使人来请学，而是他的炫露导致别人不得不来向他请学，突出了列子对自己异能的炫露。林希逸联想到《庄子·天运》的“忘亲易，使亲忘我难。使亲忘我易，兼忘天下难。兼忘天下易，使天下兼忘我难”。《庄子鬳斋口义》释此为：“皆以有迹不若无迹，有心不若无心。”①以此对照该故事中的列子，可说列子正是“有迹”“有心”的表现。

《汤问》“然自物之外，自事之先，朕所不知也”一句，张湛释为：“谓物外事先，廓然都无，故无所措言也。”②“物外”是事物以外，即超越空间，“事先”是形成事物的前一阶段，即超越时间，“物外事先”实则表达超越人类感知的时间空间以外之存在。林希逸用《庄子》“六合之外，圣人存而不论”释之，“即四维上下不可思量”，实际上忽略了“物外事先”超越时间的这一维度。不过如果只着眼于二者表达具有超出人类感知的存在，也可互通。

林希逸还用《庄子》“官知止而神欲行”解释《仲尼》中的“我视听不用耳目”③；用《庄子》凫鹤之论解释《汤问》中鬻熊语文王时提

---

① 林希逸著，周启成校注：《庄子鬳斋口义校注》，第229页。
② 列子撰，张湛注，卢重玄解，赵佶训，范致虚解，高守元集，孔德凌点校：《冲虚至德真经四解》，第181页。
③ 林希逸著，张京华点校：《列子鬳斋口义》，第88页。

到的"自短""自长"[①];用《庄子》"姚佚启态"解释《力命》的"墨尿""单至""啴咺""憋懯"等四人[②];用《庄子》"哲士无凌谇之事不乐"解释《力命》中的"凌谇"[③]。

林希逸能准确抓住《列子》某些文句与《庄子》相通处,并引进原文解释,他还注意在《列子》故事的整体寓意上沟通庄列。《天瑞》中弟子向列子讯问壶子之学,列子曰:"壶子何言哉?"但还是转述了壶子对与伯昏瞀人的谈话内容。林希逸对此解释道:"盖欲知其不言之言,妙于有言也。"[④]接下来继续说道:"'何言哉'三字,自有深意。庄子曰:'终日言而未尝言。'与此意同。"[⑤]《庄子·寓言》原句为:"言无言,终身言,未尝言;终身不言,未尝不言。"《庄子鬳斋口义》对此解释道:"终身言,未尝言,无心于言也。终身不言,未尝不言,不言之中亦可悟理,则非不言也。"[⑥]即"言而未言"是出于"无心"之言,并非言以个体欲望、概念等"有心"。林希逸认为壶子"何言哉?"但又与伯昏瞀人有所交谈的"言",即是无心自然之言,不是主体分割、宰制,欲工具性地对待处身的世界而使用的语言。在壶子不言而言与《庄子·寓言》中的"言而未言"之间,林希逸看到二者在语言观上的相通。

《汤问》"江浦之间生么虫"一节,离朱、师旷等人不能抓住么虫焦螟的外形和声音,唯黄帝与容成子同斋三月后,"块然见之","砰然闻之"。林希逸说:"此即《庄子》'听之以耳,不若听之以气;听之以气,不若听之以心'之论。"《庄子·人间世》中原句为:"若一志,勿听之以耳,而听之以心,勿听之以心而听之以气。"林希逸解释为:"一志者,一其心而不杂也。听之以耳,则听犹在外;听之以心,

---

① 林希逸著,张京华点校:《列子鬳斋口义》,第147页。
② 林希逸著,张京华点校:《列子鬳斋口义》,第150页。
③ 林希逸著,张京华点校:《列子鬳斋口义》,第151页。
④ 林希逸著,张京华点校:《列子鬳斋口义》,第10页。
⑤ 林希逸著,张京华点校:《列子鬳斋口义》,第12页。
⑥ 林希逸著,周启成校注:《庄子鬳斋口义校注》,第423页。

则听犹在我；听之以气，则无物矣。听以耳则止于耳，而不入于心；听以心，则外物必有与我相符合者，便是物我对立也。”①用耳听，则万物以对象化的形式存于主体之外，用心听，万物进而被主体用分别识予以命名并贴上不同标签，形成物我对立，而用气听，则是在天地万物（包括人）通于一气的层次上体悟万物存在，从“通天下一气耳”（庄子）的角度，人与天地万物混成一片，同于大通，在“气”上可以互通互感。

“听之以气”在庄子那里是一种回到人与宇宙混沌不分的一体状态，这里的“听”，并不是一种用感官摄取的对象化的存在（耳听），也不是用分别性概念所定义的各种名言（心听），而是对天人一体的“气”的领悟和把握。这样来理解《汤问》中么虫焦螟的故事，离朱、师旷之看不见、听不见焦螟的外形和声音，是比喻用视听感官所捕捉到的并非世界之本真样态（按世俗理解，离朱视觉超常，师旷听觉独绝，他们二者的眼和耳应能抓取正常昆虫的声色，但《列子》意不在此）。恰恰是远离世界真貌的，被人的概念、名相所遮蔽。因为感官向外摄取外境，只能是一种对象性的把握，外物只是作为被看、被听的对象而存在。黄帝、容成子在斋心三月后能对焦螟“块然见之”，“怦然听之”，可视为一种比喻，即二人的所听所见非离朱、师旷的所听所见，而是对以焦螟为代表的万物的本真性把握，也即是在“通天下一气耳”的“气”的层面上对焦螟（即万物）的领悟，它代表一种本质不同于离朱与师旷的把握世界的方式，前者能真实地与世界相遇相融，让世界真貌得以呈现，后者只能让世界以与主体相对的形式存在。按林希逸的解释，用耳听，则物在外；用心听，则物在内（主体用名言概念对外在对象加以分别）；用气听，则无物（物我相融于一气），用在《汤问》么虫的故事中，则可理解为，离朱、师旷在用耳听，而黄帝、容成子是用气听。

① 林希逸著，周启成校注：《庄子鬳斋口义校注》，第 63 页。

林希逸引《庄子·寓言》解释此故事，不仅透露出故事的深意，还启发读者注意庄列思想的互通。

林希逸评价《力命》"老聃语关尹"一节说："此章即《庄子》'天之君子，人之小人，人之君子，天之小人'之意。"[①]《庄子·大宗师》原句为："天之小人，人之君子；人之君子，天之小人也。"《庄子鬳斋口义》解释此句为："庄子之所谓君子者，有讥毁圣贤之意在于其间，盖以礼乐法度皆非出于自然，必掊斗折衡，使民不争而后为天之君子也。此亦愤世疾邪而有此过高之论。"[②]重在指出该句的"愤世""过高"处。在儒家看来，君子通乎礼乐法度，但礼乐法度皆非自然本有，从违背自然而人为造出礼乐法度来看，人间之"君子"恰恰是分割道之浑全的"小人"。但林希逸引用此句似有略异，从后文"颜夭跖寿，何者为好？何者为恶？"来看，林希逸所引《庄子》之句应理解为：在"天"（自然）的角度，是没有"君子"与"小人"的区分的，较好的做法是"不如听其自然"（林希逸语），在《庄子》原句中，也有此意。但略有不同的侧重，《庄子》原句重在表达儒家的礼乐法度并非自然本真，汲汲于此的君子恰恰是割裂天道浑全的"小人"，而《列子》此处是在说，无论"君子"还是"小人"，都是人为的分别，从"天"的角度，是没有这样的区分的。可见，在引用《庄子》时，林希逸还会根据己意调整庄文中的意义（在庄文中这些意义都是存在的），以符合《列子》文意。

类似以《庄子》文意解《列子》故事的还有释《汤问》"詹何之钓"的故事："与佝偻丈人之承蜩旨意相类。"[③]《力命》整章寓意"即《庄子》所谓'吾所待又有所待而然者'也"[④]。谓在"命"之外还有自然而然的力量在控制人事变化，同时引用《庄子·大宗师》"适来，夫

---

① 林希逸著，张京华点校：《列子鬳斋口义》，第148页。
② 林希逸著，周启成校注：《庄子鬳斋口义校注》，第118页。
③ 林希逸著，周启成校注：《庄子鬳斋口义校注》，第125页。
④ 林希逸著，周启成校注：《庄子鬳斋口义校注》，第138页。

子时也；适去，夫子顺也。安时处顺，哀乐不能入也”，阐明《力命》章所表现出的自然处世观。对于《杨朱》“行善不以为名，而名从之”，林希逸则用《庄子》“为善无近名”释之，[1]均较为准确地沟通了庄列文意。

《列子口义》也作庄列对比。遇到庄列之异，林希逸通常以“庄优列劣”对《列子》进行文意评判以及字句调整，庄列文本相似而不尽同之处，林常取庄，而对于庄列相同处，则认为这恰是两家属“一宗学问”的表现。

《天瑞》“此过养乎？过欢乎？”与《庄子·至乐》“若果养乎，予果欢乎？”相似但不全同，林希逸说：“此书去‘若’‘予’二字，以‘果’为‘过’，恐声之讹也。若如此说，别谓‘此’，其死者生前自养过当乎？欢乐过当乎？理虽亦通，殊无意味。”[2]以《庄子》为对照，认为《天瑞》此处不如庄。同时，接下来的文字比《庄子》多出的“羊肝化为地皋”“思士不妻而感”等句，林希逸的解释是：“若就《庄子》观之，上面一截说了，却把个至怪地结杀，此是其立意惊骇世俗处，非实话也。今添入‘思士’‘思女’等语，却浑杂了。”[3]他认为《庄子·至乐》中一系列物象都是超乎寻常的，庄子以此故作“惊人语”，前后文气贯通，但《天瑞》此处加入世俗的常人常事，反而文气不畅，显得浑杂。相比之下，《庄子》较优。

对庄列文本相似但不全同的地方，林希逸会仔细对比细微差异。如《列子·黄帝》和《庄子》都有的狙公“朝三暮四”的故事，《黄帝》的原句是：“圣人以智笼群愚，亦犹狙公以智笼众狙也。名实不亏，使其喜怒哉！”林希逸解释道：“‘圣人以智笼群愚’，谓其鼓舞化导，使之不自知也。《庄子》则以此为无是无非之喻，却与此意异

---

① 林希逸著，周启成校注：《庄子鬳斋口义校注》，第200页。
② 林希逸著，周启成校注：《庄子鬳斋口义校注》，第18页。
③ 林希逸著，周启成校注：《庄子鬳斋口义校注》，第21页。

矣。”①意为《列子》用狙公“朝三暮四”的故事说明圣人在化导民众时不使其了知，如同《老子》“我无为而民自化”（第五十七章），但《庄子》用该故事说明本无是非彼我，消泯差别，回归不二之境，故二者“意异”。类似还有释《黄帝》“无多余之赢”：“此句比《庄子》添一‘无’字，则意异矣。”②

林希逸以儒解列，是以儒家本位立场，发明《列子》与“圣人”的相通旨趣，而他以庄解列，则是基于“庄列源流本一宗”的前提，以《庄子》为参照，对《列子》所作的意义梳理。林希逸多次提及庄列乃“一宗之学”“一宗学问”。纵观《列子口义》，他对庄列一宗的解释主要有：

1.《列子・黄帝》中出现的与《庄子》相同的神巫季咸的故事，林希逸解释道：“庄列皆一宗之学，此等议论必其平昔所讲闻者，故二书皆有之。”③按该故事中，神巫季咸三见壶子，壶子分别示以“天壤”“太冲莫朕”“未始出吾宗”，季咸分别得出“弗活矣”“灰然有生矣”以及“子之先生坐不斋，吾无得而相焉”的结论，并在第四次相壶子时“立未定，自失而走”，以此说明壶子的变幻莫测，道高一筹。列子看到老师壶子的高深道行后，惭愧不已，于是“雕琢复朴，块然独以其形立”。由此观之，林希逸认为的庄列“平昔所讲闻者”，指的即是壶子经过修炼达到的莫测高深的自由之境以及列子所践行的具体修炼方法。

2. 关于“大条贯”。林希逸认为庄列有些文段重合，应从“一宗学问的大条贯”来看待，即重复的文段是连贯两书的道家核心思想。这是较为独特的认识，因为《列子》与《庄子》相同的文段通常被视为《列子》抄袭《庄子》的证据。如解释《黄帝》中“是纯气之守也，非智巧果敢之列”：“《庄子・达生》篇亦有此语。此是其一宗学

---

① 林希逸著，张京华点校：《列子鬳斋口义》，第 67 页。
② 林希逸著，张京华点校：《列子鬳斋口义》，第 59 页。
③ 林希逸著，张京华点校：《列子鬳斋口义》，第 57 页。

问相传之语，却是一件大条贯。”《庄子鬳斋口义》解释此句：“纯气之守，守元气而纯一不杂也。知巧，容心也，果敢，容力也，言此事非容心容力所可为也。”①对于“无容心”的纯一状态，林特别提倡，并认为这是庄列二书的“大条贯”处。再如《仲尼》：“知而忘情，能而不为，真知真能也。发无知，何能情？发不能，何能为？”林希逸认为是“知以不知”“能以不能”“为以不为”，即并非不做一切，而是在做的过程中保持心的纯一虚无，不夹杂私利，顺应事物发展规律去“为”，达到“不知之知”“不能之能”“不为之为”。于是林说：“庄、列之学何尝以槁木死灰为主？……此一节乃是庄、列书中大条贯。”②对万事万物“应而无心”，在林希逸看来是庄列均有的思想。

3.《列子》有许多超现实的玄虚故事，林希逸认为也与《庄子》同，“此皆务为骇世之言，不可以为实论”，“此等议论，皆是排斥小见。自私之人不知世界之广大，故为此等虚旷之论”。对寓言故事的虚构性以及《庄》《列》以虚幻寓言说理的目的有清晰的认识。“此亦务为高远广大之言。《庄》《列》之书皆如是。”③即认为在文本组织形式和语言特色上，为开阔读者视野、心胸，虚构出大量寓言故事，二书均如此，语言风格显得虚诞夸张，具有隐喻的特点。林希逸甚至以此作为判断《列子》文本真伪的标准，如“其文亦直截，所以疑非《列子》之本书”④，“此等文字亦太露筋骨，似非所以垂训之意。《庄子》则不然”⑤，等等，本章第一节已有详细探讨。

4. 因为庄列“一宗”，且多偏激之言，林希逸认为后世目之为异端之书的原因：“庄、列之书，本意愤世，昏迷之人，却如此捭阖其论，而又为后人所杂。读其书而不得其意，与不辨其真伪者，或以

---

① 林希逸著，周启成校注：《庄子鬳斋口义校注》，第 287 页。
② 林希逸著，张京华点校：《列子鬳斋口义》，第 108 页。
③ 林希逸著，张京华点校：《列子鬳斋口义》，第 111 页。
④ 林希逸著，张京华点校：《列子鬳斋口义》，第 138 页。
⑤ 林希逸著，张京华点校：《列子鬳斋口义》，第 160 页。

自误。此所以为异端之学。"[1]故林希逸强调读庄列须"别具一只眼可也"，努力为庄列"去异端化"。

林希逸以道家解列，主要引用老庄。林希逸注意《列子》与《老子》《庄子》相似或相同的文段，对之所以重复的原因给予解释，还尽量融通《列子》与《老子》《庄子》的意蕴。或揭示《列子》某些故事的寓意符合老庄思想；或是在修行功夫及境界上，揭示"庄列一宗"的"大条贯"；或在解释《列子》时参照老庄，充分表现出对道家思想的熟悉及对道家著作的通贯性理解。

三、以佛解列

（一）以《圆觉经》解列

《列子口义》继承《庄子鬳斋口义》以佛解庄的特色，引用佛教观念及佛禅典籍解释《列子》，为理解《列子》提供佛家参考视角。林希逸对《圆觉经》较为熟悉，《庄子鬳斋口义》引用《圆觉经》十一次，《列子口义》也多次提及《圆觉经》。如：

> 精神属于天，骨骸属于地，《圆觉》"四大"之说也。[2]（释《天瑞》"生者，理之必终者也"一节）
>
> 此即《圆觉》所谓"今我法身，当在何处"也。（同上）
>
> 四大假合而为此身，故曰"委形"。……《圆觉》所谓"今者妄身，当在何处"，便是此意。[3]（释《天瑞》"舜问乎烝"一节）

《圆觉经》全名为《大方广圆觉修多罗了义经》，据称是唐代佛陀多罗（觉救）所译，虽然对于翻译的时间，从唐代至今一直未成定论，但《圆觉经》思想深刻影响了唐宋时期的华严宗、天台宗以及禅

---

① 林希逸著，张京华点校：《列子鬳斋口义》，第167页。
② 林希逸著，张京华点校：《列子鬳斋口义》，第23页。
③ 林希逸著，张京华点校：《列子鬳斋口义》，第33页。

宗却是不争的事实。华严宗和天台宗僧人还以对此经的解释话语作为维护自身宗派正统的途径，并通过对《圆觉》的不同解释（既发明佛陀本怀，又畅显本门宗趣），与对方争衡。① 华严五祖圭峰宗密（780—841）对《圆觉经》注疏倾注极大心力，成为圆觉学上最重要的注疏。宗密对《圆觉经》的注解成果主要有《大疏》《大疏钞》《大疏科文》《小疏》《小疏钞》。林希逸所引"今我法身（妄身），当在何处"，以及"四大"之说，《圆觉经》第三章普眼菩萨原文作：

> 我今此身，四大和合。所谓发毛爪齿，髓脑垢色，皆归于地；唾涕脓血，津液涎沫，痰泪精气，大小便利，皆归于水；暖气归火，动转当风。四大各离，今者妄身，当在何处？②

宗密《圆觉经大疏》释为：

> 四大和合者，坚湿暖动，假合为身，发毛等者自外之内，次第观也。精气者，气即是精，故属水大。然气是四大之本，不唯是风，故水火中亦云气也。动转者，净名云是身无作，风力所转，谓性起心，心云风力，转余三大，而有动作。作无自性，故云无也。暖气可知。如是历观每大之中，又众多假合，即知无我，净名云，四大合故。假名为身，四大无主，身亦无我。又此病起，皆由着我，既知病本，即除我想，及众生想。今此经文还分四大，各归来处，四大皆言归者，此身本合，四大成故。
>
> 四大各离者，正观之时，各有所归，即名为离，不说命终，方名为离。
>
> 故知四大相违，各各差别，未审我身属于何大，若总相属，

---

① 龚隽：《唐宋〈圆觉经〉疏之研究：以华严、天台为中心》，《中国哲学史》2011 年第 2 期。

② 《大方广圆觉修多罗了义经》，《大正藏》第 17 册，第 842 页。

即是四我；若总不属，即应离四，别有我身。故云尔也后如实观。①

宗密认为《圆觉经》此处表达人体由地、水、火、风四种元素假合而成，因为“四大无主”，故人体并无真正的“我”这样的主宰。等到寿命将尽，四大分离，假合之身则无处可寻，这是佛教对人体肉身的基本看法。

具体到林希逸引用佛教肉身观解释《列子》，他将《天瑞》中的“神者，天之分；骨骸者，地之分。属天者清而散，属地者浊而聚”解释为：“精神属于天，骨骸属于地，《圆觉》‘四土’之说也。”②很明显，《列子》这里是在表明人体的精神、物质二分以及各自的特点，并无佛教肉身观中的“四大和合”之说，但后文提及的“精神入其门，骨骸反其根，我尚何存?”则与佛教肉身观的“无自性”类似，即都强调肉身的暂时性、假合性。生命结束后，肉身随即消解，不复存在。《天瑞》在另一处提到的人身是“天地之委形”，亦在表明肉身不可永恒，与佛教肉身观类似。

林希逸引用《圆觉经》还有一处，在《黄帝》“商丘开”故事中，范氏门徒见到商丘开的神异后，对此前轻蔑侮辱商丘开表示后悔，以后对乞儿、马医也不敢轻视，林希逸解释为“此亦《圆觉经》不轻初学之意”③，《圆觉经》原文为：“善男子，觉成就故，当知菩萨不与法缚，不求法脱；不厌生死，不爱涅槃；不敬持戒，不憎毁禁，不重久习，不轻初学。”④近代谛闲法师解曰：“证知觉性遍满诸法，无坏无杂，名为成就。由成就故。当知此等菩萨，不与诸法作系缚，不求于法解脱。以既知觉醒遍满，则法法皆觉，缚脱无二故。既知觉

① 宗密：《圆觉经大疏》，《卍新续藏》，CBETA 电子佛典，2014 年第 4 版，第 9 册，第 243 页。
② 林希逸著，张京华点校：《列子鬳斋口义》，第 23 页。
③ 林希逸著，张京华点校：《列子鬳斋口义》，第 46 页。
④ 《大方广圆觉修多罗了义经》，《大正藏》第 17 册，第 842 页。

遍，则生死亦觉，涅槃亦觉，故于生死不厌，涅槃不爱。持亦觉，毁亦觉，故不敬不憎。久亦觉，初亦觉，故不重不轻。”①

可见，《圆觉经》中的“不重不轻”，是基于“觉性遍满”并已“成就觉性”后对“法法皆觉”的表现，而非简单混淆同异，也非基于谦虚而强调的“不轻初学”，不然就无法解释《圆觉经》“不重久习”。可见，林希逸对佛经文本的选取，存在断章取义的嫌疑，并未贯通佛经上下文及在整个佛教思想体系中理解佛经。如果说他引《圆觉经》“四大假合”解释《列子》“天地委形”“精神属天，骨骸属地”的身体观还可以使二者在肉体暂时性、假合性上达成一致（后者并无“四大”思想），那么林希逸引用《圆觉经》“不轻初学”来解释范氏门徒对乞儿、马医的谦卑则是对原文的误读，没有贯通理解《圆觉经》，随意摘取只言片语，臆断经义。

（二）以佛教名词及观念解列：轮回、六用一源、梦觉一如、观名

林希逸还用佛教名词及观念解释《列子》。如解释《黄帝》中的“弇州”“台州”：“犹佛言西渠泥、南阎浮也。”②对于《汤问》中的“岱舆”“员峤”“方壶”“瀛洲”“蓬莱”五山，林希逸也认为：“佛经多有此，如三十三天、香积国、西方净土之类是也。”③《天瑞》中林类说：“死之与生，一往一反。故死于是者，安知不生于彼？”林希逸则用佛教轮回观念解释：“此便是佛家今生来生、前身后身之说也。”准确地说，佛教轮回观与中国本土的死亡观在本质上有明显差异，但就这句话来看，的确有佛家前世今生的意味。

林希逸对佛家“六用一源”比较注意，用之解释《天瑞》中“而后眼如耳，耳如鼻，鼻如口，无不同也”的状态。④ 对于《仲尼》中亢仓

① 谛闲法师讲述，江味农记：《圆觉经讲义（附亲闻记）》，第 137 页。
② 林希逸著，张京华点校：《列子鬳斋口义》，第 36 页。
③ 林希逸著，张京华点校：《列子鬳斋口义》，第 114 页。
④ 林希逸著，张京华点校：《列子鬳斋口义》，第 39 页。

子“能以耳视而目听”的特异功能，也用“六用一源”进行说明，并引用了大慧宗杲禅师的《观音赞》①。“六用”，即佛教所谓“六根”，按林希逸的解释，“六用一源”则是“六根”互通互用的功能。陆西星《楞严经述旨》说：“故耳亦可视，眼亦可听，互相为用，六用一原也。”②“六根”，丁福保《佛学大辞典》解释为：

> 于眼等之五根，加意根也。据大乘，则第七之末那识名为意根。据小乘，则以前念之意识为意根。此六法有能生六识而使各别缘六境之胜用，故立为六根。《俱舍论三》曰：“颂曰：了自境增上，总立于六根。论曰：了自境者，谓六识身眼等五根，于能了别各别境识有增上用，第六意根于能了别一切境识有增上用，故眼等六各立为根。”③

即眼、耳、鼻、舌、身五根加上意根为六根。六根互用，即每一根可具备其他根的功能，“断六根之垢惑而使之清净，则六根一一具他根之用也”（丁福保语）。用以解释《列子》中眼、耳、鼻、口等感官功能互相通用的特点，十分贴切。

《周穆王》中涉及梦与现实，说：“古之真人，其觉自忘，其寝不梦，几虚语哉？”程颐也有类似看法，他说：“圣人无梦，气清也。”④林希逸对此说道：“释氏所谓‘梦觉一如’，此语极好。《大慧答书》中有说高宗梦得说、孔子梦周公、佛梦金鼓一篇，其讲明‘梦觉一如’处甚好。”⑤有关高宗梦傅说，程颐认为是“圣贤相感应”所致。他说：“高宗只是思得贤人，如有贤人，自然应他感。亦非此往，亦

---

① 林希逸著，张京华点校：《列子鬳斋口义》，第 88 页。
② 《楞严经述旨》，《卍新续藏》，第 14 册，第 295 页。
③ 丁福保：《佛学大辞典》，CBETA 电子佛典，2014 年第 4 版，“六根”条。
④ 程颢、程颐著，王孝鱼点校：《二程集》，北京：中华书局，1981 年，《河南程氏遗书》卷 18，第 202 页。
⑤ 林希逸著，张京华点校：《列子鬳斋口义》，第 78 页。

非彼来。譬如镜悬于此,有物必照,非镜往照物,亦非物来入境也。大抵人心澄明,善则必先知之,不善必先知之,有所感必有所应,自然之理也。"[①]并认为圣人因为"气清"而无梦,凡夫则可以梦来勘验所学之深浅:"如梦寐颠倒,即是心志不定,操存不固。"[②]而对于孔子梦周公,程颐认为"与常人别",其原因则解释为孔子的"诚":"此圣人存诚处也。圣人欲行周公之道,故虽一梦寐,不忘周公。及既衰,知道之不可行,故不复梦见。"[③]即孔子的梦不同于凡夫的梦由妄心所动导致,而是在"一梦寐"的情况下,因一心想行周道的"诚"而显现的境相。林希逸所引《大慧书》原文为:

> 示谕,悟与未悟、梦与觉一,一段因缘。黄面老子云:"汝以缘心听法,此法亦缘。"谓至人无梦。非有无之无,谓梦与非梦一而已。以是观之,则佛梦金鼓、高宗梦傅说、孔子梦奠两楹,亦不可作梦与非梦解。却来观世间,犹如梦中事,教中自有明文,唯梦乃全妄想也。而众生颠倒,以日用目前境界为实,殊不知,全体是梦。而于其中复生虚妄分别,以想心系念、神识纷飞为实梦。殊不知,正是梦中说梦,颠倒中又颠倒。[④]

大慧宗杲认为世间犹如在梦中,众生所身处的境界皆为虚妄,在虚妄境界中所生之梦,则是梦中说梦,更加颠倒,故"梦与觉一"意为不论醒时梦时,世间的众生无不在颠倒梦幻之中。而《周穆王》子列子曰:"神遇为梦,行接为事。故昼想夜梦,神形所遇。故神凝者,想梦自消。"是在说明梦和现实的形成原因(神遇与形接)以及如何消除想梦的方法(神凝),并举出古之真人无想梦的状态。

---

① 程颢、程颐著,王孝鱼点校:《二程集》,《河南程氏遗书》卷18,第228页。
② 程颢、程颐著,王孝鱼点校:《二程集》,《河南程氏遗书》卷18,第202页。
③ 程颢、程颐著,王孝鱼点校:《二程集》,《河南程氏遗书》卷18,第203页。
④ 宗杲撰,吕有祥、吴隆升校注:《大慧书》,第120页。

佛教中的“梦觉一如”是凡夫在颠倒幻梦中的表现，是需要通过修行转化的，而《周穆王》中“真人无梦”以及程颐的“圣人无梦”，这种“一梦寐”（梦觉一如）却是只有圣贤才能达到的高妙境地。二者差异明显。可见，林希逸在这里并非解释《列子》，而是借《列子》稍作发挥，介绍佛教关于“梦”的看法，以此作为理解《列子》的参照。

《黄帝》篇中的神巫季咸，四次相壶子，壶子分别示以“地文”（杜德几）、“天壤”（善者几）、“太冲莫朕”（衡气几）、“未始出吾宗”，最后神巫季咸技穷，仓皇而逃。范致虚解释曰：

> 故示之以地文，则叹之以其死；示之以天壤，则幸之以其生；示之以太冲莫朕，则又名之以不斋，无得而相焉。曾不知至人之心，静而与阴同德，动而与阳同波。与阴同德，彼亦不得而见，必示之以地文，文者，物之所自杂也；与阳同波，彼亦不得而杂焉，彼示之以天壤，壤者，物之所自生也；至于示之以太冲莫朕，则又阴阳适中，无所偏胜，有所谓天地之中者。三者皆谓之几，意而动之，微而见之，是故得而见之也。若夫未始出吾宗，则虽示而秘，彼将莫得而窥矣，此所以自失而走，追之弗及欤。①

“地文”即至人在阴静之时，以事物本杂之状态显现，“天壤”是至人在阳动之时，显现出自生之所，“太冲莫朕”则是天地适中之处，前三者均是“几”，微而可见，最后的“未始出吾宗”则秘不可显，神巫季咸无法看见。而林希逸将四者均解释为“观名”：“‘地文’者此犹禅家‘修观’之名”，“‘天壤’亦是观名”，“‘太冲莫朕’亦观名也”，“‘未始出吾宗’亦是观名”。②《佛学大辞典》解释“观”：

---

① 列子撰，张湛注，卢重玄解，赵佶训，范致虚解，高守元集，孔德凌点校：《冲虚至德真经四解》，第 94 页。
② 林希逸著，张京华点校：《列子鬳斋口义》，第 54—57 页。

> 观察妄惑之谓，又达观真理也。即智之别名。梵之Vipaśyanā（毗婆舍那），又Vidarśanā也。《观经净影疏》曰：“观者，系念思察，说以为观。”《大乘义章二》曰：“粗思名觉，细思名观。”①

即“观”在佛教等同于“智慧”，以“智慧”观察妄惑而达观真理为“观”。佛教又有“止观”的说法：

> 梵名奢摩他，Śamatha 毗钵舍那Vipaśyana译言止观，定慧，寂照，明静。止者停止之义，停止于谛理不动也。此就能止而得名。又止息之义，止息妄念也。此就所观而得名。观者观达之义，观智通达，契会真如也。此就能观而得名。又贯穿之义，智慧之利用，穿凿烦恼而殄灭之也。若就所修之方便而言。则止属于空门，真如门，缘无为之真如而远离诸相也。观者属于有门，生灭门，缘有为之事相而发达智解也。若就所修之次第而言，则止在前，先伏烦恼，观在后，断烦恼，正证真如。盖止伏妄念，譬如磨镜。磨已，则镜体离诸垢（是断惑），能现万像（是证理），是即观也。若真止真观必为不二，以法性寂然是止，法性常照是观也。然则真观必寂然，故观即止，真止必明净，故止即观也。②

“观”有能观和所观之分，能观指“观智通达，契会真如”，即依真如起观，所观则是“止息妄念”，降伏烦恼。从修行次第来说，先要修“止”，进而修“观”，犹如先磨镜，再现万像。但对于究竟的“真止”与“真观”，则必为不二，观即止，止即观。亦是寂而常照，照而常寂之意。因此佛教之“观”既是最终的证果（“智慧”），同时又是

① 丁福保：《佛学大辞典》，“观”条。
② 丁福保：《佛学大辞典》，“止观”条。

修证的方法（“止观”），林希逸将“地文”“天壤”“太冲莫朕”“未始出吾宗”均视为“观名”，则是将四者理解为修行“止观”的四种缘境，即在林希逸看来，观照“地文”至“未始出吾宗”，是类似佛家“止观”修习方法，同时，通过这种观照，还可以达到壶子那样的高妙境界。林希逸的这种理解，在《列子》解释史上十分独特，他不仅使从“地文”到“未始出吾宗”具有层层递进的功夫论色彩，而且借用佛教“止观”视角，巧妙表达壶子出神入化，动静自在的至人境界。

（三）以佛教故事、禅门公案解列

与《庄子鬳斋口义》相同，《列子口义》也引用佛教故事及禅门公案来解释《列子》。如《黄帝》“夫子能之，而能不为”，张湛释为：“天下有能之而能不为者，有能之而不能不为者，有不能为而彊欲为之者，有不为而自能者。至于圣人，亦何所为？亦何所不为？以何所能？亦何所不能？”[①]意为圣人在“为与不为”“能与不能”之间是非常自由的。林希逸则用一则禅门公案来解释：“便是黄檗与异僧度水，黄檗以为兴妖捏怪，彼僧回首而谢曰：‘大乘法器，我所不及。’正此论也。”[②]该公案是说黄檗禅师虽有异能，但不屑在异僧面前显露，则是“能之而不为之”。

再如《黄帝》“内诚不解，形谍成光，以外镇人心”，林希逸解释道：“言我未能无迹，故人得而见之，所以心服而敬我也。赵州云：‘老僧修行无力，为鬼神觑破。’即此意也。”[③]同样的引用在《庄子鬳斋口义》解释《列御寇》时也可见到。[④] 林希逸认为被人敬并不是最高的境界，反而是因为“有迹”导致的必然结果，类似赵州说的因为自身修行不够，不能“泯迹”，被鬼神察觉。

---

① 列子撰，张湛注，卢重玄解，赵佶训，范致虚解，高守元集，孔德凌点校：《冲虚至德真经四解》，第 85 页。
② 林希逸著，张京华点校：《列子鬳斋口义》，第 52 页。
③ 林希逸著，张京华点校：《列子鬳斋口义》，第 59 页。
④ 林希逸著，周启成校注：《庄子鬳斋口义校注》，第 478 页。

在解释《汤问》中"愚公移山"的故事时，林希逸为说明愚公坚持不懈、笃定不移的奋斗精神，举了普陀大士的例子："释氏言，补陀大士初修行时，穷苦而无所见，将下山。遇人于水边，磨一铁尺，问之曰：'磨此何用？'曰：'将以为针。'大士笑之曰：'汝岂愚邪？铁尺可磨为针乎？'其人曰：'今生磨不成，后生亦磨不成？'大士大悟，再归补陀，而后成道。"①普陀大士受人点拨悟出持之以恒的道理，与愚公移山故事之旨相同。林希逸引用佛教故事及禅门公案解释《列子》，均能恰到好处地表达《列子》故事的寓意。

如果前述的以佛解列是一种同义互观的话，林希逸还会引佛禅故事对《列子》原意进行引申理解，发挥原意中的某一层含义，使对《列子》的理解走向深层。《天瑞》中子贡倦于学，孔子告诉他"生无所息"，接着说："人胥知生之乐，未知生之苦；知老之惫，未知老之佚；知死之恶，未知死之息也。"林希逸认为这是《列子》借圣贤之名明死生之理。在看到那些死者的坟墓时，"君子以此而自息，小人之心虽贪恋不已，至此亦不容不伏也"。无论君子小人，在面对肉身终将消亡的现实时，都会为现世之营营感到疲累而"自息"，以此警告忙于奔竞，贪生恶死的"小人"们。但林希逸认为"生无所息"，即除非生命停止，否则营虑之心永不消歇，"然禅家有'死心'之论，有'大死人却活'之语，此中又有深意，非徒曰生死而已"②。禅宗的"死心"，即妄念之止息，不再受妄念的支配，每一念都是自性清净心所发出，自性的慧光照破无明的妄念，凡夫由此转凡成圣，转迷为悟。这里的一个关键是，并未强调只有肉体生命结束才可停止纷飞之妄念，所以林希逸说不仅是生死而已，而是当下一念清净，便可摆脱妄念，实现解脱。所谓的"大死人"，则是无一丝妄念之人，"活"则是无须停止肉体生命。这其实是对《列子》原意的引申，孔子只说"生无所息"，强调的是妄念（奔营于世）只能随着肉

---

① 林希逸著，张京华点校：《列子鬳斋口义》，第118页。
② 林希逸著，张京华点校：《列子鬳斋口义》，第28页。

体生命结束才能停止，但林希逸引用禅宗此公案说明，只要做到“死心”，便不必去停止生命而消除因妄念带来的烦恼。这是林希逸对《列子》原意的发挥。

出于对禅门公案的熟悉和对禅宗特色的了解，林希逸还会从整体上评价禅宗的特点，并用于对比《列子》。如《仲尼》龙叔视荣辱、死生、贫富为一，自认为乃得病之证，林希逸解释道：“此皆至人之事，而以为病者，如今禅家骂说也。”①龙叔具至人之德，但以为病，类似禅师了悟诸法，智慧无碍，但常常骂说，二者相同之处是均具备超常的德能，但表现出异常的世俗行为。再如“此章展转譬喻以为问答，今禅家答话亦有此风”②，既总结《列子》该章的行文风格，又将之与禅家答话作对比。

（四）解列中的佛教观

林希逸还在《列子口义》中表达出自己的佛教观。在引用《圆觉经》解释《天瑞》的精神、骨骸在死后各自分离之后，林希逸说道：

> 朱文公于此谓释氏剽窃其说，恐亦不然。从古以来，天地间自有一种议论如此，原壤即此类人物。佛出于西方，岂应于此剽窃？抵之太过，则不公矣。③

朱熹认为佛家抄袭庄列，林希逸并不以为然。在他看来，佛出于西方，不可能看到中国的典籍进而抄袭。但他认为《圆觉经》中的“今者妄身，当在何处”即肉身乃假合的观念是“天地间自有一种议论”，意为没有释氏的书面记载，此种说法也是弥漫在天地四方的，只是不同地方的人有不同的表达方式而已。在另一处，林希逸也说道：

---

① 林希逸著，张京华点校：《列子鬳斋口义》，第97页。
② 林希逸著，张京华点校：《列子鬳斋口义》，第199页。
③ 林希逸著，张京华点校：《列子鬳斋口义》，第24页。

> 此章似当时已有佛之学，托夫子之名而尊之也。“西方圣人”，出于三皇、五帝之上，非佛而何？然则佛之书入于中国虽在汉明帝之时，而其说已传于天下久矣。[①]

这里，林希逸继续阐明他的佛教观，认为应区分“佛之书”与“佛之学”，前者作为佛教的书面典籍，传入中国是在汉代，但“佛之学”作为一种“议论”的道理，却是早已布满天下。因而中国有可能早就流传“佛之学”而不需要等“佛之书”进入中国后才有相关的道理言论。这不得不说是林希逸的独特认识。宋代理学家如程朱等，一向辟佛甚严，二程说：“佛学只是以生死恐动人。可怪二千年来，无一人觉此，是被他恐动也。”“惟佛学，今则人人谈之，弥漫滔天，其害无涯。”[②]朱熹说：“吾儒心虽虚而理则实，若释氏则一向归空寂去了。”“释氏虚，吾儒实；释氏二，吾儒一。释氏以事理不要紧而不理会。”[③]无论指责佛学以生死恐动人，还是不顾事理，他们批评的出发点都是佛书中的义理，背后总有一种对异族文化的排斥心理，并没有将佛书与佛书反映的道理二分，而一贯认为佛书之道理只能由其典籍传达，不存在“佛之书”未传入而有“佛之说”流行。林希逸认为“佛之书”中的道理有可能是天地间自古就有的，远古之人可能早就见到，这就相当于说佛教的道理并非异族文化特有，大大缓解了儒佛对立，也为林希逸吸收佛禅思想并引佛禅解列（包括解老庄）大开方便之门。

如果区分“佛之书”与“佛之学”是林希逸为吸收佛禅思想所作的善巧策略的话，那么他对有些佛教观点来源的判断，则不得不说是草率而武断的。如解释《仲尼》“有所用而死者亦谓之道，用道而得死者亦谓之常”后，他说：“庄、列之论，大抵皆如此翻腾其说。释

① 林希逸著，张京华点校：《列子鬳斋口义》，第 90 页。
② 程颢、程颐著，王孝鱼点校：《二程集》，《河南程氏遗书》卷 1，第 3 页。
③ 朱熹：《释氏》，《朱子语类》卷 126，《朱子全书》第 18 册，第 3933 页。

氏‘断常’之论，亦必源流于此。”[1]前半句说明庄、列文风汪洋恣肆、纵横开阖，还算恰当，后半句说佛家“断常”之论以此为源头，则有失妥当。实际上，他自己也说过佛家出自“西方”，怎么能剽窃到中国的典籍，这里却又反而言此，前后矛盾。释氏“断常”之论是指佛教的“断见”和“常见”两种边见。《佛学大辞典》解释“断见”与“常见”：

> 有情之身心，见为限一期而断绝，谓之断见，反之而见身心皆常住不灭，谓之常见。此二者名边见，为五恶见之第二。《涅槃经二十七》曰：“众生起见凡有二种：一者常见，二者断见。如是二见，不名中道。无常无断乃名中道。”《智度论七》曰：“断见者见五众灭。”[2]（五众者五蕴也）

“断见”即有情众生以为生命只有一期，没有三世轮回，“常见”则是有情众生以为身心永恒不灭。林希逸解释《仲尼》中“常”（没有“断”）为“平常”“常人”：“此意盖谓知道者乃是常人，未足为高，知以不知者乃谓之道也。”[3]可见，与佛教之“常见”殊异。

纵观《列子口义》中的以佛解列，林希逸主要的途径有：引用熟悉的经论（《圆觉经》）及佛教观念（“轮回”“六用一源”“梦觉一如”）解释《列子》；用佛教名词与《列子》中的名词进行互观互释；引佛教故事及禅门公案解释《列子》故事寓意，以达到同义互观或引申《列子》原意的效果；以对禅宗特色的评价来对比佛、列二家；提出自己特有的佛教观。林希逸以佛解列，在名词互观以及引佛禅故事解列时基本是成功的，既恰到好处地解释了《列子》原意，又在某些地方作适当的引申，将《列子》的理解推向深层。总体来说为

---

① 林希逸著，张京华点校：《列子鬳斋口义》，第99页。
② 丁福保：《佛学大辞典》。
③ 林希逸著，张京华点校：《列子鬳斋口义》，第98页。

《列子》的理解提供了佛教的参考视角。不过，也要看到林希逸引用佛经存在断章取义甚至臆断经义的问题，对佛教的有些认识存在不妥之处。

第三节 《老子鬳斋口义》的老学思想及其解老得失

林希逸的《老子鬳斋口义》是采取宋代流行的口语白话为行文方式，通俗地解释《老子》的作品。林希逸著此书的目的即在于“得其(《老子》)初意”，解说其譬喻处，拨开历代读者尤其是儒家士人阅读《老子》产生的迷雾，还《老子》“真面目”——“不畔吾书”。《老子鬳斋口义》对老子之道体、得道之人的表现特征以及修道功夫的阐释都有林希逸个人的理解，他借鉴三家思想解老，使《老子口义》汇通三教。而无论是对老子道体、得道之人特征的描绘还是修道功夫的提倡，均有“心化”特点，强调“无容心”“无心”“无分别”等。

一、识破老子“借喻”处

林希逸针对朱熹、真德秀等理学家关于老子的负面评价指出：“大抵老子之书，其言皆借物以明道，或因时世习尚，就以论之。而读者未得其所以言，故晦翁以为老子劳攘，西山谓其间有阴谋之言。”①他认为后世因为没能了解老子“借物明道”的著书特点，误认其为“异端”，同时，老子著书有“愤世嫉俗”的心态，导致语言“太过”。学人若泥执其语言，或“以其借喻之语，皆为指实言之，所以未免有所贬议也”。因此林希逸解老的重要目的在于“得其初意”，即同情地理解老子著书时的心态，并识破其借喻、愤激处，还《老

① 林希逸著，黄曙辉点校：《老子鬳斋口义》，发题。

子》思想原貌。

老子第二章“是以圣人处无为之事，行不言之教”，林希逸解释道：“故圣人以无为而为，以不言而言，何尝以空寂为事，何尝以多事为畏，但成功而不拘耳。”①认为老子“不畔吾书”，还举出儒书中的“坤作成物”“舜禹有天下而不与”以说明自古圣人皆“生而不有，为而不恃”，只是老子语言“刻苦”，才近于异端。林希逸还指出老子面对春秋乱世，既愤俗，又思念上古的原始初民时代，笔端时常流露对混沌初开、人伪未作的远古时代的向往：

> 老子愤末世之纷纷，故思太古之无事。其言未免太过，所以不及吾圣人也。②
>
> 是伤今而思古也。③
>
> 此意盖谓文治愈胜，世道愈薄，不若还淳返朴，如上古之时也。此亦一时愤俗之言。④
>
> 此老子因战国纷争，而思上古淳朴之俗，欲复见之也。⑤

由于老子思古之心强烈，导致其语言“过当”“刻苦”，这也需要读者识破，不被表面语言所迷而误解老子。虽然林希逸为老子“异端”的“正名”煞费苦心，但他对老子因为语言愤激导致的错误也有所批评。“此章大旨不过曰天地无容心于生物，圣人无容心于养民。却如此下语，涉于奇怪，而读者不精，遂有深弊。故曰申韩之惨刻，原于刍狗百姓之意，虽老子亦不容辞其责矣。”⑥

林希逸分析《老子》中的“借喻”处《老子口义》中在在多见：

---

① 林希逸著，黄曙辉点校：《老子鬳斋口义》，第 3 页。
② 林希逸著，黄曙辉点校：《老子鬳斋口义》，第 5 页。
③ 林希逸著，黄曙辉点校：《老子鬳斋口义》，第 20 页。
④ 林希逸著，黄曙辉点校：《老子鬳斋口义》，第 21 页。
⑤ 林希逸著，黄曙辉点校：《老子鬳斋口义》，第 84 页。
⑥ 林希逸著，黄曙辉点校：《老子鬳斋口义》，第 6 页。

此章以天地喻圣人无容心之意。(释天长地久章第七)

此章又以水喻无容心之意。(释上善若水章第八)

天门,即天地间自然之理也。此亦借造物以位喻。(释载营魄章第十一)

此章借战事以喻道,推此,则书中借喻处,其例甚明。(释用兵有言章第六十九)

此章言人之分别善恶,自为好恶,至于泰甚者皆非知道也,故以世之用刑者喻之。……以我之拙工,而代大匠斫削,则鲜有不伤手者。此借喻之中又借喻也。(释民不畏死章第七十四)

客观来看,林希逸对《老子》作出的"借喻"分析,有些显得牵强。他如此强调老子"借物明道"的特点,是为破除朱熹等人对《老子》的负面评价:"解者多以其设喻处作真实说,故晦庵有'老子劳攘'之论。"还赞赏黄茂材的注老作品也指出这点,只可惜他"不能推之于他章,故亦有未通处"①。识破"借喻"处在林希逸看来对理解老子"初意"尤为重要。林希逸关注《老子》中的"借喻"处,影响了后世注老者,刘辰翁《道德经评点》也对《老子》的"借喻"作出阐释。②

二、林希逸的老子"道"论

(一)"道不容言""无变无易"

在了解老子以及扫除理解《老子》的"借喻"迷雾后,林希逸提出《老子》主旨:

① 林希逸著,黄曙辉点校:《老子鬳斋口义》,第66页。

② 见刘辰翁《道德经评注》对《老子》第七章、六十章、七十四章等的评语。刘辰翁:《道德经评注》,《中华续道藏》第7册,台北:新文丰出版公司,1999年,第677、706、714页。

老子一书，大抵只是能实而虚，能有而无，则为至道。纵说横说，不过此理。①

老子之学，大抵主于虚，主于弱，主于卑，故以天地之间有无动静推广言之，亦非专言天地也。②

此句乃一章之结语，其意但谓强者须能弱，有者须能无，始为知道。一书之主意，章章如此。③

老子之学主于尚柔，故以人与草木之生死为喻。④

一书之意，大抵以不争为主。⑤

应该说，林希逸较为准确地把握住老子之学的主旨，但这基本是读《老子》者都能发现的共识。林希逸的独特之处在于他对老子之"道"的解释：

此章居一书之首，一书之大旨皆具于此。其意盖以为道本不容言，才涉有言，皆是第二义。常者，不变不易之谓也。可道可名，则有变有异；不可道不可名，则无变无易。有仁义礼智之名，则仁者不可以为义，礼者不可以为智。有春夏秋冬之名，则春者不可以为夏，秋者不可以为冬。是则非常道，非常名矣。⑥

林希逸并不着意讨论"道"的实体性，而是对其不可言说性加以强调，突出其"不容言"。禅宗绝言弃相，认为语言文字不能通达真如实相，提倡言语道断，心行处灭。《金刚经》说"知我说法如筏

① 林希逸著，黄曙辉点校：《老子鬳斋口义》，第 11 页。
② 林希逸著，黄曙辉点校：《老子鬳斋口义》，第 44 页。
③ 林希逸著，黄曙辉点校：《老子鬳斋口义》，第 65 页。
④ 林希逸著，黄曙辉点校：《老子鬳斋口义》，第 80 页。
⑤ 林希逸著，黄曙辉点校：《老子鬳斋口义》，第 84 页。
⑥ 林希逸著，黄曙辉点校：《老子鬳斋口义》，第 1 页。

喻者，法尚应舍，何况非法”，慧能说“思量即不中用”，都在提醒禅者不可执着语言，真理不在语言，语言文字不是真理本身，真如实相究竟不可说。禅宗在宋代士大夫中十分普遍，林希逸借禅宗的不立文字、不可言说解释老子之“道”不涉世间一切相。他虽然驳斥苏辙的老子与佛书合的观点，但仍主动引用禅学解老。南宋著名道士白玉蟾也指出老子“道”的不可言说性：“道如此而已，可说即不如此。强名曰道，谓之道已非也。”①

林希逸解释“可道可名”为“有变有易”，“不可道不可名”为“无变无易”，但如何理解所举的例子呢？在“可道可名”的天地万物中，一切都已有具体的形象，有具体的形象则会出于生灭之中，因此“有变有易”，这里的“变易”，强调的是形器事物会生灭。另外，由“常道”下落成彼此互异的物象而互隔不通，即“仁不可为义”“春不可为秋”。但“常道”是“无变无易”的，说明“常道”与世间一切有相事物均不同，不具备所有成形物的外在形象，即没有“物化”，也就没有固定不变的形式、相状，因此不会落入有形的世界中，不会有生灭有无的变化，因而“无变无易”，正是因为它不是任何一种固定的、具体的相状，故可生出任何相状的事物，可达到“在仁为仁，在义为义”②。

（二）“真空实有”

对道体的描述，除不可言说与无变无易外，林希逸还指出老子之“道”有“真空实有”“不在见闻”的特点。老子第二十一章“道之为物，唯恍唯惚。惚兮恍兮，其中有象。恍兮惚兮，其中有物。窈兮冥兮，其中有精，其精甚真，其中有信”，林希逸解为：

> 唯恍唯惚，言道之不可见也。虽不可见，而又非无物，故

① 白玉蟾：《道德宝章(体道章第一)》，《中华续道藏》第7册，第543页。
② 苏辙《道德真经注》有类似解释，林希逸应本苏辙之解。

> 曰“其中有象”,“其中有物”,“其中有精”。此即真空而后实有也。①

“真空实有”是佛家概念,“真空”,有三种意义:一是小乘之涅槃,“非伪故云真,离相故云空”,但这是“偏真单空”,并非究竟空;二是真如之理性离一切迷情所见之相。如起信论所明之空真如,唯识所说之二空真如,华严所说三观中之真空观等;三是对于非有之有为妙有,谓非空之空曰真空。这是大乘至极之真空。② “妙有”即“实有”,大乘至极之“真空”离一切相,但并非空无一物,而具足“妙有”。“真空妙有”完全是佛教体系中对宇宙实相的描述,林希逸则借以形容道体“恍惚无形”但可蕴生万物的特点。佛教中的“实相”并非实体,而老子之“道”有实体化的一面,林希逸以“真空实有”解老子之“道”,忽略了佛老之间在义理上的差异。

(三)“无形迹”“不分别”

在对道体的描述中,林希逸还强调老子之“道”具有“无形迹”“不分别”的特点:

> 此章形容道之无迹。夷,平也。希、微,不可见之意。三字初无分别,皆形容道之不可见、不可闻、不可得耳。抟,执也,三者,希、夷、微也。三者之名不可致诘,言不可分别也。故混而为一者,言皆道也。此两句是老子自解上三句,老子自曰‘不可致诘’,而解者犹以希、夷、微分别之,看其语脉不破,故有此拘泥耳。③

---

① 林希逸著,黄曙辉点校:《老子鬳斋口义》,第24页。
② 丁福保:《佛学大辞典》。
③ 林希逸著,黄曙辉点校:《老子鬳斋口义》,第16页。

老子之“道”无任何迹象，不属于有形世界，对它的“希、夷、微”等描述，皆是形容其不可以感官经验把握，不能将三者分而观之。“道”的自然而然也决定其浑然无分别，不能跟万物一样执着其名相。这种“不分别”性，也是修道之人的德行体现：“不轻身则知道矣，知道则知自然矣，知自然则无静无重矣，而况有轻躁乎？”[①]佛教将具有分别功能的意识称为“分别识”，这是体悟宇宙实相的障碍，需要破除、转化。明代高僧释德清则以佛教体系评论老子：“观生机深脉，破前六识分别之执，伏前七识生灭之机，而认八识精明之体，即《楞严》所谓罔象虚无微细精想者，以为妙道之源耳。故曰‘惚兮恍，其中有象。恍兮惚，其中有物’。”[②]老子已破除“分别识”之障碍，洞见第八阿赖耶识。观其原文，并没有“无分别”的说法（尽管可能有此意），只是言及自然，林希逸谓老子之“道”无分别，借用了佛家的思想资源，会通佛老。

（四）调和老子与理学：宇宙生成论、“大制不割”、心化

林希逸对《老子》中道生万物的宇宙生成论给予理学化解释。他说：

> 有物混成，道也，无极而太极也。其生在天地之先，言天地自是而出也。[③]
>
> 天地之始，太极未分之时也。[④]
>
> 一，太极也。二，天地也。三，三才也。言皆自无而生。道者，无物之始，自然之理也。三极既立，而后万物生焉。[⑤]

---

① 林希逸著，黄曙辉点校：《老子鬳斋口义》，第29页。
② 释德清著，黄曙辉点校：《道德经解》，上海：华东师范大学出版社，2009年，第16页。
③ 林希逸著，黄曙辉点校：《老子鬳斋口义》，第27页。
④ 林希逸著，黄曙辉点校：《老子鬳斋口义》，第1页。
⑤ 林希逸著，黄曙辉点校：《老子鬳斋口义》，第47页。

归纳起来，林希逸将“道生一，一生二，二生三”解释为无极而太极，太极分而生天地，天地生而有三才。关于“一”“二”“三”，历代解老者众说纷纭。[①]“道生一”，按照林希逸的思路，不能理解为先有道，道再生出一，而是道即一，一即道，因为他明确说“有物混成”的“道”是“无极而太极”，同时“道生一”的“一”也是“太极”，“道”与“一”同为太极，只能理解为二者乃二而一，一而二的相即关系。恰如朱熹云：“非太极之外，复有无极也。”[②]虽然“道”与“一”是相即关系，但“道”既然有“一”之别名，如何解释呢？实际上，“道”与“一”在林希逸这里不妨理解为“无极”与“太极”的关系。“无极”形容“太极”无方所无形象，正类似“道”未生成一切有具体相状的事物，所谓“真空”，而“太极”的生物性恰对应“道”让万物具有实际形态的“虚而不屈，动而愈出”的功能，所谓“实有”。说“无极”，强调的是“道”的先天地万物而在的“无形”性，即相对已有万物之相来说，则“无”，说“太极”，强调的是“一”具备使万物实现其自身的潜能，即能生万物之相，则“有”[③]。正如唐君毅所说：“如道之所以可说为无，而具无相，乃对照其所生之万物之有，而其自身又非万物之有……道体之所以可为说有，而具有相者，乃由其为万物所自生与所归根；万物既为具有相，则彼亦不得只为无，且必对照万物之有相，而具有相也。”[④]

太极动而生天地阴阳，再生出人并称三才，天地万物由此化生。林希逸用以解释老子宇宙生成论的理学资源，正是宋代理学开山之人周敦颐的《太极图说》“无极而太极”。朱熹陆九渊曾对此发生激烈争辩。陆九渊认为《太极图说》非周敦颐作，或其早年所

---

① 参见陈鼓应：《老子今注今译》，北京：中华书局，1984 年，第 226—227 页。

② 周敦颐著，陈克明点校：《周敦颐集》，北京：中华书局，1990 年，第 4 页。

③ 这样的分析是仅就林希逸使用“无极而太极”这一说法解释老子“道生一，一生二，二生三，三生万物”而言的，暂无考虑“无极而太极”在儒家语境中的原意。

④ 唐君毅：《中国哲学原论（导论篇）》，北京：中国社会科学出版社，2005 年，第 242 页。

作，后已放弃“无极”观点。他说“太极”已是“究竟无极”的形而上者，不需再用“无极”去加以描述，批评朱熹以“无声无臭”解“无极”是“床上叠床”“屋下架屋”之举。① 本书重点不在分析朱陆具体的争辩，而是注意到陆九渊对朱熹的批评中，涉及如果以“无极”形容“太极”，有类同于老子之学的可能，这是陆九渊异常警惕的，“老氏以无为天地之始，以有为万物之母，以常无观妙，以常有观窍，直将无字搭在上面，正是老氏之学，岂可违也？为其所弊在此，故其流为任术数，为无忌惮。此理乃宇宙之所固有，岂可言无？若以为无，则君不君，臣不臣，父不父，子不子矣。”②尽管二人在辩论中有意气之争的倾向。但这里陆九渊明显把老子的“有生于无”、道的“恍惚混成”等宇宙论排除在理学之外，表现出捍卫理学门户的强烈意识，并以此批评朱熹的以“无极”解“太极”有可能滑入老氏之学，导致流于术数，甚而伦纲大坏。朱陆的“无极太极”之辩是当时思想界的大事，也为同时及后学者所瞩目。林希逸身为理学中人，不可能对此陌生，也应该了解陆九渊严防“老氏之学”的做法。然而根据前文所述，他认为老子之学“不畔吾书”，因而不会导致伦纲大坏，至于流于术数，正是《老子口义》反复声明要驳斥的朱熹、真德秀的“劳攘”“阴谋”之论。同时，林希逸还径直使用“无极而太极”解释“道生一，一生二，二生三，三生万物”。需要指出的是，朱熹也将老子之“道”与“太极”对应，他曾解释前述“道生一”整句话时说：“熹恐此‘道’字即《易》之‘太极’。”③但他在与陆九渊辩“无极”时，极力辩称“无极”并非出自老学，对老子仍有所限制。④ 可见，以理学解老，并突破理学自身义理边界，极大限度地吸收道家资源，是林希逸迥异于一般理学家的地方。

---

① 陈来：《朱熹哲学研究》，北京：生活·读书·新知三联书店，2010 年，第 454 页。
② 陆九渊著，钟哲点校：《陆九渊集》，北京：中华书局，1980 年，第 28 页。
③ 朱鉴：《文公易说》，文渊阁《四库全书》第 18 册，第 426 页。
④ 陈来：《朱熹哲学研究》，第 454 页。

林希逸还以儒家“道器不离”解释“大制不割”：

> 太朴既散，而后有器，即“形而上谓之道，形而下谓之器”也。……割，离也。以道制物谓之大制，大制则道器不相离矣。此亦无为而为，自然而然之意。①

王弼解释“大制不割”：“大制者，以天下之心为心，故无割也。”②释德清解“不割”：“不割者，不分彼此界限之意。”③高亨说：“大制因物之自然，故不割，各抱其朴而已。”④各家虽不同，但均有将“不割”释为“不分散”“彼此互通”之意。林希逸则强调作为万物的“器”与本源的“道”之间的合一性。道虽生成万物，但万物无不是道的灿然流溢。因此万物作为“器”，并非脱离“道”，二者是相即不离的。联系到二程批评老子“不务下学”，朱熹指责老氏“只说大本”，不管具体的事事物物。林希逸以“道器不离”解“不割”，突出老子之“道”与所生万物的贯通性、不离性，实际上缓解了老子与理学之间紧张关系，表明老子“不畔吾书”。林希逸侧重在老子宇宙生成论中，“道”作为“太朴”，散而为“器”后仍不离“道”，这是理学一以贯之的思想，也是理学家猛烈批判老子之处。林希逸同时又没有忽略老子“自然无为”的理论宗旨，在义理上调和了理学与老学。

林希逸解释老子之“道”的另一个重要特色是“心化”倾向十分明显。他将《老子》中的宇宙生成论放入内心来理解，认为这亦类同于人心产生仁义礼智的过程。他解释“无名，天地之始，有名，万物之母”说：

---

① 林希逸著，黄曙辉点校：《老子鬳斋口义》，第31页。
② 王弼注，楼宇烈校释：《老子道德经注校释》，北京：中华书局，2008年，第74页。
③ 释德清著，黄曙辉点校：《道德经解》，第76页。
④ 转引自陈鼓应：《老子今注今译》，第176页。

> 天地，太极未分之时也。其在人心，则寂然不动之地也。太极未分，则安有春夏秋冬之名？寂然不动，则安有仁义礼智之名？故曰："无名，天地之始"。其谓之天地者，非专言天地也，所以为此心之喻也。①

他认为这里的"天地"，并非专指外在宇宙，而是要返回人的内心，将内心寂然不动、无一丝妄念生起的状态与"天地之始"相对应，并指出老子全书均有让人向内观照的意旨："此章人多只就天地上说，不知老子之意正要就心上理会。如此兼看，方的此书全意。"②这显然是林希逸的主观判断。但他"以心论道"的思想资源为何？这样解释能达到怎样的效果？却是我们关心的问题。

"寂然不动"出自《系辞》："《易》无思也，无为也，寂然不动，感而遂通天下故"。关键是林希逸认为人心"寂然不动"是没有"仁义礼智之名"的，言下之意，如同"道"具备生成万物的潜能，但又不可以万物之名去命名之，心具潜在的"仁义礼智"，但如果还未显现出来，也没有"仁义礼智之名"。"心"是理学家关注的核心范畴。朱熹言："心者，人之神明，所以具众理而应万事。""一心具万理，能存心而后可以穷理。"心具万理，自然包含仁义礼智，何况朱熹还说过"仁即心，不是心外别求有仁"③。林希逸正是将自己熟悉的理学思想揉进对老子的理解中。

林希逸将老子的道生万物的过程拉回内心，以"道"孕生"天地万物"对应人心具足实现仁义礼智的可能性，以理学贯通老子，使老子的道论在不失去"自然无为""生而不有"的原义基础上，增添更多的理学意味。

---

① 林希逸著，黄曙辉点校：《老子鬳斋口义》，第 2 页。

② 林希逸著，黄曙辉点校：《老子鬳斋口义》，第 11 页。

③ 参见钱穆：《朱子论心与理》，《朱子新学案》，北京：九州出版社，2011 年，第 2 册，第 89 页。

三、林希逸论得道之人:“无心”“不分别”“无迹”“不动心”

林希逸对老子道论的“心化”解释不光停留在对道体自身,还大量用于对得道之人(包括圣人及有道之人)的描述:

> 此章以天地喻圣人无容心之意。①
>
> 此章又以水喻无容心之意。……此七句皆言有道之士,其善如此,而不自以为能,故于天下无所争,而亦无尤怨之者。……解者多以此为水之小善七,故其说多牵强,非老子之本旨。②
>
> 此章形容有道之士通于玄,微妙,可谓深于道矣,而无所容其识知,惟其中心之虚,不知不识,故其容之见外者,皆出于无心。③
>
> 众人之乐于世味也,如享太牢,如春登台,而我独甘守淡泊,百念不形,如婴儿未孩之时,乘乘然无所归止。兆,形也,萌也。此心不萌不动,故曰“未兆”。④

林希逸强调得道之人的“无心”状态,显然,“无心”并非无“仁义礼智的可能性”,而是没有任何杂念、妄念生起,所谓“百念不形”。虽万物当前,但不起任何二元对立的念头,而“无心”正是禅宗所标榜的。慧能《坛经》中讲“无念为宗”,“无念就是自心的见闻觉知不受外境所染,不受外物的干扰,面对世俗世界而不受制于世俗世界,认识外境、内境而不对其产生执着”。⑤ 禅宗的“无念”强调“对境心不起”,很容易与老子“自然无为”结合起来。林希逸侧

---

① 林希逸著,黄曙辉点校:《老子鬳斋口义》,第 9 页。
② 林希逸著,黄曙辉点校:《老子鬳斋口义》,第 10 页。
③ 林希逸著,黄曙辉点校:《老子鬳斋口义》,第 17 页。
④ 林希逸著,黄曙辉点校:《老子鬳斋口义》,第 22 页。
⑤ 杨维中:《中国佛教心性论研究》,北京:宗教文化出版社,2007 年,第 426 页。

重以“无念”解《老子》中的得道之人,受惠于禅,不言而喻。以佛解老的苏辙也说过“无心”:“人之所以至于有形者,由其有心也。故有心而后有形,有形而后有敌,敌立而伤之者至矣。无心之人,物无与敌者,而曷由伤之?”①林希逸赞同“无心则物不能伤之”,还列举僧人故事之例。② 足见林希逸“无心”说受佛教思想资源的影响。

既然强调得道之人的“无心”,自然反对“有心为之”的做法:

> 以正治国,言治国则必有政事。以奇用兵,用兵则必须诈术。二者皆为有心。无为而为,则可以得天下之心,故曰“以无事取天下”。③

无论“以正治国”还是“以奇用兵”,均出于“有心”,存在有心“强为”的念头,不若“应之以无心”④,而能取天下。林希逸不仅强调圣人“无心治世”对于“取天下”的必要性,还分析了“有心”的危害:

> 机心既胜,机事愈生。故法令愈明,而盗贼愈盛。此有心之害,皆譬喻语也。⑤

“有心”将会导致欲望、机心的生起,继而会为满足欲望而有机事,纵然法令愈加严明,仍不能禁盗贼之行。根源则在于不能“无

① 苏辙:《道德真经注》,上海:华东师范大学出版社,2010年,第66页。

② 林希逸释《出生入死章》第五十:“昔有某寺,前一池,恶蛟处之,人皆不敢近。一僧自远来,初之不知,行之池边,遂解衣而浴。见者告知曰:‘此中有蛟甚恶,不可浴也。’僧曰:‘我无害物之心,物无伤人之意。’遂浴而出。”林希逸著,黄曙辉点校:《老子鬳斋口义》,第55页。

③ 林希逸著,黄曙辉点校:《老子鬳斋口义》,第61页。

④ 林希逸著,黄曙辉点校:《老子鬳斋口义》,第53页。

⑤ 林希逸著,黄曙辉点校:《老子鬳斋口义》,第62页。

心”。其实无论是“无事取天下”，还是“法令滋彰，盗贼多有”，均可用圣人应法道之自然而行无为之治解释，但林希逸仍贯彻他在老子第一章中提出的“全书须往内观”的解释理路，侧重于圣人内心的“无念”状态，“内向性”倾向尤为明显。

圣人“无心”，有道者体道修道，不会分别万事万物，以致陷入二元对立的世界中。不分别是得道之人的“无心”状态在面对外在事物时的表现：“善不善在彼，而我常以善待之，初无分别之心，则善常在我。”①由于修道者能做到“无心”，接应外境则不会分别，相反，如果明确区分善恶，在林希逸看来就绝非知道之人：

> 此章言人之分别善恶，自为好恶，至于泰甚者，皆非知道也。②

跟老子之道体“无迹”相同，林希逸认为得道之人也会“无迹”。“无迹”对应的是“无为”，即不刻意为，不妄为，而是顺应自然规律去为：

> 其意但谓以自然为道，则无所容力，亦无所着迹矣。圣人虽异于众人，而混然与之而处，未尝有自异之心，所以不见其迹也。③

一方面是圣人以自然为道，“无心”应物，没有刻意之迹，另一方面，圣人混然与众人处，并无自异之心，也无半点异常之迹。“无迹”还有一义，即有道者会远离刻意之迹，不以有为之迹连累自己。什么是“有为之迹”？即有心为之之迹，亦即违背自然之迹。林希逸说：

① 林希逸著，黄曙辉点校：《老子鬳斋口义》，第52页。
② 林希逸著，黄曙辉点校：《老子鬳斋口义》，第76页。
③ 林希逸著，黄曙辉点校：《老子鬳斋口义》，第29页。

> 余食赘形，皆长物也。有道者无迹，有迹者则为长物矣。曰余，曰赘，《庄子》“骈拇枝指”之意也。食之余弃，形之赘疣，人必恶之，此有道者所以不处也。言不以迹自累也。[①]

李息斋说：“夫食者适于饱，行者适于事。既饱之余，刍豢满前，唯恐其不持去。行不适事，虽仲子之廉，尾生之信，尤可厌也。故食之余与行之赘，此二者物或恶之。有道者常行其所自然，故食不余，行不赘。”[②]在林希逸看来，“余食赘形”相对于“适于饱”“适于事”，属于刻意之迹，不是顺应自然的无心之迹，有道者自当远离，不以此有心之迹自累。

与“无迹”相应，林希逸对有道者还有“化”的描述。这一点林希逸多通过举出反例来表现，即通过描述各种“执而未化”，说明有道者“化而无迹”：

> 自见、自视、自伐、自矜，皆是有其有而不化者。[③]
>
> 不失德者，执而未化也。执而未化，则未可以为有德，故曰“无德”。……道，自然也，德，有得也。自然者化，有得者未化，故曰“失道而后德”。[④]

林希逸的“化”，如同盐于水，浑融一片，自然无迹。有道者“无心应物”，能够“所过者化”，即所作所为，一切言行均如风过丛林，无丝毫刻意之迹，与天地万物化为一片。如果不能“无心”，执着于各种外在名相，或张扬己能，高己卑人，就是违背道的特点及运作规律的，也就不能“化而无迹”。

---

① 林希逸著，黄曙辉点校：《老子鬳斋口义》，第 26 页。
② 焦竑注、苏辙注、吕吉甫注，均见焦竑撰，黄曙辉点校：《老子翼》，第 62 页。
③ 林希逸著，黄曙辉点校：《老子鬳斋口义》，第 52 页。
④ 林希逸著，黄曙辉点校：《老子鬳斋口义》，第 41 页。

“无心”，重在要求看住自己的内心，不起杂念，也不汲汲求索于外，甚至特别谨防因为向外驰求而迷失本心。故有道者“务内不务外”，这也是得道之人“无心”的另一种表现：

> 此五者（五色、五音、无味、驰骋田猎、难得之货）皆务外而失内。腹内也，目外也，圣人务内不务外，故去彼而取此。①

这里的“务内”主要是向内用功，不能像追逐“五音”“五色”那样的外境去求道、修道。林希逸还有另一种“务内”之意，他将老子第三十八章“前识者，道之华，而愚之始也。是以大丈夫处其厚，不取其薄；居其实，不居其华。故去彼取此”中的“道之华”“愚之始”“薄”归为“务外”，把“道之实”“厚”归为“务内”：

> 华者，务外也。……曰“厚”、曰“实”，只是务内之意。②

所谓的“道之华”“愚之始”是指机心显露以后，形成的“下德”“仁义礼”之类，这些都是有心之迹，因而营求它们，是“务外”，而道体本无迹无心，与道冥合而居“道之实”“厚”，则是“务内”。“务内”与“务外”的两种意义虽略有差异，但总的说来，均体现林希逸对有道者的一贯认识，即归于“无心”“无迹”，心不起杂念并保任之，此为“务内”；反之，营营外求，机心盈胸，刻意妄为，则是“务外”。

“无心”是林希逸对《老子》中的得道之人无私心杂念，“无心应世”的描述。他对有道者还有一种说法——“不动心”：

> 赤子纯一专固，故能如此，而有道者亦然，只是不动心也。③

---

① 林希逸著，黄曙辉点校：《老子鬳斋口义》，第13页。
② 林希逸著，黄曙辉点校：《老子鬳斋口义》，第78页。
③ 林希逸著，黄曙辉点校：《老子鬳斋口义》，第59页。

对“含德之厚”的婴儿，因为和气至极，终日号而不哑，有道者跟婴儿类似，在面对外境时能保持自心不被扰动。如果说林希逸对有道者的“无心”描述吸收了禅宗思想的话，这里的“不动心”，则显然借用《孟子》的理论资源。① 在解老过程中自由调动各家思想为己所用，显示出林希逸开放圆融的理论姿态。

四、林希逸论《老子》修道功夫：“常无常有”“一念之初”“悟”“几”

林希逸对《老子》修道功夫也有独特理解。《老子》有“致虚极，守静笃”“涤除玄览”的修行功夫，要求荡涤杂念，内心虚静至极，观道万物由道生出，又复归命于道的运转过程。还要“塞其兑，闭其门，挫其锐，解其纷，和其光，同其尘”，关闭向外驰求的五官功能，不任己之强，而是守柔不争，同于光尘，则可冥合大道，甚至“不出户，见天道”。林希逸则有自己的功夫论。对于“常无，欲以观其妙；常有，欲以观其徼”一句，历来有两种断句法，另一种是“常无欲，以观其妙；常有欲，以观其徼”。丁易东云：“庄子曰‘建之以常无有’，正指老子此语，则于‘常无’‘常有’断句似也。然老子又曰‘常无欲，可名为小’，是又不当以庄子为证据。以老子读老子，可也。”②但苏辙和林希逸均采取“常无”“常有”断句，苏辙说：“圣人体道以为天下用，入于众有而常无，将以观其妙也。体其至无而常有，将以观其徼也。”③这是从圣人体道方向的角度谈论“常无”“常有”，林希逸则从修道功夫入手：

> “常有”“常无”两句，此老子教人究竟处。处人世之间，件

---

① 《孟子·公孙丑上》：“公孙丑问曰：‘夫子加齐之卿相，得行道焉，虽由此霸王不异矣。如此，则动心否乎？’孟子曰：‘否。我四十不动心。’”
② 焦竑注、苏辙注、吕吉甫注，均见焦竑撰，黄曙辉点校：《老子翼》，第2页。
③ 苏辙：《道德真经注》，第2页。

件是有，谁知此有自无而始。若以为无，则又所谓“莽莽荡荡招殃祸”之事。故学道者，常于无时就无上究竟，则见其所以生有者之妙；常于有时就有上究竟，则见其自无而来之徼。……此两“欲”字有深意，欲者，要也，要如此究竟也。①

“究竟”在这里是探究、推究之意，林希逸认为这两句话正是老子教人做功夫之处。而林希逸对老子此处的解释具体而现实，不故弄玄虚，不说抽象之理，表现出“口义”通俗易懂的特点。② 他说就像我们生活的人世间，虽然都是以“有”的形式存在，但均是从“未有”即“无”的状态生出，因此须观照事物自无而有，而若走向另一极端，认为事物虚无不实，则会遭到祸患，故要观照“无”能“生物”的妙处。我们在“有”“无”两边都需要观照，不能离开任何一方言另一方。在“有”，须观其自无而来，在“无”，须观其生出“有”之妙。林希逸将老子对道体自身的“无”“有”特点转化为修道者欲观道需要从“无”“有”两边共同观照的功夫论，这样做的目的在于，证明老子之学并非仅仅谈论虚无，不务现实之“有”，以此说明老子与“吾儒”同样关注形而下的现实人生，“不畔吾书”：

能常无常有以观之，则皆谓之玄。玄者，造化之妙也。以此而观，则老子之学何尝专尚虚无？若专注于无，则不曰“两者同出”矣，不曰“同谓之玄”矣。③

林希逸的修道功夫论不仅体现在观“无”“有”两边，还强调把握“一念之初”。他独特地把“生之徒十有三，死之徒十有三”解为

---

① 林希逸著，黄曙辉点校：《老子鬳斋口义》，第2页。

② 这种解释曾被刘辰翁批评为消解《老子》形而上的“玄”义：“如林解则与儒者之学相近，甚不为玄也。”（刘辰翁《道德经评点》评道可道章第一）但他几乎没看见林希逸着眼于“常无常有”的功夫论而融合儒道的用意，而且主观随意性极大。

③ 林希逸著，黄曙辉点校：《老子鬳斋口义》，第2页。

老子此处想说明的是“一”，因为“十二”是“终始之全”的数字，并认为不言一而言十三是老子“作文之奇处”，主观与牵强显而易见，但他强调“一”的重要性值得注意：

> 民之生者，言人之在世，其所以动而趋于死地者，皆在此一念之初，才把持不定，动即趋于死地矣。①

“一念之初”如此重要，如何“把持”？林希逸提出“悟则得之”的修养方法：“求则得之，道本在我，为仁由己，由人乎哉。”“一念之善，则可以改过。”②总体来看，林希逸论《老子》的修道功夫有如下特点：

首先，林希逸以“悟”释《老子》的修道功夫，吸收了禅宗顿悟成佛的思想。顿悟成佛说自慧能以后成为中国禅宗的主流思想，强调成佛并不需要漫长的时间，也不需要烦琐的程式、规矩，甚至连出家都不是必须，完全可以在世俗生活中，直接追求自心的觉悟，将成佛从外在的积累转为内心的破迷显觉，所谓“但用此心，直了成佛”。林希逸将老子修道论解为“悟”，在“虚静”的基础上，增加了禅宗心性觉悟的思想因子。

其次，慧能“顿悟”另一个重要的理论前提是佛性人皆具足，“何其自性本自具足”，因此成佛只是把自己迷失的本心开显出来。林希逸谓“道本在我”，举出儒家“为仁由己”的例子，放到老子语境中，林则认为修道者之所以能见道、体道，并不是主客二分、能所对立的方式，“道”不是作为外在于主体的对象存在的，而是主体自身也由道涵摄，即“道本在我”，主体通过自身向内的修持功夫，即可求得复与道常守不离的状态。

再次，林希逸强调的“一念之初”，表明他重视对人现实状态的

---

① 林希逸著，黄曙辉点校：《老子鬳斋口义》，第54页。
② 林希逸著，黄曙辉点校：《老子鬳斋口义》，第67页。

当下之心的观照，谨防其生出不善之心，一念生起的善又会消除过去的恶。这种关注当下现实之心，也是禅宗自慧能后的重要特点。宋末元初明本禅师说："一切佛法是自心具足，心外别无佛法可求。"①有论者指出，慧能禅对佛教最大的革命是"心的革命"，这"心"，并非抽象本体的"心"，而是更为现实、具体的"人心"②。林希逸用"一念之初"，解释老子第六十二章"有罪以免邪"，既然关注当下之心，只要一念善心起，罪恶均得消免。"恶人斋戒沐浴，可以事上帝也。"③

最后，林希逸对"悟"的强调，重视修道的自主自觉。在老子提到的致虚守静等修养功夫中，虽也有个体的自主自为，但并未给予凸显。林希逸则明确指出修道属"自体认"，全靠自身，不可由别人给予，凸显主体在修道中的重要作用。他将"自体自悟"融于老子修道论中，一方面不失老子原有的修道特点，另一方面增加禅学色彩，更具内向性与灵动性。

除了以"悟"为特色，观照"无""有"两边的修道功夫外，林希逸还指出现实生活中需要仔细观察事物之"几"，前文讲到的他解释"生之徒十有三"提出的"一"，他也解为"几"。"几"即是"几微"，是事物刚开始萌动，处于微细状态时的描绘。林希逸认为要想取得世俗成功，对这种"几微"的观照不可不慎："凡人之从事于斯世，其所为之事，皆有可成之几，而常败之者，不见其几而泥其迹也。"④如果等到事物已经完全显现出迹象时，则通常会失败，只有在事物将成未成的时候，善于观察并利用其"几微"，才能把握制胜的关键。

可见，林希逸的修道论，并没有落入玄虚，甚至在观道体的

---

① 中峰明本：《天目中峰和尚广录》，蓝吉富主编：《禅宗全书》，北京：北京图书馆出版社，2004 年，第 48 册，第 66 页。

② 赖永海：《中国佛教文化论》，北京：东方出版社，2013 年，第 133 页。

③ 林希逸著，黄曙辉点校：《老子鬳斋口义》，第 67 页。

④ 林希逸著，黄曙辉点校：《老子鬳斋口义》，第 70 页。

“无”“有”两边时，他都落实在现实生活中具体的事事物物上去讨论，并注重将修道运用在具体生活之中。他认为不能在事物已经发展至成形时才着手，而是要在其“几微”处即开始准备，才容易成功。虽然林希逸未有说明，不妨把这种观照“几微”的“已有而未有”但具备“有”之可能性的状态对比林希逸修道论中的观照“无”“有”两边，这大概不违林希逸的思路。

林希逸在老子原有修道思想的基础上融入禅宗理论，形成独特的老子修道论。总体来说，林希逸对老子修道论的解释，以“悟”为核心，强调主体的自主性，关注当下现实之念，同时观照“无”“有”两边，并将之运用于生活，在处事时注意观照“几微”。林希逸的老子修道论，因为对“心”高度重视，有突出的内在化、“心化”倾向，这与宋代理学向内转是一致的。受佛教心性论的刺激并吸收其思想营养，理学家们挖掘出《孟子》《中庸》《大学》等儒家经典的内在心性理论，使其理学侧重于内在道德的自我修炼和完善，关注心性的存养和操持功夫。① 林希逸吸收佛道解老，《老子口义》无论是对老子道体，还是得道之人，以及修道功夫等都浸润佛家尤其是禅宗的理论色彩。

五、林希逸解老得失

本节的最后，简要评价林希逸的解老工作。林希逸批评苏辙《道德真经注》以佛解老，他认为老子跟庄子不同。庄子因为重视生死问题而合于佛书，但老子明确讲生死问题的地方很少，且不是核心话题，故不应大量以佛解老，并感慨时人解老蔽于老子愤激的语言风格以及“以物喻道”的大量譬喻，试图“得其(《老子》)初意”，结果是否如此呢?

实际上，虽然林希逸反对苏辙以佛解老的做法，但他仍然以佛

---

① 参见(美)刘子健著，赵冬梅译：《中国转向内在——两宋之际的文化转向》，南京：江苏人民出版社，2011年，第150页。

解老，只不过没有大量使用佛教概念而已。他用“真空实有”解释圣人“无私而成其私”，以“无分别”解释老子道体的特征，以“悟”作为自己对老子修道论的创新性解释，这些都是由他借鉴佛教名相概念而来。至于他以“不可言说”描述道体的特征、以“无心”释老子笔下的得道之人的各种特点，更是他在吸收禅宗“不立文字”“无念”思想资源后的综合运用。因此林希逸同样“以佛解老”。

然而，他在运用佛教概念解释老子时，有些地方显得牵强和随意。如前述的“真空实有”，他有时用它解释圣人“无私而成其私”的处世特征；有时又用它形容道体恍兮惚兮而其中有物的特点；有时又径直用它描绘“能不足然后有余”的自然规律以及相对应的处世法则。“真空实有”是佛教对实相也即佛性、自性的描述，实相无任何二元对立之相，并能生出一切相，如慧能谓“何其自性能生万法”。且不论佛教体系中的“真空实有”与老子之道存在的微细差别，即使只是借用这一佛教概念，当用它描述道体恍惚之道相时，这里的“空”与“有”是共在关系。因为道体所显的道相，相对于万物之相来说，不与任何一物相同，故“无相”，但它亦能生出万相，即具备世间万物之相的可能性，因而是“有相”，所以“无相”与“有相”是俱呈俱显，相依共在的，用来形容道体的“真空实有”也完全如此。但如果再用这一概念描述天地万物中“不足而后有余”的规律，显然就已经失去共在关系而变为前后相生的关系了：先有不足，才能有余，故先应“空”后才能“有”。同一概念在林希逸笔下出现所指的随意变动，不能不说这是他任意使用概念导致的弊病。

不仅在使用概念上随意，《老子口义》还有牵强之病。如前文提到的释“生之徒十有三”，王弼解为“十分有三分”，是可能性的描述，而这是比较主流的看法。[①] 林希逸则以十二为终始之数，认为老子这里是想表达“一”，因为“十三”比“十二”恰好多“一”，将“十

① 陈鼓应：《老子今注今译》，第 251 页。

有三”误解为“十三”，曲解老子原意。

另外，林希逸虽然批评苏辙的《道德真经注》，但他参照借用苏解之处却甚多。“道可道，非常道”的解释即是一例。在解释老子三十九章“故致数车无车。不欲琭琭如玉，落落如石”时，林希逸认为将车分开数，则为“轮”“毂”“辐”等各个零件，就无整体的车了，因此像车这样，是可有可无的，故“近于道”，而像玉石一类，却“一定不可易”，因此圣人“不欲”。看看苏辙的解释：“轮、辐、盖、轸、衡、轭、毂、轿会而为车，物物可数，而车不可数，然后知无有之为车，……玉之琭琭，贵而不能贱；石之落落，贱而不能贵也。”①林希逸的理解与之极类。

《老子鬳斋口义》在保留老子原意的基础上，既突破理学思想边界，大胆以理学解老，又借用禅宗的思想解老，使《老子口义》呈现出儒道释三家融合的思想面貌。林希逸还继承《庄子鬳斋口义》以文评庄，对《老子》文章结构与脉络、风格、用字等都有点评，如“非惟一章之中首末贯串，语意明白，而其文简妙高古，亦岂易到哉？”②并运用“鼓舞”“奇特”“精绝”等独特词汇点评《老子》文章风格，被刘辰翁、明代归有光、文师孟、钟惺等发扬光大。刘辰翁更是在林希逸注解的基础上或认同，或批判，展开对《老子》的评注的，他在每一章发表看法后会全文引用林注，并作评论。③

在宋代“三教之名虽殊，三教之理则一”（刘惟永）的时代精神中，林希逸的《老子口义》并非首次参同三教解老，北宋苏辙已有尝

① 苏辙：《道德真经注》，第 50 页。

② 林希逸著，黄曙辉点校：《老子鬳斋口义》，第 8 页。

③ 参见刘辰翁：《道德经评点》，《中华续道藏》第 7 册，第 659 页。刘著对《老子鬳斋口义》非议较多，常在引出林注原文后，以“非”字作评。偶尔有评语，如《老子》第六章，刘解释后说：“林解特以字义常理释之，此岂老子注哉？千辛万苦下字形容，唯恐不近，乃不如晦翁两语而足，岂不又可笑哉！”刘有自己的看法无可厚非，但林希逸有明显的“内向化”“心化”特征，要求读者向内观照，在心上做功夫，做到“无心”，故林希逸并未拘泥于《老子》“字义”，而是对《老子》有创造性的理解。刘辰翁在点评中的主观性可见一斑。

试，南宋道士邵若愚《道德真经直解》也以佛解老，林希逸则在老子道论、得道之人以及修道功夫上有独特理解，并呈现出强烈的“心化”“内向化”特征。林以后的刘辰翁、道士李道纯、邵若愚、白玉蟾，以及元代理学家吴澄等都有解老作品，均出入三教，他们延续林希逸“心化”“内在化”的解老理路并不断光大。①

① 参见熊铁基、马良怀、刘韶军：《中国老学史》第六章“宋元时期的老学”。

第四章　文道并重下的《三子口义》

第一节　林希逸《三子口义》中的理学思想

林希逸在注解“三子”时表达出独具一格的理学思想，这一方面使林希逸的理学思想受庄子自然意旨的浸染呈现庄子化面貌，另一方面又使《庄子口义》成为具有理学化色彩的注本。《老子鬳斋口义》《列子鬳斋口义》也有一以贯之的体现。本节即探究林希逸《三子口义》的理学思想，以《庄子口义》为主要对象。

一、注庄中的理学思想

首先要清楚，《庄子口义》中哪些属于林希逸理学思想。回答这一问题，有必要先回顾理学这一思想形态。唐君毅将“理”分为六义：文理、名理、空理、性理、事理、物理，并认为宋明理学家们言理，皆是“性理”——“为成人之正当之行为事业之当然之理，并与天性命相通贯为一者”，即人的个体心性之理与天道合通为一的理，这种“性理”的特点是不能成为物理研究的对象，只能是心心相感的契合与呼应。①

---

① 唐君毅：《中国哲学原论（导论篇）》，第32—33页。

因此理学家言“天理”，并非指外在之物质天地构成之理，而是个体性命与天道大化通贯之理。牟宗三则认为用“理学”指宋明理学在广义和狭义上皆不恰当，应称其为“性理学”或“心性学”，并指出宋明新儒学之“新”，表现在宋明儒在汉唐以后专注于挖掘先秦孔孟传统中的“成德之教”，即成就理想的道德人格，以抗衡佛教兴盛带来的思想市场上的压力。① 唐、牟二人均指出宋明理学着重于人的心性道德的修养锤炼，祛除生命中由肉体气质带来的对与天道贯通、澄明无伪的性体的遮蔽，使之莹澈光明，从而成就圣贤人格。致力于“成德之教”的宋明儒者发明了一系列的理学话语，不仅挖掘出先秦儒学的心性奥义，还为实现理想人格开出践履功夫之论。

对照理学的这一思想宗趣，笔者认为，《庄子口义》动用理学话语资源处，都是探讨其理学思想的重要资料。实际上，三部口义都有大量诸如天理、无极、太极、人欲、道心、人心等理学话语，林希逸在运用时，除了保持它们在理学语境中的意涵外，还赋予自己的新理解。此外，理学注重个体的心性修养功夫，《庄子口义》谈及心性以及修道功夫的部分也应重视。

还需注意，由于《庄子口义》并非林希逸专门阐述理学思想的著作，而是通过解释《庄子》时，透露心性解说，论述修养功夫，“口语化”特征也使其注文具有较大的主观性，某些地方可能只是随意引用，需要谨慎对待和辨别。我们采取的办法是：主要考察其多次使用且所指较为稳定的理学话语，努力发现其间的逻辑关系，使之能在学理上形成完整周洽的逻辑链条，通过前后一致的话语挖掘其独特意涵。又，林希逸的理学思想在《列子鬳斋口义》《老子鬳斋口义》中有一贯表现，本节虽主要讨论《庄子口义》，也会适当引用其余两部。我们认为，林希逸理学思想包括：自然天理说、天理人欲说、本心无心说、心悟自得说四个方面。下面具体讨论。

---

① 牟宗三：《宋明儒学的问题与发展》，上海：华东师范大学出版社，2004 年，第 6、15 页。

(一) 自然天理说：明道之“天理”与庄子之“自然”

“自然”是林希逸使用频率很高的词，《庄子口义》全书出现“自然”多达四十余次，“天理”则是自程明道以来理学家乐以道之且是理学的核心问题。[①] 我们先考察林希逸笔下的“自然”义。林希逸认为“自然”是《庄子》一书的主旨：“此书（《庄子》）翻来覆去，只说一个自然之理，而撰出许多说话，愈出愈奇，别无第二题目。”[②]这一说法承自其师陈藻（乐轩）：“乐轩尝云：庄子三十三篇，只是自然两字。”[③]林希逸将“自然”作为《庄子》全书宗旨，主要有如下五义。

1. 天道的自然之属性。天道运行自然而然，无私心，也无妄为，一旦有心，便离自然之道。“为形迹所累，而不知有太初自然之理也。”[④]“私心既露，则自然之道亏丧矣。”[⑤]《列子鬳斋口义》说：“道，自然也。”[⑥]

2. 万事万物自然的发展态势，不受人为控制。解释《庄子·养生主》庖丁解牛时，林希逸说：“此事盖言世事之难易，皆有自然之理，我但顺而行之，无所撄拂，其心泰然。”[⑦]

3. 面对天道及世间万物自然不得已的运作规律与发展情势，个体也应采取顺应大化自然，迫而后应，不能私心妄为。“我若乘事物之自然而游其心，于自然托不得已而应之，意以养其中心，则此为极至矣。”[⑧]他批评朱熹释《养生主》中“缘督以为经”的“督”为“中”，认为应释为“迫”，更能突出人在面对万物自然发展情势时应

---

① 按牟宗三，“天理”二字并非义理系统之关键，关键是对“天理”所代表的道体（天道）性命为一有所体会。见牟宗三：《心体与性体（上）》，长春：吉林出版集团有限责任公司，2015 年，第 60 页。

② 林希逸著，周启成校注：《庄子鬳斋口义校注》，第 225 页。

③ 林希逸著，周启成校注：《庄子鬳斋口义校注》，第 113 页。

④ 林希逸著，周启成校注：《庄子鬳斋口义校注》，第 481 页。

⑤ 林希逸著，周启成校注：《庄子鬳斋口义校注》，第 28 页。

⑥ 林希逸著，张京华点校：《列子鬳斋口义》，第 152 页。

⑦ 林希逸著，周启成校注：《庄子鬳斋口义校注》，第 51 页。

⑧ 林希逸著，周启成校注：《庄子鬳斋口义校注》，第 71 页。

随顺之，即使感应作为也是迫而后动，不是私心妄动。“督者，迫也，即所谓迫而后应，不得已而后起也。”①如果有心为之，则会乱逆自然。“天之经常、物之情实，皆自然而已，今既以有心为之，则是乱逆其自然矣，岂得成自然之化？”②

4. 个体自然之德。“才有求名之心，则在我自然之德已荡失矣。”③“性修反德者，言修此性以复其自然之德。”④

5. 自然之乐。“《齐物论》之天行、天钧、天游与此天放，皆是庄子做此名字，以形容自然之乐。”⑤这是体道之人的一种状态描述。

林希逸的“自然”五义，有一总体义，即自然而然，无所容心。无论是天道的运行规律，还是天道运化的世间万物的发展情势，还是人面对万物自然情势的相应作为，都是自然无心，顺应事物本有的发展规律，不要人为干扰、破坏。不过，林希逸更多是从否定面描述，即从人应该无私心杂念，无刻意妄为来谈论自然。“师天而不得师天，言以自然为法而无法自然之名，不过与物相顺而已，故曰与物皆殉。若有心于为事，则末如之何矣，才有为事之意，便非自然也。”⑥他将“自然”引入理学之“天理”，形成“自然天理”说。

“天理”是理学中常用话语。经由明道使用后，被理学家广泛讨论。⑦ 明道的思想风貌与伊川有明显差异，他说话常常通透活泼，圆明洞彻，不似伊川严谨刻板。明道尝说：“吾学虽有所受，天理二字却是自家体贴出来。”⑧表明其对先秦孔孟以来的天道性命

---

① 林希逸著，周启成校注：《庄子鬳斋口义校注》，第 48 页。
② 林希逸著，周启成校注：《庄子鬳斋口义校注》，第 173 页。
③ 林希逸著，周启成校注：《庄子鬳斋口义校注》，第 57 页。
④ 林希逸著，周启成校注：《庄子鬳斋口义校注》，第 195 页。
⑤ 林希逸著，周启成校注：《庄子鬳斋口义校注》，第 148 页。
⑥ 林希逸著，周启成校注：《庄子鬳斋口义校注》，第 401 页。
⑦ “天理”一词，并不自明道始，《乐记》即有“好恶无节于内，知诱于外，不能反躬，天理灭矣”的说法。张载《正蒙》也常用“天理”。
⑧ 程颐、程颢著，王孝鱼点校：《二程集》，第 424 页。

一贯的道体有所契会，他对道体——性体超越具体时空，由一心所全体朗现，圆满具足的特点十分推崇，曾说："若要诚实，只在京师，便是到长安，更不可别求长安。只心便是天，知性便知天，当初便认取，更不可外求。"①朱熹常嫌明道说话"浑沦""太高"，其实是自己对先秦孔孟的道体不能很好地契会，故不能理解这种看似神秘主义的论述。方东美称明道思想为"机体主义哲学"，信奉道体、性体一元论，力避任何智思分析。②

不同于方东美对明道思辨力稍嫌不足的批评，牟宗三对明道能契悟天道性命一贯的道体十分赞赏，并言其才能代表宋明理学的大宗，真正继承了孔孟以来的内圣学，连伊川朱子一系都因为不能呼应这种形上实体而不能代表之。③ 牟宗三把明道所言"天理"分为两类，一类便是前述感应体贴孔孟天道性命传统而来的道体——性体，称为第一义之天理；一类是表示世间万物自然而然的情理趋势，由于这是明道描述形下器物层面的发展规律，因而是第二义之天理④。

虽然林希逸所在的艾轩学派是由伊川一系传出，《庄子口义》的理学思想明显倾向于明道一边。⑤ 林希逸的"自然天理"，于明道两义之天理都有继承。先看其对明道第一义天理的继承与发挥。

> 成心者，人人皆有此心，天理混然而无不备者也。言汝之生，皆有见成一个天理，若能以此为师，则谁能无之！⑥（释

---

① 程颐、程颢著，王孝鱼点校：《二程集》，第 15 页。
② 方东美：《中国哲学精神及其发展（下）》，北京：中华书局，2012 年，第 348 页。
③ 参见牟宗三：《心体与性体（上）》，第 44 页。
④ 如："服牛乘马，皆因其性而为之。胡不乘牛而为马乎？李直所不可。"（《二程集》，第 127 页）"质必有对，自然之理也。"（《二程集》，第 1171 页）
⑤ 据《闽中理学渊源考》载，艾轩学派师承为：程颐（伊川）—尹焞（和靖）—陆景端（子正）—林光朝（艾轩）—林亦之（网山）—陈藻（乐轩）—林光朝（鬳斋）。
⑥ 林希逸著，周启成校注：《庄子鬳斋口义校注》，第 21 页。

《齐物论》)

胳合者，言浑然相合而无缝罅也，言至理混然为一也。[1]（释《齐物论》）

若欲一定是非，则须是归之自然之天理方可。明者，天理也，故曰莫若以明。[2]（释《齐物论》）

神，精神也；天，天理也。动容周旋，无非天理，故曰神动而天随。[3]（释《在宥》）

天倪，天理也。以天理而调和众人之心也。[4]（释《寓言》）

至重、至尊者，天理之自然也。[5]（释《盗跖》）

林希逸在明道所"体贴"的"天理"基础上，揉进庄子之"自然"义而成"自然天理"说。首先，林希逸认为"天理"有"混然无不备"、人人皆具的特点，个体所发出的一切举止(包括道德行为)，皆是自"天理"而发出，这都是对明道的继承。明道的天理是天道与性命一体贯通之实体，天道具有"於穆不已"的宇宙生化性，创生天地万物，永不停止，故个体所秉具的性命之体也有道德创化的特点，这是自先秦孔孟以来，儒家所找到的道德实践的终极根据，也是宋明理学得以说明道德行为之先验依据的核心。林希逸虽然没有过多谈及道德实践，但却指出天理的完全显现需要"尽人事""去物欲"，天理全显会有"优游自乐"的主体感受：

人事尽而天理见。[6]（释《大宗师》）

---

① 林希逸著，周启成校注：《庄子鬳斋口义校注》，第 40 页。
② 林希逸著，周启成校注：《庄子鬳斋口义校注》，第 23 页。
③ 林希逸著，周启成校注：《庄子鬳斋口义校注》，第 165 页。
④ 林希逸著，周启成校注：《庄子鬳斋口义校注》，第 431 页。
⑤ 林希逸著，周启成校注：《庄子鬳斋口义校注》，第 461 页。
⑥ 林希逸著，周启成校注：《庄子鬳斋口义校注》，第 97 页。完全相同的话还出现在释《徐无鬼》时，第 325 页。

屏去物欲而全其天理，则可以优游而至老。[1]（释《外物》）

以天理自乐，则谓之天游。……心才蔽塞，不知天理之乐。[2]（释《外物》）

在林希逸看来，尽人事才能显现天理，人心朗现天理后的“优游”“自乐”，都与明道所体悟的“天理”一致，没有丢失其作为道德实践根据之意义，并也强调“去物欲”等心性修养功夫以尽显天理。

更重要的是，林希逸在“天理”中融进“自然”意涵，认为“自然”是“至尊至重”者，这既是对庄子自然意旨的深刻体会，也是林希逸理学思想中新的理论因子。“自然”是林希逸对《庄子》主旨的评价，无论天道、世间之事物，还是人类，其运作规律、发展情势、自身情性均有自然而然的特点，不受外在力量的干涉。林希逸尤其强调个体对世间万物本然规律的顺应无为，依循事物自身的发展情势而作为。

游心斯世，无善恶可名之迹，但顺天理自然，迫而后应，应以无心，以此为常而已。[3]（释《养生主》）

知天理之自然，则天帝不能以死生系着我矣。[4]（释《养生主》）

天行，行乎天理之自然也。[5]（释《天运》）

天行，顺天理而行也。迫而后动，不得已而后起，无心应物之意也。……去其私智，离于事迹，则循乎自然矣。[6]（释《刻意》）

---

① 林希逸著，周启成校注：《庄子鬳斋口义校注》，第 427 页。
② 林希逸著，周启成校注：《庄子鬳斋口义校注》，第 425 页。
③ 林希逸著，周启成校注：《庄子鬳斋口义校注》，第 49 页。
④ 林希逸著，周启成校注：《庄子鬳斋口义校注》，第 55 页。
⑤ 林希逸著，周启成校注：《庄子鬳斋口义校注》，第 213 页。
⑥ 林希逸著，周启成校注：《庄子鬳斋口义校注》，第 247 页。

能无为，则循天理之自然，无所不可为矣。①（释《知北游》）

林希逸的“自然天理”，强调“天理”自然而然的性质，甚至认为这是体认“天理”至为重要的一点，不能依循自然，内心被物欲所牵累，则“天理灭尽”。林希逸在注庄时用到“自然”、“自然之理”（如“晓然而易见者也，自然之理也”②，包括“自然之道”）、“自然天理”（包括“天理之自然”）、“天理”等说法，综合它们在全书的运用，可以认为，“自然”与“自然之理”基本等义。“天理”是继明道而来的理学词汇，“自然天理”重在强调“天理”中的自然而然、无心无为的特点。

由于林希逸认为“自然”是“天理”非常核心的意涵，有时他也不加说明地用“天理”表示“自然而然”的特点。如：“此意便谓循天理而行，亦必尽人事也。”③“无德而有知，不知有天理而纯用私智也。”④前者“循天理而行”，即依循自然而然的规律行事，后者“天理”与“私智”相对，表明“天理”自然无心。

不过这并不表示林希逸的“天理”就是“自然而然”，因为前文指出，林还提到过“天理”需要“尽人事”才能显现，他还特别强调体认“天理”时对“私欲”“人欲”的荡除，这些都是明道之“天理”已有的意涵，⑤表明林希逸的“天理”是在明道的基础上吸收《庄子》而成。

林希逸对明道第二义之天理，即形而下之事物自然之发展情势也有继承，如：“此事盖言世事之难易，皆有自然之理，我但顺而

① 林希逸著，周启成校注：《庄子鬳斋口义校注》，第 329 页。
② 林希逸著，周启成校注：《庄子鬳斋口义校注》，第 160 页。
③ 林希逸著，周启成校注：《庄子鬳斋口义校注》，第 291 页。
④ 林希逸著，周启成校注：《庄子鬳斋口义校注》，第 397 页。
⑤ 林希逸曾有“不忽于人者，言人事之有为者，未尝忽之而不为，但为之而无容心耳”（《庄子口义》，第 288 页）句说明其“天理”有在人世间积极有为的一面，只是突出“自然而然”的“无心”而已，故称其“天理”为“自然天理”。

行之，无所撄拂，其心泰然。”[①]明道的两类天理，均可用自然形容，即既可指形器事物发展情势的自然而然，也可指道体——性体的自然而然，上蔡先生谢佐良即说过：“所谓天理者，自然底道理，无毫发杜撰。”[②]不同的是，林希逸将自然义推到核心地位，认为如果做不到自然无为，在我则“自然之德荡失”，在天理则无法体认和全显。

现在可以对林希逸“自然天理”作出总结，林之“自然天理”继承明道“天理”道体性体通贯不分而来，是个体进行包括道德实践在内的一切人事活动的终极根据，也是个体努力修养（向内荡涤物欲杂念，向外积极于道德实践）以充实发显的目标。林希逸在此基础上进一步强调“天理”自然而然、无欲无为的特征。“天理”本身具有本然自在性，不需第二因的推动，自发创生，自在自为，个体在充养实现“天理”时也应遵循自然无欲，不可有心妄为。这是林希逸将《庄子》义理融进自己理学观的思想创造，反映林希逸无理学门户之见，主动吸纳道家思想的开通立场。

有论者认为林希逸“自然天理”说将道家之“自然”融进理学的“天理”是“两面不讨好”的做法，认为二者“根本无法调和”，对此本书有不同看法。[③] 关于林希逸“自然天理”说的理论优劣自是可以讨论的另一话题，但说“自然天理”无法调和，则有待商榷。论者给出的主要理由是，理学之“天理”是实体性范畴，而道家基本宗趣是“虚无”的，二者水火不容。首先，老庄之道相较于儒家关切现实社会政治伦理的言说的确显得抽象、虚化，但这是否就等于老庄之道“虚无”？恐怕不能草草下结论[④]；其次，即使承认老庄之道相对忽

① 林希逸著，周启成校注：《庄子鬳斋口义校注》，第 51 页。
② 参见牟宗三：《心体与性体（中）》，第 73 页。
③ 刘思禾：《林希逸解庄论——以自然天理说的辨析为中心》，《古籍整理研究学刊》2012 年第 2 期。
④ 唐君毅曾专就老子之道是否为实体作过深入讨论。唐君毅：《中国哲学原论（原道篇上）》，北京：中国社会科学出版社，2006 年，第 177 页。

略儒家那样对形器世界的关注，林希逸同样不必有“以天理之实解庄子之虚”的批评，至少不全是如此。① 因为林用“天理”一词有可能是“自然”的别名，而“自然”有形容词意义，表明《庄子》追求自然而然的状态、特性，并非指“虚无”；最后，也是最重要的一点，前文力证林希逸没有取消明道“天理”的基本义，只是将庄子“自然而然”的意旨融进“天理”并加以突显。“自然而然”是一种状态描述，并不就是“虚无”，何况用“自然”形容“天理”并非林希逸首创，不同只在于林希逸将“自然”放在“天理”中的核心地位而已。即使如此，林希逸也并未放弃世间事务，指出“天理”全显需要“尽人事”。下面将要谈及的“道心—人心”更表明林希逸没有完全走向不顾世间事务的“听任自然”。故我们认为，林希逸的“自然天理”说并非强将水火不容的理论凑在一起，而是林把握“天理”的基本义的同时，突出其“自然无为”义。

(二) 天理人欲说：天理——人欲的多维展开(天理人欲、道心人心、无迹有迹)

理学开掘先秦孔孟成德之教的内圣学奥义，重视个体道德修养和人格提升，以荡除内心由情欲带来的渣滓，畅显天理，使之光明莹澈为修养实践功夫。因此理学十分重视个体在道德实践中由肉身带来的人欲(包括物欲、私欲)的控制、消除问题。一般来看，与天理相对的人欲是指满足基本的生存需求以外的对个体道德实践有不良影响、对社会现实秩序有破坏作用、对他人利益有损害的过分的欲望，并非指一切欲望。二程说：“天下之害，皆以远本而末

---

① 该文用以说明林希逸以天理之实解庄子之虚的例子有“天地万物之实理”“性命之实理”“万物真实之理”，认为庄子最反对实体说，不能用“实理”解释《庄子》，但作者有些断章取义，如第一条，林希逸释《大宗师》“人之有所不得与，皆物之情也”的完整句为：“情，实也，人力之所不得预，此则天地万物之实理也，曰命曰天，即此实理也。”可见林希逸的“实理”来自对“情”字的解释。而“实”重在“人力不得预”，也还是“自然而然”，人力不能干涉之义，后面的“命”“天”同样侧重表示人力不能干涉控制的“自然而然”，并非重在天理的“实体”意义。

胜也。峻宇雕墙，本于宫室；酒池肉林，本于饮食；淫酷残忍，本于刑罚；穷兵黩武，本于征伐。先王制其本者，天理也；后王流于末者，人欲也。损人欲以复天理，圣人之教也。”①宫室、饮食乃生存基本需要，而峻宇雕墙、酒池肉林则是过分的人欲，应当损去。陆象山也说：“常俗汩于贫富、贵贱、厉害、得丧、声色、嗜欲之间，丧失其良心，不顾义理，极为可哀。”②丧失良心的“嗜欲”也是过分的欲望。朱熹也说：“人亦未是不好底人欲，只是饥欲食，寒欲衣之心尔。”（《朱子语类》七十八，黄士毅录），按朱熹的说法，“饥欲食，寒欲衣”是“好底人欲”，“不好底人欲”即在满足基本生理需求以外的物欲。

林希逸也十分警惕物欲、人欲对于天理的蔽塞。他多次用“物欲”解庄。如《齐物论》“其厌也如缄，以言其老洫也”一句，宣颖释为：“厌然闭藏，老而愈深。”③林希逸则释为：“其为物欲所厌没，如被缄縢然。”④释《齐物论》“蓬艾之间”为：“喻其物欲障蔽。”⑤释《庚桑楚》“与物穷者，物入焉”为：“至于穷尽而后已，是其一身皆没入于物欲之内矣。”⑥释《徐无鬼》“此皆囿于物者也”为：“此为物欲所笼罩者也。”⑦

林希逸的理学立场使其对“物欲”保持警惕，天理本是人人皆具且本自光明的，作为个体的人因泛滥于感性欲念，昏蔽天理之明。由于其对“天理”有“自然”义的融入与突显，他认为“物欲”最大的弊端在于使人不得体认“自然而然”的“天理”，导致“自然之理”（即“天理”）灭尽。

① 程颐、程颢著，王孝鱼点校：《二程集》，第1171页。
② 陆九渊著，钟哲点校：《陆九渊集》，第60页。
③ 王先谦、刘武：《庄子集解·庄子集解内篇补正》，第21页。
④ 林希逸著，周启成校注：《庄子鬳斋口义校注》，第18页。
⑤ 林希逸著，周启成校注：《庄子鬳斋口义校注》，第37页。
⑥ 林希逸著，周启成校注：《庄子鬳斋口义校注》，第361页。
⑦ 林希逸著，周启成校注：《庄子鬳斋口义校注》，第379页。

天理未尝不明，汝以人欲自昏，故至于此，知道之人岂如此芒昧乎？[①]（释《齐物论》）

天理之在人心，日夜发见，……人以物欲而自蔽惑，是塞其窦也。[②]（释《外物》）

好恶之害，其蔽塞本然之性犹葭苇也，即茅塞其心之意。性既蔽塞，则其昏欲之长，如蒹葭之始萌，充满其身，言通身是人欲也。……以物欲而助其形，则视听言动，起居饮食，皆失其自然之理，故曰寻擢吾性。……始者真性为之蔽塞，及其甚也，渐渐拔而去之，是天理尽灭。……此一段所以戒世人之纵情欲而不知学道者，终必杀其身也。[③]（释《则阳》）

但为物欲所昏，其炎如火，……儨然者，弛然而自放也；道尽者，言其天理灭尽也。盖谓众人汩于利欲，终身不悟，至于灭尽天理而后已也。[④]（释《外物》）

过分的昏欲丧失“自然之理”，不能显明“天理”，物欲与天理之间是此消彼长的渐进争斗过程。如“嗜欲者，人欲也，天机者，天理也。曰深浅者，即前辈所谓天理人欲虽分数消长也”[⑤]。物欲出现之初，只是障蔽天理，个体不得依“自然之理”修道，随着物欲愈胜，天理愈被蔽塞至于灭尽。而如果没有物欲，则天理便朗现莹澈：“无欲，纯乎天理也。”[⑥]天理人欲随分数消长之说来自朱熹，林希逸继承朱熹，强调物欲阻碍个体依循自然之理，随着

---

① 林希逸著，周启成校注：《庄子鬳斋口义校注》，第 21 页。
② 林希逸著，周启成校注：《庄子鬳斋口义校注》，第 425 页。
③ 林希逸著，周启成校注：《庄子鬳斋口义校注》，第 407 页。
④ 林希逸著，周启成校注：《庄子鬳斋口义校注》，第 418 页。
⑤ 林希逸著，周启成校注：《庄子鬳斋口义校注》，第 99 页。前辈指朱熹。原话为：“有个天理，便有个人欲。盖缘这个天理有个安顿处，才安顿的不恰好，便有人欲出来。天理人欲分数有多少。天理本多，人欲也便是从天理里面做出来，虽是人欲，人欲中自有天理。”（《朱子语类》卷十三）
⑥ 林希逸著，周启成校注：《庄子鬳斋口义校注》，第 149 页。

物欲不断炽盛,“自然天理”即泯灭殆尽。林希逸常用“天理—人欲”解释《庄子》中意义相对的语词。如释《人间世》“为人使易以伪,为天使难以伪”:“人使即人欲也,天使即天理之日用者也。”①释《山木》“观于浊水而迷于清渊”:“浊水,喻人欲也;清渊,喻天理也。”②

除了使用“天理—人欲”这对理学范畴外,林希逸还以“道心—人心”注庄:

> 若以道心观之,皆不足为,然而有不可以不为,此便是人心处。③(释《在宥》)
>
> 无为而尊者,天道之自然也;有为而累者,人道之不容不为者也。上句便属道心,下句便属人心。④(释《在宥》)
>
> 察安危,定祸福,谨去就,便是道心中有人心,何尝皆说听之自然!……德在乎天,此言自然之德也。而必曰知天人之行,这个知字,便是从人心上起来。本乎自然而安于其所得,故曰本乎天,位乎得,此句又属道心位居之安也。蹢躅,进退也,屈伸,进退各循其理,此句又属人心。⑤(释《秋水》)
>
> 此数句发得人心道心愈分晓。牛马四足,得于天,自然者;不络不穿,将无所用,此便是人心一段事。以人灭天,以故灭命,贪得而殉名,则人心到此流于危矣。⑥(释《秋水》)

在林希逸看来,“道心—人心”涉及的不仅仅如“天理—物欲”这样讨论人之过分欲望对天理的蔽塞问题,“道心”,无论在

---

① 林希逸著,周启成校注:《庄子鬳斋口义校注》,第65页。
② 林希逸著,周启成校注:《庄子鬳斋口义校注》,第313页。
③ 林希逸著,周启成校注:《庄子鬳斋口义校注》,第181页。
④ 林希逸著,周启成校注:《庄子鬳斋口义校注》,第181页。
⑤ 林希逸著,周启成校注:《庄子鬳斋口义校注》,第269页。
⑥ 林希逸著,周启成校注:《庄子鬳斋口义校注》,第271页。

天道处还是个体性命处，均有自然而然、不容外力的意涵，基本等同于“自然天理”（天道性命通贯一体）。“道心”所指呈的，是天道创化万事万物的自在本性，是法尔如是的本然自在，这个过程没有外力控制，自发自为，自主自定，因此从“道心”上看，万物“不足为”（不容有心作为），也是“得于天”（自然而然）。但生活于其间的人类却不能“听任自然”，毫不作为，林希逸曾提及朱熹难以问答弟子“听造化之所为，则人不必学道矣”的问题，①认为人面对外在环境及事物发展情势，应顺应其规律去“察安危，定祸福，谨去就”，这即是林希逸所谓“人心”，犹如因要利用牛马驾车而“络穿”牛马，也属于“人心”范畴，但如果因此走向欲望泛滥，完全按照自己所想肆意宰制万物，破坏其自然性，则会沦于危险境地。

林希逸“道心—人心”范畴的“道心”，基本等同于“自然天理”，他在警惕物欲纵驰昏蔽天理的基础上，没有将“人心”限定在“欲望”的范围，而是定义“人心”为个体面对外在自然而然之规律的有所作为，从个体到社会群体的生存需求来看，“不得不为”，但又要顺应万物的自然本性去作为，不能完全纵欲，满足自己欲望。可见，林希逸在突出“自然”义的核心地位时，没有丧失个体要积极践行道德、在个人和社会层面努力作为的一面。

陆象山出于“本心”乃包括天道与性命合一的“一心”之认识，否定道心人心的“二心”说，也对天理人欲说有微词：“天理人欲之言，亦自不是至论。若天是理，人是欲，则是天人不同矣。……书云：‘人心惟危，道心惟微。’解者多指人心为人欲，道心为天理，此说非是。心一也，人安有二心？自人而言，则曰惟危；自道而言，则曰惟微。”②林希逸则注重个人在“道心”的自然情势面前，去努力“自然作为”的这个“人心”，强调个人在满足自身基本生存需要的

---

① 林希逸著，周启成校注：《庄子鬳斋口义校注》，第 269 页。
② 陆九渊著，钟哲点校：《陆九渊集》，第 396 页。

实践时不得不为，又要顺应自然而为。

林希逸也对“人心惟危，道心惟微”有所阐发，虽然他强调人应该积极顺应自然去作为的这个“人心”，但他也十分警惕“人心”有以小聪小智为能，滑向知解陷阱与物欲深渊的危险，他解释《养生主》“以有涯随无涯，殆已；已而为知者，殆而已矣”时说：“以有尽之身而随无尽之思，纷纷扰扰，何时而止！……于其危殆之中，又且用心思笄，自以为知为能，吾见其终于危殆而已矣。再以殆字申言之，所以警后世者深矣。此之所谓殆，即书之所谓‘惟危’也。”①解释庄子妻死鼓盆而歌时说：“原壤、庄子之徒，欲指破人心之迷着者。”②他还认为庄子在“道心”和“人心”上都有顾及，没有偏失某一面：“此篇名以人间世者，正言处世之难也。看这一段曲尽世情，非庄子性地通融，何以尽此曲折！说者以为庄老只见得‘道心惟微’一截，无‘人心惟危’一截，此等议论果为如何？但读其书未子细尔。”③所谓庄子顾及“人心惟危”，林希逸解释为各种复杂艰难的处世实践。

林希逸还常用“无迹—有迹”来形容顺乎“自然天理”之所为与出乎私欲、私智之所为。“迹”，这里主要指无形的心（意识）指导人的行为显现出来的肉眼可见的外在迹象，二程认为“心迹一也”④，还用“迹”来判定佛教是非⑤。林希逸则首先认为庄子之“道”本身即是无任何可见之形迹的，“道者，无心无迹也”⑥，也不可以任何有形之见把握“道”：“道不可以形迹见。”⑦最重要的是，“自然天

① 林希逸著，周启成校注：《庄子鬳斋口义校注》，第48页。
② 林希逸著，周启成校注：《庄子鬳斋口义校注》，第278页。
③ 林希逸著，周启成校注：《庄子鬳斋口义校注》，第71页。
④ 程颐、程颢著，王孝鱼点校：《二程集》，第3页。
⑤ 其语为：“今且以迹上观之。佛逃父出家，便绝人伦，只为自己独处于山林，人乡里岂容有此物？”见程颐、程颢著，王孝鱼点校：《二程集》，第149页。
⑥ 林希逸著，周启成校注：《庄子鬳斋口义校注》，第337页。
⑦ 林希逸著，周启成校注：《庄子鬳斋口义校注》，第340页。

理”的运行同样无任何形迹，[1]因此遵循“自然天理”生存之“圣人”，便有“无迹”的特点，一旦存有为之心，行不依自然的有为之事，便有与自然不相应的“有迹”的现象出现：

若夫乘天地之正理，御阴、阳、风、雨、晦、明之六气，以游于无物之始，而无所穷止，若此则无所待矣。此乃有迹无迹之分也。至于无迹，则谓之至人矣，谓之神人矣，谓之圣人矣。[2]（释《逍遥游》）

治外者，言化之以心则无迹，化之以身则有迹也。[3]（释《应帝王》）

无雄又奚卵！言无心则无迹也。此一句是喻其心未能化，故可以形见之意。[4]（释《应帝王》）

物物者，有心有迹也，不物者，无为而为，自然而然也，无为则无所不为，故曰不物故能物物。[5]（释《在宥》）

美恶之成，皆为有迹，故曰器也。以有为之心，而为有迹之事，则非所过者化矣，故曰形固造形。[6]（释《徐无鬼》）

有物，迹也，无物之始，无迹也，非惟无有物之迹，亦并与无迹者无之，故曰未始有始，未始有物。[7]（释《则阳》）

林希逸认为，“无迹”是依自然天理而行的得道之人在世间行

---

① 《庄子口义》中没有直接说明“道”即是“自然天理”，我们认为，“自然天理”作为林希逸的理学思想，主要吸收的是庄子“自然”之义，“自然”在这里是形容词，表“自然而然”，并不就是庄子那个表万物终极根源的“道”（从全书来看，林希逸对“自然”的兴趣远大于“道”），二者有一定联系，庄子之“道”也有“自然而然”的“道性”，故而“自然天理”与庄子之“道”只是共享“自然而然”的性质，但二者恐不能等同，至少在《庄子口义》中缺乏二者等同的直接文本证据。

② 林希逸著，周启成校注：《庄子鬳斋口义校注》，第 7 页。

③ 林希逸著，周启成校注：《庄子鬳斋口义校注》，第 127 页。

④ 林希逸著，周启成校注：《庄子鬳斋口义校注》，第 130 页。

⑤ 林希逸著，周启成校注：《庄子鬳斋口义校注》，第 177 页。

⑥ 林希逸著，周启成校注：《庄子鬳斋口义校注》，第 376 页。

⑦ 林希逸著，周启成校注：《庄子鬳斋口义校注》，第 401 页。

事的表现。“无迹”可分为两类：一类是无任何肉眼可见到的迹象，如上第一条以“无迹”形容“至人”“神人”“圣人”，他们具有神通妙用，行走世间如风如影，不会留下印迹；另一类是遵循自然而然的事物发展情势去作为，没有任何二元对立，也没有“有”之心，连“无”的念头也没有，只是自然无心地进行实践活动。前类“无迹”用于描绘“圣者”，除此以外的“无迹”，基本是不落入二元对立、依自然行事、不留刻意迹象之意。相应地，“有迹”也有两类：一类是可见的形迹；一类是因存“有为之心”，不能自然而然地行事而留下刻意的活动形迹。林希逸强调“有迹不若无迹，有心不若无心”①，即在实践活动中顺应事物发展方向，不妄为，不刻意造作以出现有心之迹。林希逸还以“无迹”解释《老子》中的得道之人。

如果说在“天理—人欲”范畴中，林希逸从感情欲念的角度主张去物欲以顺应“自然天理”，在“道心—人心”范畴中，主张面对自然而然的外在环境，个体不得不为与自然而为这二者的齐头并进，那么在“无迹—有迹”中，林希逸重在强调在具体的实践活动中不落入任何二元对立，以无心的状态自然应事，不留刻意妄为之迹。三对范畴共同的旨趣，是强调个体自身的自然无心（包括无欲②）以及处世实践的自然而然，是林希逸对“自然天理”说的具体展开，其中不乏对理学传统观念的继承，也有林希逸消化庄子义理于其间的新创。

（三）本心无心说：不动本心与无心处世

林希逸曾用“无心—有心”来判断是否“有迹”，这种“心化”的色彩（即将外在的迹象判断收归为主体的内心去把握）在三部口义中十分普遍。对“心”的重视是艾轩学派一脉相承的。艾轩学派系

---

① 林希逸著，周启成校注：《庄子鬳斋口义校注》，第229页。

② 这里的“无欲”是指无基本生存需要以外的过分的、破坏自然而然的欲念，并非去除一切欲望。

谱中，尹錞已有心学特征，[①]学派正式创始人林艾轩"未尝著书，惟口授学者，使之心通理"[②]，网山则"讲学红泉不著书，只将心学授生徒"，[③]到林希逸之师陈藻（乐轩），同样重视心，曾以心的粗细判分儒道修行方向的殊异："儒者悟道，则其心愈细；禅家悟道，则其心愈粗。"[④]艾轩学派"心化"的宗派特点在林希逸注庄中得到充分展现。

林希逸喜欢用理学词汇解释《庄子》中有关宇宙生成的渐次描述。如"未始有物者，太极之先也。……其次为有物，是无极而太极也"[⑤]（释《齐物论》），这还不是最值得注意之处（仅为语词挪用），关键在于林希逸把庄子有关外在宇宙渐次生成至世间有是非的过程描述完全收归到心上来理解：

> 此一段固是自天地之初说来，然会此理者，眼前便是。且如一念未起，便是未始有物之时。此念既起，便是有物。因此念而后有物我，便是有封。因物我而有好、恶、喜、怒、哀、乐，便是有是非。[⑥]

他认为"是非起于人心之私彰露也"[⑦]，即人的私欲出现导致世间是非。这完全是"心化"的解释，外在宇宙从生成，到世间是非的渐次出现，对应为心之念头从无念到一念生起，到分别物我，再贴上情感标签等一系列的意识活动与作用过程。《老子鬳斋口义》解释《老子》第一章时也说：

---

① 何俊：《南宋儒学建构》，上海：上海人民出版社，2004 年。
② 杨应时：《闽南道学源流》卷 6，《四库全书存目丛书》史部。
③ 杨应时：《闽南道学源流》卷 8，《四库全书存目丛书》史部。
④ 林希逸著，周启成校注：《庄子鬳斋口义校注》，第 182 页。
⑤ 林希逸著，周启成校注：《庄子鬳斋口义校注》，第 28 页。类似的用理学词汇解释庄子有关宇宙渐次生成的描述，还见第 346、365 页。
⑥ 林希逸著，周启成校注：《庄子鬳斋口义校注》，第 28 页。
⑦ 林希逸著，周启成校注：《庄子鬳斋口义校注》，第 28 页。

其谓之天地者，非专言天地也，所以为此心之喻也。既有阴阳之名，则千变万化皆由此而出；既有仁义之名，则千条万端自此而始。……此章人多只就天地上理会，不知老子之意正要就心上理会。①

同样将老子描述“天地之始”的宇宙生成过程纳入“心上理会”。这种就心化阐释还表现在对某些名词的解释上，以《庄子口义》为例：

流水、止水，皆以喻心。②（释《德充符》）

此以虚室喻心也。③（释《人间世》）

不以心捐道，即心是道，心外无道也。④（释《大宗师》）

《庄子口义》的心化特征有两点值得关注：一是本心，一是无心。孟子大力提倡“本心”，要求本心不为外物所动，保持坚定、莹澈，“我四十不动心”（《孟子·公孙丑上》），并认为：“学问之道无他，求其放心而已矣。”（《孟子·告子上》）宋代陆象山对孟子“本心”十分契悟，主张“本心可以立复，旧习可以立熄，居仁由义，大人之事备矣，谁得而御之”⑤。象山一系的理学重视恢复、存养、持守“本心”，必然重视“本心”面对外物时的“不动心”“不失心”，林希逸正继承了“孟子—象山”这样的“本心”：

盖知本心为内，凡物为外。⑥（释《逍遥游》）

---

① 林希逸著，黄曙辉点校：《老子鬳斋口义》，第2—3页。
② 林希逸著，周启成校注：《庄子鬳斋口义校注》，第85页。
③ 林希逸著，周启成校注：《庄子鬳斋口义校注》，第65页。
④ 林希逸著，周启成校注：《庄子鬳斋口义校注》，第101页。
⑤ 陆九渊著，钟哲点校：《陆九渊集》，第136页。
⑥ 林希逸著，周启成校注：《庄子鬳斋口义校注》，第6页。

知本心之所贵，则外物轻也。（释《让王》）

盖言心不动而外物不能入也。[1]（释《人间世》）

外立其德者，重外物而失本心也。[2]（释《胠箧》）

慎汝内，不动其心也；闭汝外，不使外物得以动吾心也。[3]（释《在宥》）

虽奋而执天下之柄，此心亦不与之偕往，言心不动也。[4]（释《天道》）

殊不知其意只谓知道之人，不以外物累其本心。[5]（释《让王》）

孟子—象山的"不动心"，主要是在道德实践中，不被物欲所牵累，蔽塞本有之作为道德活动终极根据的"本心"，从而坚定不移地进行道德实践。而林希逸的"不动心"则多表现为面对外在事物自然而然的情势能顺应之，无为而为。不让外物动其心，也重在不起物欲私心，不破坏自然而然的发展规律。"此意盖喻人处逆境，自能顺以应之，不动其心，事过而化，其身安于无为之中，一似全无事时也。"[6]（释《养生主》）林希逸的"不动心"，虽然都强调"本心"的坚定稳固，但孟子—象山主要是就道德实践角度讲"不动心"以践行仁义，林希逸则强调一切实践活动中因为"不动心"而不破坏其本有的自然规律，不因外物牵引而起私心杂念进而刻意妄为。相对于前者注重个体的道德实践，林希逸更注重无外物干扰以自然地处世。

林希逸要求"不动心"的"心"，指"本心"。"不动心"在外在事

① 林希逸著，周启成校注：《庄子鬳斋口义校注》，第 66 页。
② 林希逸著，周启成校注：《庄子鬳斋口义校注》，第 157 页。
③ 林希逸著，周启成校注：《庄子鬳斋口义校注》，第 171 页。
④ 林希逸著，周启成校注：《庄子鬳斋口义校注》，第 223 页。
⑤ 林希逸著，周启成校注：《庄子鬳斋口义校注》，第 443 页。
⑥ 林希逸著，周启成校注：《庄子鬳斋口义校注》，第 53 页。

相上，表现为个体行事的不刻意着迹，自然而然，在内心则表现为“无心”，此时的“心”不指“本心”，而是指私心杂念。林希逸特别重视“无心”，主体要实现“本心”不动摇，就得荡涤一切邪思妄念，做到“无心”：“处世无心则无迹，无迹则心无所动。”①（释《人间世》）

林希逸的“无心”说深受禅宗影响，自六祖慧能开“无心为道”的南宗禅以来，宋代禅师在日常生活中有大量关于“无心”的言说。明觉禅师《寄陈悦秀才》诗云：“水中的火旨何深，握草由来不是金。莫道庄生解齐物，几人穷极到无心。”②圆悟克勤禅师说：“若能于心无心，于己无己，于彼无彼，于我无我，荡荡廓周沙界，皆非外物纵历，尽乾坤际悉在目前。”③

禅宗的“无心”，指参禅时不能有任何二元对立的念头，运用自性的般若智慧照破一切分别对待。林希逸借鉴禅宗“无心”注庄，一是因为《庄子》之“道”也具有“无心”的特点：“道者，无心无迹也。”④二是因为人之私心主客物我二分，在个体自身也因“有心”而“吾我相对”，不能显现“自然天理”的“真我”。“至道、至言本无彼此，因人心之私有个是字，故生出许多疆界。”⑤（释《齐物论》）他解释《齐物论》中南郭子綦“吾丧我”：“嗒然者，无心之貌也。……有我则有物，丧我，无我也，无我则无物矣。……而曰吾丧我，言人身中才有一毫私心未化，则吾我之间亦有分别矣。”⑥南郭子綦的“隐机”状态，林认为是无分别态，包括无物我分别以及吾我分别，关键就在于“无心”，即不存任何杂念，不起任何二元对立的念头，这样才能进入“嗒然”状态。

第三，也是最主要的原因，林希逸认为只有“无心”才能做到自

① 林希逸著，周启成校注：《庄子鬳斋口义校注》，第63页。
② 雪窦重显：《明觉禅师语录》卷6，《大正藏》第47册，第706页。
③ 圆悟克勤：《圆悟佛果禅师语录》卷4，《大正藏》第47册，第728页。
④ 林希逸著，周启成校注：《庄子鬳斋口义校注》，第337页。
⑤ 林希逸著，周启成校注：《庄子鬳斋口义校注》，第34页。
⑥ 林希逸著，周启成校注：《庄子鬳斋口义校注》，第13页。

然而然，凡是“有心”为之的都不算自然，所以自然与无心通常是等义词，又由于做到自然无心，就没有刻意而为的形迹，也就是“无迹”，故而“自然”“无心”“无迹”等词常同时出现，意义基本一致：

顺造物之自然而无容心，则天下自治矣，何必为天下乎？有心则有私矣。①（释《应帝王》）

无雄又奚卵！言无心则无迹也。此一句是喻其心未能化，故可以形见之意。……此便是有迹处，便是未化处，故神巫得以相汝。②（释《应帝王》）

才有无私之名，胸中便有个私字，有此无私字，便是有心，……欲使天下无失其所养，则天地之间，物物皆有自然之造化，何可容力！但当依放自然之德，循行自然之道，能如此以为极矣，故曰已至矣。③（释《天运》）

由于对“自然”的重视，林希逸常用“无心”注庄，表达“自然无容心”之意：

若我才容心，而不能自止，则身虽坐于此，而心驰于外，又安能坐忘乎！④（释《人间世》）

不得已者，应事而无心，则为圣人之道。⑤（释《庚桑楚》）

求治而无求者，无求名之心也。与政为政，与治为治，虽有为而无容心也。⑥（释《让王》）

---

① 林希逸著，周启成校注：《庄子鬳斋口义校注》，第128页。
② 林希逸著，周启成校注：《庄子鬳斋口义校注》，第130页。
③ 林希逸著，周启成校注：《庄子鬳斋口义校注》，第220页。
④ 林希逸著，周启成校注：《庄子鬳斋口义校注》，第65页。
⑤ 林希逸著，周启成校注：《庄子鬳斋口义校注》，第371页。
⑥ 林希逸著，周启成校注：《庄子鬳斋口义校注》，第104、122、197、198、201、288、301、305、347、356、433、435、451页。

“自然无心”说也是林希逸解释《列子》文意的主要方法，在《列子鬳斋口义》中常常见到。[①] 在解释《天地》著名的“黄帝遗珠”寓言时，林希逸认为“象罔”能找到“玄珠”，也是因为“无心”：“象罔，无心也。知觉、聪明、言辩皆不可以得道，必无心而后得之。”[②]（释《天地》）

“无心”即摒除一切杂念，“本心”因此而“不动心”，林希逸还以“本心无心”说解释《庄子》中描绘体道之人高超技艺的故事，如解释“至人潜行不窒，蹈火不热”：“知巧，容心也，果敢，容力也，言此事非容心容力所可为也。”[③]解释“佝偻承蜩”：“然其一心主于蜩而不知有它物，纯一之至也。”[④]解释“津人操舟若神”：“覆却万端而不动其心。”[⑤]解释“梓庆削木为鐻”：“谓纯气自守，而外物不入也。……惟其如此，故我之巧心专，而外物之可以滑乱吾心者皆消逝而不留。”[⑥]

林希逸的“本心无心”说，继承孟子—象山一系对于“本心”不动摇的思想，主张“本心”面对外物时的笃定，但不同于孟子—象山主要是从道德实践的角度，林希逸强调的“本心”不动更多在于能自然而然地顺应万物发展规律，要做到这一点，必须无任何物我二分的私心杂念，感而后应，迫而后动，无心应世。在这里，“无心”是“自然”得以实现的最重要的条件，而“自然”则是“无心”表现出的个体在实践活动中无刻意造作的“无迹”之貌。因此“自然”“无心”“无迹”都在表达体认天理时的“自然而然”“无为而为”。不得不说，林希逸的“本心无心”说因为转向内心化，极为强调心无杂念而顺行自然，必将在儒家重点关注的道德实践、伦理规范与礼乐政事

---

① “自然无心”说见于林希逸著，张京华点校：《列子鬳斋口义》，第12、29、36、40、51、86页。

② 林希逸著，周启成校注：《庄子鬳斋口义校注》，第189页。

③ 林希逸著，周启成校注：《庄子鬳斋口义校注》，第287页。

④ 林希逸著，周启成校注：《庄子鬳斋口义校注》，第289页。

⑤ 林希逸著，周启成校注：《庄子鬳斋口义校注》，第290页。

⑥ 林希逸著，周启成校注：《庄子鬳斋口义校注》，第296页。

等人心之外的领域有所忽略。实际上这正是其理学思想最为淡薄的一部分。

(四) 心悟自得说

理学作为宋明儒者挖掘出的孔孟内圣学之理论形态，很注重个体自身的心性修养以成就圣贤人格。林希逸也重视修养功夫。熊十力曾说中国哲学不仅仅是知识形态，还需要亲自践行，契悟圣贤真实的生命智慧，从而"以心传心"地继承发扬圣学传统："哲学不当以真理为身外物而但求了解，正须透悟真理非身外物而努力实现之。圣学归本尽性至命，此是圣学与世间哲学根本区别处，哲学家不可不勉而企也。"[①]林希逸十分注意《庄子》对修持功夫的启发，他常常指出《庄子》某处是"受用亲切处"，提醒读者仔细体会其间的功夫论启示。如：

> 此两句最是人生受用切实处。[②]（释《人间世》）
>
> 此段盖言物无大小，有所逐者，皆有所迷，此乃学者受用之语。[③]（释《山木》）
>
> 此数语于学道人分上最为亲切，禅家所谓渗漏心，又曰第二念，便是此意。德，为德也，为德而知其为德，则是有心矣，此最为学道者之害。[④]（释《列御寇》）

对于具体的修持功夫，林希逸主张"心悟自得"，原因在于：其一，既然注重将外在天地宇宙的生成变化放到心上把握，实现"天理"的方式也只能是从心上入手，不会选择格物致知的外在认知、

---

① 熊十力：《原儒》，长沙：岳麓书社，2013 年，第 27 页。
② 林希逸著，周启成校注：《庄子鬳斋口义校注》，第 62 页。
③ 林希逸著，周启成校注：《庄子鬳斋口义校注》，第 313 页。
④ 林希逸著，周启成校注：《庄子鬳斋口义校注》，第 181、327、362、485、486 页。

对象化的智思性理路；其二，林希逸通贯“自然”与“无心”，认为只有“无心”才能达到“自然”，也才能体认他所谓的“自然天理”，因此作为修持功夫，必然要在如何化“有心”为“无心”上努力[①]；其三，林希逸有“道乃本有”的观念，这里的“道”即“自然天理”所含的内容，他认为“道虽得之于文字，实吾性天之所自有者也”。[②] 既然“天理”人人具足，只能具足在“本心”上，功夫也就落实在心上如何开显、朗现“天理”，而不是通过获取外在的知识来体认“天理”。

佛教以“悟”来形容众生由凡入圣，转无明为智慧的过程。转化过程因众生根器利钝而有当下立显智慧的顿悟与破除重重障碍渐次开显的渐悟两种方式。禅宗自六祖慧能以后，则发展为专就心上参究，以彻显“即心是佛”宗趣的顿悟法门，所谓“菩提自性，本自清净，但用此心，直了成佛”(《坛经·行由》)。“悟”在林希逸看来是“自见自得”的过程，是对本自具足的“天理”的自我莹澈与开显，不是外在的增益。林希逸指出“悟”，既可豁然开显，“去故习而自悟，在汝转移之间”(释《大宗师》)[③]。“得使，言得教诲也，此为颜子顿悟之言。”[④](释《人间世》)也可有渐渐悟入的渐悟法门。他指出儒家自身也有顿悟和渐悟两种法门：“顿渐自有二机，不可谓有渐而无顿，亦不必人人皆自顿悟得之。仲弓之持敬，渐也；颜子之克己复礼，顿也。不然，何以曰：‘一日克己复礼，天下归仁焉。’仁，何物也？一日而得之，非顿悟而何！”[⑤]同时，他认为《论语》“默而识之”，《易》“默而成之，不言而信”，《孟子》“施于四体”、“不言而喻”以及伊川《春秋传序》“优游涵泳，默识心通”皆是“吾书”中

---

① 林希逸强调“化”的重要性，他说：“以有为之心，而为有为之事，则非所过者化矣，故曰形固造形。成，定也，执其心一定而不化也，此心不化，则克伐怨欲行焉，伤其内也，故曰成固有伐。”(《庄子口义》，第 376 页)。既如此，修持功夫必然落实到在心上如何“化”的问题，而非外在的经验知识来“化”。

② 林希逸著，周启成校注：《庄子鬳斋口义校注》，第 112 页。

③ 林希逸著，周启成校注：《庄子鬳斋口义校注》，第 123 页。

④ 林希逸著，周启成校注：《庄子鬳斋口义校注》，第 63 页。

⑤ 林希逸著，周启成校注：《庄子鬳斋口义校注》，第 144 页。

的“顿悟”之门，并提及朱熹讥象山之学为禅，将释《论语》“默而识之”的“默而记之”，隐含批评朱熹不能契悟孔孟内圣传统，因而淡化“默而识之”的心悟色彩，将之转变为记载外在知识信息之意。

林希逸将佛教的“悟”引入儒家，并认为儒家内部也有顿悟、渐悟两类修行功夫，这既是其开通的三教观的表现，也有其师承影响。其师乐轩曾云：“佛书最好证吾书。”“证”即表示“佛书”有处“吾书”皆有，而不是激烈抨击，扫清门户。他将颜回的所思所行与禅宗修行相对应：“颜子即于言下领略，乃曰：‘请问其目。’此即禅家所谓如何保任之时，四非四勿，便是尽心、知性、知天下，继以存心、养性、事天，修身俟命之事也。其曰：‘为仁由己。’即禅家所谓此事别人着力不得也。”①不过，这并不表示其学派对儒佛二家在“悟”之修持功夫上完全无区分。乐轩曾云：“儒者悟道，则其心愈细；禅家悟道，则其心愈粗。”②以悟道过程中“心”的粗细变化区分儒佛之“悟”，林希逸对此深表赞同：“此看得儒佛骨髓出，前此所未有也。”③按林希逸的解释，他认为这里的“粗”，相当于《庄子》文中把“许多世间事，唤做卑，唤做粗”，更说“若分别得这粗细气象出，方知乐轩是悟道来”，禅家（包括庄子）悟道过程中“心”愈加“粗”，是指禅者（庄子）在修行中逐渐表现出的对世间事务的高蹈姿态。他们行事不符常理（禅者显现的各种离奇禅机及庄子鼓盆而歌一类），打破社会规范，不拘于“仁义”而谨小慎微，走向不顾一切规矩，逍遥自恣，昂首云天，寄意玄表。

儒家悟道则非如此，他们重视自己的内心修养与外在的道德实践行为，不断荡涤自身肉欲私心带来的对“天理”的遮蔽，走向完全开显“天理”的生存形态，仁义道德对他们不是外在的束缚，而是

---

① 林希逸著，周启成校注：《庄子鬳斋口义校注》，第 144 页。
② 林希逸著，周启成校注：《庄子鬳斋口义校注》，第 182 页。
③ 林希逸著，周启成校注：《庄子鬳斋口义校注》，第 182 页。

自发自觉的践履，表现在世间事务上，会愈加按照社会规范、礼节要求来行事，故其心会“愈细”。这样的区分，既从外在事相上，对儒者谨守仁义礼等规范与庄禅突破僵化教条、任心直行作出区别，又在内心上就两家修行过程的“心”的状态作出粗细变化方向的说明，得到林希逸肯认。

在与佛教之“悟”的对比中，林希逸认为，作为修行功夫的“悟”有以下特点：第一，与佛教相同，儒家之“悟”也强调对自身已有的“天理”的“自得自见”，而非外在获取；第二，与佛教相同，儒家之“悟”也有顿悟渐悟两类，这在先秦孔孟的圣教中已有充分展现；第三，不同于庄禅在悟道时走向“心粗”，儒者经由“悟道”体认“天理”，会注重个人道德修养，谨守社会规范，努力成就理想的道德人格。

二、定位与评价：向内体证的明道系统与道德践履的弱化

上文分别从林希逸“自然天理”说、“天理人欲”说、“本心无心”说、“心悟自得”说四方面论述林希逸的理学思想，“自然天理”是《三子口义》最根本的理学观。他在继承传统“天理”意涵的基础上，融进“自然”义并予以凸显，将之摆在“天理”中的核心地位，认为不能“自然而然”，就不能依循“天理”而生存，又通过“天理—人欲”“道心—人心”“无迹—有迹”三对范畴论述“自然而然”如何具体融入“天理”意涵，并对传统理学话语作出新的理解。他将“人欲”理解为在内心上不能依循自然的宇宙规律带来的过分欲望，阻碍体认天理的“自然而然”；将“人心”理解为个体“不得不为”与“自然而为”的统一，进而朗现“道心”（与“天理”基本同义）；他又将顺应自然在事相上的表现定为“无迹”，反之为“有迹”，并说明依“天理”而行事，均属“无迹”。另外，林希逸继承艾轩学派的“心化”特色，将“自然天理”收归心上来理解，强调“自然”与否的关键，其实在于“无心”，即无任何私心杂念，这样能保持“本心”不动，体认“自

然无心”之“天理”。在修持功夫上，林希逸主张即心悟理，在“本心”处去除遮蔽，对“天理”自见自得。“心”的方向是“愈细”，即愈能自觉从事内在道德修养与外在行为实践总结。总结来说，《三子口义》的理学思想，以“自然天理”为核心，具体展开为“天理—人欲”“道心—人心”“无迹—有迹”三对范畴，强调“自然而然”的关键在于“本心无心”，修持功夫主张“心悟自得”。

林希逸的“自然天理”，由于在功夫论上讲究通过内心的“自见自悟”契会“天理”，与提倡格物致知，由外在的经验知识把握“天理”的朱子一系自不相同，实际上林希逸对朱子有隐晦或直接的批评或反驳。[①] 虽然“本心”有孟子—象山一路的含义，但象山力倡“本心”而反对“无心”，实际上是防止己说滑入禅宗。他说：“‘我何容心’之说，即无心之说也，故‘无心’二字不经见，人非木石，安得无心？……心当论邪正，不可无也。以为吾无心，此即是邪说矣。”[②]林希逸也有“本心”与“无心”的说法，二心并非一心，前者自不可无，林希逸注重谈的是无任何私心杂念的“无心”，不过象山不论心之有无，只论心之邪正，林希逸则不得归入象山理学系统。究其原因，还是在象山警惕佛禅思想因子进入理学而忌讳谈心之有无，而林希逸融通的三教观以及“佛书证吾书”的认识，使其能在理学思想中畅谈“无心”。

从林希逸所属之学脉渊源以及其理学的特点来看，宜将之在大方向上归为明道系统。因其“天理”继承明道“天理”而来，在内涵上有不舍“尽人事”“去物欲”一面。在修持功夫上，明道虽未讲“悟”，但同样是由内心“逆觉体证”之路径，通过对复其本心达到对心体的契悟而通贯天命道体。[③] 不同在于，林希逸在明道“天理”

---

① 见林希逸著，黄曙辉点校：《老子鬳斋口义》，第71页。林希逸著，张京华点校：《列子鬳斋口义》，第11页。

② 陆九渊著，钟哲点校：《陆九渊集》，第149页。

③ 牟宗三：《心体与性体（上）》，第44页。

基础上融进庄子"自然"义并推向核心地位，不能在个体内心与外在事为两面都做到"自然而然"，就不能契悟"天理"。这种融合并非水火不容，而是突出强调个体在进行内在心性修养与外在实践活动时的顺应自然，不刻意妄为。林希逸只是将"自然而然"这种"自然属性"融进"天理"，而非把老庄描绘宇宙根源的"道"纳入"天理"，这是需要注意的。

"自然天理"说有浓厚的"心化"色彩，既表现为"天理"具足在心，无须外求，又表现为达到"自然"的关键在于"无心"，还表现为修持功夫上的"心悟自得"。林希逸融合三教，其对"自然"的推崇，来自对《庄子》一书宗旨"只说自然之理"的领会，其对"无心"的兴趣，则来自禅宗，对"悟"的功夫主张以及儒佛两家悟道的对比，更显其融通的佛教观。他的立场是理学，但对佛道二教无门户之见，尽力吸收其思想因子为己所用。这是他迥异于其他理学家之处。

林希逸虽强调"自然"在"天理"中的重要地位，但不可否认，这种凸显是以削弱"天理"中的道德实践的意义为代价的，也就是说，虽然"自然天理"没有否定个体要"尽人事"，不能"听任自然"，还要"去物欲"，但由于极力主张"自然"的重要作用，就会相对忽略其理学思想中怎样"尽人事"以及践行仁义等方面的内容。我们看到，即使林希逸在"道心—人心"中强调"不得不为"与"自然而为"的统一，不过这里的"为"并不专指道德实践，而是一切实践活动，这样的泛化导致其理学无法专注于如何进行道德践履。此外，他以"悟"为修持功夫，却没有开出具体的"悟入"路径与方法；他对"无心"有很大的兴趣，却没有对如何达到"无心"以应"自然"的方法论指示。总体来看，其功夫论缺乏实际的修学指导价值。理学着力于成就圣贤人格，"自然天理"说则在这方面表现得相对弱化。同时，由于口义缺乏概念范畴的严格界定，不是一套严密的理论体系，相较之前的朱子和以后的阳明，纯就理学思想创建来看，稍嫌单薄。但林希逸理学思想代表南宋末年理学发展的总体趋势，如内心的转向、三教融通等，而这也是理解林希逸文艺思想的重要前提与关键。

第二节 林希逸“三子”文章学理论

林希逸注释“三子”，除了义理上的独特理解，还从文章学角度对“三子”文势、笔法等进行评点，对后来的“三子”注疏者（尤其是《庄子》注疏者）关注文章写作技法、结构等形式要素，以及从文学鉴赏的角度品评“三子”有重要的典范作用，开“三子”注疏风气之先。[①] 林希逸感慨历代注“三子”者“文”“理”互隔，继承艾轩学派“性与天道不在文章外”的门派特色，努力在义理疏解与文章评点间取得平衡。而大量的文法点评形成其丰富的文章学理论。

一、何为文章学？

林希逸《学记》说：“文字最要看转换处。”“太史公伯夷传者，首尾转换，笔力最高，文字最妙。……此则子长自谓著书立言，可以传后。恐世无夫子，未必能传也。索引于圣人，作万物睹处，即以为自言著书之意，则文脉捍格，失其本旨，亦无以见其笔势之妙。”[②]刘辰翁之子刘将孙《养吾斋集》卷二十九《赵青山先生墓状》云：“盖欧、苏起而变极于化，伊、洛兴而讲贯达于粹。然尚其文者不能畅于理，据于理者不能推之文。”[③]林希逸在《庄子口义》最后说：

---

① 参见李波：《清代〈庄子〉散文评点研究》第二章“清代以前《庄子》散文评点概述”，北京：学苑出版社，2013 年。

② 林希逸：《竹溪鬳斋十一稿》，文渊阁《四库全书》第 1185 册，第 837 页。

③ 刘将孙：《赵青山先生墓表》，《养吾斋集》卷 29，文渊阁《四库全书》第 1199 册，第 279 页。

> 诸家经解，言文法者，理或未通，精于理者，于文或略，所以读得不精神，解得无滋味。独艾轩先生道既高，而文犹精妙，所以六经之说，特出千古，所恨网山乐轩之后，其学既不传，今人无有知之者矣。[①]

基于"理""文"平衡的认识，林希逸对"三子"文章给予充分关注，他说《庄子》："理到而文又奇，所以度越诸子。"[②]对于《庄子》中"理未到"之处，也可以学其写作技巧，"其理虽未正，然笔力岂易及哉！"[③]"此皆愤时之激论，中间多有此类，但观其文势可也。"[④]

在探讨文章学理论之前，先要弄清楚什么是文章学。有学者将文章学定义为"笔法学"："就是解决诸如文章如何认题，以及它的间架结构、声律音韵、造语下字、行文技法"的问题。[⑤] 即文章学是指导写作的技法方面的知识，并且根据章法论、技法论及评点之著等文章学文献大量出现于南宋的历史事实，认定文章学正式成立于南宋或南宋孝宗朝(1163—1189)[⑥]。但也有学者指出中国古代有强烈实用性和功利性(指导科举时文)的纯写作技法的地位并不高，文章学必须考虑刘勰《原道》篇中那样的"文道"问题，并认为文章学的成立应上溯至以《文心雕龙》为代表的六朝文章学。[⑦] 笔者不拟讨论文章学的成立问题，而注意到文章学是关于文章(包括散文和韵文)写作、批评并包含相关问题的系统理论。以此来看，林希逸对"三子"文章所作笔法、句式、文风的评点、赏析，指导如何阅读"三子"以及通过文章的形式要素作出辨伪评判等，均是林希

---

① 林希逸著，周启成校注：《庄子鬳斋口义校注》，第 512 页。
② 林希逸著，周启成校注：《庄子鬳斋口义校注》，第 165 页。
③ 林希逸著，周启成校注：《庄子鬳斋口义校注》，第 162 页。
④ 林希逸著，周启成校注：《庄子鬳斋口义校注》，第 267 页。
⑤ 祝尚书：《宋元文章学》，第 6 页。
⑥ 祝尚书：《宋元文章学》，第 50 页。
⑦ 吴承学：《中国文章学成立与古文之学的兴起》，王水照、侯体健主编：《中国古代文章学的衍化与异形——中国古代文章学二集》，第 29 页。

逸“三子”文章学理论的组成部分。

二、“三子”鉴赏论

《庄子》《老子》《列子》富有文学性。《庄子·天下》曾说：“以谬悠之说，荒唐之言，无端崖之辞，时恣纵而不傥，不以觭见之也。”司马迁评《庄子》文章“指事类情”的“寓言”特征。林希逸对“三子”文章的字、句、段以及譬喻等都有文学性品评。

第一，评字。林希逸特别注意《庄子》中某些字的妙用。他常用“奇”这个批评术语，通过分析，笔者发现主要有以下五个方面。

1. 用字文采飞扬。“鸟之飞也，必以气，下一怒字，便自奇特。”①（释《逍遥游》）

2. 用字不同寻常。“生白即生明也，不曰生明，而曰生白，此庄子之奇文也。”②（释《人间世》）

3. 用字重复出新，或形同义异；或有更深之意；或形成独特句式。“上下两甚矣，字义却不同，皆是奇笔处。”③（释《在宥》）“却如此下四个服字，皆是奇笔处。”④（释《天运》）“三个下衰，其文自奇。”⑤（释《缮性》）“唯虫能虫，唯虫能天，此八字极妙。”⑥（释《庚桑楚》）

4. 用字简洁切当。“此三字亦奇。”（释《山木》“儆也夫！”）

5. 妙用虚字。“一句之中四个也字，一个哉字，此皆《庄子》文奇处。”⑦（释《人间世》）

第二，评句。

评《庄子》文句：

---

① 林希逸著，周启成校注：《庄子鬳斋口义校注》，第 2 页。
② 林希逸著，周启成校注：《庄子鬳斋口义校注》，第 65、85、196 页。
③ 林希逸著，周启成校注：《庄子鬳斋口义校注》，第 168 页。
④ 林希逸著，周启成校注：《庄子鬳斋口义校注》，第 231、255 页。
⑤ 林希逸著，周启成校注：《庄子鬳斋口义校注》，第 254 页。
⑥ 林希逸著，周启成校注：《庄子鬳斋口义校注》，第 370 页。
⑦ 林希逸著，周启成校注：《庄子鬳斋口义校注》，第 77、191、226 页。

1. 文采飞扬。“野马,尘埃三句,此是他文字最奇处。”①(释《逍遥游》)林希逸还欣赏《庄子》文字所展现的画面视觉效果,如“此四句,画出一个宰牛底人。”②(释《养生主》“手之所触,肩之所倚,足之所履,膝之所踦”)“不辍而对曰游,仰而视曰吁,画得自妙。”③(释《在宥》)

2. 描摹世情。“方其梦也,不知为梦,又于梦中自占其梦,既觉而后乃知所梦所占皆梦也,此等处皆曲尽人情之妙。”④(释《齐物论》)

3. 䌷绎发越。这是林希逸用以形容《庄了》文章语言丰满富丽、灵动多姿,如:“于此又以死生、穷达、贫富、毁誉、饥渴、寒暑等总言之,此是䌷绎发越处。”⑤(释《德充符》)

4. 精当贴切。“说到不善人多善人少,利天下少而害天下多处,亦是精绝。”⑥(释《胠箧》)

5. 纯粹。林希逸用“纯粹”形容《庄子》有些文句说理正当朴实的特点,如“此五句极纯粹,上三句与《老子》略同”⑦。(释《天地》)

《列子鬳斋口义》评《列子》文句:

1. 高远广大。“此亦务为高远广大之言。”⑧(释《汤问》)

2. 端正。“此数语却自端正。”⑨(释《汤问》)

3. 露筋骨。南宋吕祖谦《古文关键》卷首《看古文要法》曾评论曾巩文章:“专学欧,比欧文露筋骨。”⑩林希逸也用之评《列子》:

---

① 林希逸著,周启成校注:《庄子鬳斋口义校注》,第3页。
② 林希逸著,周启成校注:《庄子鬳斋口义校注》,第49页。
③ 林希逸著,周启成校注:《庄子鬳斋口义校注》,第173页。
④ 林希逸著,周启成校注:《庄子鬳斋口义校注》,第41、69页。
⑤ 林希逸著,周启成校注:《庄子鬳斋口义校注》,第92、109、171页。
⑥ 林希逸著,周启成校注:《庄子鬳斋口义校注》,第155、484页。
⑦ 林希逸著,周启成校注:《庄子鬳斋口义校注》,第184页。
⑧ 林希逸著,张京华点校:《列子鬳斋口义》,第111页。
⑨ 林希逸著,张京华点校:《列子鬳斋口义》,第116页。
⑩ 吕祖谦:《古文关键》,王水照编:《历代文话》第1册,上海:复旦大学出版社,2007年,第236页。

“然此等文字亦太露筋骨，似非所以垂训之意。《庄子》则不然。”[①]（释《杨朱》）对比《庄子》形象化的说理方式，《列子》某些文字说理显得直截了当。

《老子鬳斋口义》评《老子》文句：

1. 简妙高古。“如此看得破，非惟一张纸中首末贯串，语意明白，而其文简妙高古，亦岂易到哉？”[②]（释第五章）

2. 精到工绝。“‘豫兮’以下，乃是形容有道者之容，自是精到。”[③]（释第十五章）“老子之文，如此等处可谓工绝。”[④]（释五十三章）

第三，评段。如林希逸评《庄子·至乐》列子遇百岁骷髅的故事：“其意固止如此，而文字之妙，绝出千古。整齐中不整齐，不整齐中整齐，如看飞云断雁，如看孤峰断坂，愈读愈好。”[⑤]

林希逸将这段文字作审美化的品读，用诗意语言将审美感受形象化描绘出来，传达出鲜活灵动的审美体验，是对《庄子》的文学批评。后世注庄者纷纷效仿，以诗意语言鉴赏《庄子》文章。而林希逸对句式整齐与否的注意，则是受当时科举指导书风行的影响。[⑥] 参吕祖谦《古文关键》中《论作文法》载：“文字一篇之中，须有数行齐整处，须有数行不齐整处。”[⑦]可知，林希逸借鉴《古文关键》甚多。

林希逸还多次提及《庄子》文章的譬喻，他着重从创作的角度看待譬喻，指出《庄子》等文章是学习譬喻的典范之作。“此段凡六譬喻，节节皆好。为文莫难于譬喻，王臞轩迈尝云：‘平生要自做个

---

① 林希逸著，张京华点校：《列子鬳斋口义》，第160页。
② 林希逸著，黄曙辉点校：《老子鬳斋口义》，第8页。
③ 林希逸著，黄曙辉点校：《老子鬳斋口义》，第17页。
④ 林希逸著，黄曙辉点校：《老子鬳斋口义》，第58页。
⑤ 林希逸著，周启成校注：《庄子鬳斋口义校注》，第283页。
⑥ 林希逸对文章的重视，不仅有师门的继承，还与南宋中后期指导科举作文的文章学著作大量出现有关。
⑦ 吕祖谦著：《古文关键》，王水照编：《历代文话》第1册，第236页。

譬喻不得，才思量得，皆是前人已用了底。'《庄子》一书，譬喻处件件奇特。"①（释《天运》）

林希逸对"三子"文章的鉴赏多用"奇"字，有文采飞扬、简洁切当、重复出新、妙用虚字、发越痛快、描摹世情、高远广大、简妙高古等各方面的特点，准确揭示出"三子"文章的各种美学特性。"奇"，即不寻常。林希逸注意"三子"对惯常写作形式的打破，揭示其各种"陌生化"技巧对阅读新鲜感的唤醒，使读者时时保持强烈的阅读期待，获得惊奇又愉快的审美体验。历代注释者都只重"三子"思想，对于其文章则留意甚少。林希逸有深厚的文学修养，他从文学角度批评"三子"，引导读者玩味文章美感，并运用诗意的点评文字传达出瞬时的阅读体会。既开启后世注家对"三子"文章的审美关注，又使点评这类传统的文学批评方法在义理性著作中得到拓展运用。林还将虚字运用、句式设计等写作技巧拈出品鉴，表现出较强的实用指导性特点。既品赏"三子"文章的过程，也包含着学习其文章创作技法的过程。

三、"三子"创作论

如果说鉴赏论除了如何学习"三子"文章写作技巧外还加以文学品鉴的话，那么"三子"创作论则是林希逸从写作如何具备审美性的角度对其中遣词造句进行的技术性剖析。他常用"鼓舞""戏剧""游戏""弄笔""鸿洞"等术语，虽然林希逸并没有明确定义上举术语的使用范围，加上口义的白话通俗特点，用语自由随意。但通过归类，我们还是能厘清各术语的大致使用范围及相互关系。此项工作能挖掘其独创术语的丰富内涵，深入理解林希逸对"三子"的技法评论，意义不容小觑。下文即结合具体使用情况分析这些术语，扫清过去研究中的模糊地带，总结其"三子"创作论。

① 林希逸著，周启成校注：《庄子鬳斋口义校注》，第236、274页。

综合来看，“鼓舞”使用频率最高。笔者分析《三子口义》所有使用“鼓舞”处，得到如下意涵。

1. 形式上将结语挪到开头。“据此一句，合结在下，以结语为起语，此其作文鼓舞处。”①（释《庄子·逍遥游》）

2. 非单线状的散点跳跃性思维。“上言惠子，下句又以昭文之子结，此是笔端鼓舞处。”②（释《庄子·齐物论》）

3. 说理超然，不符常规。“既听其自然，则安知将化、已化与不化哉！此类皆其鼓舞发越之语。”③（释《庄子·大宗师》）

4. 用词夸张、玄奥。“立乎不测只是游于无有。笔端鼓舞，大率如此。”④（释《庄子·应帝王》）“生生字说不生，此其笔端鼓舞之常法。”⑤（释《庄子·大宗师》）“此即‘从心所欲不逾矩’之说，但说得鼓舞尔。”⑥（释《列子·仲尼》）“此皆鼓舞之文，在《庄子》此类尤多。”⑦（释《老子·第二十五章》）

5. 同义复申。“既曰人和天和，又曰人乐天乐，鼓舞发越，其笔势大抵如此。”⑧（释《庄子·天运》）“其间说乐，虽作三段，亦无大分别，但鼓舞其言而已。”⑨（释《庄子·天运》）“‘甚’‘奢’‘泰’三字只是一意，但如此下语，非唯是其鼓舞之笔，亦申言其甚不可之意。”⑩（释《老子·第二十九章》）

---

① 林希逸著，周启成校注：《庄子鬳斋口义校注》，第 5 页。
② 林希逸著，周启成校注：《庄子鬳斋口义校注》，第 30、154 页。
③ 林希逸著，周启成校注：《庄子鬳斋口义校注》，第 119 页。
④ 林希逸著，周启成校注：《庄子鬳斋口义校注》，第 129 页。
⑤ 林希逸著，周启成校注：《庄子鬳斋口义校注》，第 111 页。
⑥ 林希逸著，张京华点校：《列子鬳斋口义》，第 94 页。
⑦ 林希逸著，黄曙辉点校：《老子鬳斋口义》，第 28 页。
⑧ 林希逸著，周启成校注：《庄子鬳斋口义校注》，第 212 页。
⑨ 林希逸著，周启成校注：《庄子鬳斋口义校注》，第 233 页。其他如，“四字轻重一般，如此下语，皆是其笔端鼓舞处。”（第 350 页）“若道伦又如何，义又如何，分又如何，辨又如何，争又如何，竞又如何，便非庄子之意矣。且伦字、义字、辨字、竞字、争字本无甚分别，如何名以八德？看得他文字破，不被他鼓舞处笼罩了，方是读得庄子好。”（第 34 页）在林希逸看来，鼓舞处不仅是庄子措辞技巧的表现（多词同义），还是阅读《庄子》时需要识破的地方。
⑩ 林希逸著，黄曙辉点校：《老子鬳斋口义》，第 32 页。

6. 所举故事奇幻多姿，不合常俗。“看禅宗此事，便见云将曰游，乃是庄子形容鼓舞处。”①(释《庄子·在宥》)

可以看到，“鼓舞”术语意涵相当丰富，除了措辞造语的夸张、玄奥外，还有句法结构、创作思维以及反常规说理等各方面的意义。再看看林希逸使用“游戏”“弄笔”“戏剧”“鸿洞”：

以下句已字连上句已字，此是其笔端游戏作文处。②（释《齐物论》）

即前所谓其好也一，其不好也一之一也，又做成名字如此，皆庄子弄笔处。③（释《大宗师》）

庄子既撰此语，又引此书以自证，此又是其戏剧处。④（释《逍遥游》）

此一段形容之语，尽有温粹处，但说得太鸿洞。⑤（释《大宗师》）

所谓“笔端游戏”，指句法形式技巧，“弄笔”则是指庄子用词玄奥，“戏剧”指《庄子》故事虚构玄幻，“鸿洞”则指庄子说理超然，不合常规。这些术语意涵均可被“鼓舞”所涵摄，它们是“鼓舞”某意涵的另一种表达，可以说，“游戏”“弄笔”“戏剧”“鸿洞”都有将“鼓舞”具体化、充实化的作用，通过“游戏”“弄笔”等术语的梳理有助于我们从整体理解“鼓舞”⑥。林希逸有时会使用义项单一的术

① 林希逸著，周启成校注：《庄子鬳斋口义校注》，第 173 页。
② 林希逸著，周启成校注：《庄子鬳斋口义校注》，第 26 页。
③ 林希逸著，周启成校注：《庄子鬳斋口义校注》，第 121 页。
④ 林希逸著，周启成校注：《庄子鬳斋口义校注》，第 3 页。
⑤ 林希逸著，周启成校注：《庄子鬳斋口义校注》，第 104 页。
⑥ “鼓舞”与其他“游戏”等四个术语的涵摄关系并不是林希逸明确指出的，而是笔者对其使用这些术语的所有语例归纳分析得到的逻辑相对自洽的结果(指能对这些术语在“三子”文章中的运用有一较为完整、通贯、清晰的理论说明)。“口义”的通俗化决定了林希逸不太可能对所使用的术语有清晰化、明确化的义界，有一定的随意性，但这并不表示不能找出其间的逻辑关系和术语的适用范围，总结出林希逸所使用术语的意涵及其相互之间的关系，对探讨林希逸“三子”文章学理论是必不可少的工作。

语，有时也会模糊地使用意涵丰富的“鼓舞”一词，来综合评点庄子的创作手段。[①] 如“只不疑二字，庄子鼓舞出来，却撰出此数句，以结一篇之文，可谓奇特”。[②]

林希逸用“鼓舞”综合表达庄子措辞造语的技巧。而“游戏”“弄笔”“戏剧”“鸿洞”只是“鼓舞”某一项技巧的具体化评论术语，故这里重点讨论“鼓舞”。我们可以把“鼓舞”的六项意涵分为三类：第一类是通过巧妙用词、重复用词形成一定的句式，如第一、五项；第二类是创作思维活跃，不拘常俗，带来拒斥单线逻辑的散点思维，如说理超迈高蹈、寓言故事虚构灵动等，包括第二、三、六项；第三类是用词夸张、玄奥，不合常规，如第四项。无论哪一类，都指明了“三子”文章在字词选取上的技术性特点。这里之所以特别强调“字词选取”，是因为“鼓舞”等术语通常针对的是由字到句的创作过程，包括如何构思出精彩的字词以及如何形成一定的句式等，具有指出“三子”文章创作方法的意义。[③]

最为关键的是，林希逸的“鼓舞”还揭示了“三子”文学性的生成问题。这里的“文学性”指“三子”文章的审美性质。无论是第一类的句式设计，还是第二类的思维活跃，还是第三类的用词奇幻，都有个共同的作用，那就是使“三子”文章的字词具有超越字面义的衍生义，即产生兴味，深化字句的意蕴以延宕读者的阅读体会。需要注意的是，在林希逸的文章观中，除了用词夸张玄奥能敞开审美空间外，有整一的句式呼应等形式安排、虚构性的故事寓言等内容设计都产生审美性，使读者“达其理”又“玩其文”，徜徉于“三子”奇幻深远、汪洋恣肆的美学世界中，用他的话就是“理亦正，文又

---

① 所谓的“综合”，即综合运用林希逸“鼓舞”六个义项中的某几种来创作。

② 林希逸著，周启成校注：《庄子鬳斋口义校注》，第 396 页。

③ 这里主要是在“由字到句”的这一创作过程谈“三子”文章创作方法，是跟林希逸使用“鼓舞”等术语紧密联系的。后文将要讨论的“三子”文章的文势笔法，也会涉及“下字”问题，是针对前后文“语脉”一致的考虑，也属于“三子”文章的创作论范畴，但有所侧重。

奇”。在林希逸看来,通过思维灵动、用词奇幻、句式设计可生成巨大的美学价值。正因为“三子”文章大部分采用“鼓舞”的方法说理,所以我们既能欣赏其高妙的文辞,又能体会其独特的句式与出尘的寓言,在“鼓舞”所营造的高蹈妙趣、纵横多姿的美学世界里,实现思想与审美的双重收获。

“鼓舞”是林希逸对“三子”之所以有审美价值的方法论评点,他认为“鼓舞处”能使我们体味“三子”之“奇”“妙”,但也有负面的作用,即给我们理解庄子“真意”带来阻碍。“鼓舞”与林希逸常用的另一个术语有关联:“过当”①。

现有对林希逸文章学评点研究成果中,通常一笔带过,认为“过当”必然导致“鼓舞变化”②。我们认为这是没有深入探讨“鼓舞”与“过当”之间的关系而得到的不切当结论。在发题中,林希逸说读庄五难之中的二难:“其意欲与吾夫子争衡,故其言多过当,二难也;……由其笔端鼓舞变化,皆不可以寻常文字蹊径求之,四难也。”③“过当”是林希逸以儒家思想为参照,对比“三子”中说理相较儒家激烈处,乃至诋毁儒家人物及思想处作出的评判。

吾书亦有此意,但庄子之笔,形容处说得多过当。④(释《大宗师》)

看来庄子亦是愤世疾邪而后著此书,其见既高,其笔又

---

① 这里主要谈“鼓舞”与“过当”的关系,不涉及“过高”。因为按照林希逸读庄五难之说(“其意欲与吾夫子争衡,故其言多过当,二难也;鄙略中下之人,如佛书所谓最上乘者说,故其言每每过高。”)“过当”主要是以儒家思想衡量《庄子》(也包括《老子》《列子》)得出的结论,而“过高”则是与佛家对比而得来。不过,林希逸有时会混用“过当”与“过高”(单从二词字面义来看,“过当”可能由“过高”引起,“过高”也是一种“过当”),如“此亦愤世疾邪而有此过高之论”。(《庄子鬳斋口义校注》,第 119 页)此处的“过高”即是“过当”。但他使用“过当”的频率远高于“过高”,并且“过当”绝大多数均是在与儒家作对比。

② 参见方勇:《庄子学史》第 2 册,第 134 页,杨文娟:《宋代福建庄学研究》,太原:三晋出版社,2012 年,第 197 页。

③ 林希逸著,周启成校注:《庄子鬳斋口义校注》,发题第 1 页。

④ 林希逸著,周启成校注:《庄子鬳斋口义校注》,第 103 页。

奇，所以有过当处。①（释《骈拇》）

庄、列之书，本意愤世。②（释《列子·杨朱》）

"愚"字下得过当，秦之黔首，此语误之。③（释《老子》第六十五章）

"过当"是林希逸对"三子"与儒家道理相通但言辞夸张，或者激烈愤世、排抑讥毁儒家圣贤及思想的地方作出的评断。因此"过当"是结论性评判，而"鼓舞"是方法论、技巧性的术语。如林希逸的"笔端鼓舞变化"，形容的正是创作过程中遣词造句的技巧，故而说"过当"(结论性评价)必然导致"鼓舞"(技术性评价)，已然在逻辑上不通(果如何导致因?)，而一个至为重要的问题摆在我们面前并需要厘清："鼓舞"就一定导致"过当"吗？这个问题可以通过比较"鼓舞"与"过当"得到解答。

首先，"鼓舞"是林希逸对"三子"遣词造句层面的综合性方法论评语，它指向所有的遣词造句，一旦某语句富有文学性，林希逸就用"鼓舞"形容其笔法。而"过当"不同，它有两点内涵：一是思想旨趣与儒家截然对立，言辞激烈地讥毁儒家导致"过当"；二是所表达之意与儒家在林希逸来看相近或相同，但语言措辞上夸张玄奥，也属于"过当"。故而在林希逸所呈读《庄》五难中，"过当"是与儒家思想相比较得出的结论性评判，"鼓舞"则是对《庄子》笔法技术的评价。

其次，二者在林希逸的使用中有联系。因为"鼓舞"指向"三子"文章在措辞层面的笔法问题，"鼓舞"的义项之一即为用词夸张玄奥，这种用词容易使庄子文章"照管不当"而出现"过当"④：

---

① 林希逸著，周启成校注：《庄子鬳斋口义校注》，第145页。

② 林希逸著，张京华点校：《列子鬳斋口义》，第167页。

③ 林希逸著，黄曙辉点校：《老子鬳斋口义》，第71页。

④ 如"其戏诲尧舜夫子曾史伯夷，初非实论，特鼓舞其笔端而已"(《庄子鬳斋口义校注》第144页)，这里的"鼓舞"即用词夸张激烈。

乃如此发明一段，笔势澜翻，信不可及，然其言亦太过矣。[1]（释《天地》）

哀公安得南面而君天下！此皆庄子下笔过当不照管处。[2]（释《德充符》）

正是由于笔法自恣，不照前后导致“过当”。“鼓舞”甚至是庄子被判为“异端”的原因：“此鼓舞其笔，不照前后，所以为异端之书。”[3]（释《德充符》）但用词夸张玄奥只是“鼓舞”的其中一个义项，在这个意义上，可以说“鼓舞”导致“过当”，使《庄子》成为“异端”。而“鼓舞”还有其他义项，如形成句式、思维跳跃灵动等创作技法，它们生成了文章审美价值，这是林希逸正面肯定的。即使是用词超俗玄奥，如果没有用来说理，而是用于虚构玄幻的寓言故事，这也是林希逸所肯定的。因此，从“鼓舞”术语所涵摄的丰富义项来看，直接说“鼓舞”必然导致“过当”是不恰当的。

最后，针对“鼓舞”也会对理解庄子“真意”产生负面阻碍，林希逸提出不要被“鼓舞处”笼罩的读庄法：“看得他文字破，不被他鼓舞处笼罩了，方是读得《庄子》好。”[4]（释《齐物论》）林希逸对庄子的“鼓舞”技法有很全面的把握，不仅认为“鼓舞”带来了“三子”文章的审美价值，还强调“鼓舞”对“真意”的遮蔽，需要读者“具眼”识破。既玩味其笔法带来的文学性，又不被其笼罩误导。至于“过当”，虽然反映出的思想不可取，但文章写作技巧仍值得学习：“以尧对桀言之，曾、史、盗跖之类也，全书意势皆如此，其理

---

① 林希逸著，周启成校注：《庄子鬳斋口义校注》，第 204 页。
② 林希逸著，周启成校注：《庄子鬳斋口义校注》，第 93 页。
③ 林希逸著，周启成校注：《庄子鬳斋口义校注》，第 95 页。
④ 林希逸著，周启成校注：《庄子鬳斋口义校注》，第 35 页。其他如：“开合抑扬，前后照应，若看得出，自是活泼泼地，但其言语错杂，鼓舞变化，故人有不能尽知之者。”（《庄子鬳斋口义校注》第 181 页）

皆未正，然笔力岂易及哉！"[1]（释《在宥》）"把尧舜与之哙，汤武与白公相形而言，此皆愤时之激论，中间多有此类，但观其文势可也。"[2]（释《秋水》）

四、"三子"结构论

"三子"结构论也属于写作技法，不同的是，创作论注重由字到句这一写作过程，而结构论聚焦于句段之间的起承转合等结构安排，重点在句法、语脉、全篇整体结构等。即使涉及下字，也是在前后文语脉的角度考虑，与单纯遣词造句的讨论略有区别，当然，二者也有密切联系，写作实践中也不可能将二者（结构与用字）截然分开。本小节着重探讨"三子"结构论。

林希逸评论文章结构的术语主要有"笔势""文势""文法""笔力""语脉""血脉"等，术语意涵大同小异。其结构分析，主要用在开头、语脉、承接转折、句法、结尾、整篇结构等方面。

1. 开头。"文字起语最难，如此喝起三句，方说古之治道者，真是好文字。东坡言因读《庄子》而悟作文之法，履之而后知也。"[3]（释《缮性》）

2. 语脉。北宋黄庭坚首次提出文章"脉络"概念，他在《答王子飞书》中说："读书读禹之治水，知天下之脉络，有开有塞，而至于九州涤源、四海会同者也。"[4]林希逸认为脉络是前后文链接的重要线索：

> 此段又自为是不用一句中是字生来，……此便是他下字血脉。[5]（释《庄子·齐物论》）然看他文势，说地籁且还他说

---

① 林希逸著，周启成校注：《庄子鬳斋口义校注》，第 162 页。
② 林希逸著，周启成校注：《庄子鬳斋口义校注》，第 267 页。
③ 林希逸著，周启成校注：《庄子鬳斋口义校注》，第 252 页。
④ 黄庭坚：《黄庭坚全集》，正集卷 18，成都：四川大学出版社，2001 年，第 467 页。
⑤ 林希逸著，周启成校注：《庄子鬳斋口义校注》，第 31 页。

地籁,庶见他血脉纲领。[1]（释《庄子·齐物论》）

但林希逸的“语脉”不仅有链接上下文之意,还有句法形式之意。如:

此下数语,与《庄子》“有始也者,有未始有始也者,有未始有夫未始有也者”一样语脉也。[2]（释《列子·汤问》）

心都子之问,与子贡问夷齐语脉同。[3]（释《列子·说符》）

所谓的“一样语脉”“语脉同”即是在句法上的同形一致。林希逸的“语脉”不仅有形式意义,还可能影响到对文意的理解,他批评人们因为看不破“语脉”而误解庄子:“晦庵以督训中,又看近名近刑两句语脉未尽,……遂以为庄子乃无忌惮之中。若以庄子语脉及《骈拇》篇参考之,意实不然。”[4]（释《庄子·养生主》）因此,“语脉”并不是纯形式批评术语,还与文句内容密切相关。

林希逸还评论《庄子》文章有“一节高一节”的脉络特点,认为这是其特有的“笔势”,儒家经典文章以“平易”为主:“说得一节高一节,此是庄子之笔势,若圣贤之言,则平易而已。”[5]（释《大宗师》）

3. 承接转折。林希逸注重上下文的转接,他说:

此篇亦是一片文字。最要看他结上生下,起下结上处。[6]（释《庄子·缮性》）

---

① 林希逸著,周启成校注:《庄子鬳斋口义校注》,第 15 页。
② 林希逸著,周启成校注:《庄子鬳斋口义校注》,第 111 页。
③ 林希逸著,张京华点校:《列子鬳斋口义》,第 199 页。
④ 林希逸著,周启成校注:《庄子鬳斋口义校注》,第 49 页。
⑤ 林希逸著,周启成校注:《庄子鬳斋口义校注》,第 108 页,还见第 111、229 页。
⑥ 林希逸著,周启成校注:《庄子鬳斋口义校注》,第 257 页。

此两句又是文之一体，以小知大知一句结上鹏、鸠，又以小年大年一句生下一段譬喻。[①]（释《庄子·逍遥游》）

上章以神灵结语，下章以神灵起语，可见文势。[②]（释《列子·汤问》）

林希逸注意字词的巧妙转接处："砉然、响然、騞然，皆是其用力之声，却以奏刀两字安在中间，文法也。"[③]（释《庄子·养生主》）

除此之外，林希逸还关注"古文法"与"今文法"的对比。南宋由于科举的引导，场屋时文写作风行，出现了以时文写作程式、技法反观古文，并评点古文的著作，通过学习古文提高时文写作能力。[④] 时文作为"今文"需要向古文学习写作规律技巧，林希逸作今古文的"文法"对比，正是这一潮流的表现。他说："其德不离，是为素朴，两句相因，而下句之用素朴二字接过，古文法也，今人之文更无此等法度。"[⑤]（释《庄子·马蹄》）

4. 结尾。南宋陈傅良的《止斋论诀》曾专论结尾："结尾，正论关锁之地，尤要造语精密，遣文顺快。盖精密则有文外之意，使人读之愈不穷；顺快则见才力不乏，使人读之而有余味。"[⑥]林希逸特别强调文章结尾，他在《庄子》内七篇结束后写道：

文字最看归结处，如上七篇，篇篇结得别。《逍遥游》之有用无用，《齐物论》之梦蝶物化，《养生主》之火传也，《德充符》之以坚白鸣，《大宗师》之命也夫，自是个个有意。到七篇都尽，却妆撰倏忽混沌一段，乃结之曰：七日而混沌死，看他如

① 林希逸著，周启成校注：《庄子鬳斋口义校注》，第4页。
② 林希逸著，张京华点校：《列子鬳斋口义》，第119页。
③ 林希逸著，周启成校注：《庄子鬳斋口义校注》，第50页。
④ 祝尚书：《南宋古文评点缘起发覆——兼论古文评点的文章学意义》，《四川大学学报》2005年第4期。
⑤ 林希逸著，周启成校注：《庄子鬳斋口义校注》，第149页。
⑥ （宋）陈傅良：《论学绳尺》，文渊阁《四库全书》第1358册，第77页。

此机轴，岂不奇特！[①]（释《庄子·应帝王》）

对内七篇每一篇的结尾都给予关注。他还注意文章中间的小结处，评价其"结得极有力"[②]，评《老子》"结语多精绝"[③]等，限于篇幅不再列举。

5. 整篇文章。林希逸强调文章整全一体，常说全篇"只是一片文字"，需要细心体味其间的开合抑扬处，观察文章的笔势起伏：

首尾照应，若断若复连，若相因而不相续，全是一片文字。笔势如此起伏，读得透彻，自有无穷之味。[④]（释《庄子·齐物论》）

此篇只是一片文字，自此以下，连下许多故曰字，临末用一譬喻，却以野马有之为结，须子细看他笔势波澜。[⑤]（释《庄子·刻意》）

6. 句法。林希逸总结"三子"常用句法，如伸缩之法，即以少总多："此章本有四节，就此说渊九名一项，却入第四节，文章伸缩之法也。"[⑥]（释《庄子·在宥》）以少生多法："所言六府，而末后命字抽绎为两句，此亦文法也。"[⑦]（释《庄子·列御寇》）散中添韵法，即在以散文为主的行文中，适当加入韵语，使节奏富于灵动："此颂

① 林希逸著，周启成校注：《庄子鬳斋口义校注》，第137页。
② 林希逸著，周启成校注：《庄子鬳斋口义校注》，第493页。
③ 林希逸著，黄曙辉点校：《老子鬳斋口义》，第14页。
④ 林希逸著，周启成校注：《庄子鬳斋口义校注》，第45页。
⑤ 林希逸著，周启成校注：《庄子鬳斋口义校注》，第247页。
⑥ 林希逸著，周启成校注：《庄子鬳斋口义校注》，第132页。林希逸评点文章伸缩之法还见《庄子鬳斋口义校注》第110、263、287、366、380页及林希逸著，张京华点校：《列子鬳斋口义》，第40页。
⑦ 林希逸著，周启成校注：《庄子鬳斋口义校注》，第487页。林希逸评点文章以少生多法还见林希逸著，黄曙辉点校：《老子鬳斋口义》，第77页。

四句，本无别意，添作一转，便成节奏，此是作文之法。”[①]（释《庄子·天运》）

7. 林希逸还常用“关锁”“机轴”评点“三子”结构设计。主要有三种意涵：一是表示叙述设计中前后呼应的巧妙，如：“前曰独不闻，后曰独不见，此一段文字之关锁也。”[②]（释《庄子·齐物论》）二是表示上下连贯的关键，如：“上面既说四个‘太’字，就此又把形、气、质总之。此不特言理之妙，亦是作文机轴。”[③]（释《列子·天瑞》）三是结尾意味深长，增加神秘色彩，如：“末后却不肯说尽，但云‘非汝所及’，此又是一机轴。”[④]（释《列子·周穆王》）

林希逸从开头、脉络、转承、结尾、全文整体、句法、关锁机轴等七个方面对“三子”文章的结构进行全面深入的评析。他对结构有较高的标准，在他看来，文章应在全篇结构上整一浑成，而非松散零碎。文章中应有巧妙的起承转合以及前后连贯的脉络，句法形式上要追求变化，结尾应干脆有力，或统摄全文，或意味深长。林希逸对文章结构的点评有很强的实践指导性，他时时强调应学习“三子”文章的结构，让读者在写作实践中效仿，这是与南宋科举大兴，指导科举时文写作的文章学著作盛行之风是分不开的。

五、读“三子”法与庄列辨伪

林希逸不光点评文章，还对如何读“三子”给出指导建议。他感慨时人被“三子”独特的言辞风格所“笼罩”，泥着于字面义而不解“真意”，“或以自误”。可以说正是林希逸有一定的读书方法，才对“三子”有独到之见。除了在前文提到的需要识破“鼓舞”处以及于“理不正”处“但观其文势”外，还有以下几种读法。

---

① 林希逸著，周启成校注：《庄子鬳斋口义校注》，第233页。

② 林希逸著，周启成校注：《庄子鬳斋口义校注》，第14页。

③ 林希逸著，张京华点校：《列子鬳斋口义》，第14页。

④ 林希逸著，张京华点校：《列子鬳斋口义》，第83页。林希逸评点文章结尾意味深长处还见林希逸著，周启成校注：《庄子鬳斋口义》，第193页。

第一是文本细读。林希逸之所以有如此丰富细腻的文章学评点，跟他细读文本密不可分。他说："读《庄子》之文须如此仔细检点，庶得个入处。"①"此一句三持字，最说得精微，不可草草看过。"②

第二是设身体味。林希逸讲究阅读"三子"需要联系读者自身的生命体验与实践经历，才能得到受用。"读《庄子》者，却要如此体认得子细。"③"庄子看世事最精，此等处当子细玩味。"④

第三是不泥着于语言文字。这种读书法跟艾轩学派的心学色彩有密切联系，也跟林希逸阅读禅宗公案语录的体会相关。"心化"倾向使其时时注意不被表面文字所迷惑，"具眼"识"真意"，同时向内观照，将对"三子"的理解反观内心。这种读法是林希逸标榜的"具眼"的关键。"倏、忽、混沌皆是寓言，不可泥着，泥着则为痴人前说梦矣。"⑤

第四是识破多词共义。林希逸从整体入手，获得通贯把握，而不是寻枝摘叶。"老子自曰'不可致诘'，而解者犹以希、夷、微分别观之，看其语脉不破，故有此拘泥耳。"⑥

第五是自我参究。林希逸强调不仅要学习"三子"文章，还要从中学会作自我参究功夫，这是其作为理学家强调躬身实践的自觉。"此一句似结不结，却不说破，正要人就此参究，便是禅家做话头相似。"⑦

从林希逸的读书法可以看到，他既对文章的细读有相当高的要求，也提醒读者不可拘泥于字面义，应识取浮夸言辞背后的"真

① 林希逸著，周启成校注：《庄子鬳斋口义校注》，第 15 页。
② 林希逸著，周启成校注：《庄子鬳斋口义校注》，第 359 页。
③ 林希逸著，周启成校注：《庄子鬳斋口义校注》，第 18 页。
④ 林希逸著，周启成校注：《庄子鬳斋口义校注》，第 98 页。林希逸"设身体味"的读书法还见于《庄子鬳斋口义校注》第 137、165、175 页。
⑤ 林希逸著，周启成校注：《庄子鬳斋口义校注》，第 136 页。还见第 5、86、212、213、219、281、284 页。
⑥ 林希逸著，黄曙辉点校：《老子鬳斋口义》，第 16 页。
⑦ 林希逸著，周启成校注：《庄子鬳斋口义校注》，第 45 页。

意”。林希逸的理学家身份使他不仅注意文章，还不忘提醒读者参究实践。考虑到艾轩学派“性与天道不在文章外”的一贯主张，这可说是林希逸在文章与理学二者之间作出的平衡。①

林希逸还从文章学角度对《庄子》内外篇（林希逸的“外篇”包括杂篇）以及《列子》的辨伪问题提出自己的看法，他以文章学特点一致为标准，在文章统一性的前提下对《庄子》《列子》作出自己的评判。严格来说，这不是文献学意义上的辨伪工作，不过涉及林希逸对《庄子》《列子》文章学评点，故也稍加讨论。由于《列子》辨伪在第三章已论及，现在只谈林希逸对《庄子》内外篇的看法。

林希逸对《庄子》内外篇有个总体观点——内外篇均是庄子一人所作：

> 其书本无精粗，内篇外篇皆是一样说话，特地如此，亦是鼓舞万世之意。但外篇文字，间有长枝大叶处。或以为内篇文精，外篇文粗，不然也。②

即认为内外篇是统一的整体，皆是庄子一人所作，内外篇的关系“正与《左传》《国语》相似，皆出一手，做了《左传》，又成《国语》，其文却与《左传》不同”。③

他一方面认为外篇虽有“长枝大叶”，但也有“精”处，另一方面也认为内外篇均是庄子之作，内篇在“文字”上无异外篇。这仍是从文章学的角度得出的结论，即以内篇在言辞、行文、结构等的文章学特点为标准衡量外篇文章得来：“此篇文字，何异于内篇！或

---

① 这只是就林希逸在《三子口义》文本表现而言，至于林希逸自己是否躬身实践理学，将理学作为自己的信仰，则是不能仅从《三子口义》得出确切结论的。

② 林希逸著，周启成校注：《庄子鬳斋口义校注》，第136页。

③ 林希逸著，周启成校注：《庄子鬳斋口义校注》，第151页。

曰外篇文粗，内篇文精，误矣！”①

不过他又根据战国时没有“宰相”而怀疑《让王》《盗跖》《说剑》《渔父》四篇作者非庄子，这又有点文献学辨伪的意味，但类似这种显得客观的考证在仅见此一例。② 而他评论《列御寇》文章：

> 看彼故使彼、井饮以下言语，便是庄子文章，《让王》而下四篇，安得此语！③

评论《让王》：“此篇不全似庄子之笔，但隋珠弹雀，两臂重天下，说返屠羊数段尤佳，然终不及他篇矣，若《盗跖》《说剑》《渔父》则又甚焉。”④

这就又回到以文章学特点辨别庄子文章的理路上去了。对于“不似庄子”之处，林希逸不采取文献学辨伪那样，一旦认定是伪书便毫无价值，而是，虽然部分内容可能不是庄子所作，但仍有文章价值，主张学习其写作技巧。

与其说林希逸对《庄子》内外篇的评价是文献学意义上的辨伪工作，还不如说他是在文章整全的固有概念下，以内篇行文特点为标准，对外篇文章所作的比较与评判。他的结论可以不从文献学角度评价，而看作其文章学理论在内外篇评点中的一贯表现。他

---

① 林希逸著，周启成校注：《庄子鬳斋口义校注》，第371页。类似评价《庄子》内外篇不异的还见第396、415、442、443页。

② 林希逸著，周启成校注：《庄子鬳斋口义校注》，第475页：“自《让王》以下四篇，其文不类庄子所作，《让王》篇中犹有一二段，《渔父》篇亦有好处，《盗跖》篇比之《说剑》又疏真矣。据《盗跖》篇今谓宰相曰，战国之时，未有称宰相者，此为后人私撰明甚。前汉《艺文志》，《庄子》五十二篇，其篇数与今不同。《唐书》只四十卷，即今行于世者。不知所谓五十二篇者，更有《让王》《说剑》之类乎？抑犹有庄子所作而不传者乎？”林希逸《〈庄子口义〉成》也说：“《逍遥》而下是全书，渔父诸篇却不如。”另，对《让王》《说剑》《渔父》《盗跖》作者非庄子的怀疑，早见于苏轼《庄子祠堂记》，林希逸或受其影响。

③ 林希逸著，周启成校注：《庄子鬳斋口义校注》，第480页。

④ 林希逸著，周启成校注：《庄子鬳斋口义校注》，第452页。

没有简单地把外篇判为"文粗"，对外篇的语言、结构、脉络、文风等形式特点作出与内篇同样的评点，没有舍弃外篇的优秀之作。

六、小结

林希逸《三子口义》蕴含丰富的文章学理论，包括从字、句、段品评的鉴赏论、评点遣词造句的创作论、分析句法文势的结构论以及读"三子"法与庄列辨伪问题。在鉴赏论中，林希逸表现出细腻而敏锐的审美能力，从字、句、段等处点评出"三子"文章的文采及用辞之妙，创造性地使用了"奇""画"等范畴；在创作论中，林希逸创造出"鼓舞"这一意涵丰富的术语，这是与他使用的"过当"一词有联系但并不同义的；而在结构论中，林希逸则从开头、转承、脉络、结尾及全文整体各方面表达了对文章结构的看法，认为文章应追求首尾一贯、中间曲折多姿、结尾干净有力的结构形式。林希逸强调"识理"与"赏文"并行，且不忘学习道家功夫，做到"文辞"与"道理"的平衡，贯彻了艾轩学派重视文章的理论主张。

南宋的科举侧重经义策论，指导科场时文写作的文章学著作大行于世，提高时文写作能力需要向古文学习写作方法，相应地又有各种古文选本与评点著作问世，①如陈骙《文则》、陈傅良《止斋论祖》、楼昉《崇文古诀》、魏天应《论学绳尺》、吕祖谦《古文关键》等。而南宋印刷出版业兴盛，民间书坊为获利大量印刷出版文章学著作，其中尤以林希逸所在的福建路最为著名，是科场用书的集散地。科举的引导、书商的推动使得天下读书人都特别关注文章的写作技法问题，林希逸自不例外，他对吕祖谦的《古文关键》似乎十分熟悉。除了前文论林希逸"三子"鉴赏论时所提到的"露筋骨"

---

① 关于宋代文章评点形态分析可参张秋娥《宋元文章评点形态探析》一文。载谢飘云、马茂军、刘涛主编：《中国古代散文研究论丛(2012)》，广州：世界图书出版广东有限公司，2013 年 8 月，第 261 页。现存林希逸《三子口义》均只评不点，故本书未论及"点"。

"整齐不整齐"等语与《古文关键》相似外，其"三子"文章学理论借鉴《古文关键》甚多。试引《古文关键·总论看文字法》稍作分析。

> 第一看大概、主张。
>
> 第二看文势、规模。
>
> 第三看纲目、关键：如何是主意首尾相应，如何是一篇铺叙次第，如何是抑扬开合处。
>
> 第四看警策、句法：如何是一篇警策，如何是下句下字有力处，如何是起头换头佳处，如何是缴结有力处，如何是融化曲折、翦截有力处，如何是实体贴题目处。①

无论是术语使用还是评论思维，均与前文所论的林希逸文章学理论多有吻合处。林希逸同样强调了文势、结构首尾一体、抑扬开合、结尾有力等。另外，像"一段意起于此""一场意接归此一句""此意尤好""用得新""健而有力""一段之关锁""结得极好"等等点评句式，都与林希逸的评点很相似，这并不是说林希逸文章学理论没有新创，它只表明林希逸受到时风的影响。② 实际上，林希逸不仅创造出"鼓舞"等评点术语，从审美鉴赏的角度品评"三子"，他还强调从形式中识取"真意"，并学习道家修炼功夫。

---

① 王水照编：《历代文话》第1册，第234页。

② 在林希逸所生活的南宋后期，参加科举人数从北宋的近八万人猛增到四十万人，可见科举之盛，士人阶层无不学习时文写作以求取功名。林希逸本人也重视时文写作，自然也会涉猎指导时文的文章学著作。林岩：《南宋科举、道学与古文之学——兼论南宋知识话语的分立与合流》，王水照、侯体健主编：《中国古代文章学的衍化与异形——中国古代文章学二集》，第359—379页。

第五章　文道并重下的林希逸文艺思想研究

第一节　艾轩学派文道观及其文化意义

学问与文章并重是艾轩学派的特色，南宋后期理学人士普遍崇道贬文，艾轩学人却能肯定"文"的存在价值，没有如伊洛学人那样排斥，这在林光朝、林亦之、陈藻、林希逸四代艾轩学派传承中，均被坚持弘扬。艾轩学人进行了广泛的诗文创作实践。宋代理学自南宋朱熹集大成的创造以及在南宋被列为官学成为士子科考内容后，其整体的创造力开始出现僵化、滞缓，理学家以"文以载道""文以明道""文以贯道"等文道观为思想指导，在"文"之害与"文"之惑的张力中不断将文学纳入理学整体的思想体系内，相对忽视了文学自身的审美规律，丧失文学对人性丰富情感的发抒功能，诚如刘克庄所说"近世理学兴而诗律坏"。在南宋末年理学与文学的交汇场域中，艾轩学派文道兼重的意义得以呈现。同时，理学家的文道观不仅仅指文与道之间的关系，它还关涉文学本体论、文学的功用以及对文学创作技法、审美自律的态度等多方面问题。

一、林光朝的文道观

自中唐韩愈建立"道统"以来，道与文的关系问题即为理学家关注的重点。到宋代周敦颐，则明确提出“文以载道”的命题：“文所以载道也。轮辕饰而人弗庸，徒饰也，况虚车乎？文辞，艺也；道德，实也。”(《周子通书》)周敦颐将文辞看成技艺、形式，终极目的是道德修养，因此要在道德修养上努力而非文辞。程颐则发展出著名的“作文害道”说，①程颐批评当时为文者仅在雕琢章句上用功，类似俳优，阻碍对圣学的践行。他视诗歌为“闲言语”，极端鄙视诗文，将诗文视为悦人耳目的小技，与理学的作圣之功对立。对于六经以文传的文献现实，程颐认为那是圣人在修养功夫纯熟后的自然吐露。后来朱熹亦有文从道中流出的观点，这种认识取消了文学创作的自性规律，轻视文学创作技法。

林光朝作为伊洛传人，面对程颐一系的文道观是如何继承与发展的呢？首先，他继承程颐反对骈对雕琢的浮华文辞的观点：“圣贤之文，虽体制不同，大体与六经相为表里。刻玉剪彩，骈花俪叶为耳目观听之具，此围基击剑之技尔。”②与程颐认为古圣作文只是强调道德心性修养的重要性(“有德必有言”)不同，林光朝正面肯定“文”作为记录、传载圣贤之学的巨大功用。

> 若曰圣贤之学不在于无用之空言，则千百载之下，无六经无诸子，无百家传记，而能得古圣贤之用心者又不知其何事也。幸详言之，以观诸君子之所学问。古者以弧矢一事而合之以声歌登降之节。于是乎贤不肖无所逃矣。朴日以消，伪日以滋，谓弧矢有所不足，尚也。乃从而书其道艺，书其德行。③

① 程颢、程颐：《河南程氏遗书》卷18《伊川先生语四》：“问：‘作文害道否？’曰：‘害也。凡为文，不专意则不工，若专意，则志局于此，又安能与天地同其大也？《书》云：‘玩物丧志。’为文亦玩物也。……古之学者，惟务养性情，其他则不学。今为文者，专务章句悦人耳目，既务悦人，非俳优而何？’曰：‘古者学为文否？’曰：‘人见六经，便以为圣人亦作文，不知圣人亦摅发胸中所蕴，自成文耳。’所谓‘有德者必有言’也。”
② 林光朝：《艾轩集》卷4，文渊阁《四库全书》第1142册，第589页。
③ 林光朝：《艾轩集》卷4，文渊阁《四库全书》第1142册，第590页。

承认“文”的记载作用，虽也有崇道思想（“文”载的是圣贤之学），但相对于程颐处处提防文学，林光朝已然正视“文”的价值，他论及三代至于宋代以来的文章发展史。

> 问道之亏隆存乎其人，文章之高下存乎其时。唐虞三代至周而治极矣。故其文为独盛也。战国之诡激，魏晋之浮夸，南北朝五季之颓败，雕弱其间。……自元和以后渐复古雅，虽贾谊、陈子昂之徒一时特起，初若有意于发挥古文，润色当代，而其风流蕴藉亦无传焉者，以其独立而未盛故也。班固赋西都，具述公卿侍从之臣，若司马相如、刘向、董仲舒、萧望之之徒皆以文章称之。……及欧阳子以古学为倡，而文章始一变矣。熙宁、元丰之后学者皆祖于王氏，又其后苏氏出焉。今之学者，不出于二家。①

这段文章发展史较少有理学教化色彩，“诡激”“浮夸”“雕弱”等都是对文章自身风格的评判，没有理学的心性道德的旨趣，而林光朝所提及的诸如班固、司马相如乃至宋代王安石、苏轼等人，也只是称赞其文章，无涉其道德修养。可见林光朝已经明确区分两种“文”，一种是载圣贤之学的文（载道之文），一种是“文章”之文（文学之文）。他重视前者，也不忽略后者，而且对于后者的发展、自身的内在规律等多有关注。他甚至对文学史有自己独到的理解：如“三百篇之诗一变而为离骚再变为词人之赋”，再如“文体之变，其风俗之所系邪。是故读虞夏之书则有浑浑之气，商书灏灏，周书噩噩，内外相形，虚实相应，不可以为伪也。战国尚纵横，其文也巧而善辩；西汉尚经术，其文也质而有理，晋尚清谈，唐尚辞章，而文亦随之”。②

---

① 林光朝：《艾轩集》卷4，文渊阁《四库全书》第1142册，第588页。
② 林光朝：《艾轩集》卷4，文渊阁《四库全书》第1142册，第589页。

林光朝认为《诗经》《楚辞》与赋三者有流变的承传关系，文体的流变与风俗密切相关，这都是对文体自身发展史的深刻体知，并没有带着理学的有色眼镜，更重要的是，林光朝没有将“文章”之文（文学之文）这一系统定义为“害道”，并极力贬斥；相反，他还提出对“文章”之文创作技法的通达与实践有助于对“圣贤之文”的学习，“谈经者”与“能赋者”的优点不可偏废，应兼而有之：“谈经者或至于穿凿，能赋者或至于破碎，亦其势然耳。科目所以待天下，于斯二者不可以偏废。然罕能兼通之。求相如以经义，则疏矣；责仲舒以辞章，则泥矣。……自贞观以还，其亦有通经博古而兼得夫雕篆之艺能者凡有几？愿详闻之。”①“通经博古”指对“圣贤之文”的学习，而“雕篆之艺”则指向文章创作技法。

林光朝一方面重视载道之文，认为圣贤之学诸如六经、诸子百家之说需要文字记载才能传世，一方面又肯定“文章”之文的存在价值。在前者以“载道”为全部目的的“文统”中，由于坚信圣贤“有德必有言”，重点落在主体的道德践行与心性修养，当修习到“天理”完满充沛、荡涤私欲后，文章即从胸臆中自然流出，而在林光朝的表述中，“文章”之文与此不同，它对主体的要求更多偏重于形式层面上的文辞技法的学习，并且“文章”之文自身有独特的发展历史与规律。林光朝认为两个系统的“文”都要重视，前者固然是修学重点，对后者的掌握并不全然就会“害道”，它是对学习“圣贤之文”的有益助因。

林光朝文（“文章”之文）道（圣贤之文）兼重的文道观为整个艾轩学派面对文与道的问题提供了一个基本态度，林亦之、陈藻、林希逸等艾轩学人在此基础上进一步深化林光朝两个文统的观点，形成艾轩学派一以贯之的文道观：因重道而重道之文（圣贤之文）；因不忽视文章自身规律与技法而重文学之文（“文章”之文）。

① 林光朝：《艾轩集》卷4，文渊阁《四库全书》第1142册，第590页。

对文学的重视，使四代艾轩学人均在诗文创作实践与批评活动上有所发挥，联系到南宋末年理学大肆入侵文学，消解文学审美自律的现实语境，作为理学流派的艾轩学派在"重文"这点上，具有特殊意义。

然而如果具体分析林光朝、林亦之、陈藻、林希逸四代艾轩学人在"重文"上的言论，则可发现，艾轩学派在"重文"上亦有不同。对于林光朝来说，文学自性的确被他正面肯定，但有两点值得注意：一是，在他肯定的文章中，有如《书》等儒家经典，这属于"载道之文"；二是，他对文章写作的提倡，是因为文学对修道有促进作用。前者说明文学的合法性离不开儒家经典的文本支持，后者则说明林光朝对文学的肯定，仍有理学家一贯的对文学的工具性、他者性认识。不过，相对于一般理学家，林光朝对"文"的认识与态度，无疑显得包容，他开始正面论及文学问题。

由于承认文学有独立于理学思想的发展规律，林光朝不仅在理论上探讨"文章"自身特点，还对历代文学家作出审美批评并注意到他们的独特风格。

> 苏黄之别犹丈夫女子之应接。丈夫见宾客，信步出将去，如女子则非涂泽不可。韩柳之别犹作室。子厚则先量自家四至，所到不敢略侵别人田地，退之则惟意之所指横斜曲直，只要自家屋子饱满，不问田地四至或在我与别人也。①

如果不是对苏黄韩柳诗文有丰富深入的阅读，难有此形象生动的审美批评。他评论百家诗："百家诗抹一过，只有孟浩然脚踏着实地。谢玄晖、陶元亮辈人名不虚得也。毋怪乎杜子美每每起敬，子美岂下人者。如孟东野、刘宾客、韩柳数家，又如韦苏州、刘

---

① 林光朝：《艾轩集》卷 5，文渊阁《四库全书》第 1142 册，第 607 页。

长卿等辈，皆不在百家数中，却别有说。”[1]除文学批评外，他还致力诗文创作，杨万里曾赞：“自隆兴以来，以诗名者，林谦之（光朝）、范致能、陆务观、尤延之、萧东夫。”[2]刘克庄赞其文：“下笔简严，高处逼《檀弓》《穀梁》，平处犹与韩并驱。”[3]

从林光朝的文学理论与实践可以看出，他扭转了程颐反对“词章”的态度并正面倡导之。然而林光朝也反对“刻玉剪彩，骈花俪叶”的文章，这种理论的矛盾自然可用理学家追求的学术理想与现实生活中诗文的审美诱惑这二者的冲突来解释[4]，毕竟集理学之大成的朱熹也说过“作诗间以数句适怀亦不妨”（《朱子语类》卷一百四十）。笔者试对林光朝反对“刻玉剪彩，骈花俪叶”之文章的矛盾性作出新的解释，试图说明程颐与林光朝表面看来都反对悦人耳目的词章，实际却因二人文道观的差异而有不同的意涵。

此问题可在林光朝对《诗经》评论中见到答案。林光朝对《诗经》相当重视，并对此有精深的体悟与研究，他批评欧阳修《诗本义》“若论本义何尝如此费辞说”，认为《诗本义》“欲作数段注脚”的做法只是说了许多“枝蔓语”，“断然非本义”。他以“麟之趾”为例说道：

> 麟之趾只是周南之人目之所见，如公子者乃人中麟趾，乃以比公子，于嗟麟兮，此叹美之辞，二章三章只是说麟已，说趾又须说一件，乃谓角大序。所谓言之不足故嗟叹之，嗟叹之不足故永歌之，所以一篇而三致意焉。今乃云以蹄角自卫如我

---

① 林光朝：《艾轩集》卷 6，文渊阁《四库全书》第 1142 册，第 623 页。
② 杨万里：《诚斋诗话》，文渊阁《四库全书》，第 1480 册，第 731 页。
③ 刘克庄：《艾轩集序》，文渊阁《四库全书》，第 1142 册，第 553 页。
④ 参见常德荣：《宋代理学与诗学的内在矛盾与调节》，《中国古代文学理论学会第十八届年会论文集》，2013 年 8 月。王培友：《两宋理学家文道观念及其诗学实践研究》，南京：南京大学出版社，2016 年 1 月，第七章“两宋理学家文道观与其诗歌实践之关系”。

国君以仁德为国，尤须公族相辅卫尔。如此说《诗》，谓之本义可乎？[1]

他不满欧阳修将麟角与君臣相辅相对应的解释，认为麟之趾是对公子的比喻与赞美，而二章、三章则属于“一篇三致意”的咏歌之辞。林光朝对《诗经》“一篇三致意”的歌咏性特别强调，他甚至以此评论《离骚》：“《离骚》去风雅近，一篇三致意，此正为古诗体。”[2]将吟咏性视为古诗正体，曾说：“《诗》不歌，《易》不画，无悟入处。”[3]由于重视诗的吟咏性，林光朝还主张不泥于文字笔墨解诗，通过吟咏而心悟，达到“不费辞说”的效果：“某尝向人说读风诗不解芣苢，读雅诗不解鹤鸣，此为无得于诗者，才见二诗的然如是，则三百篇之义不费辞说。然吾人如此说诗却恐门外草深三尺也。”[4]通过吟咏而心悟诗义，竟与“不立文字”的参禅有相通之处：“一朝读《周颂》，不觉到天明，将笺注去掉，诵一遭方得解脱。”足见“吟咏”之于《诗经》的重要意义。

既然是“吟咏”，而且还要“去掉笺注”，那“一篇三致意”的“吟咏”对象是什么呢？林光朝说是“性情”：“文中子以为诗者民之性情，孟子云诗亡而春秋作，人之性情不应亡。”[5]广泛地说，不仅诗歌，所有文学都应“吟咏性情”，这在艾轩后学林亦之、陈藻、林希逸等人的文道观中均有提及。林光朝承认文学的自律性，文学创作必须具备“性情”，创作主体要有充沛丰富的情感，再通过一定的文辞技巧表现于文字。如果脱离“情性”，毫无真情实感，片面走向玩弄华辞的文字游戏，这也是林光朝所反对的。可见，虽然都反对浮

---

① 林光朝：《艾轩集》卷6，文渊阁《四库全书》第1142册，第615页。
② 林光朝：《艾轩集》卷6，文渊阁《四库全书》第1142册，第613页。
③ 林希逸：《鄱阳刊艾轩集序》，曾枣庄、刘琳主编：《全宋文》卷7732，林希逸卷7，第341页。
④ 林光朝：《艾轩集》卷6，文渊阁《四库全书》第1142册，第617页。
⑤ 林光朝：《艾轩集》卷6，文渊阁《四库全书》第1142册，第615页。

华文辞，程颐是从理学修习的角度，认为自然感发，不受任何约束的情感属于“情欲”，是修学需要荡涤的。与自然情感相应的文学藻汇属于“闲言语”，会妨碍修道，故应屏除，专务道学，林光朝则不然，他肯定自然情感的存在，进而肯定经由自然情感吐露而来的文学，如果脱离真实的情感内蕴，只在文字堆砌中用力，就不能创作出优美而感人的文章。所谓“吟咏情性”则指出写好文章的前提是必须要有丰富的“情性”[①]，因此他反对脱离“情性”的“刻玉剪彩”，并非反对一切文字雕篆之技。

林光朝的文道兼重使其言说潜在地具备两个系统，一是“道—文”系统，一是“性情—文”系统，前者是对理学家文道观的继承，后者则是林光朝的新创，在林光朝看来，两个系统并非水火不容，而是相互增益，他们有各自的独立性。如果把林光朝的文道观分为这两个系统来理解，则看似矛盾的言说可迎刃而解：在“道—文”系统中，林光朝心学色彩明显，他虽然强调文以载道，但不喜著书，认为“道之全体存乎六虚，六经注疏固已支离，若复增加，道愈远矣，故不注疏”。[②] 林希逸曾有其师祖林光朝文章不传之憾。[③] 林光朝批评汉儒于经典泥而不通，主张大道至理不由绳墨见闻而得，强调心悟，不要泥于章句注疏，刘克庄评曰：“以语言文字行世，非先生意也。”[④]而在“性情—文”的系统中，林光朝不仅大谈文章发展规律以及历代诗文风格，还指出《诗经》“一篇三致意”的吟咏特点，强调“情性”（亦即“性情”）于文学创作的重要性，同时也有大量

① 这里的“情性”主要指主体在文学创作过程中的丰沛的真情实感，而不是理学范畴内的“性情”，前者则是主体面对外在环境自然感荡而生，后者则是由理学的修养功夫达到的中和之圣贤心境。

② 林光朝：《艾轩集》卷 6，文渊阁《四库全书》第 1142 册，第 668 页。

③ “先生（林光朝）平生不著书，遗文仅数卷耳，殁五十年，未有全稿。余同舍方君严仲，先生外诸孙也，每相与振腕此事。”（林希逸《鄱阳刊艾轩集序》）林希逸还敦促方严仲搜集艾轩遗文：“兄老艾外诸孙也，先生遗文散落殆尽，兄之责也。”（林希逸《老艾遗文跋》）

④ 刘克庄：《艾轩集序》，文渊阁《四库全书》第 1142 册，第 553 页。

的创作实践，对诗文创作技法有深刻体会，陈宓赞“其文森严奥美，精深简古，上参骚词，……数语雍容有余”[1]。刘克庄说：“乾淳间，艾轩先生始为精湛之思加煅炼之功，有经岁累月缮一章未就者。”[2]两个系统的独立，使林光朝可以在“道—文”系统中强调心悟而不喜著书，也可以在“性情—文”的系统中论及文学的自律性并进行文学实践。[3]

两个系统在林光朝处虽然是相对独立的，却不代表二者地位是平等的。林光朝虽对文学给予一定的肯认，但仍把重心放在理学家修道体道上，强调的是在学习文章写作的过程中，把“通经博古”的修道之业与“雕篆之艺”文辞之技统一起来，最终目的是对“圣学”的践履。林光朝还不能完全离开理学而专言文学，尽管如此，他对于文学自性特点的认识仍较一般理学家深刻。

二、林亦之、陈藻的文道观

林光朝文道观中的两个系统，使其可以突破周敦颐、程颐等人以理学观文的局限，发现并探讨了文学的创作、批评以及文学史发展等各方面问题，艾轩学派二传林亦之则继承师说，进一步深化、发挥其师的文道观，推进艾轩学派对“文”的重视。在《网山集序》中，刘克庄曾称赞：“网山论著句句字字足以明周公之意，得少陵之

---

① 陈宓：《艾轩集旧序》，文渊阁《四库全书》第1142册，第553页。

② 刘克庄：《后村集》卷23，文渊阁《四库全书》第1180册，第245页。

③ 林光朝文道观中的两个系统，只是相对独立，并非绝无关联。实际上这两个系统有深刻联系。“道—文”系统并不完全拒绝审美性因素，“吟风弄月以归”，程颢观竹草生意，朱熹的理趣诗由万物观理都有审美质素；“性情—文”系统中，虽然“性情”（真情实感）是创作文学的前提，但不能说在体道修道的理学践行活动一定没有审美情感，因此也有可能创作出“美文”；再如“性情—文”系统较为重视的诗文创作技法，“道—文”系统也为创作载道之文所需（至于理学家眼中的圣人，则无须创作技法，自然流出，但这充满理想色彩，现实中的理学家即使如何强调“有德必有言”，也无法完全回避创作技法问题），我们以两个系统论述林光朝乃至整个艾轩学派的文道观，旨在表明作为理学家的林光朝以及作为理学流派的艾轩学派，对文学的充分自觉与实践，意义在于林光朝及艾轩门人在谈论文学时很少乃至没有理学负担，他能暂时放下理学家身份，坦荡荡地谈论文学及相关审美体验。

髓矣。其律诗高妙者绝类唐人，疑老师当避其锋，它文称是。”[①]说明林亦之也有丰富的文学创作实践经验，艾轩学派更是有自为一家的诗法规范与诗歌风格。[②] 这是对文学自性的肯定。

然而林亦之亦未忽略理学权威。在“道—文”系统中，林亦之坚持并深化林光朝的观点，认为真正的大道不在文字上，[③]但他也说“夫子之道不绝，则数圣人之道有所托”[④]，仍然承认“文”的载道功用，这是对文学工具性、他者性存在的自觉认知。不仅如此，林亦之更是在理论上说明了在“道—文”系统中学习圣贤文章对于学道的重要性，这是林亦之对艾轩学派文道观最大的理论贡献。他在《伊川子程子》中说：

> 尧舜禹汤文武周公仲尼之道，吾于程子不敢有毫厘异同之论。然伊川之门谓学文害道，似其说未必然也。盖自有天地以来，文章学问并行而不相悖，周公仲尼其兼而有之者乎？自是而后，分为两途，谈道者以子思、孟轲为宗，论文者以屈原、宋玉为本，此周公仲尼之道所以晦而不明，阙而不全者也。请以六经言之。六经之道，穷情性极天地，无一毫可恨者。六经之文则舂容蔚媚，简古险怪，何者为耳目易到之语？是古之知道者未尝不精于文也。苟工于文章而不知学问，则大道根源必暗然无所识；通于学问而不知文章，则古人句读亦不能无窒碍，是皆未可以谈六经也。……程子以学文为害道，则于六经渊源虽极其至，而鼓吹天地，讴吟情性又将何所托也？是安

① 刘克庄：《网山集原序》，文渊阁《四库全书》第 1149 册，第 854 页。

② 永瑢等：《网山集提要》谓：“艾轩流派当时实自成一家，其诗法尤为严谨。”（《四库全书》第 1149 册，第 854 页。）

③ 林亦之：《网山集》卷 3，文渊阁《四库全书》第 1149 册，第 877 页。“千载之日知其道者几人哉？或索之简牍之上，或求之簠簋之间，呜呼！是皆所求者末也，夫子之道不在乎是也。”

④ 林亦之：《网山集》卷 3，文渊阁《四库全书》第 1149 册，第 877 页。

得谓之集大成者乎？……则学问固为大本，而文章亦不得为末技也。①

林亦之赞同程颐的“道”论，但对他的“作文害道”论却不赞同，他认为学问与文章并非二事，即使圣贤之文如六经，同样有“春容蔚媚”“简古险怪”之文采。林亦之在“道—文”的系统中，肯定了载道之文可具备文学的审美要素，也在某种程度上给予文学一定的合法性。特别值得注意的是，林亦之这段论述，视角实有两个层面：一是见道者的圣贤层面；一是学道者即一般人层面，圣贤通达天地之道，可创作出既载道又有文采的文章，“未尝不精于文”，这有一定的理想色彩，但却是持“有德者必有言”“道根文枝”的理学家们普遍信奉的圣人能力。从这个层面上说，文学之文与载道之文本是一体，同根同源，载道之文侧重文章的内容，而文学之文则既指文辞洋溢的审美色彩，又是圣贤见道后的情性即“圣贤气象”的朗然呈现。对于圣贤来说，“道—文”系统与“性情—文”系统是合二为一的状态。

但在学道者的修学层面上，林亦之认为面对学问与文章合一的诸如六经等文本，则不应人为割裂，如果只学习文章，固然于大道无所见；而只注重学习其中的“道”，完全忽视文辞，不学习其章法技巧，则不仅不能体会圣人在六经中“鼓吹天地，吟咏性情”的“圣贤气象”，甚至不能在句读等形式层面上通达六经。故林亦之提出学问文章不可偏废，文章更不可为末技。

林亦之主要是在“道—文”系统中，肯定见道的圣贤所作的载道之文有审美性，提倡对于修学者来说，修道与学文同样重要。前者固不待言，至于后者，林亦之认为学习载道之文的创作技法以及注重其审美风格，可体会到“圣贤气象”，只有这样，对于六经的学

---

① 林亦之：《网山集》卷3，文渊阁《四库全书》第1149册，第878页。

习才是全面的，否则于六经“晦而不明”，他也因此批评程颐于六经事业“阙而未备”。林亦之对文学的肯定，落实在文学服务于修道体道的工具性作用上。他对文学的合法性论证，离不开儒家经典文本的支持，如认为六经“春容蔚媚”“简古险怪”，是学习文章写作的典范。更重要的是，他认为对文章的学习有助于体悟“圣贤气象”，这说明林亦之一方面看到了文学兴发情感的妙用，另一方面仍始终将文学视为他者性存在，认为文学是服务于理学家修道见道的工具、媒介。

与林光朝类似，林亦之的论证也未完全脱离“道—文”系统，他是在重视道之文的基础上肯定性情之文的。这种价值要在经由文章进而体悟得道之人的气象这个过程中才得以体现，体悟“圣贤气象”才是最终极的目的。林亦之固然重视文章，但他亦是在重道基础上重文。尽管如此，我们仍不能不看到，艾轩学人一贯的重文传统相对于程颐“作文害道”论的差异。实际上林亦之也谈论、写作律诗，他甚至在诗法锤炼方面下过苦工，曾写过“雕肝篆肺得一句”①“沉吟堪脍炙，涂抹更精神”②的诗句。

特别值得指出的是，在“道—文”系统中，“圣贤气象”是圣贤的“情性”，是天理流行、私欲荡涤后的“情性”，而“性情—文”中的“性情”侧重一般人在天地自然、社会人事中感荡的各种情感，丰富的情感积蓄可转化为审美体验，进而发为文辞华丽的文章（文学）。当“情性”在“道—文”系统中作为“圣贤气象”时，对理学家是修学欲达到的理想状态，它需要对一般的情感作理性的涵养功夫，使之中和敦厚，不能任由情绪推动产生出逾越规矩的情感。而“情性”在“性情—文”系统中作为一般人面对自然事物及社会人事感荡而起的喜怒哀乐各种情绪，恰恰要求其丰富、多面乃至激烈、复杂。这似乎是真正信仰理学并躬身践履“圣学”的理学家们始终对文学

① 北京大学古文献研究所：《全宋诗》，北京：北京大学出版社，1991 年，第 28991 页。
② 北京大学古文献研究所：《全宋诗》，第 28994 页。

怀有最低限度的戒备的根本原因。文学创作、接受、批评等各方面环节都离不开人的丰富情感的参与，而理学家恰恰需要将这些情感都转为“中和”，即“思无邪”。于是他们不得不对“溺于文辞”而邪思泛滥的可能性有所警惕。但是，理学家们又看到了文学对于兴发情感、陶冶性灵的妙用，故而对“圣学”有信仰的理学家，他们不至走向程颐“作文害道”的极端，在有助于见道体道的前提下，他们可以对文学给予一定的合法地位，在“不妨大道”的范围内肯定文章写作与鉴赏对于修道的促进作用。林光朝、林亦之对文学的态度，正可作如是观。

因此，艾轩学派虽然以“重文”而“别为源流”，但在林光朝、林亦之等艾轩前人处，“道—文”与“性情—文”两个言说系统的地位是不平等的，文学的自性虽被他们发现并重视，但二人始终未能完全脱离“道”而言文学，文学仍不能完全敞开自性。我们既要看到艾轩学人较一般理学家对文学的宽容、正视以及他们对文学的批评与实践这一面，又要分析出林光朝、林亦之等人对文学有限度的肯定以及在有助于见道体道的前提下重视文章的一面。

陈藻文道观也在上述两个系统中展开。陈藻强调“诗三百，思无邪。思无邪者诚，诚者中，中者仁。此诗之至也”①。这种理学家的《诗经》功用观并不是新见，他还说过：“诗，情性也。情性，古今一也。说诗者以今之情性求古之情性，则奚有诸家之异同哉？”②暗中表达诸家泥于文字训诂，不通诗歌情性而致解诗互异。联系到陈藻《阅世》诗：“道理初从纸上求，因而处世得优游，于今但阅人间世，自有文章笔下流。”③文章是通过阅尽人间世态，感荡情性，下笔而成，这里的“情性”更多指向一般人的各种丰富的情感，在这一点上，陈藻认为古今人相同，只要通过诗歌让我们的自然情

---

① 陈藻：《乐轩集》卷5，文渊阁《四库全书》，第1152册，第80页。
② 陈藻：《乐轩集》卷5，文渊阁《四库全书》，第1152册，第83页。
③ 陈藻：《乐轩集》卷5，文渊阁《四库全书》，第1152册，第64页。

性与古人的情性相感通，就能获取诗之真义。这显然是在“性情—文”的系统中谈论文学欣赏的问题，但因为谈的是如何解《诗经》，实际上也就有了解构经典神圣性的意味，即将诗三百看成在古人表现一般人喜怒哀乐情绪之作，而不是反映“圣贤气象”的载道之文。

这种强调自然情感古今无异的观点并非陈藻独见，刘克庄也说：“余谓诗之体格有古律之变，人之情性无今昔之异。《选》诗有芜拙于唐者，唐诗有佳于《选》者。……（朱君希仁诗）皆油然发于情性。”①即使诗歌体式有古律之变，但作为创作主体必须具备丰富的情感，不能埋头于书本章句，这是古今一致的。可以说与陈藻一样，刘克庄也注意到丰富的性情对于创作的重要意义，他说：“或古诗出于情性发必善，今诗出于记问博而已。”②也在强调诗歌创作的“情性”的重要性，批评时下写诗脱离真情实感，玩弄理学词汇，使诗歌变成理学思想的韵语化面目。

陈藻对古今性情相通的解读，表明他对文学活动自身规律的深刻认识。他看到了丰富的情感对于文学创作的重要作用，并将《诗经》视为文学作品。这与林光朝、林亦之文道观有差异，前二人未完全脱离理学言文，对文学的肯定是因为其有助于修道体道，文学的存在需要儒家经典文本的支持，陈藻言文学则能跳出理学，解构儒家经典的神圣性，认为《诗经》是反映古人丰富情感的文学作品。很明显，陈藻的“重文”相对于林光朝、林亦之，对文学的自性更为正视。也就是说，他特别强调丰富真实的情感对于创作的重要性，甚至把理学家视为经典的《诗经》的创作视为与今人诗文创作无二的“情性”的发抒，充分认识到文学活动的自身规律，使“情

① 李壮鹰主编，李春青副主编，刘方喜编著：《中华古文论释林（南宋金元卷）》，第124页。

② 李壮鹰主编，李春青副主编，刘方喜编著：《中华古文论释林（南宋金元卷）》，第123页。

性—文”系统相对于“道—文”系统的重要性得以上升。艾轩学派传至林希逸处，文学便真正实现独立，完全摆脱理学束缚。换言之，“道—文”与“性情—文”两个系统虽然在艾轩前辈那里形成，但真正二者完全平等地并立，且能互不干扰地言说，文学活动的规律与特点得以在脱离理学来探讨，在陈藻处已初见变化，在林希逸处得以完成。

三、林希逸的文道观

林光朝、林亦之等艾轩前辈的文道观包含“道—文”与“性情—文”两个系统，虽然对文学自性表现出了一定程度的关注与正视，但仍然保持对“道—文”系统的主导性、基础性地位，林光朝、林亦之等人也多是不离道来谈文学，传至陈藻则初见变化，文学的地位得以上升，不靠儒家经典获取合法性。直到林希逸，才真正实现两个系统齐头并进，文学逐渐摆脱理学的束缚。林希逸还将文章学习的范围扩大，不仅儒学经典中的载道之文，其他的学术著作，也可欣赏其间的文学性，还能学习文辞技法等写作技巧。林希逸文道观特点有以下数端：

首先，林希逸继承传统的文以载道，也不忽略“文”自身的重要。“士莫难于知道，文直寄焉尔。因其所寄，而后知道者存焉，然则文亦不可忽也。”①他对文章的重视来自学派传承：“初疑汉儒不达性命，洛学不好文辞，使知性与天道不在文章外者，自福清两夫子始，学者不可不知信从也。”②福清两夫子，即林亦之和陈藻。林希逸文道并重，他称赞郑安晚“有道有文”：“知公学穷古今，出入经史，胸中所有浩如也。镕炼而出，俄顷千言，形之声歌，

---

① 林希逸：《陈西轩集序》，曾枣庄、刘琳主编：《全宋文》卷7731，林希逸卷6，第325页。

② 李清馥著，徐公喜编，管正平、周明华校：《闽中理学渊源考》卷8，南京：凤凰出版社，2011年，第137页。

兴味尤远。"①评论方次云:"乃若其诗,则或长或短,可兴可观,是谓学问之鼓吹也。其飘洒即谪仙,其浑重即子美,得遗音于《风》《雅》,寄逸思于《庄》《骚》,虽元、白、郊、岛,亦当北面,余子何数焉。"②明显继承林亦之圣人"鼓吹天地,吟咏情性"的观点。如果林亦之只是针对程颐完全鄙视文辞而强调圣贤文章也有"情性"和文采的话,那么从林希逸所列举的诗文、作家看,他肯定诗文的审美属性,没有摆出理学家的道德面孔,文学的独立性被进一步认可。

其次,林希逸也没有忽略载道之文,他甚至对圣人创作经典有自己独特的理解:"圣经之终始,盖与造化参焉,非人力所能与也。夫圣人作经,非以自求名也。古今天下有不容无者,圣人亦不得而自已也。造物者发其机于千百年之前,圣人者成其书于千百年之后,圣人与造化相为期也,是机既息,虽圣人复生,亦无所措其笔矣,况区区言语文墨之士哉!"③圣人作经非以自名,而是与造化相期的过程中"得其机"后不得不作。这种神秘色彩的解释大概与他受道家思想影响有关。重要的是他还区分了圣人和"言语文墨之士",这表明了林希逸理学家的身份意识,恰恰也说明林希逸能自由出入"道—文"与"性情—文"两个系统,无碍言说。

再次,林希逸继承艾轩之说《诗经》:"《诗》于人学,自为一宗,笔墨蹊径,或不可寻逐,非若他经。……然其流既为《骚》、为《选》、为唐古律,……艾轩先生尝曰:'郑康成以三《礼》之学笺传古诗,难与论言外之旨矣。'"④《诗》自为一宗,不由笔墨蹊径,而是要通过

① 林希逸:《安晚先生丞相郑公文集序》,曾枣庄、刘琳主编:《全宋文》卷7731,林希逸卷6,第313页。
② 林希逸:《安晚先生丞相郑公文集序》,曾枣庄、刘琳主编:《全宋文》卷7731,林希逸卷6,第325页。
③ 林希逸:《续诗续书如何论》,曾枣庄、刘琳主编:《全宋文》卷7736,林希逸卷11,第401页。
④ 林希逸:《诗缉序》,曾枣庄、刘琳主编:《全宋文》卷7732,林希逸卷7,第337页。

"吟咏"，才能得其"言外之旨"。因为"吟咏"最能体会诗歌的审美价值，"独与翁守乐轩之书，呻吟竟日"①。这继承了林光朝"吟咏"的文学鉴赏方式。

最后，林希逸重视文章审美风格及创作技法。他不认为诗文与时文对立，主张"文字无古今，机键则一"②，只要用功，都能掌握各种文体的写作技巧。他学习文章技法的文本较前三代艾轩学人更加广泛，他说："希逸少尝因乐轩而闻艾轩之说，文字血脉稍知梗概。"③"文字血脉"，即指文章结构等形式要素，林希逸将艾轩学派重视文章的观点实践于"三子"，既赏析文学性，又关注笔法文势、关锁机轴，以及"鼓舞处""归结处"等。如："天地间无形无影之风，可闻而不可见之声，却就笔头上画得出，非南华老仙，安得这般手段！每读之，真使人手舞足蹈而不知自已也。"④这是对《庄子》作审美鉴赏；"文字最看归结处，如上七篇，篇篇结得别。……到七篇都尽，却妆撰倏忽混沌一段，乃结之曰：七日而混沌死。看它如此机轴，岂不奇特！"⑤这是分析《庄子》行文结构。

林希逸在"道—文"系统中强调圣人作经的"得其机"而不得不作的神秘性；在"性情—文"中则评论诗文，强调诗文技法，曾云"句中有眼容参取，肯靳涪翁古印章"⑥，学习江西诗法。他对文章的学习并未局限在诗文，而是扩大至学术著作，广泛借鉴《庄子》《列子》《老子》等写作技巧，在更广泛的范围内欣赏文学性。不难看出，对于艾轩学派文道观中的"道—文"与"性情—文"两个系统，林

① 林希逸：《心游摘稿序》，曾枣庄、刘琳主编：《全宋文》卷7731，林希逸卷7，第344页。
② 林希逸：《林君合诗四六跋》，曾枣庄、刘琳主编：《全宋文》卷7733，林希逸卷8，第359页。
③ 林希逸：《林君合诗四六跋》，曾枣庄、刘琳主编：《全宋文》卷7733，林希逸卷8，第359页。
④ 林希逸著，周启成校注：《庄子鬳斋口义校注》，第15页。
⑤ 林希逸著，周启成校注：《庄子鬳斋口义校注》，第137页。
⑥ 北京大学古文献研究所：《全宋诗》，第37292页。

希逸都有弘扬与创新。

并且，他较前辈更加重视文学自性规律，将文学与理学区分开，使文学成为相对独立的精神活动，深入探讨文学活动规律。四代艾轩学人中，文学在林希逸处才真正实现自性存在，不再是理学家用以“践履圣学”的工具。两个系统地位平等，他可以在文言文，在道言道，自由无碍。他对“三子”文章的文学欣赏及文法结构点评，以及诗学创作、批评实践，使艾轩学派“重文”的传统为时人所知。①

四、艾轩学派文道观的文化意义

艾轩学派的文道观分别在“道—文”系统与“性情—文”系统展开，前者视文学为“载道”“贯道”的他者性存在，文学的价值体现在有助于主体的践履功夫上；后者正视文学自身的特点与规律，“性情”指文学活动中的一切自然感发的情感。艾轩学派所重之“文”有“道之文”与“性情之文”（文学）两面，四代艾轩学人的文道观也发生着富有深意的变化，在南宋末年的思想语境下，有独特的文化意义，主要有两点，一是与南宋中后期理学世俗化呈现反向对应关系；二是艾轩学派的“重文”在南宋末年理学压制文学的文化语境中捍卫了文学自性。

先看第一点。从林光朝、林亦之、陈藻到林希逸，四代艾轩学人都能正视文学，有丰富的文学创作、批评实践，表现出“重文”的倾向，但他们的文道并重又是在不断发展的。具体来说，在林希逸以前的艾轩学人虽然重视文章，但仍离不开理学思维，文学不能完全摆脱工具性、他者性的存在，他们始终在有助于体道修道方面来

① 这是从文学活动在理学家林希逸那里获得真正独立的地位因而其自身规律得以被探索的积极意义而言，从消极方面来看，这是理学家林希逸解构自宗理学思想的神圣性并将理学看作知识概念体系而非信仰来接受为代价的。换言之，如果林希逸将理学作为信仰接受并躬身践履理学之道，他必然对文学之“害”有最低限度的警惕，即使谈论文学，也有对理学信仰性的本位自觉。但林希逸是将理学作为知识来接受的，绝大多数材料显示，林希逸并不视理学为信仰。

肯定文学。“道—文”与“性情—文”两个系统在他们身上虽然独立但不平衡，前者权重远大于后者，甚至后者的合法性需要前者赋予。这在林光朝“通经博古”与“雕篆之艺”兼得、林亦之学习文章有助于体悟“圣贤气象”中有明确表现。到陈藻，始能跳出理学，视《诗经》为文学作品，强调文学创作中的丰富情感，对文学自性的探讨大进一步，而到林希逸，两个系统真正实现地位相当，他既没有以经典之文作为文学的合法性论证，也没有提及文学有益于理学修养，而是直面文学本身，深入探讨文学活动规律，从事文学批评和创作实践。

一个重要的问题摆在我们面前，艾轩学派四代学人的文道观均“重文”，为何他们对文学的认识呈现出逐渐摆脱理学束缚而直面文学本身的变化趋势？我们认为，这与南宋末年理学世俗化有密不可分的联系。理学在士人心中如果不具有神圣性，由文观道、体道，对理学终极境界的躬身践履便不再是唯一的人生追求，文学也不再仅仅作为“载道”“贯道”的他者性存在，其自性规律便得以被理学家正视。反之，真正信仰理学的士人，则始终会对文学存有最低限度的戒备，担心沉溺诗文妨害对“圣学”的实践，警惕文学活动中的丰富情感对“温柔敦厚”之中和心境的扰乱。即使一定程度上看到了文学的功用，也要限定在有利于理学修习功夫上，不能完全离开理学专言文学。而当理学不再是士人精神世界中的权威主导，谈论文学就不会有任何危险，理学家得以毫无心理压力地探讨文学自性规律。

我们看到，从林光朝到林希逸四代艾轩学人，他们对文学认识的变化，恰好是不断摆脱理学束缚，正视文学自性存在的过程。他们文道观中文学地位的上升，正与南宋中后期理学神圣性不断下降、士人对理学逐渐由信仰性接受转为知识性接受形成反向对应关系。南宋中后期的理学由朱熹的集大成后，开始向现实政治以及社会民众渗透。随着理学成为官方意识形态与科举必考内容，理学的实践性要求在士人对现实功名利益的追逐下被抽空，“祛魅”后的理学，蜕变为对士人精神世界不具指导力量的知识体系。当理学围绕着“道”展开的实践与理论逐渐沦为知识，当“道”不再是士人的唯一追求，它对人自身的情欲的控制能力逐渐丧失，正如王振复先生所说，僵硬的“理”终于不得不放松对“情”（欲）的管束，①文学也就不再仅具“载道”之用，而是能宣发人的自然情欲，文学自身的规律与特点得以出场。南宋末年理学家“流而为文”的变化在元代一直持续。②

具体到四代艾轩学人的理学观，我们同样能看出这种变化趋势，林光朝、林亦之安贫乐道，专心圣学；林光朝不事科举，致力讲学；林亦之、陈藻更是终身布衣，以道自乐。理学对于林光朝、林亦之仍有至高无上的神圣性，使二人淡泊名利，一心向道。但相对于林光朝“辟佛甚严”，陈藻已经显示出三教开通的立场，理学不再具备唯一性，地位下降，而到了林希逸，则公开注解道家著作，宣扬三教融合，他自身则不顾道德名节，多次给权奸贾似道写贺启献媚，表明理学在林希逸的精神世界中不再是终极的信仰依靠，而是一套不必躬行践履的知识概念体系，他也就能在道言道、在文言文，并完全正视文学，毫无压力地谈论文学了。

艾轩学派文道观的第二个文化意义是，他们坚守了文学自身的特点，强调文学创作必须具备丰富的情感。真德秀以理学过滤文学，规定了“新文统”③，导致南宋末年诗文创作堕入理学思想的韵体化表达的圈套。当时文人刘克庄批评这种理学对文学的统治：“近世贵理学而贱诗赋，间有篇咏，率是语录、讲义之押韵者耳。”④正

① 王振复：《中国美学的文脉历程》，成都：四川人民出版社，2002年，第690页。
② 参见查洪德：《元代理学流而为文与理学文学的两相浸润》，《文学评论》2002年第5期。
③ 祝尚书：《论宋代理学家的“新文统”》，第82页。
④ 刘克庄：《跋恕斋诗存稿》，王蓉贵、向以鲜校点，刁忠民审订：《后村先生大全集》卷111，第2878页。

是在这样的文学环境中，艾轩学派自林光朝到林希逸的四代传人以“道—文”与“性情—文”两个系统共存并举，对文学采取正面审视姿态，重视文学的审美自律，改变理学家面对文艺时而反对、时而肯定的摇摆态度。他们讨论了诗文创作技法并进行诗歌实践，四库馆臣曾评价：“艾轩流派当时实自成一家，其诗法尤为严谨。”①

艾轩学人提倡的文章“吟咏性情”是基于一般人面对自然或人事的感荡而激发的各种丰富的情感，他们认为“性情”（或“情性”）是古今一致的，这既说明他们对创作主体的心理特点与文学的情感蕴藉有深刻的认识，也说明他们对《诗经》等儒家经典的理解有跳出理学框架、仅将之释为文学作品来解读的解构经典神圣性的倾向。这种“情性”与真德秀“悠然得其性情之正，即所谓义理也”（《文章正宗》）的“情性”有别，后者是理学思想规范过，或是理学所设定的圣人“情性”。与前者自然感发的情感不同，这种“情性”要荡涤私欲，体认天理，不仅要求对一般的自然情感进行处理，而且理想色彩浓厚。不排除表现这种“情性”的文章有上乘之作，但南宋末年的文坛现实却是理学辞藻的堆砌，艾轩学派重视自然情感在文学中的抒发，恰恰是对这种毫无情感的“假诗”的矫正。

艾轩学派四代传人都标举文道并重，他们的文道观在“道—文”与“性情—文”两个系统中展开，并呈现出后者地位不断上升，最终与前者地位相当的发展趋势，文学自性规律与特点越来越被正视与肯定。这与南宋中后期理学神圣性下降、不断走向世俗化的发展形成反向对应关系。随着理学不断世俗化，士人不再对理学开出的境界躬身实践，文学也就逐渐摆脱“载道”“贯道”的媒介性、工具性存在，解放出自性。同时，艾轩学派重视文学，在南宋末年理学极力压制文学的文化语境中，②能坚持对文学自身的思考，并进行大量诗文创作、批评实践，广泛积极地探讨文章创作技法。

---

① 永瑢等：《网山集提要》，文渊阁《四库全书》第 1149 册，第 853 页。
② 许总：《宋明理学与中国文学（上册）》，南昌：百花洲出版社，2010 年，第 101 页。

这在理学家中尤为独特。全祖望曾评价艾轩学派“终宋之世，别为源流”，从“重文”这一点上看，诚哉斯言。

第二节 林希逸文艺思想的双重话语系统

林希逸所在的艾轩学派被全祖望称为“别为源流”，很大程度上是因为此学派作为理学流派，特别强调“文”的重要性，形成文道兼举的理论特色。艾轩学派有自觉而强烈的宗派认同意识，如林亦之对林光朝之死的痛哭流涕；[①]林希逸对林光朝、陈藻（乐轩）的文集不传，名声日隐表示遗憾，[②]对艾轩所倡导的宗派理论，他们都有自觉的捍卫、丰富与发扬，到林希逸则呈现出集大成的状态。在文艺思想上，林希逸继承艾轩以来的文道观并加以新创、完善，使艾轩学派的“道—文”系统与“性情—文”系统这两套话语更加丰富，更能重视文学自性规律，也使林希逸的文艺思想在南宋末年的理学话语与文学话语之间圆融无碍，呈现出独特的理论面貌。

一、艾轩前人对“道—文”“性情—文”系统的构建与发挥

要探讨林希逸文艺思想中的“道—文”与“性情—文”双重话语系统，必须先梳理林光朝、林亦之、陈藻等人对两个系统的构建与发挥。通常认为艾轩学派有重视文章的特点，这种评价固然不错，但未免笼统。实际上，林光朝的重“文”有重道之文与性情之文两

---

① 林亦之《艾轩先生成服》：“呜呼！先生其吾父也。抚棺大叫，有所不可忍。伤哉！痛哉！”《网山集》卷5，文渊阁《四库全书》第1149册，第890页。

② 林希逸《乐轩诗荃序》：“艾轩于时犹为前辈，号南夫子，独不喜著书，门人又益微。……世其学者，网山一人；再传乐轩，又皆以布衣死。”对学派中人不为后世知深表遗憾。刘克庄曾说道，对于林光朝的学问“独网山、乐轩笃守旧闻，穷死不悔”（《后村集》）。

层意义，前者是对理学文道观的继承，后者则是文学话语，是对具有丰富性情的诗文的肯定。两种“文”兼举使艾轩学派没有走向“作文害道”的极端，予以文学相当程度的合法性。

林光朝说：“若曰圣贤之学不在于无用之空言，则千百载之下无六经无诸子无百家传记，而能得古圣贤之用心者，又不知其何事也。”①表明林光朝承认文章对于“圣贤之学”的记录、承载作用，这是对“文以载道”的文道观的呼应。即使他独宗心学，“不以言语行世”，他“无田无宫以遗妻子，独富于书，至死不释卷”②，这是重道之文。而对文学之文，林光朝不仅有独到的理论见解，还有丰富的文学创作、批评实践，从理论和实践上肯定了性情之文。他首先批评了毫无性情的文章：“刻玉剪彩，骈花俪叶为耳目观听之具，此围棋击剑之技尔，何以文为？”③认为脱离真情实感的文字游戏不是真正的文章；其次，林光朝在文学意义上重视《诗经》与《离骚》，认为《离骚》由《诗》流变而来：“三百篇之诗一变而为离骚，再变而为词人之赋。”④二者有相通的抒情性，林光朝称为“一篇三致意”：“《离骚》去风雅甚近，一篇三致意，此正为古诗体。”同时，提出人之性情不随《诗经》亡，主张以“吟咏”的方式读《诗》与《离骚》，体会其中的“性情”，并批评欧阳修《诗本义》中某些泥着于文字训诂处。⑤最后，林光朝重视《诗经》与《离骚》，而《诗经》是儒家经典之一，因此《诗》也是道之文。作为“吟咏”的文学鉴赏方法要求读者与文本作心灵沟通与交流，达到不拘笔墨文字的心灵契合，“所谓一篇三致意，便是古诗体。一夕读《周颂》不觉天明。笺注不晓古人心曲，却把作文字说将去。取《周颂》一二篇除了注脚，空江好夕，琅琅诵

---

① 林光朝：《艾轩集》卷 4，文渊阁《四库全书》第 1142 册，第 589 页。
② 陈宓：《艾轩集旧序》，文渊阁《四库全书》第 1142 册，第 553 页。
③ 林光朝：《艾轩集》卷 4，文渊阁《四库全书》第 1142 册，第 589 页。
④ 林光朝：《艾轩集》卷 4，文渊阁《四库全书》第 1142 册，第 590 页。
⑤ 林光朝：《与赵著作子直》，《艾轩集》卷 6，文渊阁《四库全书》第 1142 册，第 614 页。

一遭,使灵均听之,安得不解脱也”[①]。这样的“诵”实乃林光朝心学之“悟”的学术思想,也可认为是对道之文的理解方法。故而在林光朝这里,两个系统的“文”,在阅读接受方面用的是相同的方法。

更重要的是,林光朝慨叹“谈经者或至于穿凿,能赋者或至于破碎”,“相如不通经义,仲舒不通辞章”,提倡“通经博古”与“雕篆之艺”[②]兼善,既重视对道之文的通达,也重视对性情之文(文学之文)的学习。林亦之继续提倡艾轩性理文章并重的观点,认为学问文章自古并行不悖,周公仲尼就能兼善,以六经为例,不仅揭示穷性情极天地之道,而且也极具审美风格(“春容蔚媚,简古险怪”),可见,林亦之已经把对性情之文(文学之文)的评价移到道之文上来,认为经典之文既能承载大道,又能极具文采,道之文与性情之文是合一的。他还说,如果不致力于“文”的学习,则六经“句读”会有障碍,即读不懂经典之文,也不能体会圣贤在经典中的“鼓吹天地,吟咏性情”[③]。这里,林亦之将“道—文”与“性情—文”系统在经典之文上完全统一起来。经典之文既显示大道,又表现圣贤情性,还富于文采。尽管林亦之举的是六经之文的例子,但因为强调文章学习对于读通经典以及体认圣贤情性的重要性,林亦之同样肯定了性情之文(文学之文)的存在价值。陈藻(乐轩)说过“诗,性情也。性情,古今一也”[④],将《诗》看作性情之文,这亦是承自林光朝的说法。

可见,在林希逸之前,林亦之、陈藻将林光朝有关“文”的理论加以完善,一方面肯定载道之文(主要指经典之文),另一方面强调对文章的学习以通达经典,同时主张经典之文的审美鉴赏,并以此体会圣贤情性,后者即是文学的合法性论证,形成“道—文”与“性

① 林光朝:《与范国录元卿》,《艾轩集》卷6,文渊阁《四库全书》第1142册,第615页。
② 林光朝:《艾轩集》卷4,文渊阁《四库全书》第1142册,第590页。
③ 林亦之:《伊川程子论》,《网山集》卷3,文渊阁《四库全书》第1149册,第878页。
④ 陈藻:《乐轩集》卷5,文渊阁《四库全书》第1152册,第83页。

情—文”两个紧密相关又各有其存在意义的话语系统。而林希逸之前，仍侧重于“道—文”系统，对文章的学习最终还是为了体道见道，故而两个系统尚未完全独立，直到林希逸才真正改变这一情况。林希逸充分正视文学自性，完全摆脱理学束缚，探讨文学规律，这是他对艾轩学派的“道—文”与“性情—文”两个系统最大的推进。在之前的艾轩学人中，虽然也有重视“道之文”与“性情之文”两种倾向，但仍以“道之文”为最终归宿，没有跳出传统理学家的文道观，只是相对地注意到了文学的特性。

林希逸则完全直面文学，并不仅仅视文学为“载道”的他者性存在，真正实现“道之文”与“性情之文”的相互独立，将两个系统等观。笔者认为，将林希逸的文艺思想放在“道—文”与“性情—文”两个系统中考察，可以厘清其文艺思想的不同理论面向，并对某些看似矛盾的言说作出恰当的解释。现有的研究成果因为没有分析其文论话语的不同层面，显得笼统与平面化。①

二、林希逸“道之文”与“性情之文”并重

林希逸继承艾轩学派文道并举的特点，在评论人物时，常将其学问与文章并列。如评价丞相郑安晚：“黼黻两朝，既极文章之用；敷陈九陛，无非仁义之言。”并说：“知公学穷古今，出入经史，胸中所有浩如也。熔炼而出，俄顷千言，形之声歌，兴味尤远，岂常流所可及。”②前句指郑公的学问，后句则指其文章，文道并重而不偏废。他评价陈西轩“有道有文之士也”：“学得圣贤之心，文接神明之奥，趣诣幽眇，出吻芬葩，率皆蝉脱于尘浊之表。”③由于文的功

① 如王晚霞：《林希逸的文学思想》，《福州大学学报》（哲学社会科学版）2015 年第 4 期。沈扬：《林希逸诗学思想的渊源与独创》，《集美大学学报》（哲学社会科学版）2014 年第 1 期。

② 林希逸：《安晚先生丞相郑公文集序》，曾枣庄、刘琳主编：《全宋文》卷 7731，林希逸卷 6，第 323 页。

③ 林希逸：《陈西轩集序》，曾枣庄、刘琳主编：《全宋文》卷 7731，林希逸卷 6，第 325 页。

用在于载道,林希逸特别感慨文不传而道不彰,从文以载道的角度强调文不可忽,显然这是重视道之文的表现。需要注意的是,道之文在林希逸话语中有两类:一类是传世经典,主要是儒家经典,一类是阐扬儒家性理大道之文。“士莫难于知道,文直寄焉尔。因其所寄,而后知者存焉,然则文亦不可忽也。茫茫宇宙,知道者能几,苟有矣,存而用不见于时,没而文不见于后,是非尚论人物者所惜哉!”[①]林希逸重视“道之文”,是因为文乃道之“寄”,相对于得道者有限的生命,“文”可延续、承载相对较长的时间,使后世更多人由其文体道。林希逸肯定“道之文”,即肯定理学家重视的“道”,尤其注意得道者生命结束后,道之传扬对于“文”的唯一依赖性。

出于对“道之文”的突出强调,林希逸甚至有神秘主义的意味。他认为“儒学难成”,所以得道已属不易,而得道者“其言语文字之遗,鬼神必且珍惜之,绝不至委掷于他日”[②],虽然随后林希逸也表达了怀疑,但这种猜想本身即说明他对道之文的珍惜。林希逸也对艾轩文章不传表示遗憾:“艾轩先生道最高,名最盛,而其后最微。传其学者,再世网山、乐轩二师,又皆以穷死。先生平生不著书,遗文仅数卷耳,殁五十年,未有全稿。”[③]在《跋富文方公行状》中也说:“惜其文未及见,而遗言卓行仅于志状中得之,使此数纸不传,后来谁复知者?”[④]对“道之文”的重视即是对道的重视,林希逸对圣人作经(道之文)有自己独特的认识。

> 圣经之终始,盖与造化参焉,非人力所能与也。夫圣人作经,非以自求名也。古今天下有不容无者,圣人亦不得而自已

① 林希逸:《陈西轩集序》,曾枣庄、刘琳主编:《全宋文》卷7731,林希逸卷6,第325页。
② 林希逸:《网山集序》,曾枣庄、刘琳主编:《全宋文》卷7732,林希逸卷7,第335页。
③ 林希逸:《鄱阳刊艾轩集序》,曾枣庄、刘琳主编:《全宋文》卷7732,林希逸卷7,第341页。
④ 林希逸:《跋富文方公行状》,曾枣庄、刘琳主编:《全宋文》卷7732,林希逸卷8,第356页。

也。造物者发其机于千百年之前，圣人者成其书于千百年之后，圣人与造化相为期也。是机既息，虽圣人复生，亦无所措其笔矣，况区区言语文墨之士哉！①

首先，林希逸仍有神秘色彩，认为经典的制作是圣人与天地造化“相为期”的交互沟通的结果，而这种沟通交流是人力不可控制的；其次，圣人作经关键在于通晓造化之“机”，造化发其“机”，圣人感其“机”而发为文，具有偶然性。经典之文必须赖此天地之“机”而成，并非圣人出于一己之思想；第三，最重要的是，林希逸因此区分了圣人与“言语文墨之士”，即“书生”。在他看来，圣人作经与文墨之士作文是完全不同的概念。圣人作经是感天地之“机”而作，具有代天下苍生体道进而在人间传道（辅佐造化）的神圣性。圣人的写作是天下黎民必需要，完全出于利他角度作经，而非文墨之士为求一己之名、“求自见”而写作，并且文墨之士的文章不具经典这样的“天下不容无”“人道所不可缺”的神圣性。因此，在林希逸潜在的评价中，道之文与性情之文（文学之文）地位不同，他批评一介书生王通“续《诗》续《书》”的做法：“沾沾自喜于笔舌之间，而乃欲僭躐于圣人之事业，通真不知量，而亦不识《诗》若《书》也。”②

林希逸虽然重道之文，但他也不忘经典之文的文采：“自有帝王以来，则有典、谟、训、诰、誓、命之文，虞夏之浑浑，商知灏灏，周之噩噩，历一世而机一变。”不同时代有不同文风的经典。他评价《诗》：“自有性情以来，则有咏歌嗟叹之辞。《国风》、《雅》、《颂》、正声偕《韶濩》，要妙通鬼神，浑浑若天成，浩汗若河汉。”③注重《诗》

① 林希逸：《续诗续书如何论》，曾枣庄、刘琳主编：《全宋文》卷7736，林希逸卷11，第400页。
② 林希逸：《续诗续书如何论》，曾枣庄、刘琳主编：《全宋文》卷7736，林希逸卷11，第400页。
③ 林希逸：《续诗续书如何论》，曾枣庄、刘琳主编：《全宋文》卷7736，林希逸卷11，第400页。

的文采，尤其强调《诗》吟咏情性的特点，这是艾轩学派“性情—文”系统中将《诗经》列为典范的原因。

在林希逸眼中，道之文与性情之文（文学之文）固然有不同地位，但文章自身的创作技法及审美特点也应重视，像《太玄》这样的拟《周易》著作虽然义理上不甚完美，但文章“险古奇异”，也有可观处。[①] 林希逸继承了艾轩学派的言“文”的两个系统，他一方面可在“道—文”系统中贬斥文人所作的文章，[②]另一方面又可品评文章。如果不从这两个系统去考察，我们将会遇到林希逸既贬低文学，又对诗文创作与批评充满热情的矛盾。而需要说明的关键是，林希逸较之前的艾轩学人能真正做到“道—文”与“情性—文”两个系统的彼此独立、互不干涉，并出入自在。

林希逸在为友人傅子渊写的《跋静观小稿》中回答别人的疑问：

> 客曰：“情动于中而形于言，歌之不足，至于舞蹈，观奚静？窈窕寻壑，崎岖经丘，登高而啸，临流而诗，此渊明得于游观者，静奚观？”余曰：“不然。柳月梧风，先天翁《击壤》诗也。伊川尝以非风非月美之，而翁自叙则‘因闲观时，因静照物，因物寓言，因言成诗’。子渊之静，其得于康节照物者；子渊之诗，其得于康节观时者，子奚疑？”[③]

客人的疑惑恰恰是站在“性情—文”的角度，根据文学创作的一般心理机制作出的推断，认为诗歌创作需要勃郁的兴趣感发，不能“静观”，还举例《诗经》中的歌咏舞蹈、陶渊明的登高临流等，均不是在“静观”的心理状态下作诗。而林希逸的回答则是在“道—

① 林希逸：《太玄》，曾枣庄、刘琳主编：《全宋文》卷7735，林希逸卷10，第390页。

② 林希逸在谈到学人修道时常有“诗宜土苴尔”（《跋静观小稿》）、“文章又其余事尔”（《安晚先生丞相郑公文集序》）的说法，他认为相对于修道实践所得，文章是次要的。

③ 林希逸：《跋静观小稿》，曾枣庄、刘琳主编：《全宋文》7733，林希逸卷8，第366页。

文”系统中，他没有仅仅将“静观”视为文学创作的心理活动，而是把“静观”与体道联系起来，如同邵雍在静观柳月梧风中悟道，子渊也是在静观万物中体认大道。诗歌不过是其在悟道中流出的文字产物，相对于子渊通过观心静定的所悟所得，“诗其土苴尔”。所以，林希逸评价子渊诗作“词清放而意闲适”其实是对子渊修道体道的评价。整篇跋文不仅评价其诗歌意境超远，更是对子渊因观心静定而体道的赞赏。有研究者将“静观”看作林希逸的诗歌创作理论，这是片面的。他说“观心静定之学，所得者奥，诗其土苴尔”，“静观”远非用于诗歌创作，而是通达大道的途径，是修道的功夫论，虽然通过观心静定体道后能创作出与心境相应的诗歌文字，但这仅是副产品，不是终极目标。

林希逸创新地提出圣人作经的神圣与独特处，与文墨之士作文区别开来，使文学真正独立于理学。他重视文章，品赏文章、评论其创作技法。两个系统的并行不悖使林希逸可以在“道—文”系统中评价作者因体道流而成的诗文，并赞赏其修道功夫；也可以在“性情—文”系统中自由评论诗文风格、创作法度等，二者互不相妨，林希逸亦能自在出入。

三、林希逸的《离骚》评论

如果说林希逸在“道—文”系统中坚持理学家重道的传统，赋予圣人作经以独特的理解，肯定道之文对于道的传载作用的话，那么在“性情—文”系统中，林希逸则对于文章所体现的性情给予高度重视，并对文学艺术的情感真实、艺术真实等特点深有会心，表现出对文学作为一门文字艺术的成熟理解。这突出表现在林希逸对《离骚》的评论上。

艾轩学派自林光朝起即对《离骚》表现出浓厚的兴趣。林光朝幼年便读《楚辞》：“小年时诵读楚人之赋，每有岁月徜徉之想。”①

---

① 林光朝：《与范帅至能》，《艾轩集》卷6，文渊阁《四库全书》第1142册，第613页。

"前时得官本楚辞，爱之不去手，《离骚》加《盘诰》此非他作所能乱也。"[①]林光朝有《离骚》为《诗》流变而来的观点，他对《离骚》的读法也有自己的体会："灵均之文，龙骧凤跃，神鬼神帝，不可以笔墨蹊径求之。"[②]到了陈藻，便《诗》《骚》并举，林希逸曾引陈藻语："不知《诗》之旨趣，无以知《骚》之风骨；不知《诗》之蹊径，无以知《骚》之门户。《诗》者《骚》之宗，而《骚》者《诗》之异名也。"[③]不仅继承林光朝《诗》流而为《骚》的观点，还认为《骚》是《诗》的异名。艾轩学派是在文学的意义上肯定《诗》《骚》均为抒发性情之文，林希逸正是在此基础上，进一步深化对《离骚》的评价。

首先，他认为对《离骚》的理解不能以"文字格律求"，"求于笔舌，而不索于性情，无怪乎昧真而失实也"。这是林希逸对《离骚》理解的总体认识，即不能拘泥于文字，应透过玄冥谲怪的文字感受屈原的真实逸兴。他指出当时脱离真情实感而类似于文字游戏的诗文创作之弊："辞尚于浮靡，而不务于真实；言出于口耳，而不根于肝鬲。流荡于风云月露之形，祖袭于四六红白之体。"这是对创作上缺失性情徒务文辞的批评。他还从文学接受的角度，指出如同以章句训诂求《诗》会不得真意，《离骚》的理解也不能拘泥于文字格律，否则就会有"《天问》近诬，《九歌》似怪。宓妃娀女，非典谟所谈；昆仑玄圃，非经义所载"的误解。

其次，他强调屈原忠君爱国的精神，认为屈原行迹并非狂怨。"原宗臣也，其爱君则《鸱鸮》也，其伤谗则《项伯》也，怀《黍离》靡靡之忧，有《柏舟》悄悄之念。""非惟以鸣一身之忧，亦以鸣宗国之恨；非惟以鸣一身之不平，亦以鸣吾国之不幸。"正是读者将《离骚》文字着实理解，以"圣贤规矩"律屈原之出处进退，才会得出其狂怨的

---

① 林光朝：《与范国录元卿》，《艾轩集》卷 6，文渊阁《四库全书》第 1142 册，第 615 页。

② 林希逸：《跋艾轩读离骚遗迹》，曾枣庄、刘琳主编：《全宋文》卷 7733，林希逸卷 8，第 369 页。

③ 林希逸：《离骚》，曾枣庄、刘琳主编：《全宋文》卷 7734，林希逸卷 9，第 383 页。

错误结论。朱熹亦持屈原有“忠君爱国之诚心”的观点，也认为其跌宕怨怼之辞生于“缱绻恻怛不能自已之至意”①。但不同于朱熹仍对屈原“不知学于北方以求周公仲尼之道，而独驰骋于变风变雅之末流”的批评，林希逸则没有以中庸的角度对屈原作要求，而是视屈原为文学家，极力主张对屈原作《离骚》之“性情”有所体认。另外，林希逸《诗》《骚》并举，认为《离骚》与《诗经》同样是吟咏真性情之作，并无将《离骚》贬为变风变雅末流之意。② 与朱熹对比可以发现，林希逸完全以文学家标准看待屈原，探讨文学活动的规律，而非以理学家面目对文学作道德评判。

第三，林希逸认为《离骚》“若谲若怪”之辞并非真实存在，而是屈原逸兴的表达，那些虚诞之辞属于“假辞设问”“非真有涉于鬼神之事”。这里体现出林希逸对文学艺术相当成熟的理解，即文学中艺术真实与情感真实的问题。林希逸表示，解《骚》者之所以误解屈原，好为谲怪虚诞之辞，是因为将《离骚》表面玄虚的字面义作了真实理解，没有能从虚幻之辞中体会到屈原的真实逸兴，怪诞冥漠之辞只是表达真实情感的需要。谲怪之辞是假，遭谗被谗、忧国伤时的情感才是真。因此《离骚》中的“要灵氛，召太卜”、乘游天际等虚构叙事恰恰艺术地表现出屈原内心真实的忧愤之情，这是一种艺术真实、情感真实，而非现实真实。不能将《离骚》言辞与现实生活一一对应，而应该体会其背后真实的情感。“夫内怀忧愤，情不自达，驾言出游，以写我忧，而寄情于无何有之地，此诗人之逸兴也，何有于谲怪？……则其所以若谲若怪者，子虚乌有之谈耳，非真有涉于神仙之迹。”③

第四，林希逸从文学接受的角度提出“求《骚》以文者，不如求

① 朱熹：《楚辞集注序》，《楚辞集注》，文渊阁《四库全书》第 1062 册，第 301 页。

② 虽然林希逸也将《离骚》与变风相比，如“‘静言思之，不能奋飞’，非变风之辞乎？”但这旨在说明《离骚》所怀之“逸兴”，没有以“发而皆中节”的中和标准评其优劣。

③ 林希逸：《离骚》，曾枣庄、刘琳主编：《全宋文》卷 7734，林希逸卷 9，第 384 页。

之以《诗》；求《骚》以义者，不如求之以情”。以“文”“义”求《骚》，则泥于章句训诂、文字笔墨，将《离骚》文辞作切实理解，得出屈原好尚虚诞的不当结论。而以《诗》、“情”求《骚》，则是在“浇羿姚娀、驱云役神”的文学想象中体会屈原“诗人之寄兴”，感受其艺术想象背后幽怨的真实情感表达。所以林希逸主张读《骚》要像读《诗》那样“一唱而三叹”地吟咏，这正是对艾轩“一篇三致意”的读《诗》法的继承，表明艾轩学人均能在吟咏中体味文学作品的真实情感，主张只有在言语血脉中与作者性情相通，才能真正理解诗文。为此林希逸认为像李白、杜甫这样的精于吟咏抒情的大诗人才不会拘泥文辞，指摘屈原，从而读懂屈原的“忧愤”“逸放”之辞。他批评扬雄、贾谊“忧在一身”，未能如屈原“忧在天下”，批评班固、刘勰只是“缀缉词章，而不达比兴”，拘泥文辞，没有通达《离骚》的真情。

林希逸之所以对《离骚》有如此独到的理解，并力排历史上的注《骚》大家，独标“性情”，源于其承自艾轩学派的《诗》学传统。他说：“《诗》家之风骨蹊径，与《骚》为同出也。”①林希逸对《诗》的解读，同样标举“性情”，他批评“六经厄于传疏，《诗》为甚”②，即是在说以文字训诂而不以性情读《诗》，是不能得《诗》之真味的。他强调“《诗》于人学，自为一宗，笔墨蹊径，或不可寻逐，非若他经”。特别指出《诗》吟咏性情的特点，他引艾轩的话：“郑康成以三《礼》之学笺传古诗，难于论言外之旨矣。”③这些都说明，林希逸对于《诗》《骚》，均强调对其性情的体会，而不能泥执于笔墨文字。

林希逸标举《诗》《骚》为文学典范，并力求以吟咏性情的方式通达《诗》《骚》之真情兴寄，对文学艺术的理解相当成熟，尤其是对《离骚》玄虚谲怪之艺术想象，要求体会其情感真实，一扫此前对《离骚》好尚鬼怪之说的批评，看到了艺术真实、情感真实不同于现

---

① 林希逸：《离骚》，曾枣庄、刘琳主编：《全宋文》卷 7734，林希逸卷 9，第 385 页。
② 林希逸：《诗辑序》，曾枣庄、刘琳主编：《全宋文》卷 7732，林希逸卷 7，第 337 页。
③ 林希逸：《诗辑序》，曾枣庄、刘琳主编：《全宋文》卷 7732，林希逸卷 7，第 337 页。

实真实，并以李杜等诗人的标准解《骚》。不同于朱熹始终没有放下对屈原“不学周公仲尼之道”的批评，林希逸毫无道德评判面目，对于文学艺术的审美自律性给予相当的尊重。他将屈原视作文学家，重视其在《骚》中表现出的幽怨之真情，认为“非狂非怪”是其真实逸兴的强烈吐露。

在“道—文”系统中，理学家身份使林希逸在重视道之文时可以贬斥“文墨之士”的文章；而在“性情—文”系统中，由于推尊性情，并将《诗》《骚》作为典范，他能以文学家身份谈论《离骚》的艺术真实问题，强调不拘文辞。他可以把理学暂放一边，致力于文学自身的审美规律及艺术特点的探讨，对《离骚》的文学艺术有深刻体会。

四、重文法不泥文法的辩证技法观

林希逸强调对文学作品不能以“文字格律求”，对六经章句训诂的做法也表示质疑，认为“六经厄于传疏”，实际上这恰是林希逸重悟的心学思想的表现。艾轩学派自林光朝始即有心学特点，林光朝生平不喜著书，曾说：“道之全体，存乎太虚，六经注解，固已疏离，若复增加，道愈远矣。”①他告诉门人：“《诗》不歌，《易》不画，无悟入处。”②陈藻（乐轩）读《苿苢》竟“譬如晴空一声霹雳”③，林希逸继承艾轩心学传统，在注解《庄子》《老子》《列子》时，提倡以“悟”的功夫体会其义理。但不同于林光朝严分儒佛，林希逸的心悟理论有浓厚的禅学意味。他对禅宗语录相当熟悉，常给僧人诗集写序以及为僧人撰写塔铭。

林希逸将心悟理论用于文学理解中，认为通达文学性情即是

① 郑岳：《艾轩文选后序》，《艾轩集》卷10，文渊阁《四库全书》第1142册，第668页。

② 林希逸：《鄱阳刊艾轩集序》，曾枣庄、刘琳主编：《全宋文》卷7732，林希逸卷7，第341页。

③ 林希逸：《跋玉融林鏻诗》，曾枣庄、刘琳主编：《全宋文》卷7733，林希逸卷8，第362页。

“反于吾心”的心悟过程。林希逸对诗歌创作有更为辩证的理解。他认为：“四炼之工固在于诗中，而自喻之乐则在诗之外矣。”①四炼即“炼字炼句”“炼意炼格”，也即关于诗歌创作的一切技法训练。他没有完全抛弃技法训练，一味讲悟，而是在技法积累中讲悟。所谓“悟”，即是不被法度所限，他赞扬同学躔父“晚而傲世自乐，尽去绳墨法度”；“盖耻入今人古人窠臼也。如娑罗林中最后说法，六师诸魔闻者益惧矣”②。没有忽略技法蓄养的重要性：“文亦难工矣，虽从前大家数，亦未尝不磨以岁月，而后得之。”他评价苏洵、韩愈的积学作文之功：“此非深潜之深、悟入之奥，无缘有此语。”“非传心得髓者未易知也。”③林希逸自己学诗，也以黄庭坚为法度：“余初学诗，喜诵涪翁诸篇，谓其老骨精思，非积以岁月不能也。”④他有诗：“可笑儿痴觅句忙，先生善诱许升堂。未应得髓能如可，敢道言诗亦与商。笔落更夸风雨疾，袖回犹射斗牛光。句中有眼容参取，肯靳涪翁古印章。”⑤表现出对江西诗法的尊崇。

如果说这是“诗内”的创作功夫，在“诗外”，林希逸则借用心悟的学术思想，要求超越技法：“学诗如学禅，小悟必小得。仙要积功，禅有顿教，譬如卷廉见道，灭教明心，是所谓一超直入者。固有八十行脚如赵州，白发再来如五祖；而善财童子、临济少年，楼阁一见，虎须一捋，直与诸祖齐肩，是岂可以齿论哉？”⑥这里的“悟”有超越渐修之意，“童子”、“少年”与“白发”在“悟”的面前机会平等，

① 林希逸：《跋玉融林鏻诗》，曾枣庄、刘琳主编：《全宋文》卷7733，林希逸卷8，第362页。
② 林希逸：《心游摘稿序》，曾枣庄、刘琳主编：《全宋文》卷7732，林希逸卷7，第344页。
③ 林希逸：《刘候官文跋》，曾枣庄、刘琳主编：《全宋文》卷7733，林希逸卷8，第368页。
④ 林希逸：《黄绍谷集跋》，曾枣庄、刘琳主编：《全宋文》卷7733，林希逸卷8，第355页。
⑤ 林希逸：《贺后村喜大渊至二首·其一》，《竹溪鬳斋十一稿续集》卷4，文渊阁《四库全书》，第1185册，第590页。
⑥ 林希逸：《黄绍谷集跋》，曾枣庄、刘琳主编：《全宋文》卷7733，林希逸卷8，第355页。

因此“悟”不以年龄大小、积累深浅论，这显然是禅宗“不立文字，教外别传，直指人心，见性成佛”的特色。林希逸以禅悟论诗，虽然突出了“悟”的不可累积性。他对“悟”还有一种说法：

> 梓匠轮舆，各有规尺，是岂规尺哉！何为而必如此？蒉桴苇籥，自为鼓吹，此非鼓吹乎！规尺之常，人人知之；鼓吹之妙，非有道者不知也。①

诗歌创作技法好比“规尺”，“规尺”是人人可知，人人可学的，而吹奏之巧妙惟“有道者”能知。“有道者”即是能“悟”之人，在既有“规尺”的基础上，通过“悟”超越既定常规，创造出神妙的艺术。这是超越技法的“悟”的一面，联系到前面的“诗内”功夫，可以说，林希逸仍在比较辩证的立场中看待“悟”与诗法的关系，讲渐修积累的诗歌技法训练是“诗内”功夫，而讲超越诗法的“悟”则是“诗外”功夫，参照他对苏洵、韩愈的评论可知，二者更有互相增上的作用。

林希逸以禅悟说诗，要求学诗要在技法积累中超越技法，这是不拘文字绳墨的理论旨趣。无论是文学接受还是创作，他都持超越文字格律、不拘绳墨的观点。文学接受如果泥着于文字，便对文学的“性情”不能有所感通；创作执着于技法，便不能有“诗外”的自乐功夫。林希逸不拘文字的观点，来源于其“心悟”的学术思想，他对林光朝以“睡是大家睡，梦是独自作”的心悟教学方式深有体会，赞其“于经于道，超悟独得”②。

联系到林希逸重“文”，有重“道之文”与“性情之文”的两重含

---

① 林希逸：《题子真人身倡酬集》，曾枣庄、刘琳主编：《全宋文》卷 7733，林希逸卷 8，第 363 页。

② 林希逸：《鄱阳刊艾轩集序》，曾枣庄、刘琳主编：《全宋文》卷 7732，林希逸卷 7，第 342 页。

义，我们认为，“心悟”的学术思想使其不会拘泥于“道之文”与“性情之文”。也即是说，强调“悟”的心学思想使林希逸能既重视载道之文与文学之文，表现在对载道之文不传的遗憾与重视文学创作技法的练习与积累；又不执着于二者，表现在批评六经厄于注疏、强调性情以及学诗如学禅的超越技法论。“心悟”的学术思想使林希逸的文艺思想表现出重文又不泥文的辩证特点。

五、林希逸诗学观：综合江西与江湖、李杜同尊与奇正论

不仅在理论探讨上正视文学，林希逸本人的文学实践也摆脱了理学束缚，他的诗歌没有一般理学家的学究气、道学气，不是“语录之韵语”。钱锺书曾评价道：“自宋以来能运使义理语，作为精致诗者，其为林肃翁希逸之《竹溪十一稿》乎？”[①]对林希逸以理学、禅学义理作诗而“精致”表示赞叹。林希逸不仅有丰富的创作经验，还有大量的文学批评，对文学史以及诗文创作规律有深入独到的看法。

林希逸十分熟悉科举时文及各类文体，对于当时的科举时文与诗文四六对立、学者均习科举时文的文坛局面，林希逸有自己的认识。

> 今场屋之士，为诗文四六者，皆曰外学，固有哂其必荒举业者；又有自挟以傲同辈者。余曰：二俱非也。文字无古今，机键则一，是岂不可两能哉，直患不用力尔。[②]

无论古今哪一种文体，都有独特的创作方法，只要认真学习就能掌握。林希逸与刘克庄为至交，与刘的唱和诗居其大半。刘克庄作为江湖诗派的领袖，其诗歌观念必对林希逸有影响，也有论者

---

① 钱锺书：《谈艺录》，北京：商务印书馆，2016年，第563页。
② 林希逸：《林君合诗四六跋》，曾枣庄、刘琳主编：《全宋文》卷7733，林希逸卷8，第359页。

将林希逸归为江湖诗派。[①] 但林希逸对江湖诗人以诗为干谒工具的功利诗学观表示批评：

> 诗，雅道也，几败于唐，唐人以为进士业也。然而不败者，李、杜、韩、柳、元、白诸贤，不可得而束缚也。今世之诗盛矣，不用之场屋，而用之江湖，至有以为游谒之具者。少则成卷，多则成集，长而序，短而跋。虽其间诸老亦有密寓箴讽者，而人人不自觉，所以后村有锦里刀之喻，余常恐雅道微矣。[②]

表现出对江湖诗派的超越。林希逸对江西师法也有吸收，他早年学诗即从黄庭坚，他还说："江西，诗之冀北也。派家行而诚斋出，后村评中兴家数，以放翁比少陵，诚斋比太白。而文公昔皆病之，岂以其变化如浮云，激射如飞流，有非绳墨规矩所可限者？然非并诚斋也，病学诚斋者也。今江西诸吟人，又多祖陶谢矣。陶谢，诗之典刑也，不假铅华，不待雕镌，而态度浑成，趣味闲适，一字百炼，而无炼之之迹，学者亦难矣。"[③]林希逸提倡技法而又以"悟"超越技法，不至于走向江西末流的"诗论"（以议论为诗）之途。可以说，林希逸的诗学观，呈现出继承江西、江湖诗派又超越二者的特点。

林希逸对于诗歌还有一精妙的譬喻："诗有射也，栖鹄于侯，而程工拙焉，是曰的。强弱，力也；中否，巧也，非的无以别之。若弓之良，其材有六，则诗料也；参均九和，则四炼也；干之心必正，不正与视忤，是则思无邪也。射之于吟，取譬若此。然而的有远近焉，有高下焉，其审则在我，诗亦然。陶、谢，一的也，韦、柳取之；李、

---

① 参见张宏生：《江湖诗派研究》，北京：中华书局，1995 年，第 305 页。

② 林希逸：《跋玉融林鏻诗》，曾枣庄、刘琳主编：《全宋文》卷 7732，林希逸卷 8，第 362 页。

③ 林希逸：《跋赵次山云舍小稿》，曾枣庄、刘琳主编：《全宋文》卷 7733，林希逸卷 8，第 367 页。

杜,一的也,苏、黄取之;郊、岛,一的也,四灵取之。随所取而尽其能,则可以追古人,可以名家数,不然皆羿矣。今言诗于江湖,大抵以山谷为的。”①“的”,即靶心,也即学习的模范、榜样。“的”有远近高下之别,诗歌学习的目标,也有不同,陶、谢是一类,李、杜是另一类。选好适合自己的“的”(目标),然后全面深入地学习之,即能有所成就。林希逸的“的”论表明其认识到名家典型对于学习诗歌创作的重要性。向诗歌大家学习归根到底还是诗法技巧方面的问题。林希逸不仅学习江西诗法,还特别重视艾轩学派自宗的诗风诗法,曾编辑林光朝、林亦之诗集,名为《吾宗诗法》:“若其格致精严,趣味幽远,具吾宗正法眼者自知之,不待予言也。”②

说到对大家的学习,林希逸还推尊李杜。“前此我朝诸大家数,律之精,莫如半山,有杨、刘所不及;古之奥,莫如宛陵,有苏、黄所不及。中兴之后,放翁、诚斋两致意焉。然杨主于兴,近李;陆主于雅,近杜。吁,诗于李、杜,圣矣乎!神矣乎!”③他将中兴诗人杨万里、陆游比作李、杜,认为李、杜诗歌至神至圣,自觉以李、杜诗为典范。

林希逸对诗文的奇正变化也有辩证理解:“自退之为诗,正易奇之论,文章家遂有以此互品题者。……前辈乃曰好奇自是文章一病,退之以自谓怪怪奇奇,不施于时,只以自嬉,然则奇固不正矣。虽然,李长吉辞尚奇诡,而当时皆以绝去绳墨畦径称之。李义山受偶俪之学于令狐,及其自作,乃过于楚,非以其为文素瑰奇欤?长吉之奇见于歌行,义山之奇见于偶俪。……而谓之正者,人固知之;时出之奇,多有流辈思索所未及。……以诡奇为新奇,一迷也;至奇而不差,一至也。”④一味逐新尚奇至于诡谲,是不可取的,但

---

① 林希逸:《刘元高诗序》,曾枣庄、刘琳主编:《全宋文》卷7731,林希逸卷6,第330页。
② 林希逸:《网山集序》,曾枣庄、刘琳主编:《全宋文》卷7732,林希逸卷7,第335页。
③ 林希逸:《方君节诗序》,曾枣庄、刘琳主编:《全宋文》卷7731,林希逸卷6,第329页。
④ 林希逸:《李君瑞奇正赋格序》,曾枣庄、刘琳主编:《全宋文》卷7731,林希逸卷6,第328页。

用得适当，则有出新之效。林希逸的“奇”论，着眼于对诗文创作技法的思考，如果完全不遵规范，会走向诡谲，而恪守技法，不能摆脱“绳墨畦径”，又不能写出“至文”。林希逸的诗文技法观显得灵活而成熟。

六、林希逸文艺思想的发生学观照

作为理学家的林希逸何以能正视文学自性，给予文学如此巨大的存在空间，并得出符合文学活动一般规律的理论观点？林希逸的“心悟”等理学思想何以能转化为文论话语，我们尝试运用文化诗学方法对林希逸文艺思想作发生学观照。

林希逸“以道学名世”，但纵观其留存下来的学术著作，林希逸三部口义表现出融通儒道佛三教的理论面目，这种通贯的理学思想作为其基本知识结构，必然对其思考文学有深刻影响。对比朱熹等极富文学修养的理学家在面对诗歌创作时诱惑而提防的矛盾状态，林希逸不仅在理论上给文学以合法性论证，认为文章形式的学习有利于对“道”以及圣贤气象的体会，还热衷诗文唱酬等文学活动，积极探讨诗文创作技法，表现出文人的生活样态。在他身上，理学家与文学家两种身份不再是彼此排斥而使主体常处于矛盾分裂的两极，而是可以不相妨碍且能互相增上的共存态。理学与文学的合流出现在晚宋固然有时代、社会、学术自身的各种复杂的内外部原因，并且这种趋势在元代有增无减。[①] 但具体到林希逸个人，笔者认为有两大原因使林希逸自由无碍地出入文学：

一是其对三教相当融通的态度，使理学体系中“道”的神圣性和唯一性下降，无论是林希逸标举的“大藏经五百四十函皆自此（《庄子》）中细绎出”，还是（《庄子》）“大纲领、大宗旨未尝与吾圣人异也”，都在试图表明理学家极崇的“道”不再是儒家独有，而为三

① 参见查洪德：《元代理学流而为文与理学文学的两相浸润》，《文学评论》2002年第5期。

教共享，只是路径、方式有所不同，虽然林希逸对此并未明确说明，但从他对佛道二家尤其是对禅宗公案语录的大量吸收，已显著表明他不再强调理学家之“道”的唯一性而排斥异端，并认为其“与吾儒不异”；同时，从林希逸在三子口义中表现出的理学思想上看，他既没有继续在前人理学遗产的基础上继续新造、构建新的体系，又没有如真德秀、魏了翁等将理学推向世俗行政、社会的现实化努力，而主要是在融会三家思想异同上着力。一旦理学家推崇的“道”不再是儒家一门独享，它的神圣性、唯一性必然受到挑战与削弱，①在文艺中即表现为林希逸可以不再积极捍卫“道”的独有而推尊“载道之文”②，此外，理学“祛魅”，使其与文学的对垒不再剑拔弩张，林希逸既可以“艾轩学派”的理学正传言性理之学，又可以诗人身份与诸诗友唱和酬对，不妨碍其获得“以道学名世”的称誉。

林希逸自由出入文学的另一原因，是他做到了将艾轩学派已有的“道—文”与“性情—文”两个系统完全独立。如果深究，文学之所以能独立于理学，不再是因为“载道”的他者性存在，仍然是由“道”的神圣性下降导致。两套话语的并行，使林希逸继承北宋以来理学家“文以载道”的文道观，在道言道；还能自由地在文言文，进行文学创作与文学批评实践。“性情—文”系统中的“性情”，主要是文艺活动中的真实情感，而非理学规范过后的“性情之正”（真德秀）。林希逸强调文学创作要具备真情实感，还要有句法、章法等形式要求，注重文辞煅炼，提倡文采。

---

① 理学在南宋末年的世俗化进程，还有更为重要的原因，即理学的官方化与科举化。四书被推为科举必考，推动读书人只以理学求功名的功利主义倾向，理学随之走下神坛，从活泼泼的生命智慧逐渐沦为僵化的伦德教条。参见常德荣：《理学世俗化与南宋中后期诗坛》，《文学评论》2011 年第 3 期。本书主要就林希逸学术思想中影响其文艺创作的因素展开讨论。

② 当然，这只是“不再积极”地强调“载道之文”，林希逸仍在一些文学场合提及“载道之文”不同于“文学之文”的功用，他甚至对“圣人作经”的“载道之文”有神秘化认识，如：“圣经之终始，盖与造化参焉，非人力所能与也。”（《续诗续书如何论》）但从林希逸学术思想、文艺思想与文学实践来看，无论是理论提倡还是实际创作，“载道之文”都不是林希逸的主流思想。

总之，理学家标榜的“道”的神圣性下降是能放下“作文害道”的心理压力，完全正视文学的重要前提，也是其文艺思想得以展开成如此丰富的双重话语面目的关键。当见道修道不再成为主业，文学的魅力便不被视为妨碍修道的祸患而为林希逸所正面探讨；也只有“道”在林希逸精神世界中不再有神圣性力量，他才能正视在传统理学家那里本是“载道”的他者性存在的文学，完全摆脱理学对文学的束缚，承认文学的自性存在，尊重文学的审美规律，作出符合文学活动一般规律的理论总结。这对于理解林希逸整个文艺思想至关重要。

第三节　林希逸的诗学实践

林希逸三教融合思想与双重话语系统使其对文学自性规律的探讨得以全面深入，提出符合创作实际的文论观点。他强调文学创作要具备真情实感，还要有句法、章法等形式要求，注重文辞煅炼，提倡文采。林希逸三教融合思想与两大话语系统不仅使其在文艺思想上有丰富见解，还对其诗歌创作产生深刻影响。本节即以《竹溪鬳斋十一稿续集》《竹溪十一稿诗选》《江湖后集·林希逸卷》中收录的林希逸诗歌为主，探讨林希逸诗学实践。着重探究林希逸诗歌在内容上和艺术特点上与其三教融合思想以及文艺思想上的关联，将林希逸的诗学实践与其三教观、文艺思想相互观照，试图揭示林希逸开通的三教观以及文艺思想对林希逸诗歌创作的影响。

一、“喜读佛书非佞佛”——林希逸的涉佛诗

林希逸好佛禅，其密友刘克庄曾讥其“近禅”①，他曾说：“余因

① 林希逸有诗：“痴因好佛蒙嗤诮。”（《再和前韵谢后村惠生日词》）

自思，少亦喜吟，老无所入，乃独玩味《心珠》《证道》诸歌。人多阅保宁、雪窦诸老颂古，亦时有此作，或者正以逃禅讥之。”①表现在学术思想上则是大量以佛家典籍、禅门公案解庄，表现在文学上则出现众多佛禅意象、佛门趣味的诗歌。笔者搜集其涉佛诗共 54 首，占全部诗作近 10%，可见林希逸对此题材的偏爱。林希逸涉佛诗包括以下五类：

（一）题赠僧人。与给僧人诗文集作序一样，林希逸还会题诗赠僧人朋友，表达对僧人朋友的恭祝。如《三偈寄白沙和尚》：

叠石为梁岁月遥，溪神毒发恣飘摇。
万事有缘人赞叹，白沙师造赵州桥。

桥长百丈架溪横，半水功夫次第成。
人言不是慈悲力，那得霜冬暖又晴。

作缘道者信难哉，小工石匠亦持斋。
世间苦行谁能此，为向白沙会下来。

“赵州”，唐代著名禅师从谂即赵州和尚。此诗赞叹白沙和尚修建大桥方便交通的悲心以及其德行对“小工石匠”的善心感召，他们通过修建大桥的因缘接触佛法进而茹素学佛。再如《送黄檗老子住西禅》：

贤哉断际堂中老，法席新移向凤山。
妙选碧油翁具眼，相迎黄面佛开颜。

① 林希逸：《悟书记小稿序》，曾枣庄、刘琳主编：《全宋文》卷 7731，林希逸卷 6，第 331 页。

老来得友如师少，别去伊谁伴我闲。
十二峰头明月在，不妨言句落人间。

这是恭送黄檗禅师往“凤山”任主持，林希逸珍惜这位僧人朋友，感慨年老后的朋友如黄檗禅师这样的很少，他此一去，谁来陪伴自己度过闲暇时光？最后，林希逸虽明了禅宗“不落言语”的宗门特点，但仍勉励朋友常常言信沟通。其他如《赠僧宗仁回江西》《和柯山玉上人三首》等诗。

（二）题赠寺庙。如《游应天寺》：

万安桥北破僧坊，追数梁题岁月长。
祖师碑残微有字，世尊炉在久无香。
虾蟆撞破青苔去，龙象凄凉宿草荒。
四壁不留风雨入，仅余一衲住空廊。

该诗前有小序：“……乡邻有寺，绍兴壬子也，旧碑载三偈，磨灭尚可读，偻指寺成。才两壬子，其季方十六，岁入亦不簿，以主僧不得人，官吏又重困之，遂为不济。人间百事兴废不常，良可感慨，因赋一首。”①林希逸想起开创者白屿智淳禅师“因见虾蟆跃苔而出忽然省悟”②，出家并建应天寺，到今应天寺荒凉破败，良多感慨。

再如《和王臞轩旧题紫阁寺诗》：

阁为山名紫，松依水更青。
僧谈畴昔事，我记初始经。
败壁题仍在，臞轩唤不醒。

---

① 林希逸：《竹溪鬳斋十一稿》卷3，文渊阁《四库全书》第1185册，第582页。
② 林希逸：《竹溪鬳斋十一稿》卷3，文渊阁《四库全书》第1185册，第582页。

个中安稳住，但要主人惺。

“常惺惺”为禅宗典故。禅宗认为修行者要在行住坐卧中保持正念，不被外在境界所转，保持“自性”主人公高度警觉的“惺惺然”状态。

(三) 读佛禅典籍、画像有感之作。如《得大慧顶相有亲笔赞》：

见师画像如师活，聚散如何呼又喝。
似与不似吾不知，却是梦中青直裰。

林希逸对《大慧语录》十分熟悉，《庄子口义》中屡称引之。“聚散如何呼又喝”则是对大慧禅师生动活泼的禅宗教化方式的描绘。再如《看风穴语偶然有感》：

一点关心道即非，到关心处又谁知。
渠宗为此犹垂涕，益信旁人不是痴。

林希逸此诗表达了对风穴延沼禅师展现出的特殊“关心”的领悟。风穴禅师是开悟的大德，必能通达不立文字的禅门宗旨并开显出任运自在、潇洒活泼的教化方式，让行者不起妄念。这种棒喝教相背后的慈悲“关心”却是无时不在，林希逸感慨世人常从外在表相上看禅师的言行，而没有观察其背后的大慈大悲与智慧无碍，故而“到关心处又谁知”。再如《读契嵩非韩三十首》其一：

此緇何事与韩仇，可怪真如撼树蜉。
唤作辩才知汝误，看成寐语使人羞。
赐云日月无容毁，甫叹江河不废流。
者也之乎三十首，千年贻笑几时休。

从此诗可看出，林希逸吸收佛学，只视其为思想资源，而非自己的信仰。所以面对同样提倡儒佛合一的释契嵩的“非韩”论时，林希逸不仅没有站在释契嵩的立场表示称赞，还认为他此举如“蚍蜉撼树”。

（四）唱和酬对中的涉佛诗。如果说前三类涉佛诗是林希逸在面对与佛教相关的人、事时的诗学反映，那么他在一般的文学酬对活动中征引佛禅，则是佛学修养作为其诗文创作的知识储备对其诗材选择方面的影响。如：

但拥维摩几，时时阅贝多。（《和后村记颜一首》）

工苦从人夸腹稿，发明自我看心花。
镂脂须信文徒巧，隔膜只愁性未明。（《和后村忆昔二首》）

休梦笔花寻砚滴，但看贝叶守灯龛。（《和后村口占一首》）

早气如春夜即冬，操存要有主人公。（《和王此山午寄虹字韵一首》）

却此赵州行脚后，百三十岁主禅林。（《贺后村生日庆八十》）

砂欲作糜那解饱，砖难成镜只空磨。（《和后村问讯水南失约二首》）

谈玄要似蜜中边，末学纷纷纸上传。
击竹卷帘如未会，要无疑去待驴年。
衰翁分已绝尘缘，自和新诗醉击辕。
不是灯灯相照者，个中消息也难言。（《和后村三绝句》）

这些诗作多是诗友彼此唱和之作，难免客套，但佛门意象、佛典故事、禅宗公案、佛禅旨趣等诗材信手拈来，说明林希逸对佛教典籍的熟稔。在对佛门题材的运用中，林希逸有时只取外器物意象，如“贝叶”“灯龛”“蒲团”等，有时则化用佛门典故并巧取深意，如对《维摩诘经》“煮砂成饭”典故与南岳怀让禅师启发马祖的“磨砖成镜”故事的运用，表达方法不对则难达目的之意；如以“夸腹稿”与“看心花”，“文徒巧”与“性未明”相对；批评学禅末流“纸上传”等，林希逸表达了禅宗“不立文字”与“不离文字”的语言文字观。正因为对禅宗的语言特点有深入把握，林希逸在论述文学艺术技巧时，能够既重视诗歌创作技法的积累，又不拘泥于诗法，被规矩所缚。“诗内”与“诗外”功夫并举，使林希逸诗法论呈现出“重法而不泥法”的理论面貌。可见，对于唱和酬对中的涉佛诗，林希逸不仅从外在器物到内在精神各方面自如运用佛禅题材，还将佛禅旨趣巧妙运用到论文艺以及行事的普遍规律中，将佛禅公案、典故的意义推向佛学系统以外的其他范围。

(五) 表明心曲的涉佛诗。即表达林希逸真实的佛教态度、佛学思想以及濡染佛学形成的人生思考等。佛学修养作为其知识结构中的重要组成部分，对其诗歌创作产生深刻影响。如果说前四类的涉佛诗还停留在题材选择方面，这一类则表达林希逸自己的佛教观、受佛学影响的人生观等。从其诗作看来，他只视佛教为思想资源加以吸收，而非选择佛教为自己的信仰。如：

但喜僧歌不坏庵，可曾吝佛学和南。(《和后村二首》)

如翁一事尤痴绝，醉却逃禅绣佛前。(《三和韝字二首寄后村》)

多生已被禅勾引，万事只凭酒破除。（《四和除字韵寄元思别驾》）

定而能静吾师也，不比跏趺佞佛何。（《且静坐》）

喜读佛书非佞佛，赋游仙曲岂求仙。（《书窗即事》）

林希逸虽然“喜读佛书”“逃禅”“被禅勾引”，但并不曾将之作为人生皈依处，不仅不会“佞佛”“求仙”，无兴趣于超经验的事物，还在万事烦乱之际，仍用“酒破除”。以林希逸的佛学修养，他不可能对佛家的酒戒毫无所知，正是没有在信仰角度接受佛教，才不会有将“酒”作为戒条的考虑。林希逸认为儒佛不二，只要不将之作为人生信仰，不失去理学正统地位，便可学习佛教。

虽然佛教不是林希逸的信仰，但深刻影响他的人生观，他常借佛学反观自身，思考人生。如：

终岁吾伊只自苦，多生习气未全除。（《三和除字韵》）

此心无著自超然，粗粝随宜醉即眠。（《书窗即事》）

照破尘心如镜镜，续传诗派似灯灯。……
但把功名付篇什，莫论青竹几人登。

宫衣我已换禅衣，读得狐书颇造微。……
多生自苦滔滔是，一悟应知念念非。（《和元思朋微韵二首》）

他反省自己习气未除，向往平淡生活，羡慕禅门中人清净无杂念的生活状态，对追求功名利禄兴趣索然。他常把自己比作“病维

摩”:“独坐蒲团守书卷,长年恰似病维摩。”(《有感》)

林希逸对佛学涉及的超经验部分,如“前身后身”之说持怀疑态度,但对于经验可以把握的“万缘皆空”等佛理,他表示认同:

车轮到处碾成尘,苦乐伊谁见得真。蚁聚万缘皆假合,驹阴千载几新成。虽云入息非出息,或说前身有后身。此事漫然成诤论,且看古月照今人。

而对于佛学有关的争议,林希逸有自己的思考。他认为需要深入佛典,才能避免对佛学的误解,一味地排斥和赞美都不可取:“佛学纷纷半是非,若为疑处到昌黎。柳推性善碑南岳,华指心宗传左溪。有诞有微须自别,或排或赞总非迷。痴人但道书皆好,读得明时论易齐。”(《读子厚李华释氏二碑作》)林希逸对禅宗“本来面目”之说也十分感兴趣,“睹面果为谁氏子,回光须照本来人”(《和梯飚薛宰镜中我韵》);“把照相看意自亲,是身非幻亦非真。……本来面目伊谁识,却诧僧繇解写神”(《再和镜中我》);“百骸虽在果谁亲,本地风光见是真”(《三和镜中我》)。虽然林希逸对禅宗直显佛心的顿悟特色有相当的理解:“禅学元非妄抵诃,声前句后总成魔。本来性即虚空是,自障尘因闻见多。”(《老来犹喜看书清晨有警书以自砭》),但他同时主张渐修渐悟,不舍世间法,强调不能放弃社会责任,需要做北宗禅那样的“拂拭”功夫,到社会生活中历练,表现其三教融合思想中的儒家底色:“不比深山空谷翁,人间冤债日相逢。大须勤拂当台镜,莫道南宗笑北宗。种种心生种种危,急须毒手下钳槌。要令独坐空斋里,打出人间万弩围。”(《有警示训》)

林希逸的涉佛诗在其现存诗歌中占有相当比例,佛学修养是其基本的知识结构,不仅作为诗材出现在有关佛门人、事的诗歌中,还出现在与诸诗友的唱和酬对中。更为重要的是,佛学修养使林希逸拥有深刻反思人生的思想资源,表现出亲近佛禅的人生趣味。同时,将佛学作为思想资源而非信仰角度来吸收,使他不仅将佛禅思想与现实经验打成一片,融通儒佛而不失理学的正统地位,并且有自己的独特思考。林希逸的涉佛诗,正是其儒佛融通观的诗学表现。

二、"最佳公案是观鱼"——林希逸的涉道诗

林希逸对道家《老》《庄》《列》这三部典籍相当熟悉,他常以"三子"的寓言故事入诗。笔者从《竹溪鬳斋十一稿》中辑出林希逸涉道诗二十首,发现其最爱用的道家题材是《庄子·秋水》的"濠上观鱼"、《庄子·齐物论》的"隐几而坐,吾丧我"。如:

> 大寒不出空回首,何日同观濠上鱼。(《雨中怀后村石塘之约爽矣》)

> 有我何能与物亲,物无非我学方淳。
> 不知目送归鸿者,何以观鱼濠上人。(《和吴检祥飞跃亭韵》)

> 闻说君如濠上老,会当握手论升沉。(《寄题陈非潜达观堂》)

> 濠上儵鱼真乐也,山梁雌雉信时哉。(《和桃巷吏部用鄙韵三首》)

> 老漆园仙数卷书,最佳公案是观鱼。(《二偈赠余干震上人》)

林希逸之所以认为《庄子》最佳公案是《秋水》篇的濠上观鱼,在于庄子借观鱼表达了一种新型的把握世界的方式,与惠子以二元对立的逻辑思维方式不同。在惠子看来,鱼和庄子是两个不同

的对象性存在，他们之间有不可互通的鸿沟。而庄子采取的是摒弃二元对立的分别认知方式，即不区分别外在物象，而是在心上去体认万物的汇通处。所谓“天地与我并生，而万物与我为一”（《齐物论》），故而鱼与庄子可以“一而二，二而一”的方式存在，这种思维极富中国特色，某种程度上可以说，道家“濠上观鱼而知鱼之乐”的思维方式，为佛教传入中国后形成的禅宗准备了思想土壤。禅宗同样有“泯识（分别之识）显智（不二之智）”的运思特点，所以常常强调“言语道断”“不立文字”。语言文字均是理性逻辑等分别意识的产物，而无论是庄子的濠上观鱼还是禅宗修行，都强调不用理性概念去分别事物。林希逸对此颇有会心，不妨说正是对庄子“濠上观鱼”有深刻理解，他才会对禅宗有强烈的兴趣。所谓的“有我何能与物亲，物无非我学方淳”，即是表达不分别物我之意，即“物我合一”。林希逸也常用“隐几而坐”的典故：

隐几正忘吾与我，开奁忽讶彼何人。（《三和镜中我》）

问讯辊毬思今古，等闲隐几说今吾。（《雪峰藏叟过门见访赠别一首》）

世无齐物庄夫子，那得渠侬一问之。（《和后村书窗韵四首》）

事有难言长隐几，何人曾识我非吾。（《即事》）

“隐几”取自《庄子·齐物论》南郭子綦与颜成子游的对话：“南郭子綦隐几而坐，仰天而嘘，嗒焉似其耦。颜成子游立侍乎前，曰：‘何居乎？形固可使如槁木，而心固可使如死灰乎？今之隐几者，非昔之隐几者也。’子綦曰：‘偃，不亦善乎，而问之也！今者吾丧我，汝之知乎？’”林希逸对这个典故的偏爱，还是在于它体现了不用分别识思考世界的道家运思特点。

此外，林希逸还用其他的道家典故，诸如：“学圣玄宗总如许，莫疑老子习单修。”(《偶题》)这是引用《老子》。“叟已忘言久，离钩正待鱼。”(《题建安曹兄深居小稿》)这是《庄子·外物》“得鱼忘筌”。“不鼓昭文深有意，宫商才动几亏成。”(《二十日待月有感》)这是化用《庄子》“昭氏鼓琴”典故。“连朝毒热胜三庚，万木号风无一窍。”(《晚步偶成十月廿八日》)化用《庄子·齐物论》“是为无作，作则万窍怒号”。“最喜天公最公处，人人可索是玄珠。”(《偶题》)化用《庄子·天地》“象罔得玄珠”典故。“老如枯柏傲霜冬，名实俱忘赋芧公。”(《用韵和黄兄》)化用《庄子·齐物论》“朝三暮四”典故。“漆园未悟身如幻，更把君臣论百骸。”(《再用前韵谢桃巷》)化用《庄子·齐物论》“百骸、九窍、六藏……如是皆有为臣妾乎？”

从数量上看，林希逸的涉道诗不及涉佛诗，但也有显著特点，即相对集中地使用道家典故，这些典故均能反映道家核心思想，林希逸涉道诗用典的出处多集中于《庄子·齐物论》，说明他对该篇中对人为制造的差别的泯灭，不分别地看待事物，“莫若以明”的观照方法等有所会心。而无论是“濠上观鱼”还是“隐几而坐”，亦在表达泯灭物我之别后的新的认识世界的途径。如何达到“物我合一”，林希逸认为在于不起分别念，这正是他用以理解禅宗的主要方式。他解释《齐物论》“隐几而坐”：“死灰，心不起也。……而曰吾丧我，言人身中才有一毫私心未化，则吾我之间亦有分别矣。”①物我不分与不起私心是林希逸理解道禅思想的关键，二者实质上是等价关系，只是“不起私心”侧重功夫、路径，“物我不分”侧重状态、结果，不起分别的“私心”，即是“物我不分”，也即能观鱼之乐、能吾丧我之时；反之，达到能观鱼之乐、能吾丧我时，必然不动分别

① 林希逸著，周启成校注：《庄子鬳斋口义校注》，第13页。

念。他对《庄子》文本中体现物我不分的寓言十分偏爱。从这点来看，林希逸大量选择“濠上观鱼”“隐几而坐”等故事作为诗材就并非偶然：这既是他对道家思想最感兴趣的地方，又是其用以理解禅宗的思维方式，更是他用以融通道禅的思维中介。毫无疑问，如果不从思维方式上把握林希逸对道家思想的理解，就不能解释林希逸在诗歌中为何大量而集中地使用几个相同的道家典故。

三、“吾侪本领学曾颜”——林希逸的理学诗

宋代理学自诞生起就面对如何处理文学的难题，无论“作文害道”还是“道本文枝”，理学家总想将文学纳入理学的范式，创作上不主张强烈的情感涌动，而是提倡经过修养功夫达到的“中节”，即温柔中和的心态，同时要求以载道为主，这是对古文的内容规定，而在诗歌领域，理学家亦要求以诗言理，表现圣贤乐道气象，使诗歌成为展现理学从功夫到境界的媒介，而不追求诗歌自身格律、辞藻等艺术特点。这种理学诗潮流随着南宋末年两部文学总集（真德秀《文章正宗》与金履祥《濂洛风雅》）的编纂而推波助澜，大肆侵入文学，破坏了近体诗自身的审美规范，使诗歌成为理学的翻版。林希逸推崇邵雍的《击壤集》，曾有诗：“断无子美惊人语，差似尧夫遣兴时。”（《江湖后集》卷一〇）他对邵雍本人也非常崇敬，“旁人应比我，观物邵家翁”（《和春谷用弓字韵》）。还说过：“删后无诗，固康节言之，然《击壤》诸吟，何愧于古？”[①]表达对《击壤》理学诗派的赞许。但林希逸的理学诗并没有理学家的头巾气、道学气，反而写得颇为精致，富有理趣。

钱锺书曾对林希逸的理学诗赞誉有加，并摘录其运用理语作精致诗的佳句，如“那知剥落皮毛处，不在流传口耳间”；“划尽念头方近道，扫空注脚始明经”；“但知绝迹无行地，岂羡身轻可御风”；

---

① 林希逸：《题子真人身倡酬集》，曾枣庄、刘琳主编：《全宋文》卷 7733，林希逸卷 8，第 363 页。

“生弓影心颠倒，马龁萁声梦转移”；“须信风幡元不动，能如水蛇却无疵”；“醯鸡瓮中世界，蜘蛛网山天机”；“蚯蚓两头是性，桃花一见不疑”；“非鱼知鱼孰乐，梦鹿得鹿谁诬”；“若与予也皆物，执而我之则愚”等①，无不精心布置、巧妙对仗，读来理趣盎然。此外，在《竹溪鬳斋十一稿》中也有理学诗，以下稍作分析。

钱锺书摘录的林希逸理学诗句，主要是直接引用理学辞汇、典故言理，而在《十一稿》中还有通过思考日常事物、现象表现哲思理趣的诗，如：

> 生生化化果何如，物类虽殊气不殊。疏密尚留松脉理，嶙岩却是石肌肤。（《咏松石》）

> 雨后欣欣绿万丛，怜渠叶叶但焦红。旁人莫作荣枯看，时节因缘各不同。（《雨后赠燕来红》）

> 性分本同无细大，休夸太乙叶为船。（《太平莲》）

> 但瓶花在读书床，久坐看来似不香。便比古今求道者，学成却与道相忘。（《瓶中指甲花初来甚香既久如无之》）

林希逸善于调动理学知识，在生活中悟理，将理学化用在日常生活中，通过细致观察获得理趣。如由指甲花从有香气到“如无之”的过程联想到学道者最后学成的状态是与道相忘，既无求道之人，也无可求之道。这里有禅宗“不假外求”的思想，也是林希逸“无私心”“无容心”，即不分别的理学思想的表现。

在“语录体”盛行的晚宋，林希逸也以诗讨论“性命”“天理”等

① 钱锺书：《谈艺录》，第563页。

理学命题，即使如此，这些理学诗仍注意修辞煅炼等诗法，没有丧失诗味。如：

心有灵渊性有天，得渠乐处自难言。
谁传仙去曾骑鲤，况说南征看跕鸢。

圣师知远又知微，率性而修教迪彝。
物性高高还下下，与渠相赏莫相违。

六爻万象理俱陈，物物皆诚在反身。
飞鸟音遗鱼信及，中庸尽性易穷神。

梦如为鸟何妨乐，计得于鱼底是愚。
化化生生机在目，紫阳深意注阴符。

跃跃飞飞共太虚，痴人底解见遗余。
师传喫紧知何处，乐在心中不在书。

万善皆由一念基，学能自悟不妨迟。
得他渊然天游处，何异抠衣侍子思。（《和吴检祥飞跃亭韵》）

上述诗句引用《周易》《中庸》《孟子》等儒家经典，表达林希逸独特的“心化”理学思想以及“悟”的功夫论。之所以能在理学诗中讨论性理而葆有诗味，除了文学才华使然，还跟林希逸的文学观念密切相关。由于“道”在林希逸精神世界中的神圣性下降，文学不被视为“害道”，理学与文学不再是对立的两极，理学不妨由文辞华丽的诗歌表达；同时，写作诗文有助于对儒家经典文章的通达，由于不再担心“作文害道”，林希逸的理学诗精心造语、字斟句酌，致力于理学诗的字法、句法的设计，显得“精致”。

此外，林希逸在理学诗中没有对前人亦步亦趋，而是独立思考，对前辈思想有因有革，表达个人的理学见解。如：“学能害道义当排，深浅还须究竟来。动静理如双转毂，危微心要两俱灰。俟之不贰知天矣，逝者如斯叹水哉。却笑留衣韩十八，羡人明识外形骸。”（《读昌黎与孟简书作》）运用《论语》《尚书》等经典语句信手拈来，对仗工整。再如：“磨旋盖倚机谁悟，镜缺弦生意最深。知历知星方识性，潜天潜地要非心。山须鳌负诬仙圣，潮为鲸来误古今。我不信书只自信，千年未必有知音。”（《穷理》）林希逸的理学思想有强烈的“心化”倾向，强调“自信”“识性”，不泥于文字，但也没有废弃文字。因此他不同意“学能害道”，没有走向极端。这与林希逸既重视文学创作的技法规范又强调以“悟”超越法度的文艺思想是相通的。

林希逸的理学诗既能运用理学话语讨论天道性命等理学话题，又能注重文辞煅炼、章句安排，这使其能超越当时文坛所流行的“语录、讲义之押韵者”的理学诗，而有可耐咀嚼的诗味；同时，其理学诗表达个人的“心化”理学思考，亦可看出他对禅学的吸收，与《庄子口义》等学术著作相互辉映；此外，通过理学诗我们还能发现其理学思想与文艺思想的相通处。

四、“人间念已扫除空”——林希逸诗歌中的人生理想

以上三点着重考察儒道释三家思想作为林希逸所用诗材的体现，实际上学术思想是林希逸主要的知识结构，它必然会对其人生观、世界观以及思考社会、历史的方式产生影响。受三家思想熏染的林希逸，以诗表现出归隐闲适的生活情调以及万缘皆空的世界认知。但他并没有完全抛弃社会责任，十分关心底层人民的农耕劳作，这是儒家仁民爱物思想的反映。林希逸极为认同佛学空幻思想，表示要扫除杂念，诸缘皆空，如：

洛下玄功须究意，人间杂念早消除。（《再和除字韵》）

身外事皆随顺去，人间念已扫除空。（《寄兴》）

人间万事皆儿戏，注目长空送暮鸿。（《秋闱放榜作》）

一点要须明不寐，万缘总是假非真。（《闲题》）

万劫总如萍聚散，一身几见树枯荣。（《即事》）

虽然也做人间梦，但觉元无俗下缘。（《痴翁》）

渔翁学士皆闲梦，此事谁知若是班。（《用韵谢子真》）

千古纷纷皆梦事，道难行矣却知之。（《和后村书窗韵四首》）

不仅表达世间万事皆假非真，还常用“梦”譬喻社会人事，佛家意味浓厚。但即使如此，他并没有选择佛教为信仰皈依处，也没有选择依教奉行的佛教实修之路，而是在接受万缘皆空的同时，歆羡含饴弄孙的人伦天乐与远离尘嚣的清净生活。如：

清晓焚香罢，书窗只自娱。
时为五禽戏，闲看六牛图。
遁世元无闷，衰年不厌癯。
围棋三稚子，夜夜笑翁输。（《偶题》）

寂寂长闲日，炎炎酷暑时。
纳凉惟竹共，对酒得蔬宜。

韭嫩须新剪，瓜甜要悬丝。
荷杯时一吸，聊共小孙嬉。（《六月十日晚饮呼行祖共吸荷盘杯》）

佛家的万缘空幻观念，没有使林希逸走向宗教修行，而是构成其人生理想的一种底色，在此之上，他向往陶渊明式隐逸自乐的生活状态，洋溢着浓郁的文人审美趣味。在他的遁世理想中，诗书酒香等文化产品是必不可少的：

遮眼有书时掩卷，小窗趺坐自焚香。（《偶题》）

有书数卷诗千首，便是人间了底人。（《闲题》）

痴翁痴处苦难言，半似禅宗半似仙。
适意酒杯中味道，寄心诗句里参玄。
虽然也做人间梦，但觉元无俗下缘。
剩把残编消日子，不妨吟罢枕书眠。（《痴翁》）

功名会上前缘薄，灯火社中遗恨多。
几劫曾为诗法眷，两鳏堪号俗禅和。（《别躔甫》）

万钱下筯非吾事，数卷残书了此生。
学浅幸无禅二障，心闲喜与迹双清。
更长睡足元无梦，又听檐间足足鸣。（《晓作偶成》）

由于有佛家思想作为思考社会、历史的参考点，林希逸对人世变迁有深刻认知：

抛却巢由思稷契，许身却笑杜陵翁。（《和后村三绝句》）

笑他名下士，底似饮中仙。……
不穷能有几，试数昔诸贤。（《怀古》）

千古兴亡大略同，自为儿戏是天公。
人如流水浮云去，事落残编断简中。（《老来犹喜看书清晨有警书以自砭》）

山深林密乐吾真，从古吟人例是贫。（《再用前韵谢桃巷》）

声名官职俱何有，枉见匆匆发似䌰。（《信缘》）

历史兴衰都如天公儿戏，而贤达之士大都穷苦坎坷，即使一时声名显著，对比岁月匆匆，也只是一瞬即逝。林希逸还对文字记录的功能有独特思考，受禅宗“不立文字”影响，他认为领悟真理要通过“心悟”，而不能执着于文字，所谓“末学纷纷纸上传”，只有不能通达“心悟”的末流才在文字上做功夫。他还以香严禅师的公案作自省，认为修学关键在“心悟”：“香严喜把经遮掩，悟处虽高性未空。”（《老来犹喜看书清晨有警书以自砭》）但他也没有否定文字，表示自己虽然俗缘谢却，但仍有笔墨之交的文人生活：“已喜尘缘断，虽然未尽闲。笔因求字秃，烛为检书悭。”（《闲居》）更重要的是，他仍存儒家“立言”为三不朽之一的观念，认为文字记载是可以藏诸名山的：“古今来往三千载，文字消磨几百家。底为藏山痴作计，衰翁笔砚是生涯。”（《即事》）这是林希逸“重文而不泥文”的文艺思想在诗歌中的反映。

这就引出林希逸人生理想中的人间关怀的一面。虽然林希逸在表现自己生活趣味的诗中，主要以远离尘缘的出世之怀为基调，这与其佛学修养密切相关。但林希逸本质上还是一位儒家知识分子，他对现实社会中人民的疾苦有深刻的关心和理解。《十一稿》

中有他关心民间生活的诗作，这无疑是其文化基因中儒家仁民爱物思想的表现。林希逸关心农民的耕作收获，而与农耕有直接且重要联系的自然气候即是雨旱问题，林希逸对此多有吟咏。如：

父守井槔形似鹤，儿归市糴瘦于猿。
旁人若识农家苦，粝饭藜羹直万钱。（《苦旱》）

布谷催耕叹雨干，诸贤欢咏我心酸。
瓢分不到田犹涸，琴化虽均天作难。

底要岁遗三九食，但为民几一分宽。
未悬龙骨鱼无梦，那得新租上送官。（《逾月苦旱忽得邑宰喜雨诗用韵二首》）

这是对久旱不雨，农民歉收至饥荒的感叹。但如果雨水过多，同样对庄稼有致命打击。

旱余得雨又伤多，尘世因饥百种魔。
便使有方能辟谷，我虽独乐奈人何。
喜雨还忧雨过多，人生可煞是多魔。
事难恰好天谁问，天本无心可奈何。（《既旱得雨连日不小住》）

桥断溪仍涨，秧寒水更深。
老天因底漏，无日不重阴。（《苦雨》）

老守田畴正学耕，寻思一粒也难成。
晴干久叹头未下，雨过还忧耳渐生。

斗米三钱何日见，五风十雨望时平。

村居饱饭犹难必，更敢痴迷望糁羹。（《因叹耕者之苦辄赋一首》）

这是为农耕久旱而担忧，但雨水过多又恐庄稼失收，从林希逸多首“喜雨”“苦雨”诗来看，他注意农事，对庄稼因雨水过多或过少引发的收成不利甚至饥荒深有感触。

从林希逸一系列表达人生理想及社会关怀的诗作来看，三教思想对其均有作用。他接受佛家万缘皆空非真的观念，不断在诗中咏叹自己扫除万念，看破世间；同时又远离尘俗，向往归隐的清净生活，且充满诗酒书香等文人趣味；更重要的是，他没有因此完全舍弃世间，儒家入世思想仍是其人生观中的重要部分，表现在其诗作中对农事耕作丰歉的强烈关怀。

林希逸诗作中的人生理想、价值追求呈现一种综合态。在他向往的生活方式中，既有入世的社会责任，也有出世的隐逸逍遥，还有看破的任运自在。可见，如果不是在学术思想上打破三家义界的壁垒，最大限度地融通三家思想；如果不是在文艺思想上正视文学自性而大量探讨文学；如果不是在创作心理上强调真实情感的重要性；如果不是在创作技法中秉持重视法度又超越法度的辩证认知，林希逸不会在诗中表达融通儒道佛各家人生终极追求的人生理想，不会写出情闲兴雅、清新别致、文人趣味与生活气息兼有的诗歌。

五、“也是禅关也是诗”——林希逸的论诗诗与论文诗

宋代文人皆好议论，除了议论国事政治，还讨论文艺，有大量的诗话、词话。林希逸在诗中也常进行文艺评论，表现出他的文学喜好，对创作技法的认识以及自己的创作、批评经验等，这类诗可与林希逸的序跋等文章互观。

林希逸批评当时流行的江湖诗派：

> 人间好诗不易得，江湖近事诗之厄。（《罗云谷诗集跋》）

> 正始余音何寂寞，四灵苦思尽光辉。（《题范月溪欸乃集》）

他还说："时辈标题，好云破月来之句。"①这里的"云破月来"即暗指江湖诗人苦搜诗句的锻炼之风。林希逸对江湖诗派的不满，主要是江湖诗人的功利诗学观与苦吟粗率的诗法、浅狭逼仄的诗境两方面。他曾说：

> 诗，雅道也，几败于唐，唐人以为进士业也。……今世之诗盛矣，不用之场屋，而用之江湖，至有以为游谒之具者。少则成卷，多则成集，长而序，短而跋。虽其间诸老亦有密寓箴讽者，而人人不自觉，所以后村有锦里刀之喻，余常恐雅道微矣。②

他认为将诗歌作为干谒之具，会使诗丧失雅道，斯文扫地。刘克庄的"锦里刀"，是他人在江湖派诗歌的赞美实含贬义处："今江湖诸友，人人有序有跋，若美矣。或以其浅淡，则曰玄酒太羹；或以其虚泛，则曰行云流水。疏率失律度，则以瑞芝昙华目之；放浪无绳束，则以翔龙跃凤誉之。讥诲变幻，而得者以为自喜。"③对江湖诗人的贬斥跃然纸上。

尽管林希逸也被文学史家归为江湖诗人，但对于江湖诗人"以诗为干谒乞觅之资。败军之将、王国之相，尊美之如太公望、郭汾阳"④的功利主义诗学观，林希逸一再表达不屑，这说明林希逸在江湖诗人

---

① 林希逸：《见林郎中启》，曾枣庄、刘琳主编：《全宋文》卷 7727，林希逸卷 2，第 258 页。

② 林希逸：《跋玉融林磷诗》，曾枣庄、刘琳主编：《全宋文》卷 7733，林希逸卷 8，第 362 页。

③ 林希逸：《林君合诗四六跋》，曾枣庄、刘琳主编：《全宋文》卷 7733，林希逸卷 8，第 359 页。

④ 方回：《送胡植芸北行序》，《桐江集》卷 1，《续修四库全书》，上海：上海古籍出版社，2002 年，集部，第 1322 册，第 379 页。

群体中的独特性。如果联系到他“以道学名一世”的理学家身份以及佛学修养影响下的人生观，我们认为贬斥江湖游士的价值观和奉承权贵的行为是其思想的必然反映。不过，他对于江湖诗派清刻卑弱的诗风以及诗律句法的苦吟也有所保留，他提到四灵之一的赵师秀诗法严谨：

> 盖紫芝于狭见奇，以腴求瘠，每曰：“五言字四十，七言字五十六，使益其一，吾力愧焉。”其法严如此。[①]

然而纵观林希逸自己的诗作，其间煅炼刻画、工于对仗至有伤浑圆之貌的也不少。林希逸虽对江湖诗派的苦吟作风没有公开的认同，但他自己的创作实践却仍在字句雕琢等诗法上用功。这说明比较江湖诗派功利主义诗学观与苦吟清浅的诗风两方面的不足，林希逸更加不能认同并表示批评的是前者。

从林希逸自己学诗经历来看，他是从江西诗派入门的：“余初学诗时，喜诵涪翁诸篇，谓其老骨精思，非积以岁月不能也。”[②]他对黄庭坚生新瘦硬的诗风特别熟悉：“涪翁语忌随人后，康节图看到画前。”(《即事》)“句中有眼容参取，肯靳涪翁古印章。”(《和后村喜大渊至二首》)他注重诗法的学习积累：“能奇却怕翻空病，得妙还须苦学功。”(《与友人论文偶作》)，还说过：“文亦难工矣，虽从前大家数，亦未尝不磨以岁月，而后得之。”[③]但他也说：“乍可洗心清净社，何须觅句郁孤台。”(《用韵谢子常》)“参句似禅诗有眼，还丹无诀酒全身。”(《再用前韵谢桃巷》)“彻底书须随字解，造微诗要似

---

① 林希逸：《方君节诗序》，曾枣庄、刘琳主编：《全宋文》卷7731，林希逸卷6，第329页。

② 林希逸：《黄绍谷集跋》，曾枣庄、刘琳主编：《全宋文》卷7733，林希逸卷8，第355页。

③ 林希逸：《刘候官文跋》，曾枣庄、刘琳主编：《全宋文》卷7733，林希逸卷8，第367页。

参禅。”(《即事》)强调通过类似参禅的功夫超越字句锤炼功夫，才能使诗歌“造微”。林希逸的禅学修养使他将参禅与作诗二者等观。

参禅需要截断二元分别的意识流，直显般若不二之智，打落逻辑思维的“葛藤”，这与作诗主要运用审美想象而非概念思维有许多相似之处。林希逸无疑发现了这一点，强调作诗需要借鉴佛禅：“诗家格怕无僧字，圣处吟须读佛书。”(《题僧雪岑诗》)这只是就参禅与作诗在思维方式上作对比，如果再看禅宗祖师在点化弟子时的各种随机取材、生动灵活的教相以及“如人饮水冷暖自知”的参悟过程，本身即富有浓郁的诗意，无怪乎开悟的祖师总用诗这种充满暗示性象征性的文学体裁来透露禅境。林希逸对此也有体会，他说：“但寻来处知归处，莫把迷时待悟时。风过更看云不尽，潮生长与月相随。海山此趣谁能会，也是禅关也是诗。”(《题国清林氏海山精舍》)强调作诗如参禅，即是强调不以议论入诗、才学入诗。林希逸曾在《学吟》中表示灵悟之佳诗非“推敲锻炼”而来：“骚豪矢口便成诗，全异推敲炼句迟。一字下平摇不动，数联生就稳难移。池塘春草英灵处，水月梅花颖悟时。我亦学吟功未进，每将此理扣心师。”对理性思维的阻断，也是对既有法度以及苦思煅炼的创作模式的超越。

林希逸的诗法观既重视法度积累又强调如参禅般阻绝分别思维，超越诗法，呈现出综合辩证的特色。其诗法观的形成，不仅与他自己从江西入手学诗的创作经验有关，也与他对禅宗及其与诗歌之间的相通处的深刻领悟分不开，而这又是以开通的三教观为前提的。换言之，林希逸论诗诗重技法又超越技法的辩证特点，根源上与其开放融通的三教观密切相关。

此外，林希逸还在诗中谈论自己喜欢的诗人以及对当时文坛的看法。他对陆游有高度评价：“朗诵乌栖曲数终，乾坤何事老英雄。纵令经有千名佛，敢道诗无两放翁。九万里风来海外，二三更月到天中。便教挽得银河下，古今闲愁洗不空。”(《读放翁诗作》)

将陆游与杨万里并提:“中兴而后,放翁、诚斋两致意焉。”[①]他甚至摘录陆游七律中的五十联作为学习典范。[②] 结合林希逸自己的诗歌创作,可发现,他对陆游诗多有借鉴。如前举“敢道诗无两放翁”即化用陆游《初夏杂兴》“四海应无两放翁”;《别踵甫》“功名会上前缘薄”化用陆游《初夏闲居》“功名会上元须福”;《与友人论文偶作》“无人爱处陆云工”化用陆游《明日复理梦中意作》“诗到无人爱处工”。至于林希逸偏爱的以数字、虚词为对仗形式的诗法,陆游诗中也多有所见,如:“饱食二三千岁事,已为七十四年人。”(《读书》)“未死皆为闲日月,无求尽有醉功夫。”(《秋思》)林希逸吸收陆游诗以数字、虚词对仗的诗法技巧,成为其诗歌创作的重要特色。

他还对朱熹诗有好感,主张向其学习:“要令吟律细,但学紫阳仙。”(《题建安曹兄深居小稿》)他以“道气”“侠气”评论诗人:“文人纵有诗人少,侠气不如道气多。哲匠久埋泉下骨,吟徒今似法中魔。”并在此诗小序中说:“三十年前尝与陈刚父论诗云本朝诗人极少,荆公绝工致,尚非当行,山谷诗有道气,敖、臞、庵诸人只是侠气。余甚以为知言,追怀此友,因以记之。”林希逸还评论三苏、二程、王安石等的文章:“识在雷从起处起,文如泉但行当行。均为千载无双士,莫问三苏与二程。”(《论文有感》)“坡翁好语嗟难读,介甫新经苦尚同。”(《与友人论文偶作》)诗还被林希逸用于文学批评,评论文学家、文学风尚等。

林希逸的论诗诗、论文诗,表达其对江湖诗派的看法、诗歌技法观,成为文学批评的艺术形式。不仅能看到林希逸对江湖游士功利主义的诗学观的贬斥,还能看到其诗歌创作上与江湖诗派的

---

① 林希逸:《方君节诗序》,曾枣庄、刘琳主编:《全宋文》卷 7731,林希逸卷 6,第 329 页。

② 林希逸《学记》(《竹溪鬳斋十一稿续稿》卷 29):“中兴以来诗之大家数,惟放翁为最,集中篇篇俱好,其间约对诸史诸书搜索殆尽。后村已尝言之,余尝于其七言律诗中得其警联,有夭矫不穷之妙者。”(以下为五十联诗句)文渊阁《四库全书》第 1185 册,第 856 页。

一致性，更能发现其重法而超越法的辩证诗法观及其与三教观的关联。林希逸的论诗(文)诗是其诗文创作经验与文学观念的表达，因而也是其文艺思想的一部分。

六、林希逸诗歌艺术特色及评价

林希逸被列为江湖诗人，但他不屑于江湖游士的干谒之风，自身的理学及佛学修养使其诗歌有远离尘俗的清新闲适一面，其独特的文艺思想也使其理学诗灵动精致，区别当时流行的“语录体”理学诗。林希逸曾说自己“断无子美惊人语，差似尧夫遣兴时”(《题新稿》)，推崇邵雍《遣兴》那样的理学诗并以之自励。刘克庄曾赞林希逸诗：“槁干中含华滋，萧散中藏严密，窘狭中见纡余。当其捻须骚首也，搜索如象罔之求珠，斫削如巨灵之施凿，经纬如鲛人之织绡。及乎得手应心也，简者如虫鱼小篆之古。天下后世诵之曰：诗也，非经义策论之有韵者也。”[①]不仅肯定林希逸诗枯润相济、散密交融、狭余互见的艺术特点，更评其理学诗非晚宋流行的“经义策论之有韵者”。当代学者钱锺书在理学诗人中对林希逸有高度评价，也看到其理学诗的艺术性。林希逸现存诗 638 首，包括古诗 22 首、律诗 388 首、绝句 90 首、省题诗 138 首，内容涉及唱和酬对、自然风光、人生思考、送别、怀古、悼亡等各种题材。[②]

林希逸的理学诗前文已论，这里着重探讨林希逸诗歌中江西体与晚唐体互存的艺术面貌。林希逸所生活的时代，正是南宋诗歌从中兴走向衰微之时，绵亘两宋诗坛百余年的江西诗派已经走向自我疏离与变革，江西诗人吕本中等提出“活法”说弥补江西诗派生新瘦硬的诗风，语言转向平易自然、语脉流畅，呈现出倾向“晚唐体”的艺术风貌。而中兴时期的陆、杨等大诗人也显示出对江西

---

① 刘克庄：《竹溪诗序》，王蓉贵、向以鲜校点，刁忠民审订：《后村先生大全集》卷 94，第 2438 页。

② 参见周翡：《林希逸律诗艺术研究》，第 1、8 页。

诗风的转向，他们不约而同地从书本走向自然，从关注主体转而关注外在客体，重在描摹自然山水的情韵，表达天地山川给人的瞬间的审美体验。① 以杨万里为代表的诗人普遍关注晚唐诗，欣赏“晚唐异味”。以“四灵”为代表的江湖诗人则更是效法贾岛、姚合，描摹山水，吟咏风月，主张“捐书为诗”，提倡清新自然，多有平民化、俗化风格，离江西诗派更远。实际上，宋末诗坛“无不濡染晚唐”：“一个学江西体的诗人先得反对晚唐诗，不过，假如他腻了江西体而要另找门路，他就很容易按照这种钟摆规律，趋向于晚唐诗人。”②也有学者认为不应夸大江西体与晚唐体的对立：“他们在精神旨趣上多有相合之处，即都追求工巧刻琢的‘苦吟’，诗风趋于萧散清淡。”③南宋末年的江湖诗人群，则兼宗江西体与晚唐体。但由于“四灵”在学习晚唐体“捐书为诗”时易流为浅俗粗率、格卑调弱，而学习江西体用典用事与瘦硬曲折之风时又受才力学历所限，从这两方面，正可以看到林希逸诗歌的艺术特点。

林希逸多次表示自己学诗从黄庭坚入门：“我生所敬涪江翁，知翁不独哦诗工。逍遥颇学漆园吏，下笔纵横法略同。自言锦机织锦手，兴寄每有《离骚》风。内篇外篇手分别，冥搜所到真奇绝。颉颃韩柳追《庄》《骚》，笔意尤工是晚节。两苏而下秦晁张，闭门觅句陈履常。当时姓名比明月，文莫如苏诗则黄。”（《读黄诗》）对黄庭坚的诗推崇备至。他在用典与句法形式上学自江西体。如：

安得谷论肥定武，却嗤甫贵瘦光和。（《三和磨字韵》）

怀贤疑似渴司马，避俗佯为瞶仲车。（《四和除字韵寄元思别驾》）

---

① 王水照、熊海英：《南宋文学史》，第170页。
② 钱锺书：《宋诗选注》，第159页。
③ 张毅：《宋代文学思想史》，北京：中华书局，2006年，第219页。

厉阶莫甚董狐笔，避世宁随桀溺耕。（《十月初六偶成》）

七贵五侯俱梦断（李白诗），一翁六士谩愁吟。（《偶怀丙午丁未同朝诸公》）

知格格知须细认（张子与大慧语），有无无有果难言。（《格轩》）

诗工如沈笔如任（沈诗任笔，任昉传），到手篇篇玉应金（金春玉应，韩诗）。月好岂无骚首梦（杜梦、李白诗），目长谁伴撚髭吟。（《后村再和堂字二首》）

伏波床下容松拜，康节窝中为客吟。新语綮花空把玩，旧游煨芋阻追寻。（《和后村喜大渊至》）

不仅化用人物、事件，还化用古人诗句、语录，再加上其擅长的佛道二家典故、宗门语录，用事用典可谓丰富多彩，毫无江湖诗人才学窘尽之态。

在句法设计上，林希逸更得江西体散文化笔调之髓，同时吸收江湖诗人俗话语言，大量使用虚字对仗，打破诗歌的一般节奏，既保持江西体生新之味，又有江湖派生活化、平民化之长。如：

登龙尾道呼班去，为鳄鱼州守印来。（《送用和刘推官入经班改》）

作蝇头字无虚日，辞豹尾班不待年。（《和藉字谢后村和篇》）

诵先朝赋知名祖，读外家书见此孙。（《用韵送徐平夫西上》）

学青鸟子通砂法，傍紫阳翁故里居。（《叶万山以诗求诗为赋一首》）

识在雷从起处起，文如泉但行当行。（《论文有感》）

取放翁诗扁此楼，知君心企名古流。（《听雨楼》）

二娘子酒何妨醉，小厮儿禅只默然。（《书怀》）

这种可以打破诗句节奏，营造散文化的笔调，使林希逸的诗洋溢“生新”之貌，也使读者在阅读中因更新诗句旧有的节奏期待而产生新鲜感。林希逸以文入诗还体现在运用虚字对仗，这与其学习陆游诗有关。如：

濠上儵鱼真乐也，山梁雌雉信时哉。（《和桃巷吏部用鄗韵三首》）

曰雨曰旸三载里，如冰如雪一廉难。（《别梯飚》）

却嫌俗态骚骚尔，宁作闲民皞皞如。（《三和除字韵》）

无端竹雨萧萧下，可奈松风谡谡如。（《雨中怀后村石塘之约爽矣》）

邓禹不妨嗤寂寂，司空自信合休休。（《清晓》）

林希逸还喜欢特殊的对仗方式，形成自己独特的句法组合风格。他多次使用四字相对或叠字相对的对仗法，常以此出新出奇。如：

花开花落春何意，潮去潮来古即今。(《夜坐偶成》)

炎炎翕翕何关我，是是非非厌人听。(《十月九日回书偶作》)

李如画马沦为马，庄亦观鱼化作鱼。(《前后身》)

识在雷从起处起，文如泉但行当行。(《论文有感》)

空里花生空里灭，静中声起静中消。(《观物》)

是圣是凡谁与辨，非心非物果何求。(《隐几》)

古貌古心空自许，散歌散传不能奇。(《书怀》)

这是林希逸四字相对的句法，他还常用叠字相对，与陆游诗“三千界内人人错，七十年来念念非”(《夏日》)技法相似，如：

遥想倚风看鹤鹤，更须和月掬泠泠。(《寄题赵武子鹤泉》)

晨起喧喧暮自栖，梦回每每当闻鸡。(《晨兴闻檐雀作》)

柱石规模何整整，衣冠人物想班班。(《寄题京山书院》)

惊人姓字层层见，作圣功夫级级高。(《寄题名登楼》)

缁黄香供人人冗，红白灯笼处处喧。(《己巳元宵雨》)

林希逸还喜欢以数字对，或以句式对，这方面也能见到陆游对他的影响，如“九万里风来海外，二三更月到天中”（《放歌》），类似陆游“三万里天供醉眼，二千年事入愁歌”（《览镜》）；再如“胥驾鲸来潮上下，义鞭乌急日东西”（《了不了语》）等。

林希逸对作诗句法、对仗等有特殊的偏爱。他常在这方面精心设计，力求打破常规的诗歌阅读心理，通过“苦吟”，在句法、对仗上显示新意。而无论是用典用事，还是虚字入诗，或是对仗精工，这都是林希逸学习江西诗派、陆游，而又追求自我新变的表现。对于南宋末年的晚唐体，林希逸也有借鉴。这主要表现在他描写自然风光的诗中。

林希逸的诗，善于在自然山水中把握住瞬间的审美体验，形成情景交融而情韵盎然、清新鲜活的诗风。他不主一格，有速写即事，脱口而出，捕捉刹那感受，灵动自然，有晚唐诗神韵。他还常在写景中融入哲思，显出灵动的理趣，区别于江湖诗人。如：

几移天西到海东，日沉犹射半空红。
吟思益信人间小，海阔天高地水中。

天高地小水茫茫，取喻只如鸡子黄。
西日既沉光倒射，天中还是水中光。①

半空如墨半空明，乱洒斜飘却又晴。
细柳墙边飞拂拂，随风不住带蝉鸣。（《又一首》）

滨溪竹伴老梅丛，一种风姿与杏同。
直者倒垂横者瘦，水中同漾影青红。（《临清堂前观红梅作》）

---

① 这两首绝句有小序：“晚日既入，红云满空，以东西言之，此间去日入处几千万里，日既到海，而其光上射于天，如在头上，非天高地小，四面海阔，安得如是，因以纪之。”

祠宇小窗西，松高柳尚低。
垂垂青可爱，一带绕长堤。（《平远窗中作》）

新种梅家萼绿华，缘渠关念似痴家。
不知青叶朝何似，展转残更听过鸦。（《初八早枕上作》）

林希逸也有细致描摹，工于用字，以理入诗但仍不失情韵，诗意清婉的作品，如："烦促耽凉夜，穹庐望碧霄。云行迎月入，波动带星摇。"（《夜立池边作》）"云收风止晚晴初，池减波痕见绿蒲。鹭入田行如数步，鸦随林去似相呼。赋形宇宙真如寄，息意林泉不是迂。疏柳欲黄枫渐赤，来今去古几荣枯。"（《晚晴》）"数本山丹似晓霞，多情恋恋野人家。自从五月至九月，还有三花或两花。莫笑萧疏同寂寞，早曾烂漫见纷华。篱边黄菊今全未，且对芳樽拾堕葩。"（《九月山丹》）

林希逸的诗，既有晚唐体注重情韵的一面，也有江西体煅炼句法的一面，广取诸家，博采众长，不失清新生动，呈现出融江西与晚唐之长的艺术格调，避免了江西末流的坳峭生涩与江湖诗的浅俗卑劣，这是林希逸诗歌艺术的独特处。不过，这是就林希逸倾向江西与晚唐的两类诗中的上乘之作而言，纵观林希逸现存的总体诗作，他仍不能完全避免"苦吟"以及用事用典带来的对圆融浑厚诗境的破坏。他的自然风光诗作，也有刻意锻造导致诗情不流畅的弊病。他虽然自己主张"文字以浑正为本"①，但从其诗学实践来看，浑正之貌尚不多见。

---

① 林希逸：《竹溪鬳斋十一稿续集》卷29，文渊阁《四库全书》第1185册，第863页。

结　　论

我们以林希逸《庄子鬳斋口义》《老子鬳斋口义》《列子鬳斋口义》为主要研究对象，探讨林希逸的三教融和思想，并以此为基础探究林希逸文艺思想及其诗文实践，重在论述林希逸三教融合下的理学思想与文艺思想的相互关系，分析其理学思想如何渗透、影响、转换成文艺思想，发现其文艺思想与三教融合思想的互文性，揭示出林希逸文艺思想与诗文实践有三教融合思想的明显表征，并指出其文艺思想在发生学意义上与三教融合有密不可分的联系。

一、林希逸三教融合思想与理学世俗化

（一）林希逸三教融合中的儒道、佛道、儒佛观与心化特点

在林希逸看来，"三子"必须在三教的知识背景中才能得到准确的理解与阐释，所谓"得其真意"，儒家与佛家的思想资源是理解"真意"的必备。因此，以佛道甚至是以三教解"三子"是其思想认识中的不二选择。这种阐释工作本身又促成他对三教融合的思考，表达了独特的三教观。《庄子口义》说过《庄子》"大纲领、大宗旨未尝与圣人异"，《老子口义》称《老子》其"不畔吾书"，《列子口义》又表达"庄列一宗"的思想，"三子"与儒家思想均相通，读"三子"者尤其是理学家对其有强烈的偏见，没能"具眼"识破其中的文字迷雾，误认其为"异端"。因此贯穿始终的工作是对"异端"的正

名，努力从文本中找出证据，证明其并非异端。这里有整体理解与具体阐释策略两方面问题。在整体理解上，他认为“三子”与儒家思想是可以相通的。在阐释策略上，他通过就“三子”阅读“三子”、具眼识取真意、“三子”精粗一贯等各方面来论证“三子”与儒家均是道器一如的学问。而我们认为林希逸对儒道、佛道、儒佛三方面都有自己的理解。

从儒道来看，林希逸持儒道不二的立场，他注“三子”就是为了“去异端化”，这与林希逸的身份相关。在他之前的理学家，对于佛道的态度是明显拒斥与诋毁的，他们担心儒家正统权威的动摇，极力维护儒家思想的纯粹性，严守儒家边界，表现出捍卫门户的“卫道者”形象。尽管他们暗自吸收佛道思想，但在公开场合下都是排斥二家的，这在南宋中兴时期理学集大成的朱熹身上表现尤为明显，《朱子语录》有多条朱熹批判佛道二家的言论。而到了南宋末年，理学家林希逸主动改变了对佛道“异端”的看法，这不得不说是时代的重大改变，即随着理学在朱熹处得到义理体系的完善，其后的理学家们很少有能力再在思想上有新的突破，只得在融合佛道以及推广理学世俗化进程上努力。林希逸每每以朱熹为例，批评其在“儒家正统”的强烈偏见下的误读，提出需要有“具眼”才能识破语言障碍。林希逸的儒家本位立场十分自觉，他对“三子”与儒家一致的文段、语句十分敏感，不断提醒读者注意儒家“亦有此意”，并引儒家经典作证。可见，无论是对佛道的排斥还是对佛道的融合，理学家们总不能脱离儒家思想语境，如果要为道家“去异端化”，也必须在儒家文本中寻求经典支持，只有在文本层面说明“三子”与儒家不二，吸收运用道家思想才会不受指责。

由于理学家被迥异于儒家著作的文字风格所迷惑而导致误解，他要引导读者识其文字“鼓舞”处，获取“三子”真正想表达的用意。这样的理解与阐释是难逃主观性嫌疑的，《三子口义》的确存在不少牵强附会处，这恰能表明他融通儒道的用心：所谓“真意”，乃是其个人独特理解下的“真意”，在林希逸笔下，庄子、老子、列子等道家人物均成为儒家思想的“友好同志”，而攻击儒家人物与思想处，在林希逸的巧妙阐释下获得与儒家思想一致的理解。虽然林希逸对道家“不容不辟”的地方仍有指出，但毫无疑问，他对道家表现出的态度已经较朱熹等理学家大大开放，实际上他公开注道家著作这一事情本身，就是对待“异端”的重大变化。他没有在严辟“异端”中维护儒家的正统权威，而是揭示“异端”仍可被儒家涵摄通贯，以此论证儒家的“广大周备”，道家“不畔吾书”。

对于佛道二家关系，《三子口义》表现出两点：一是借用佛教资源；二是表达其独特的佛教观。以佛教资源解“三子”是最大亮点。林希逸提出并颇为自负的“具眼”，一方面是发现了儒道不二，另一方面就是吸收了佛禅的思维方法，这与林希逸阅读过大量佛经尤其是禅宗公案语录有关。他认为道家著作语言“鼓舞”，恰似禅宗公案语录的“机锋”。禅宗公案语录是禅宗独有的教化特色，是禅师对来机针对性的教化。其使用的语言一般都不能在正常交流语境中，以逻辑思维理解。只有在场的某位“当机众”才能得其不可言传的妙用。林希逸对禅宗的这一特点可谓深有会心，阅读禅宗公案的经验使他不被夸张且迥异常情的文字所蛊惑，认识取其真意，他认为这种能力特别适合用来读道家著作，依此法必能发现“前人未究处”。因此，《三子口义》对佛禅的吸收运用主要是思维方式上的，他常提醒读者须有“具眼”，不可拘泥字义，且时时反观自心，在内心观照，这些都是对禅宗的借鉴。不拘字义、反观自心的阅读方法十分适用于融通儒道，并消除其异端化，他对禅宗公案语录阅读方法尤为自信，这也是其对禅宗保持长期好感的重要原因。

《三子口义》还表达出独特的佛教观，林希逸认为佛教《大藏经》及轮回观乃由《庄子》紬绎而出，在佛教传入之前，中华先民已发现佛教所讲的道理。这两者无论是从佛教的教义还是历史考证来看，都是不正确的。但从中可发现林希逸对佛教的认识。对于前者，他之所以认定佛教《大藏经》源于《庄子》，其实是从生死入手的。佛教以“了生死”为重大目标，而《庄子》中有关于生死问题的论述，又因为《庄子》中的语言风格，极似禅宗公案语录，所以得出此结论。我们认为，“《大藏经》皆从《庄子》出”这句话也不能着实理解，它只表明林希逸发现了“三子”存在与佛教类似的对生死问题的关注，以及文风上与禅宗公案语录的类似性。而对于后者，则是林希逸的主观认识。他以儒家经典中的“原壤”为例，说明佛教所说的轮回、肉身假合等，中华先民已经发现，这样理解佛教，错误是明显的。但林希逸的意图及论证方法值得注意，他用意在说明佛教与儒家相通，并引儒家经典作权威论证，证明儒家也含有佛教所讲的道理，这就为他吸收佛教思想大开方便之门。

这就涉及林希逸的儒佛关系，如前述，林希逸主要是借鉴佛禅思维方法解“三子”，他表现出的儒佛观则是“以佛证儒”，他吸收其师陈藻的“佛书最好证吾书”的思想，证明儒家同样具备佛教思想。需要说明的是，他虽然对佛道二家都有吸收，但对儒道与儒佛的看法则有略微区别。在儒道关系上，林希逸持儒道不二的立场，极力为之“去异端化”；在儒佛关系上，林希逸则是“以佛证儒”，并表达独特的佛教观，“证”，说明佛教可被儒家涵摄。对于佛教，他着重说明佛教虽属于异族文化（这是理学家攻击佛教的一个重点），但所讲的道理却是中华先民已发现的，并为佛教的本土化寻求儒家经典的支持。

《三子口义》的三教融合思想是以儒家为本位，最大限度地融通佛道二家思想资源而来。在儒道关系上，他极力清除道家著作与儒家思想相对立的紧张关系，说明“三子”“不畔吾书”。在道佛关系上，他借鉴禅宗公案语录的读法，“具眼”识取“真意”。在儒佛关系上，林希逸“以佛证儒”，为佛教的“异族文化”作本土化论证，通过儒家经典的例证，说明其能被儒家所涵摄，吸收佛教思想并不与儒家正统相违背。林希逸的三教融合思想还有一个重要特点：心化。

林希逸对“三子”的理解有一个总的倾向——向内心观照。这与其师承的艾轩学派的宗派特色有关，创始人林艾轩（林光朝）的心学倾向已颇为浓厚，具体到林希逸，由于受佛禅思想的影响，其心学色彩有增无减。《三子口义》的“天理在人心”“即心悟理”等清晰地指向内在体悟的心学。林希逸的理学思想正是在“心化”的基础上，吸收“三子”思想而来，有明显的道家色彩。如对道家“自然”的融入并提倡“心具万理”形成的“自然天理”说，对理学的“天理—人欲”“道心—人心”“无迹—有迹”的独特理解、对“本心”与“无心”的创造性发挥以及“心悟自得”的修行功夫论，均熔铸新的意义于传统理学话语之中，在把“三子”意旨导入内心的同时，表现出心化倾向明显的理学思想。例如，把“三子”描述宇宙生成过程的宇宙论收摄进内心来理解，这在《庄子口义》解释《齐物论》时已有体现，在解释《老子》第一章时，他将道生万物对应为“此心”生出“仁义礼智”；而《列子口义》对《论语》“四十不惑”的理解也有心化色彩。他还借鉴禅宗“无心”提出“无容心”“无迹”等来理解“三子”，因此，不妨说，林希逸的三教融合思想有明显的心化特点，而从心化的角度理解三教、注解“三子”，又是其融会三教的重要方法。

尽管他批评朱熹等理学家对“三子”有强烈的误会，但他自己同样难逃主观性的嫌疑。实际上，《三子口义》仍然存在不少的牵强附会处。出于会通儒道的目的，林希逸不断以儒家经典为例证，想极力说明“吾书亦有此意”。然而他的方法是，仅说明儒道相通，并未对如何相通作出详细的阐释，多半需读者调动自身的知识储备填补其中的理解空白，这种阐释方法明显有禅宗“如人饮水，冷暖自知”的“自体认”特点，但也为林主观任意地比附儒道提供方便。

虽然如此，林希逸公开注解“三子”，意义仍是深远的。因为在理学家阵营出于捍卫门户的需要，都对佛道猛烈批驳，林希逸不仅公开注“三子”，大量吸收佛道思想，努力为他们的“异端”身份“正名”，这不能不看作是南宋末年理学家阵营的一大变化，即从猛烈诋毁攻击到公开吸收接纳。因此不妨将理学家林希逸看作南宋末年理学与佛道走向主动融合的一个典型人物。他的典型性在于，理学家群体开始公开接纳儒佛，而非拒斥攻击。

（二）理学世俗化

三教融合是南宋整体的社会思潮，从理学内部来说，自朱熹完成理学义理的最后构建后，林希逸等后辈理学家很少继续在义理上开拓，而是选择融通理学与佛道，以显示理学的包容性。而像真德秀、魏了翁等理学家则努力将理学向现实政治、社会民众普及，即将理学推向世俗化。我们认为，通过注解“三子”融合三教，正可看作理学世俗化大潮在林希逸身上的表现。因为，林希逸提出儒道不二与“以佛证儒”，表明理学家捍卫的儒家正统所开出的终极境界与圣贤人格并非儒家独有，在佛道二家那里也可达到，不过就是具体的功夫及文本表现形式有所差异，这样的逻辑必然导出一个结果，即对儒家神圣性、绝对唯一性的消解。既然儒道不二，通过道家开出的功夫也能达到儒家提倡的终极境界，这里，朱熹式的捍卫门户早已不见，取而代之的是对佛道二家最大程度的承认与接纳。对“心化”的强烈兴趣使他在注解“三子”以及融会三教的过程中，忽略了对外在社会伦理、道德规范的义理建构。他的理学思想较少关注礼乐制度、伦德规范等实际的社会层面问题，而是极为重视对内心的观照，处处提及“无心”“无迹”“无分别”，强调内在体悟。尽管《三子口义》也极为强调道家如儒家那样关心社会事务，是上学下达的学问，以论证儒道不二，但他的理学思想本身却对外在的制度、伦德等儒家极为重视的领域基本不过问，偶尔的提及相对于他的“心化”兴趣，显得微不足道，因而表现出彻底向心内转的心学化面貌。不同于其太师祖，林艾轩的心学还“辟佛甚严”，林希逸的心学则公开表明是借鉴禅宗而来，这一事实清晰说明，三教融合导致林希逸理学思想具有浓郁的禅宗因素，而儒家的下学上达也不再拥有唯一性，理学家捍卫的儒家正统的权威性发生动摇。

反过来看，正是因为理学在南宋末年逐渐世俗化，再加上被立为官方意识形态以及科举必考内容后，由于与功名利禄挂钩，理学在士人精神世界中已蜕变为知识体系，成为士子谋取名利的工具，缺乏引导士人道德修为的信仰之力。理学开出的神圣境界与功夫少人躬行，士风浮躁，道德沦丧。在这样的环境下，儒学神圣性亦遭泯灭，士人较少在维护儒家纯粹性上努力，相反，他们没有了前辈理学家捍卫门庭的自觉，也就没有面对佛道极富吸引力的思想时的矛盾行为(公开诋毁而暗中吸纳)，而是选择公开吸收借鉴佛道资源。

概括来说，《三子口义》的三教融合思想，是南宋末年理学世俗化大潮的一种表现，而由于神圣性的消解，士人在接受理学的同时，也可以毫无顾忌地吸收佛道，三教融合与理学世俗化是互为因果而互增的过程。而我们之所以花较大笔墨论述林希逸的三教融合思想，目的正在于从发生学角度揭示林希逸文艺思想中在理学家看来水火不容、不可共存的观点如何得以产生，探究林希逸三教合一思想与其文艺思想的深层联系以及其诗学实践如何受三教思想资源的深刻影响。

二、林希逸文艺思想

(一) 理学神圣性下降与文学自性的发现

如前文论述，《三子口义》的三教融合思想是对儒家正统神圣性的消解，在林希逸笔下，儒家所开出的终极境界与修养功夫不具备唯一性，由佛道等途径也能达致与儒家不异的目标。于是“卫道”在林希逸那里不是特别重要的事。如果联系到二程、朱熹等人的文道观，我们会发现他们对“文”的承认是与“载道”密切相关的。也就是说“文”在他们那里不是自性存在，“文”的唯一功用在于“载道”与“传道”，“文”的重要性也是因为所载之“道”赋予的，其自身仅是工具性存在，对“文”的创作技法作深入探讨意义并不大，对于程朱等理学家来说，对“道”的体认与践行才是至关重要的，只要对“道”有所体认了，写出来的文字就能载道，也自然具有文采，所谓“文从道出”“道本文末”。在理学家这种文道观下，文学的自性是被遮蔽的，文学创作的技法规律也是被较少关注的，他们认为只要得道，具备圣贤的精神境界，写出来的文字就能载道，想要写好文章，重点是落在体道功夫上，而非脱离“道”的文字游戏，更非沉沦于浮华文辞。可见，传统理学家对文学自身的规律是相对忽略的，文学只有在“载道”的意义上才获得合法性，而文学创作的审美规律，更不为理学家看重。相反，他们对文学自身表现的审美价值十分警惕，担心学道者沉沦于此，耽误学道功夫。于是他们以理学规范文学，提出唯一的审美观——温柔敦厚，不符合这种审美观的文学都是有待进一步改造升华的，重点落在对创作主体的心性修养上，不主张脱离道德修养而专门探讨文学自性。

传统理学家的文道观以及对文学的认识，归根结底在于对“道”的神圣性与重要性的毫不怀疑与坚决维护。正因为“道”在理学家心中有信仰式的神圣色彩，而文字又是载道的主要甚至是唯一的途径，文字才具备合法性。由于要捍卫“道”的神圣以及体现“道”的极端重要性，理学家当然要对“文”作出规范与约束，不允许文学在载道以外再具备其他功能，他们压制文学的审美价值，以使修道者专务体“道”，不被文学的审美性所吸引而脱离“道”。可以说，理学家对文学的所有认识都来源于对“道”的尊奉与捍卫，而他们对文学的一切定位，最终归宿都在于对“道”的修学与体认。我们不难理解，一旦“道”在理学家心中的神圣性下降，理学家的文道观必然受到影响，由此产生多米诺骨牌那样的连锁反应致使理学家重新定义文学，也为文学的自性的发现与深度探索撕开一道裂缝。①

正是在这样的理解中，我们得以看清林希逸文道观的独特性。虽然艾轩学派都因重文而被学者视为独特，但如果联系这一认识，我们可以发现其中的重大转变。这是现有的研究林希逸成果中几乎没有关注的。在他之前的艾轩传人中，由于“辟佛甚严”，捍卫“道”的权威，文学都是在传道的意义下得以重视。因此，尽管艾轩前辈们也重文，但重的是“载道之文”，即使对文学的审美以及文学创作技法有所侧重，目的在于读懂儒家经典，所谓“通句读”，体认儒家经典中的圣贤气象，这还是在传统理学家的文道观中重视文学，文学的自性规律虽在一定程度上得以关注，但相对于“道之文”的神圣性与主导性，对文学始终存有最低限度的警惕。在林希逸处不同了，由于“道”的神圣性下降，他没有了捍卫门户的自觉意识与责任承担，在义理上自可融会三教。对于文学，他一方面继承传统文道观，如重视儒家经典；另一方面，他可以把“道”放在一边，思考文学自身规律与创作技巧，深入探讨文学的创作心理特点，进一步认识文学活动的审美规律，提出符合文学创作实际的文论观点，如对《离骚》作出符合文学创作规律且迥异于理学家的评论，以及对文学技法的辩证理解等。

先看第一点，林希逸继承传统理学家的文道观，我们认为，虽然林希逸也讲“文以载道”，甚至在多个场合强调“道之文”的重要性，但不同于程朱他们的“文以载道”，这与他对理学的接受方式有关。这就是第五章前两节重点分析的，即林希逸对理学是知识性的接受而非信仰性的接受。知识性接受可以与现实处世方式分

① 这里所说的文学自性，主要针对理学家的文道观提出。至于在整个中国文学史中谈文学的自觉，则是魏晋以来中国文学的发展规律，在宋代有大量精美的文学创作，人们对文学自性亦有深刻认知。此处则重在讨论理学家对文学的认识与定位。实际上正是文学的审美性，才使得理学家不得不面对此问题，严防学道者溺于文辞，妨碍修道。

开，理学在林希逸的精神世界中不具备约束指导性力量，这既可以解释林希逸作为理学家对权奸贾似道的逢迎，也可解释林希逸对文学自性毫无心理顾忌的深入探讨，此点容后再论。因此，林希逸提倡“文以载道”，不过是出于理学家身份对理学遗产的自觉继承，并非林希逸为捍卫“道”的神圣性，从自身也躬行修道的角度强调载道之文的重要，否则将无法解释身为理学家的林希逸还做出公开奉承权奸的有亏名节的事。如果真是出于重道而重文，林希逸不可能完全抛开道而对文学审美规律产生极大的探索兴趣。可见，林希逸强调“文以载道”，不过是知识话语的学派性继承。

再看第二点，理学的世俗化使林希逸毫无压力地讨论文学，对文学创作技法与审美规律有深入探究。理解这点十分关键，也是本书着力强调之处。林希逸能正视文学自性，与他对理学的知识性接受有很大的关系，甚至可以说，是理学家极力推崇的“道”在林希逸精神世界中失去神圣的魅力，文学的“诱惑”不被看作“害道”，能堂而皇之地被林希逸探讨。文学在林希逸那里，可以不被视为“载道”的他者性存在，取得自身完全独立的合法性地位。

需要说明的是，艾轩学派的确从林光朝始就关注文学自身，但从林亦之以“道之文”观圣贤气象来看，他们仍对文学自身的“诱惑”有最低限度的防范，仍然将重点放在“文以载道”上。并且，从林光朝、林亦之的道德气节来看，他们对理学的接受方式是信仰式的，必然不会完全在“文”上用心。林希逸不同，“道”在他那里只是知识话语，他能放下理学，谈论文学，换言之，如果“道—文”与“性情—文”系统在林光朝、林亦之等人那里还不平衡，明显偏向前者的话，林希逸则完全能使二者平衡，甚至，他还能给予后者更大的关注，并脱离理学束缚，得出符合文学创作活动一般规律的结论。如他重视文学创作中，主体的情感对于文学创作的重要作用，而林希逸强调的文学创作之“情感”，是在生活体验中的一切喜怒哀乐、离合悲欢，非理学家所规定的温柔敦厚这种唯一的审美范式。我们用“性情”一词表示(非理学家定义的“性情”),因此林希逸的文艺思想有并行不悖而分量相同的两个话语系统:“道—文”与“性情—文”系统,前者是对传统理学家文道观的继承,后者则是其对文学活动自身规律的理论总结。

艾轩学派自创始人林光朝始就已经有重“道之文”与“性情之文”的主张,直到林希逸,由于他对理学的知识性接受,这两个系统可以并存于一身而毫不相妨,还能出入自在,互不干涉,很少乃至不会对文学有所戒备,正视并探讨文学自性规律。在“道—文”系统中,他强调对经典之文的重视,强调写作要载道,甚至对“道之文”有神秘性认识;而在“性情—文”系统中,他强调写作的真情实感,由此得出关于《离骚》一文中对屈原及其《离骚》的重新评价,并对文学的虚构性创作技法有所体认。这些对文学活动自身规律的深刻体会,都是此前的理学家没有认识到的。

(二)文章学著作盛行与“三子”文章学理论

南宋科举大兴使指导科举时文写作的文章学著作盛行。受此风影响,林希逸极为重视文章与写作技巧,对文学自身规律有极大兴趣,可以无顾忌地欣赏文学,通过“口义”传达出阅读体验,以诗意的语言点评文章,开创“三子”注解新方向,这是林希逸的重大贡献。丰富的点评,意在总结经验,为写作提供范式,诸如“鼓舞”“语脉”等点评术语的发明运用,则构成林希逸文章学的理论体系。

此前的林希逸研究成果,也提及《三子口义》的文学点评,但既没有发现深层动因是理学神圣性的下降,也没有将林希逸对文章技法的重视与南宋中后期文章学大盛的时代风气联系起来。南宋出现古文点评与选本等著作,目的也在于吸收古文技法以提高科举时文的写作能力。林希逸浸润此风,自己也经历科场,故关注“三子”文章技法及结构脉络方面,提醒读者学习其中的安排设计,以提高文章写作能力。我们发现,林希逸在点评术语上借鉴吕祖谦的《古文关键》甚多，这是其受到南宋盛行的文章学著作影响的明确证据。

林希逸对“三子”文章的关注，无论是文采还是结构，在传统理学家看来，都是有“背叛”色彩的。他们重视文章所载之“道”，不会过多在意文章本身。当然，他公开注道家著作这一事情本身就是“离经叛道”之举。再者，较为关注文章自身的特点，也是其作为理学家的新变。即不再“以理制文”，给文学自性留下空间，他可以一面以儒家为本位会通三教，另一面又重视“三子”文章学特点，注意从中学习写作技法。种种迹象表明，对理学的知识性接受使文学自身的合法性在林希逸这里可以不依赖“道”而存在。他脱离“道”的约束，积极探索文学自性特征与审美规律。根源仍在于理学神圣性下降，文学才得以逃出理学的牢笼，获得自身独立的存在。

（三）理学思想与三教资源作为文论生成的思维与话语借鉴

无论是理学，还是道家、佛教，本质上都不是纯粹的美学或文艺理论。他们或在终极境界上，或在思维方式上含有浓郁的审美因素，与文学创作心理相通而被作为文学理论知识生成的思想资源。对于理学家来说，一方面要借文章以学道体道，另一方面又要警惕对文辞的耽溺，捍卫儒家义理的纯粹性，严守边界门户，压制思想市场上佛道二家的地位。故以理学为信仰的传统理学家，他们也许对文学有极大的审美能力与创作能力（如朱熹），但在公开场合仍要表示不能沉溺于文章，舍本逐末，更不能被佛道吸引过去。这表明，在传统理学家那里，文学理论只能在理学文道观下生成，与载道之文一样，文论话语的意义仍然是在“道”的重要性以及体道修道上得以实现。独立探讨文学的理论活动，生产文学理论的知识话语体系无助于修道功夫，意义并不大，至于借鉴佛道思考文学活动，以生成文论话语，则更无从谈起。因此，受制于对理学的信仰式接受，文学在理学家那里始终是作为他者存在，只具备载道传道之用，文论话语的生成也必须服务于这个终极目标，文学以及探究文学自性规律的文论生产都没有脱离“道”以外的独立意义。

很明显，这样认识，在起点与归宿上都落在理学家心中神圣的“道”上，是“道”在终极境界上超乎一切世俗价值的神圣性，使理学家把全部目光聚焦于修道得道。文学除载道以外，自身相比“道”微不足道。可想而知，一旦“道”的神圣性光环泯灭，一旦将理学与功名利禄相联系，理学就会由信仰蜕变为知识，它标榜的“道”在士人心中不再具备令人仰望的吸引力，士人也就不会汲汲于体道见道的修养践履功夫，理学对士人在精神世界的约束力也就会随之大大减弱甚至消失。当“道”不再是一切价值中的至高无上者，文学自然就不限于“载道”这项功用，它便与人的性情发生亲密联系，成为抒发人们喜怒哀乐的绝佳形式。与此同时，围绕文学活动的诸如创作主体心理、文学创作技法、文学鉴赏等各方面的理论探讨与话语生产也就可以在理学家身上进行，林希逸作为理学家，其文艺思想的发生学原理，恰可以由此得以说明。①

林希逸对理学是知识性接受，“道”在他的精神世界中也许有重要的地位，但不会对其所有的价值观及处事方法产生引导、制约性力量，我们认为，这恰是其能深入探讨文学活动极为关键的前提。因为“道”的神圣性消解，林希逸不会像前辈理学家那样有捍卫“道”的自觉，对溺于文辞的警惕也相对较少，他可以毫无心理压力地讨论文学，正视文学自身，并积极探索文学活动的规律，从而提出理论见解，生产文论知识。于是，林希逸理学思想中有“潜文论”性质的部分内容被他挪用到文学理论的思考中，转化成了文论话语。更重要的是，道家、佛教有些义理以及关于终极境界、思维

① 此处的讨论仍限定在理学家群体，即主要探究文学与文论生产如何在理学家精神世界中由他者性存在发展为自性存在，文学自身的意义如何在理学家那里获得正视。至于放眼整个古代社会，对文学理论的探讨早已从南朝刘勰、钟嵘等人处发端。

方式的名相概念本极具审美价值，如朴拙、自然、道家语言观、禅宗的“悟”等，与文学活动中的规律暗通。之前的理学家限于门户及卫道，只能拒斥。但在林希逸处，由于对佛道持相当开放的态度，他不仅在理学思想上吸纳二家，还在探讨文学活动时借鉴二家概念，将原本不是文艺理论而与文学活动规律相似的佛道二家的理论转化为文论生产的资源，提出佛道色彩浓郁又符合文学活动规律的文论观点。

林希逸的理学思想心化色彩突出，这既是继承艾轩学派而来，也有其阅读禅宗公案语录的经验启示。强调“即心悟理”的“心悟”使他在理解“三子”等道家著作时不执着于文字表面，获得“真意”，林希逸将这一方法论也运用于文学理论。正是林希逸对理学的知识性接受，使他的理学思想中具有“准文论”特点的内容，如“悟”就会流溢出理学内部，成为林希逸思考文学活动的有力工具，作为概念资源参与其文艺思想的构建。表现出林希逸的理学思想对其文艺思想的参考启示。比如，他重视文字的记录、传承作用，但认为文学作品的理解不能着实于文字，死于句下，呈现出“重文而不泥文”的辩证面貌。典型的案例即是对《离骚》的解读，并因此发现了文学的想象虚构性，扫清此前对《离骚》的不当评论；再如，他对诗歌创作技法也有“重法而不泥法”的辩证理解。林希逸最初学诗于江西，对诗歌的技法训练颇有体会，后来又欣赏、沉潜于禅宗，并于“悟”深造自得，故他没有极端强调诗法，使灵气受制于规则，也没有完全忽略技法，一味蹈虚求“悟”。

以上是就林希逸文论而言，在其实际的诗文创作中，理学思想、佛道资源依然是林重要的写作素材。林希逸涉佛诗、涉道诗、理学诗占有一定的比重，极具佛道精神风貌，表达出独特的人生趣味。①

① 这里所说的影响只是佛道在人生旨趣上提供给林希逸精神世界的缓冲剂，佛道甚至包括理学对于林希逸产生的并不是信仰式的影响，区别是，信仰下的影响具有相对的恒定性与主导性，对主体心理与行为有绝对控制力。

这表明，在"道"神圣性消解的前提下，林希逸自身的文学经验、理学思想、佛道资源这三者的有效互动与有机整合，促成其对文学活动的符合实践规律的理论探讨，可以说，较真德秀、魏了翁等对文学活动自身的理解与反思，林希逸在南宋末年的理学家中更为深刻。因为真、魏等人仍在理学传统中理解文学，并试图通过政权继续将文学纳入理学规范之中，相比之下，林希逸的文学观在正视文学自性存在与反思文学活动的理论生成上，都是大为进步的。

本书以林希逸《三子口义》为中心探讨其三教融合思想，并以此作为其文艺思想的重要生成背景，探究其文论的发生学原理，深入论述林希逸开放圆融的三教观及其理学思想如何使其能正视文学自性存在，指出其文艺思想是其自身的文学经验、理学思想与佛道资源的有机整合而来。林希逸作为南宋末年的理学家，对文学自性的正视及文学规律的理论探讨在同时代的理学家中十分少见。《三子口义》开创从义理、文章两方面注解典范，促进南宋末年儒道佛三教进一步的融合，而其作为理学家对文学作出的有益探索，则代表了南宋末入元以来理学家"流而为文"的变化趋势。

参 考 文 献

古籍类：

[1]《大正新修大藏经》，CBETA 电子佛典，2014 年 4 月。

[2]《卍新续藏》，CBETA 电子佛典，2014 年 4 月。

[3] 蓝吉富主编：《禅宗全书》，北京：北京图书馆出版社，2004 年。

[4] 丁福保编纂：《佛学大辞典》，北京：文物出版社，1984 年。

[5] 龚鹏程、陈廖安主编：《中华续道藏》，台北：新文丰出版公司，1999 年。

[6] 张继禹主编：《中华道藏》，北京：华夏出版社，2004 年。

[7] 脱脱：《宋史》，北京：中华书局，1977 年。

[8] 李心传：《建炎以来系年要录》，北京：中华书局，1988 年。

[9] 胡道静主编：《藏外道书》，成都：巴蜀书社，1992 年。

[10] 王云五主编：《丛书集成初编》，北京：中华书局，1983 年。

[11] 黄宗羲原著，全祖望补修，陈金生、梁运华点校：《宋元学案》，北京：中华书局，1986 年。

[12]《四库全书存目丛书》编纂委员会：《四库全书存目丛书》，济南：齐鲁书社，1997 年。

[13] 永瑢等：《四库全书总目》，文渊阁《四库全书》，台北：台湾商务印书馆，1986 年。

[14] 林光朝：《艾轩集》，文渊阁《四库全书》，台北：台湾商务印书

馆，1986 年，第 1142 册。

[15] 林亦之：《网山集》，文渊阁《四库全书》，台北：台湾商务印书馆，1986 年，第 1149 册。

[16] 林希逸：《竹溪鬳斋十一稿续集》，文渊阁《四库全书》，台北：台湾商务印书馆，1986 年，第 1185 册。

[17] 真德秀：《文章正宗》，文渊阁《四库全书》，台北：台湾商务印书馆，1986 年，第 1355 册。

[18] 真德秀：《西山文集》，文渊阁《四库全书》，台北：台湾商务印书馆，1986 年，第 1174 册。

[19] 魏了翁：《鹤山集》，文渊阁《四库全书》，台北：台湾商务印书馆，1986 年，第 1172 册。

[20] 金履祥：《仁山集》，文渊阁《四库全书》，台北：台湾商务印书馆，1986 年，第 1189 册。

[21] 周密：《癸辛杂识》，文渊阁《四库全书》，台北：台湾商务印书馆，1986 年，第 1040 册。

[22] 叶适：《习学记言》，文渊阁《四库全书》，台北：台湾商务印书馆，1986 年，第 849 册。

[23] 王柏：《鲁斋集》，文渊阁《四库全书》，台北：台湾商务印书馆，1986 年，第 1186 册。

[24] 陶宗仪：《书史会要》，文渊阁《四库全书》，台北：台湾商务印书馆，1986 年，第 814 册。

[25] 陈思编，陈世隆补：《两宋名贤小集》，文渊阁《四库全书》，台北：台湾商务印书馆，1986 年，第 1364 册。

[26] 李清馥：《闽中理学渊源考》，文渊阁《四库全书》，台北：台湾商务印书馆，1986 年，第 460 册。

[27] 陈藻：《乐轩集》，文渊阁《四库全书》，台北：台湾商务印书馆，1986 年，第 1152 册。

[28] 王洋：《东牟集》，文渊阁《四库全书》，台北：台湾商务印书

馆,1986 年,第 1132 册。
[29] 李纲:《梁谿集》,文渊阁《四库全书》,台北:台湾商务印书馆,1986 年,第 1126 册。
[30] 陈耆卿:《篔窗集》,文渊阁《四库全书》,台北:台湾商务印书馆,1986 年,第 1178 册。
[31] 刘将孙:《养吾斋集》,文渊阁《四库全书》,台北:台湾商务印书馆,1986 年,第 1199 册。
[32] 杨万里:《诚斋诗话》,文渊阁《四库全书》,台北:台湾商务印书馆,1986 年,第 1480 册。
[33] 朱熹:《楚辞集注》,文渊阁《四库全书》,台北:台湾商务印书馆,1986 年,第 1062 册。
[34] 方回:《桐江续集》,文渊阁《四库全书》,台北:台湾商务印书馆,1986 年,第 1193 册。
[35] 吕祖谦:《古文关键》,文渊阁《四库全书》,台北:台湾商务印书馆,1986 年,第 1351 册。

道家类:

[1] 林希逸著,周启成校注:《庄子鬳斋口义校注》,北京:中华书局,1997 年。
[2] 林希逸著,张京华点校:《列子鬳斋口义》,上海:华东师范大学出版社,2016 年。
[3] 林希逸著,黄曙辉点校:《老子鬳斋口义》,上海:华东师范大学出版社,2009 年。
[4] 郭象注,成玄英疏:《庄子注疏》,北京:中华书局,2011 年。
[5] 刘笑敢:《庄子哲学及其演变》,北京:中国人民大学出版社,2010 年。
[6] 崔大华:《庄学研究》,北京:人民出版社,2005 年。
[7] 方勇:《庄子学史》,北京:人民出版社,2008 年。

[8] 王先谦：《庄子集解　庄子集解内篇补正》，北京：中华书局，1987年。
[9] 罗勉道著，李波点校：《南华真经循本》，北京：中华书局，2016年。
[10] 杨文娟：《宋代福建庄学研究》，太原：三晋出版社，2012年。
[11] 方勇：《庄子纂要》，北京：学苑出版社，2012年。
[12] 刘文典撰，赵锋、诸伟奇点校：《庄子补正》，北京：中华书局，2015年。
[13] 杨义：《庄子还原》，北京：中华书局，2011年。
[14] 刘生良：《鹏翔无疆——〈庄子〉文学研究》，北京：人民出版社，2004年。
[15] 贾学鸿：《〈庄子〉结构艺术研究》，北京：学苑出版社，2013年。
[16] 陈引驰：《庄子精读》，上海：复旦大学出版社，2005年。
[17] 熊铁基、马良怀、刘韶军：《中国老学史》，福州：福建人民出版社，2005年。
[18] 苏辙：《道德真经注》，上海：华东师范大学出版社，2010年。
[19] 释德清著，黄曙辉点校：《道德经解》，上海：华东师范大学出版社，2009年。
[20] 陈鼓应：《老子今注今译》，北京：中华书局，1984年。
[21] 刘固盛：《宋元老学研究》，成都：巴蜀书社，2001年。
[22] 王弼注，楼宇烈校释：《老子道德经注校释》，北京：中华书局，2008年。
[23] 杨义：《老子还原》，北京：中华书局，2011年。
[24] 列子撰，张湛注，卢重玄解，赵佶训，范致虚解，高守元集，孔德凌点校：《冲虚至德真经四解》，南京：凤凰出版社，2016年。
[25] 杨伯峻：《列子集释》，北京：中华书局，2016年。
[26] 管宗昌：《〈列子〉研究》，沈阳：辽海出版社，2009年。

[27] 季羡林：《季羡林全集》，北京：外语教学与研究出版社，2010年。

历史类：

[1] 陈邦瞻：《宋史纪事本末》，北京：中华书局，1977年。
[2] 白寿彝总主编，陈振主编：《中国通史》，上海：上海人民出版社；江西：江西教育出版社，1989年。
[3] 漆侠：《宋学的发展和演变》，北京：人民出版社；石家庄：河北人民出版社，2011年。
[4] 葛兆光：《中国思想史》，上海：复旦大学出版社，2001年。
[5] 何俊、范立舟：《南宋思想史》，上海：上海古籍出版社，2008年。
[6] 卿希泰主编，詹石窗副主编：《中国道教思想史》，北京：人民出版社，2009年。
[7] 张立文主编，张立文、祁润兴著：《中国学术通史》，北京：人民出版社，2004年。
[8] 张岂之主编，朱汉民分卷主编：《中国思想学说史》，桂林：广西师范大学出版社，2007年。
[9] 何忠礼：《南宋全史》，上海：上海古籍出版社，2011年。
[10] 余英时：《朱熹的历史世界：宋代士大夫政治文化的研究》，北京：生活·读书·新知三联出版社，2011年。
[11] 沈松勤：《南宋文人与党争》，北京：人民出版社，2005年。
[12] 刘子健著，赵冬梅译：《中国转向内在——两宋之际的文化转向》，南京：江苏人民出版社，2011年。
[13] 包弼德著，王昌伟译：《历史上的理学》，杭州：浙江大学出版社，2009年。
[14] 谢和耐著，刘东译：《蒙元入侵前夜的中国日常生活》，北京：北京大学出版社，2008年。

佛教类：

[1] 石峻、楼宇烈、方立天、许航生、乐寿明：《中国佛教思想资料选编》，北京：中华书局，2014年。
[2] 杨曾文：《宋元禅宗史》，北京：中国社会科学出版社，2006年。
[3] 方立天：《禅宗概要》，北京：中华书局，2011年。
[4] 潘桂明：《中国佛教思想史稿》，南京：江苏人民出版社，2009年。
[5] 孙昌武：《中国佛教文化史》，北京：中华书局，2010年。
[6] 杜继文、魏道儒：《中国禅宗通史》，南京：江苏人民出版社，2008年。
[7] 洪修平：《中国禅学思想史》，北京：中国人民大学出版社，2007年。
[8] 赖永海主编：《中国佛教通史》，南京：江苏人民出版社，2010年。
[9] 闫孟祥：《宋代佛教史》，北京：人民出版社，2013年。
[10] 江味农：《金刚经讲义》，上海：华东师范大学出版社，2013年。
[11] 徐文明译注：《维摩诘经译注》，北京：中华书局，2012年。
[12] 道元辑，朱俊红点校：《景德传灯录》，海口：海南出版社，2011年。
[13] 谛闲法师讲述，江味农记：《圆觉经讲义——附亲闻记》，上海：上海古籍出版社，2014年。
[14] 太虚：《太虚佛学》，杭州：浙江古籍出版社，2012年。
[15] 赵朴初：《佛教常识答问》，北京：九州出版社，2012年。
[16] 宗杲著，吕有祥、吴隆升校注：《大慧书》，郑州：中州古籍出版社，2008年。
[17] 智旭撰，杨之峰点校：《阅藏知津》，北京：中华书局，2015年。

[18] 赖永海:《中国佛教文化论》,北京:东方出版社,2013年。
[19] 杨维中:《中国佛教心性论研究》,北京:宗教文化出版社,2007年。
[20] 徐小跃:《禅与老庄》,南京:江苏人民出版社,2012年。
[21] 梁启超:《佛学研究十八篇》,南京:江苏文艺出版社,2008年。
[22] 赖永海:《中国佛性论》,南京:江苏人民出版社,2010年。
[23] 方立天:《中国佛教文化》,北京:中国人民大学出版社,2006年。

文学类:

[1] 袁行霈主编:《中国文学史》,北京:高等教育出版社,1999年。
[2] 王运熙、顾易生:《中国文学批评史》,上海:上海古籍出版社,1985年。
[3] 曾枣庄、吴洪泽:《宋代文学编年史》,南京:凤凰出版社,2010年。
[4] 曾枣庄、刘琳主编:《全宋文》,上海:上海辞书出版社,2006年。
[5] 王水照编:《历代文话》,上海:复旦大学出版社,2007年。
[6] 黄庭坚:《黄庭坚全集》,成都:四川大学出版社,2001年。
[7] 刘克庄著,王蓉贵、向以鲜校点,刁忠民审订:《后村先生大全集》,成都:四川大学出版社,2008年。
[8] 刘克庄著,辛更儒笺校:《刘克庄集笺校》,北京:中华书局,2011年。
[9] 戴表元:《戴表元集》,杭州:浙江古籍出版社,2014年。
[10] 钱锺书:《宋诗选注》,北京:生活·读书·新知三联书店,2002年。

[11] 李壮鹰主编，李春青副主编；刘方喜编著：《中华古文论释林》，北京：北京大学出版社，2011 年。
[12] 王水照、熊海英：《南宋文学史》，北京：人民出版社，2009 年。
[13] 王水照主编：《宋代文学通论》，郑州：河南大学出版社，1997 年。
[14] 张毅：《宋代文学思想史》，北京：中华书局，2006 年。
[15] 周裕锴：《宋代诗学通论》，上海：上海古籍出版社，2007 年。
[16] 许总：《宋明理学与中国文学》，南昌：百花洲出版社，2010 年。
[17] 李春青：《宋学与宋代文学观念》，北京：北京师范大学出版社，2001 年。
[18] 马茂军：《宋代散文史论》，北京：中华书局，2008 年。
[19] 祝尚书：《宋元文章学》，北京：中华书局，2013 年。
[20] 祝尚书：《宋代文学探讨集》，郑州：大象出版社，2007 年。
[21] 郭庆财：《南宋浙东学派文学思想研究》，北京：中华书局，2013 年。
[22] 王水照、侯体健主编：《中国古代文章学的衍化与异形——中国古代文章学二集》，上海：复旦大学出版社，2014 年。
[23] 张培峰：《宋代士大夫佛学与文学》，北京：宗教文化出版社，2007 年。
[24] 李波：《清代〈庄子〉散文评点研究》，北京：学苑出版社，2013 年。
[25] 谢飘云、马茂军、刘涛主编：《中国古代散文研究论丛(2012)》，广州：世界图书出版广东有限公司，2013 年。
[26] 王培友：《两宋理学家文道观念及其诗学实践研究》，南京：南京大学出版社，2016 年。
[27] 张宏生：《江湖诗派研究》，北京：中华书局，1995 年。
[28] 张海沙：《佛教五经与唐宋诗学》，北京：中华书局，2012 年。

[29] 张海沙：《曹溪禅学与诗学》，北京：中国社会科学出版社，2009 年。
[30] 冯国栋：《佛教文献与佛教文学》，北京：宗教文化出版社，2011 年。
[31] 张振谦：《道教文化与宋代诗歌》，北京：人民文学出版社，2014 年。
[32] 张文利：《理禅融会与宋诗研究》，北京：中国社会科学出版社，2004 年。
[33] 顾友泽：《宋代南渡诗歌研究》，北京：北京大学出版社，2014 年。
[34] 闵泽平：《南宋“浙学”与传统散文的因革流变》，杭州：浙江大学出版社，2014 年。
[35] 叶文举：《南宋理学与文学——以理学派别为考察中心》，济南：齐鲁书社，2015 年。
[36] 孙雪霞：《文学庄子探微》，广州：广东人民出版社，2006 年。
[37] 李建军：《宋代浙东文派研究》，北京：中华书局，2013 年。
[38] 王宇：《刘克庄与南宋学术》，北京：中华书局，2007 年。
[39] 韩经太：《杏园陇人诗思》，上海：复旦大学出版社，2016 年。
[40] 韩经太：《理学文化与文学思潮》，北京：中华书局，1997 年。
[41] 侯体健：《刘克庄的文学世界——晚宋文学生态的一种考察》，上海：复旦大学出版社，2013 年。
[42] 钱锺书：《谈艺录》，北京：商务印书馆，2016 年。
[43] 王晚霞：《林希逸文献学研究》，北京社会科学出版社，2018 年。

哲学、美学类：

[1] 钱穆：《中国学术通义》，北京：九州出版社，2011 年。
[2] 何俊：《南宋理学建构》，上海：上海人民出版社，2013 年。

[3] 唐君毅:《中国哲学原论(导论篇)》,北京:中国社会科学出版社,2005年。
[4] 陈来:《朱熹哲学研究》,北京:生活·读书·新知三联书店,2010年。
[5] 张祥龙:《拒秦兴汉和应对佛教的儒家哲学:从董仲舒到陆象山》,桂林:广西师范大学出版社,2012年。
[6] 牟宗三:《宋明儒学的问题与发展》,上海:华东师范大学出版社,2004年。
[7] 牟宗三:《心体与性体》,长春:吉林出版集团有限责任公司,2015年。
[8] 方东美:《中国哲学精神及其发展》,北京:中华书局,2012年。
[9] 方东美:《中国人生哲学》,北京:中华书局,2012年。
[10] 钱穆:《朱子学提纲》,北京:生活·读书·新知三联书店,2002年。
[11] 熊十力:《原儒》,长沙:岳麓书社,2013年。
[12] 张立文:《宋明理学研究》,北京:人民出版社,2002年。
[13] 王心竹:《理学与佛学》,长春:长春出版社,2011年。
[14] 杨立华:《宋明理学十五讲》,北京:北京大学出版社,2015年。
[15] 冯友兰:《中国哲学史》,北京:中华书局,2014年。
[16] 彭锋:《美学导论》,上海:复旦大学出版社,2011年。
[17] 韩经太:《华夏审美风尚史》,北京:北京师范大学出版社,2016年。
[18] 邓晓芒、易中天:《黄与蓝的交响——中西美学比较论》,武汉:武汉大学出版社,2007年。
[19] 王振复:《中国美学的文脉历程》,成都:四川人民出版社,2002年。
[20] 刘方:《宋型文化与宋代美学精神》,成都:巴蜀书社,

2004 年。
［21］邓莹辉：《两宋理学美学与文学研究》，武汉：华中师范大学出版社，2007 年。
［22］朱良志：《中国美学十五讲》，北京：北京大学出版社，2006 年。

儒家类：

［1］杨伯峻：《孟子译注》，北京：中华书局，1960 年。
［2］朱熹：《四书章句集注》，北京：中华书局，2011 年。
［3］周振甫译注：《周易译注》，北京：中华书局，1991 年。
［4］张涛注评：《周易》，南京：凤凰出版社，2011 年。
［5］王弼注，韩康伯注，孔颖达疏，陆德明音义：《周易注疏》，北京：中央编译出版社，2012 年。
［6］黄寿祺、张善文：《周易译注》，上海：上海古籍出版社，2012 年。
［7］李鼎祚撰，王丰先点校：《周易集解》，北京：中华书局，2016 年。
［8］朱熹：《朱子全书》，上海：上海古籍出版社；合肥：安徽教育出版社，2010 年。
［9］张载著，林乐昌编校：《张子全书》，西安：西北大学出版社，2014 年。
［10］皮锡瑞撰，吴仰湘点校：《孝经郑注疏》，北京：中华书局，2016 年。
［11］朱熹：《四书章句集注》，北京：中华书局，2011 年。
［12］焦竑撰，黄曙辉点校：《老子翼》，上海：华东师范大学出版社，2011 年。
［13］程颢、程颐著，王孝鱼点校：《二程集》，北京：中华书局，1981 年。
［14］周敦颐著，陈克明点校：《周敦颐集》，北京：中华书局，1990 年。

[15] 陆九渊:《陆九渊集》,北京:中华书局,1980 年。
[16] 邵雍:《邵雍集》,北京:中华书局,2010 年。
[17] 李清馥著,徐公喜编,管正平、周明华校:《闽中理学渊源考》,南京:凤凰出版社,2011 年。

期刊论文:

[1] 杨黛:《〈庄子口义〉的理学观》,《浙江月刊》1989 年第 3 期。
[2] 陈庆元:《宋代闽中理学家诗文》,《福建师范大学学报》1995 年第 2 期。
[3] 杨黛:《〈庄子口义〉的注庄特色》,《中国文学研究》1997 年第 4 期。
[4] 查洪德:《元代理学流而为文与理学文学的两相浸润》,《文学评论》2002 年第 5 期。
[5] 吴承学:《现存评点第一书》,《文学遗产》2003 年第 4 期。
[6] 张梅:《〈庄子口义〉对〈庄子〉文学的分析》,《北京科技大学》(社会科学版)2004 年第 3 期。
[7] 祝尚书:《南宋古文评点缘起发覆——兼论古文评点的文章学意义》,《四川大学学报》2005 年第 4 期。
[8] 李煌明、李宝才:《"孔颜之乐"辨说》,《求索》2007 年第 10 期。
[9] 李见勇、王勇:《三教合一,归终理学——论林希逸〈庄子口义〉的思想倾向》,《内江师范学院学报》2008 年第 1 期。
[10] 石明庆:《林希逸诗学思想的特色及其学术基础简论》,《新国学》2008 年第七卷。
[11] 李见勇:《通俗易懂,晓畅明白——论〈庄子口义〉的语言特色》,《文教资料》2008 年 11 月上旬刊。
[12] 常德荣:《理学世俗化与南宋中后期诗坛》,《文学评论》2011 年第 4 期。

[13] 龚隽:《唐宋〈圆觉经〉疏之研究:以华严、天台为中心》,《中国哲学史》2011 年第 2 期。
[14] 李秋芳:《林希逸〈鬳斋考工记解〉及其价值》,《河南师范大学学》(哲学社会科学版)2011 年第 3 期。
[15] 林溪:《略论〈四库全书总目〉对林希逸〈庄子口义〉的评价》,《黄河科技大学学报》2012 年第 1 期。
[16] 邢华平:《论诠释者的解经视域——以林希逸〈庄子口义〉为例》,《读者欣赏》(理论版)2012 年第 1 期。
[17] 刘思禾:《林希逸解庄论——以自然天理说的辨析为中心》,《古籍整理研究学刊》2012 年第 2 期。
[18] 王伟倩:《论林希逸〈老子鬳斋口义〉的注解特色》,《衡水学院学报》2012 年第 12 期。
[19] 刘思禾:《南宋林希逸的理学思想》,《兰州学刊》2013 年第 4 期。
[20] 常德荣:《宋代理学与诗学的内在矛盾与调节》,《中国古代文学理论学会第十八届年会论文集》2013 年。
[21] 沈扬:《林希逸诗学思想的渊源与独创》,《集美大学学报》(哲社版)2014 年第 1 期。
[22] 周炫:《刘克庄与王迈、林希逸的文学交游述考》,《湖南社会科学》2014 年第 4 期。
[23] 王晚霞:《林希逸的文学思想》,《福州大学学报》(哲学社会科学版)2015 年第 4 期。
[24] 王晚霞:《林希逸的佛教观》,《南昌大学学报》(人文社会科学版)2015 年第 6 期。
[25] 王晚霞:《林希逸〈列子鬳斋口义〉知见版本考》,《河南师范大学学报》(哲学社会科学版)2015 年第 1 期。
[26] 王晚霞:《南宋文人的文化生活——以林希逸与文人雅士的交游为中心》,《闽江学院学报》2016 年第 1 期。

[27] 周剑之：《新型士人关系网络中的宋代启文》，《北京师范大学学报》(社会科学版)2016 年第 6 期。
[28] 王晚霞：《林希逸生卒年考辨》，《东南学术》2016 年第 1 期。
[29] 常德荣：《南宋艾轩学派的诗学呈现》，《石家庄学院学报》2017 年第 1 期。
[30] 管琴：《论南宋的“词科习气”及其批评》，《文学遗产》2017 年第 2 期。
[31] 孙明君：《林希逸〈老子鬳斋口义·发题〉释读》，《北京大学学报》(哲学社会科学版)2017 年第 3 期。

学位论文：

[1] 简光明：《林希逸〈庄子口义〉研究》，台湾逢甲大学中国文学研究所硕士学位论文，1990 年。
[2] 季品峰：《钱锺书与宋诗研究》，复旦大学博士学位论文，2006 年。
[3] 杨文娟：《宋代福建庄学思想研究》，华东师范大学博士学位论文，2006 年。
[4] 陈怡燕：《林希逸〈庄子口义〉思想研究》，台湾师范大学硕士学位论文，2009 年。
[5] 郭辛茹：《“召唤结构”视阈中的〈庄子〉阐释差距研究》，江西师范大学硕士学位论文，2010 年。
[6] 丁丹：《林希逸诗歌研究》，南京师范大学硕士学位论文，2010 年。
[7] 周兰：《林希逸诗歌研究》，广西大学硕士学位论文，2011 年。
[8] 林溪：《〈庄子口义〉研究》，河北大学硕士学位论文，2012 年。
[9] 王伟倩：《林希逸三教融合思想研究》，河北大学硕士学位论文，2013 年。
[10] 王倩倩：《〈庄子鬳斋口义〉研究》，山东大学硕士学位论文，2013 年。

[11] 王伟倩:《林希逸三教融合思想研究》,河北大学硕士学位论文,2013 年。

[12] 刘佩德:《列子学研究》,华东师范大学博士学位论文,2013 年。

[13] 安江:《林希逸〈庄子口义〉评点研究及其对外传播》,山西大学硕士学位论文,2015 年。

[14] 李京津:《林希逸庄学思想研究》,湖南师范大学博士学位论文,2015 年。

[15] 周翡:《林希逸律诗艺术研究》,辽宁师范大学硕士学位论文,2016 年。

[16] 凌照雄:《林希逸〈老子鬳斋口义〉研究》,台湾师范大学硕士学位论文,2016 年。

[17] 黄云:《林希逸〈老子鬳斋口义〉研究》,曲阜师范大学硕士学位论文,2016 年。

附录　林希逸《学记》中的文艺思想摘录

现存林希逸《竹溪鬳斋十一稿续集》最后六卷为《学记》，是记录林希逸读书所思的札记。涉及文字、音韵、历史、义理、诗文等方面内容的考证、存疑等，也有文学批评的内容。《四库提要》称："《学记》中所论学问文艺之事亦时有可取。录而存之，可备一家之言。"[①]六卷《学记》分为《太玄精语》《潜虚精语》以及杂录三部分，现将各部分涉及林希逸文道观及其文艺思想的内容摘录如下。

一、《太玄精语》

《太玄精语》是林希逸选择扬雄《太玄》中精要部分"表而出之，亦略为解释使读者易晓"。他虽认可苏轼对《太玄》"以艰深之辞文浅近之说"，但表示《太玄》文辞"虽非《易》比，然亦岂易能哉"[②]？说明林希逸重视《太玄》这部模拟《易》而成的哲学作品的文辞特点。林希逸在解释《太玄》时又有理学化倾向，表现出文道并重的思想特征。下录《太玄精语》中以理学解《太玄》处：

1. 中：次二，神战于玄，其陈阴阳。测曰，神战于玄，善恶

---

① 永瑢等：《竹溪鬳斋十一稿续集提要》，文渊阁《四库全书》第1185册，第554页。

② 林希逸：《太玄精语》，《竹溪鬳斋十一稿续集》卷25，文渊阁《四库全书》第1185册，第799页。

并也。林解:“玄者,心也。神者,心之用也。择乎理欲之间,而此心未定,互有消长,犹两阵之交战也。”

2. 周:次二,植中枢周无隅。测曰,植中枢,立督虑也。林解:“庄子曰,枢得其环,中即植中枢也;植,立也;立于中而能运。故曰:植中枢,周环而无方隅,言不可定也。衣之被缝曰督,督中,虑思也,立中于心,故曰立督虑也。”

3. 达:初一,中冥独达,迥迥不屈。测曰,中冥独达,内晓无方也。林解:“迥与洞同。中心达而无窒碍也。”

4. 交:初一,冥交于神,斋不以其贞。测曰,冥交不贞,怀非含慚也。林解:“交于神明,祭祀也。虽斋而其内心不正,非事神明之道心。既怀非,则内惭矣。”

5. 格:次五,胶漆释,弓不射,角不离。测曰,胶漆释,信不结也。林解:“胶漆既开释,则角不可用矣。何者弓之角与木,已离不合矣。言人心无所固结,岂能用以驭难。”

6. 事:次二,事在枢,不咨不奏,丧其哲符。测曰,不咨不奏,其知亡也。林解:“奏与诹同,枢事之始也,图事之始,不谋于人,自夺其鉴也。哲符,此心至灵至明之喻也。”

7. 更:次五,童牛角马,不今不古。测曰,童牛角马,变天常也。林解:“牛有角而童有马,无角而欲角之,此古今之所无之事。逆天理而求异,非所当变而变也。”

8. 断:初一,断心灭斧,冥其绳矩。测曰,断心灭斧,内自治也。林解:“断绝于心,而不见其用断之迹,曰灭斧。冥者,隐而不可见也;绳矩,法则也,法度在心,不见于外也。”

9. 睟:初一,睟于内,清无秽。林解:“言初心之纯也,无秽不杂也。”

10. 睟:次五,睟于幽黄,元贞无方。测曰,睟于幽黄,正地则也。林解:“幽,冥也;黄,中也;其睟在心也;元贞,大正也;无方,无不可定名也,即是黄裳元吉之义。”

11. 盛：初一，盛不墨，失冥德，测曰，盛不墨，中不自克也。林解："时虽盛而不以法则自守，则失中心之德。墨，法也，冥心也。"

12. 瞢：次二，明腹睒天，睹其根。测曰，明腹睒天，中独烂也。林解："睒，失冉切，视也。以腹中之明而能窥见天理则可以穷究根抵矣。烂，明也。"

以上为林希逸以理学解《太玄》的部分。林希逸接着摘录《玄衡》《玄错》《玄摛》《玄莹》《玄数》《玄挩》《玄告》中语并说："自《玄衡》而下以其文奇，摘而录之，造语用字可以为法。"可见他从文章学角度考察《玄衡》等文辞，表现出与《庄子口义》《列子口义》《老子口义》同样的文道并重思想。

二、《潜虚精语》

林希逸对《潜虚》文辞评价总体不如《太玄》，只是录其"佳语"，以备写作参考。他在《序》中说："《潜虚》非无佳语，但只是后世文字。……况《潜虚》设喻，大抵皆前人书已有者。……今以其语之工者，与退之所谓正而未至者，摘而录之，未知世之具眼者以为何如也。"①主要从文章学角度评论《潜虚》。包括评论其文辞优劣；含义深浅；将之与《易》作对比；指出其模仿蹈袭处等。现录其评论部分：

1. 元：始也，夜半日之始也；朔，月之始也；冬至，岁之始也，好学，智之始也。林评："此数语佳。"

2. 裒：裒，聚也。气聚而物，宗族聚而家，圣贤聚而国。林评："此数语比象其词甚佳。"

---

① 林希逸：《潜虚》，《竹溪鬳斋十一稿续集》卷 27，文渊阁《四库全书》，第 1185 册，第 829 页。

3. 昧：昧，晦也。日之晦，昼夜以成；月之晦，弦望以生；君子之晦，与时偕行。林评："此三句比象也颇有味。"

4. 昧：初，取足于己，不知外美。林评："被褐怀玉即是此意。其词虽佳，以比《易》爻则露。"

5. 容：上，樛木之垂，甘匏之纍。林评："用樛木诗，意其浅露者类此。"

6. 虑：三，澄原正本执天之键。林评："下一句佳。然执神之机，乃韩语也。澄原正本，四字弱甚。"

7. 虑：五，万虑之神，出天入尘。林评："模仿子云玄中之语，不谓之蹈袭不可。"

8. 聆：二，苦言刺耳，惟身之利。林评："言苦口者利于行。亦前人语。"

9. 睍：初，粉泽之晖。覆阱埋机。昧者不知，明者识微。林评："晖，华也。外虽粉泽，中藏机阱。明者则知之。发得太露，不似爻辞。"

10. 懠：初，匪怒之道，必理之求，拔刃难收。林评："道，劲也。言怒之来，必以理察。既发，则不可悔矣。下四字佳。"

11. 懠：二，自怒自解，人之不畏。林评："八字尤弱，意亦浅露。"

12. 懠：三，快心一朝，忘其宗祧，失不可招。鲯鲃之浮，乌鸢之求。林评："招，悔也。一朝之忿，忘其身，即此意。下八字，设喻却佳。"

13. 懠：六，忍之少时，福禄无期。林评："触来勿与竞，事过心清凉，即此意也。语亦太露。"

14. 得：四，豨腹饕餮，为人益膏。林评："小人贪得，终不自亨。此八字甚佳。"

15. 湛：四，酒食衎衎，威仪反反，绳墨不远。林评："用抑诗意，下四字却佳。"

16. 脊(前)：四，兔跳而踞，鸟蜚而伏，弧张肘缩。林评："兔先踞而后跳，鸟先伏而后飞。欲张弧者，必缩其肘，能退而能进也。三句俱佳。"

17. 却：初，一叶于蜚，木阴未稀，我心伤悲。林评："一片花飞减却春，即此意也。"

18. 却：二，纳履而顾，心留迹去。林评："纳履，将行也。顾者，欲留也。伪为退而心实恋恋。此二句佳。"

19. 蠢：六，树谷于雨，拔草于暑。林评："言及时也。此八字佳，然亦易得。"

20. 忱：四，父子乖离，吐心而疑，祸不在群。林评："父子至亲，才有离间，虽吐心亦疑之，况他人乎？上八字佳，下四字可去。"

21. 戛：六，斐如、煌如、纪如、网如，四海王如。林评："下五如字，模仿《易》之突如、焚如也，然亦不甚佳。"

22. 暱(昵)：三，竹枯不拔，蚿死不蹶。林评："百足之虫，死而不僵。曹子建已用之言。人必亲亲也。"

23. 暱(昵)：四，曰条亡桥存，或斧之根。林评："诗云，枝叶未有害本实。先拔此，云条已亡，其桥仅存。又斧其根，意却稍异，然亦蹈袭为之。"

24. 丑：上，一首三尾，先完后毁，惟初之罪。林评："始交而终睽，择之不早也。此三句佳。"

25. 隶：三，一身三首，蜂蚁所丑。林评："忠臣不事二主。刘牢之犯此戒矣。八字极工。"

26. 隶：六，颜戴其劳，口扬其高，挟恩以骄，或倳之刀。林评："颜戴其劳，有矜色也。口扬其高，自夸功也。或倳之刀，必见杀也。挟恩以骄四字太露，可省而不省。"

27. 林：三，人无主不能共处。林评："盗贼之人亦必有为首者，此八字甚佳。"

28. 准：二，瞽夫执铚，兰艾同剃，上罔下毕，兽骇而突。林评："不善用法，则善恶无别矣。上罔下毕，法太密也。此四句佳。"

29. 声：三，蔽叶之蜩，其鸣哓哓，蜚鸟之招。林评："虚名自矜，必自祸也。三句佳。"

30. 兴：三，浣垢缝裂，支欹补缺。林评："此兴滞补弊之意。二句佳，然亦易得。"

31. 隆：五，暑至阴生，寒极阳萌，君子畏盈，小人怙成。林评："此四句俱露，弱亦甚矣。"

32. 隆：六，盛不忘衰，安不忘危，一日万几。林评："此三句尤弱，且皆前书语。子云不尔也。诸变如此者，颇多可以类推。"

33. 余：余，终也。天过其度，日之余也；朔不满气，月之余也；日不复次，岁之余也；功德垂后，圣贤之余也，故天地无余，则不能变化矣；圣贤无余，则光泽不远矣。林评："此数句有味。"

34. 齐：众星拱极，万矢凑的，必不可易。林评："上八字佳，下四字弱。元余齐无变，只有此数语。"

以上为摘录林希逸评论《潜虚》文辞优劣、含义深浅的部分。在《潜虚精语》最后，林希逸对《潜虚》文辞有总结性概括："故其义浅而易穷，其辞多窃取前人譬喻之语，有工有拙，非惟不及《易》，亦不及《太玄》矣。然五自是一家数，亦有可观。"肯定《潜虚》文辞的"可观处"，表明林希逸不忽视文辞的观念。

三、《学记》中的诗文摘录及评论

1. 太史公《伯夷传》者，首尾转换，笔力最高，文字最妙。……此则子长自谓著书立言，可以传后。恐世无夫子，未必能传也。索隐于圣人，作万物睹处，即以为自言著书之意，则文脉扞格，失其本旨，亦无以见其笔势之妙。

2. 文字最要看转换处。此篇(《伯夷列传》)自夫学者至其传曰上，一转也；至然耶非耶，一转也；自或曰至天道是耶非耶，一转也；自子曰道不同至其轻若此哉，一转也。此数行分别重轻，正是归结在名上，却未及名字，却举君子疾没世而名不称。又贾子烈士徇名之语足之，而彼重此轻之意则隐然在。贪夫夸者等语之内，此一转也。欲言名字之传，须有知我者，却举相照相求以下数句，而后指夷齐颜子得夫子之实，此一转也。其曰岩穴无附而名不闻闾巷，必有附而显，此只正反两语却如此曲折言之。最是天道是非而下，三四转，皆藏锋不露颖，此为子长绝高处。欧阳公喜读此传，其亦有取于此耶。

3. 韩诗多作生语硬韵，岂当时之士既应科选烂熟软縻，千人一律，故特为此以别之乎?

4. 茶山有“新如月出初三夜，清似茶烹第一泉”句，实本于山谷“清于夷则初秋律，美似芙蓉八月花”，茶山语又好，山谷《谢张仲谋示新诗篇》在编年集第四卷。

5. 三代忠质文之说，刘公是以为不然。本杂集著中三代同道论，此说甚正。此论有三，第二论同此意。杂著中说多偏，文字亦有佳处。

6. 唐人失鹤诗曰:“西风吹失九皋禽，一片闲云万里心。”此两句甚佳，“碧落有情应怅望，青天无路可追寻”，“碧落”“青天”如何分别? 愚意以为若作“日远”对“天高”，则当日远者言彼乍去犹未觉，日稍久后当亦不忘我也。“初来白雪翎犹短，欲去丹砂顶渐深”，长有不尽之意。“华表柱头留语后，更无消息到如今。”“华表”一句却大有病，若以为前日在此留语乎?则与出处意不合。不然则是既失之后，曾来一番又去乎? 题中又无此意。愚谓改作“解作令威归语否”方可，言其他日更无归来否，今去许时未有消息也。如此语稍圆留，以俟精于诗者商之。

7.《庄子·大宗师》所言，豨韦氏得之以挈天地至传说得之以相武丁十三个“得”字，余于本章已解之矣。然细思庄子之意，中间言日月斗，末后言西王母、彭祖与传说，其垂示万世更须具大眼目方看得破，不特鼓舞而已。若于此看得破，则大藏经可束高阁矣。戊辰十月十二日偶记于此。

8.“天末海门横北固，烟中沙岸似西兴。”此荆公和平甫《金山诗》，上句指其地，下句言其似。固为甚佳。但李雁湖以“寺影中流见，钟声两岸闻”，为不及此联，则似未然。据此十字犹胜于“天多剩得月，地少不生尘”，落星寺亦在水中，虽亦可用，然论诗却不如此。此十字实中有虚，虚中有实，正诗妙笔处，且如“湘潭云尽暮山出，巴蜀云消春水来”池阳南康纵有高处可用，正亦何嫌。

9.“久埋瘴雾看犹湿，一取春波洗更鲜。”此荆公《谢丁元珍送绿石砚》诗，赵紫芝《古鼎》诗句绝相类，岂紫芝读公诗熟，不觉似之耶？抑偶合也？

10. 柳子厚《监察使》《四门助教》《诸使兼中丞》《馆驿使》《进奏院》，皆就题目援古证今，此世间文字常法也，可谓典实体。《飨军堂》、《新食堂》与《兴州江运》则就题目指实其事，发明亦是正当法度，独《武功丞》一首自邦畿甸服叙起，至引用丞字如左右中丞之类，则近俗而无味，谓之典实则不可。今之为文不得法者，大率有此病。末后使令丞与抗礼在当时极为切当。此两三行却极佳。但以韩文《蓝田》之作观之，则子厚输筹多矣。由前典实诸篇则《飨军堂》模写燕飨之时，自幢牙茸纛而下至礼成乐遍以上，宛然与西都《西京赋》中间相似，精采华艳，又如《馆驿》前面铺叙其驿若干，则有西汉《西南夷》传首气象。此皆可以为法。至其游山水诸篇，则无逊于《蓝田》矣，而又有胜焉。然作文亦看题目，游山水题目佳，易得好，若蓝田丞本无可说，被退之如此簸弄，真不可及，却又当如此看方得。若洪野处郎官题名(《题蒋亿极目楼》)则全依效退之，寄人篱下，山谷所谓文章切忌随人后，正此戒也。

11. 子厚辩家洲戴氏东池(《潭州东池戴氏堂记》)一卷皆为伟笔，若全义北门(《全义县复北门记》)，非特意浅，其辞亦未为精美。

12. 论古文者以省字省句为高，若《过秦论》所谓"有席卷天下，包举宇内，囊括四海之意，并吞八荒之心"，其间十六字只是一意。盖不如此不足以甚孝公之用意也。若以并吞为心，是有甚其用，心犹在四海之表也。今观始皇既并六国有天下，遂筑长城限匈奴，南取百粤，非并吞八荒之心乎?

13. 淮南《原道训》云："道横四维而含阴阳，絃宇宙而章三光。山以之高，渊以之深，兽以之走，鸟以之飞，日月以之明，星历以之行，麟以之游，凤以之翔。"与退之《送文畅序》所谓"日月星辰之所以行，天地之所以著，鬼神之所以幽，人物之所以蕃，江河之所以流"同意，岂退之本于此乎?抑退之自有所见乎?先师乐轩尝于此序云："恐退之只是说得，亦未必尽知之也。"

14. 诗有六义，后世不得传者，兴也。然太白、王建《独漉歌》，王建、李益《促促词》，《促促曲》，韩退之《水中蒲》首句皆为兴体何?论者前此未及之。李益云："促促何促促，黄河九回曲。嫁与棹船郎，空床将影宿。不道君心不如石，那教妾貌长如玉。"王建云："促促复刺刺，水中无鱼山无石。少年虽嫁不将归，白头犹着父母衣。"韩退之云："青青水中蒲，下有一只鱼。君今上陇去，我在与谁居。寄语浮萍草，相随我不如。青青水中蒲，叶短不出水。妇人不下堂，行子在万里。"李太白云："独漉水中泥，水浊不见月。不见月尚可，水深行人没。越乌从南来，胡鹰亦北度。我欲弯弓向天射，惜其中道失归路。”王建云：“独独漉漉，鼠食猫肉。乌日中，鹤露宿。黄河水直人心曲。”又据《史记·田敬仲列传》云：“松耶，柏耶，信建共者，客耶。”盖其国人以齐王建信客之言致为秦所灭，而迁建于共地。松耶，柏耶，以韵起语，兴也。

15. 放翁曰：俗人为俗诗，佛出救不得。此语最佳，但何以为不俗，何以为俗，此须分别得子细，方可下笔。今未论他人。子美《送王判官扶持还黔中》诗云：“青青竹笋迎船出，白白江鱼入馔来。”两句下得极佳，但不过是用王祥姜诗妇两事，若无此句法，兼非船归亦未免近俗也。至如“珍重六州防御使，起居八座太夫人”，气象体面则如何？又如“我已无家寻弟妹，君今何处访庭闱”，此语虽似无奇特，却有情味，视彼用事而句不工者则大径庭矣。

16. 诗有直述句，有得意句，须分别得定方可。“七月三日苦炎蒸，对食暂食还不能。已愁夜中自足蝎，况乃秋后转多蝇。”此直述句也，似于质朴。“束带发狂欲大叫，簿书何集来相仍。”此是结句。“南望青松架远鹤，安得赤脚踏层冰。”此兴句也。后四句如此，则前四句但见豪壮矣。

17. 中兴以来，诗之大家数，惟放翁为最。集中篇篇俱好。其间约对诸史诸书搜索殆尽，后村已尝言之。余尝于其七言律诗中得其警联，有夭矫不穷之妙者摘录而咏之。虽后村亦有品题，未尽，今录于此。

《自咏》云：“钟鼎山林俱不遂，声名官职两无多。”

《简章德茂》云：“造物无情吾辈老，古人不死是心传。”

《即事》云：“醉来身外穷通小，老去人间毁誉轻。”

《感秋》云：“万事从初聊复尔，百年强半欲何之。”

《得京书》云：“百年未必如炊久，万事真须作梦看。”

《萧山》云：“功名姑付未来劫，诗酒何孤见在身。”

《感秋》云:“世味扫除和蜡尽,生涯零落并锥空。”

《幽居》云:“衰极睡魔殊有力,愁多酒圣欲无功。”

《病起》云:“志士凄凉闲处老,名花零落雨中看。”

《早春池上》云:“一官空作读书祟,五斗不供沽酒资。”

《述怀》云:“大鹏境界纤尘里,旷劫年光掣电中。”

《乞祠久未报》云:“得闲要及身安日,到死应无睡足时。”

《及感愤》云:“出处有心终有愧,圣贤无命亦无成。”

《蜗庐》云:“为生草草僧行脚,到处悠悠客泛槎。”

《自笑》云:“老气醉中犹跌宕,闲身梦里亦逍遥。”

《幽居三首》云:“流年不贷人皆老,造物无私我自穷。”

《幽居三首》又云:“交朋散落欢娱少,忧患侵凌志气衰。”

《览镜》云:“三万里天供醉眼,二千年事入愁歌。”

《寓叹》云:“幻世界中均起灭,太虚空里孰冤亲。”

《闭户》云:“安乐本因无事得,功名长忌有心求。”

《沽埭西酒小酌》云:“从旷劫来俱有死,出青天外始无愁。”

《醉后庄门望西南诸山》云:“百年只是梦长短,一醉且随家有无。”

《早秋》云:“谋身自拙穷无鬼,闭户长闲睡有魔。”

《秋思》云:“未死皆为闲日月,无求尽有醉功夫。”

《老学庵》云:“名誉不如心自肯,文辞终与道相妨。”

《夜坐》云:“风宁可系功名误,日不能黏岁月迁。”

《作梦》云:“骠骑向来求作佛,淮南末路望登迁。世间妄想何穷尽,输与山翁一醉眠。”

《读书》云:“饱食二三千岁事,已为七十四年人。”

《示子聿》云:“外物不移方是学,俗人犹爱未为诗。”

《示友》云:“尚嘲梦颉迟成佛,那计辛毗不作公。”

《昨非》云:“老狐五百生前错,孤鹤三千岁后归。”

《读史》云:“功名多向穷中立,祸患常从巧处生。”

《枕上》云："月色横分窗一半，秋声正在树中间。"

《明日复理梦中意作》云："客从谢事归时散，诗到无人爱处工。"

《寓叹》云："潜消暗换人谁在，小醉闲眠我自奇。"

《初夏闲居》云："功名会上元须福，生死津头正要顽。"

《对酒》云："荣枯一枕春来梦，聚散千山雨后云。"

《溪上》云："看云舒卷了穷达，见月亏盈知死生。"

《山房》云："身游与世相忘地，诗到令人不爱时。"

《闲中偶咏》云："不识狐书那是博，尚分鹤料敢言高。"

《初夏杂兴》云："百年等是一枯冢，四海应无两放翁。"

《对酒作》云："饮酒豪如卷白波，遣愁难似塞黄河。多闻只解为身累，后死空令见事多。"

《酒后快意步至湖塘》云："古人亦自逢时少，吾辈何疑忤俗多。"

《书叹》云："穷居自是长年术，魔境常为定力资。"

《新堤行饭》云："诗酒消磨无事日，功名分付未来身。"

《悲秋》云："四海一身常落魄，十年万事苦差池。"

《舟中戏书》云："英雄到底是痴绝，富贵但能妨醉眠。"

《夏日》云："三千界内人人错，七十年来念念非。"

《村居》云："造物兴闲仍兴健，乡人知老不知年。"

《家风》云："四海交情残梦里，一生心事断编中。"

18. 溪西笔力甚高，作《夹漈听泉记》曰："去溪西遗民夹漈草堂之枕六七步许，有前日不闻，夜闻，深夜犹闻。夜之闻也，作不闻；静闻，静之闻也。有适莫不闻，无适莫闻，故觉莫不闻，而梦或闻。觉与之情，其声之形，梦与之然，其声之天。"此数语可谓奇绝。又言觉与之情，其声之形则曰："经于怪石之巉阻，龟者、盂者、齿者、咽者、室者、堵者、级者、箔者，复于老树根之为龙、为蛇、为人、为禽、为蓄、为指、为股、为矛、为绳、为飞翔跣足之势者。故能去而复来,下而复上,没于此而出于彼,盘而吸,晕而泗,明珠靡靡,玉柱珊珊,千态万状,无所不有。其或滞于轻沙落叶,乍停乍决;或冒于红蕖芳荪,一俯一仰。虽长松萧骚,风雨啾嘈,落叶析戍,空谷噫鸣,莫得而浑互也。"亦极其模写之妙,可与子厚游山水记并观。

19. 正字方先生讳翥字次云,老艾之友也,真千载豪杰之士。其诗雄放如太白,法度如子美。向有集本,今其家微甚,此本不存,莆人无有记其一联者。独后村时相与讽咏之。今取古律绝句,录而传之,庶使同志友朋知有前辈风度。(录诗略)

20. 文字以浑正为美,如范文正《严子陵祠堂记》、濂溪《爱莲说》、伊川《易传叙》、李泰伯《袁州州学记》,此固不可掩者,穆伯长、尹师鲁以古文为倡,在欧曾苏王之先,严洁雅正,而后人不甚传诵者,岂非精神风采有未备乎?二公专慕韩柳终未及之。

21.《荀子·富国》篇云:"墨子之言,昭昭然为天下忧不足。夫不足,非天下之公患也,特墨子之私忧过计也。今是土之生五谷也,人善治之,则亩数盆一岁而再获之;然后瓜桃枣李一本数以盆鼓;然后荤菜百疏以泽量;然后六畜禽兽一切而剸车。鼋鼍鱼鳖鳅鳣以时别一而成群,然后飞鸟凫雁若烟海;然后昆虫万物生间,可以相食养者不可胜数也夫。天地之生万物也,固有余足以食人矣。麻葛茧丝,鸟兽之羽毛也,固有余足以衣人矣。有余不足,非天下之患也,特墨子之私忧过记也。"此段之文可谓奇绝。

22. 刘向作《列女传》,其言某人作某诗者十,与《序》同者二:《载驰》,许穆夫人也;《渭阳》,秦康公也。其小异者二:《行露》无指名,而有申女许嫁于酆,迎不以礼之说;《汝坟》但言行役,而有周南大夫受命平水土之说,此犹可也。乃若大乖异者，则有六焉：《柏舟》，仁人不遇也，而向以为卫宣夫人所作；《芣苢》，妇人乐有子也，而向以为宋女之夫有恶疾，誓不改志，而其母作之；《燕燕》，送归妾也，而向以为慈姑之定姜，送其亡子之妇；《硕人》，美庄姜也，而向以为庄姜有冶容淫心，傅姆作此，以防未然；《式微》则曰傅姆与夫人更相答问；《大车》则曰息国夫人有生离，地上，岂若死并地下之言。此其说与《序》犹冰炭黑白也。至于《二子乘舟》虽以为伋寿，而又不言作诗之由。然则三百篇之诗，虽火于秦，出于汉，而诸儒传之。其说各有互异。使《小序》果出于子夏，自孔门而下果有之，则向在卫宏之前，号为博极群书，不应未之见而又为异论也。况卫宏之学出于毛公，毛公在西都已为河间献王博士，其诗必有传者，何为向亦见之。由此而言，则此《序》非惟不出于子夏，亦未必出于毛公。今人但知有卫宏之《序》，不复考之诸书。故信之而不疑。非溪西、艾轩二先生未有具此眼者也。

23.《行露》之诗，《列女传》以为申女许嫁于酆，酆人迎之不以礼，誓不肯行，故作此。据向，此言《召南》有申国，又有酆国。一国之外，其为国必多，以申酆之见于所传而推其所不及传者，则知二南之诗，诸国之诗也。皆以为为文王而作，可乎？

24.赵次公注杜诗，用功极深。其自序云："余喜本朝孙觉莘老之说，谓杜子美诗无两字无来处。又王直方立之之说，谓不行一万里，不读万卷书，不可看老杜诗。因留功十年注此诗。稍尽其诗，乃知非特两字如此耳，往往一字紧切必有来处，皆从万卷中来。至其思致之妙，体格之多，非惟一时人所不能及，而古人亦有未到焉者。若论其所谓来处，则句中有字、有语、有势、有事，凡四种，两字而下为，三字而上为，语拟似依倚，为事势则或专用，或借用，或直用，或翻用，或用其意不在字语中；于专用之外又有展用，有倒用，有抽摘参合而用，则李善所谓文虽出彼而意殊不以文害也。又至用方言之稳熟、用当日之事实者，又有用事之祖、有用事之孙。何谓祖？其始出者是也；何谓孙？虽事有祖出，而后人有先拈用或用之别，有所祖而变化不同，即为孙矣。杜公诗句皆有焉。世之注解者，谬引旁似，遗落佳处，固多矣。至于只见后人重用重说处，而不知本始，是谓无祖。其所经后人先捻用并已变化而但引祖出，是谓不知末。舍祖而取孙。又至于字语明熟混成如自己出，则杜公所谓水中着盐，不饮不知者。盖言非读书之多，不能知觉，尤世之注解者，弗悟也。"次公所注杜公诗，误者正之，遗者补之，且原其弟，因明其旨趣。与大表出其新意，未见则阙之，以俟博闻。疑则论而弗泥，以俟明识。其间所言来处有四种，与夫专用、借用、直用、翻用，或用其意而不在字语，专用之外又有展用、倒用、拈摘参合而用。凡八个"用"字，观此知公之用心苦矣。惜此板在蜀，兵火之后，今亡矣。予尝及见于杜丞相子大理正家京中书肆，已无有前两行，有男虎录者是。

25. 东坡之文，人皆知敬之，而公之诗犹有妙处。尤长于叙事，即其文法也，且如《黄鹤楼》诗叙其旧闻，曰："黄鹤楼前月满川，抱关老卒饥不眠。夜闻三人笑语言，羽衣著屐响空山。非鬼非人意其仙，石扉三扣声清圆。洞中铿鋐落门关，缥缈入石如飞烟。鸡鸣月落风驭还，迎拜稽首愿执鞭。汝非其人骨腥膻，黄金乞得重莫肩。持归包裹敝席毡，夜穿茅屋光射天。里闾来观已变迁，似石非石铅非铅。或取而有众忿喧，讼归有司今几年。无功暴得喜欲颠，神人戏汝真可怜。愿君为考然不然，此语可信今公传。"此事见于章炳文《搜神秘览》终篇，叙述无一长语。况李公择以此楼求诗，公不咏楼独以凭京当世所传者作一篇如此，其调度自是英杰，岂他人所及哉？

本书部分章节发表一览

[1]《〈老子鬳斋口义〉的老学思想及其解老得失》,《宗教学研究》2020年第1期。

[2]《林希逸解庄中的理学思想》,《老子学刊》2020年第1期。

[3]《南宋艾轩学派文道观及其文化意义》,《文艺理论研究》2019年第5期。

后　　记

本书是在博士论文的基础上修订而成，说是修订，基本框架并未大变，只是在文字表达和篇幅（原稿31万字）上做了较大改动。看别人的学术著作，总是喜欢先浏览目录和后记，尤其是最具个人性的后记，现在也到了要为自己的第一部书稿写后记的时候，而这时距离博士毕业，已过四年。当时做此选题的原因是出于对理学（道学）的好感，这源自读研以来对儒道、佛禅的持续关注。刚就读文艺学硕士研究生时，我喜欢西方文论，阅读了很多西方古典、近现代美学、文论的书，直到读了张祥龙先生的《现象学导论》《海德格尔传》《海德格尔思想与中国天道》等一系列著作，遇见海德格尔和中国古典思想，才彻底改变了我的读书、治学方向。这种跟个人生存密切相关，处于实体化、对象化、逻辑化以前的活泼泼的状态，令我十分震撼，将我从之前知识性追逐的快感中拉回。读那些书，收获的并不仅仅是知识，甚至也不仅仅是思辨能力，更是心性世界的滋润、意义世界的充盈，从此以后，我的重心便转移到中国古代文论、美学上，尤其对儒道佛等安顿心灵的生存智慧产生浓厚兴趣，开始涉猎儒家、道家、佛教著作，细读《周易》《论语》《孟子》《老子》《庄子》，以及《金刚经》《六祖坛经》《维摩诘经》等经典，《黄帝内经》对生命原理和大道的揭示，我也很着迷。此外，我还有幸结识宗教界的学者和修道人士，种种经历与体验，使我对传统智慧生起仰信之心，坚定了中国古典学问的研习之路。

2015年9月，我有幸考入北京师范大学李春青教授门下，攻读古代文论的博士，面试时我曾表示想做佛教与文论方面的研究，李老师点了点头，但又说到此领域难度甚大。入学后，除课业以外，我系统读了禅宗史著作，一年下来，果如李老师所说，此中典籍浩瀚，法义艰深，当时的我，实难在短短三年内有所创获，不得已只好另寻题目。“博一”结束后，由于没有定好选题，我感到非常惶恐和紧迫。那段时间还一度钻研过古代乐论，专门学习古代乐律方面的知识，并结合朱熹的理学思想，写了《〈朱子语类〉中音乐著述的研究》《〈晦庵先生朱文公文集〉乐论研究》《朱熹〈论语〉释论中的音乐美学思想》《朱熹〈琴律说〉的理学阐释》等习作，想在古代理学家乐论中选题，不过，李老师也未完全同意。“博二”上学期，因为搜集乐论资料，了解到南宋理学家林希逸，他有独到的乐论观点，而更为后学乐道的，是他对道家著作《老子》《庄子》《列子》的口语阐释——《三子口义》，我读过后发现还可进一步挖掘，加上研究朱熹乐论时对理学的积累，觉得可将林希逸的著作及其文艺思想作为南宋理学家融合三教，以及普遍文人化的典型个案加以考察，李老师听了我的汇报，这才同意。题目确定后，我集中阅读林希逸的所有著作，开始了博士论文的写作。

2017年一整年，我都沉浸在林希逸思想中，先是逐一研究《庄子口义》《列子口义》《老子口义》，分析林希逸融通三教资源来证明儒与道佛无二的阐释立场和策略，再总结其对“三子”的文章学批评理论，探究他的理学思想、文道观，以及诗学实践等。从学院路嫩叶新绿，到花繁蝉噪，从什刹海秋高气爽，到枯树冰封，那年北京的四季更替，在图书馆里的无言独坐、思维高速运转和指尖的敲打声中悄然走过，写作过程如炼狱般痛苦，好在进展却还顺利，而这段几乎与世隔绝、全身心投入的奋斗经历，是我在北师三年求学中最难忘的记忆。

2017年深冬，论文临近收尾，我既对奋斗即将结束充满期待，又对一年来安静的写作经历依依不舍，在即将告别这年的最后几天时，论文初稿终于全部写出，我打开关闭数月的朋友圈，记录这个历史性的时刻，身心就像卸下沉重包袱，无比轻松。回家放下书包，独自一人从北师骑行到地坛公园，北京的 12 月，朔风烈烈，我却不感到冷，一路畅快轻盈。“博三”上学期结束的寒假，我前往林希逸的家乡福建省福清市渔溪镇实地考察，见到了确认林希逸生卒年的那块重要石碑，以及林希逸讲学的竹溪禅寺。感谢林氏后人林秉衡先生的接待和导览。

论文盲审结果为两票良好，一票优秀，于 2018 年 5 月 25 日举行答辩会并一致通过，获得优秀等级，老师们也指出了一些问题。本书出版之际，向答辩委员会的韩经太老师（答辩主席）、张晶老师、彭亚非老师、王秀臣老师、刘成纪老师表示衷心感谢！特别是刘老师，毕业后一直关心、提携我的学术研究，给我的论文批点，往往长篇大论，切中文弊，还常在微信中向我无保留地指授文章写作以及治学经验，给予我如及门弟子般的厚爱。同门程听师弟、赵子贤师妹、王璐莹师妹曾分别为我校对文稿，查出不少文病，熊超师弟不厌其烦地帮我修改格式，直到上交前符合标准。就职于青岛大学外语学院的石灿师姐，在学业、生活上经常关照我。好友崔文斌博士当时在首都师范大学读美学硕士，写作间隙，常跟他结伴去玉渊潭、香山等地游览，疲惫也就一扫而空，又能投入下一节的准备中去。我的篇章设计、思路想法等，他总是第一个听到，并提出建议。写作博士论文如同跑马拉松，个中艰苦和煎熬，非亲历者不可道，感谢石灿师姐、崔博士在我写作期间的陪伴与支持。此外，就职于海南大学人文传播学院的苏岩师兄、四川大学古代文学博士后车祎师弟、中山大学古代文学博士生冯浩师弟、华南师范大学文艺学硕士生樊子安师弟、兰州大学中国哲学硕士生简静师妹，都为书稿校对、引文检索提供过帮助，戴浴宇先生为本书的编辑付出了不少心血，在此一并致谢。

我的博士指导老师李春青教授，在古代文论、阐释学方面造诣深厚。本人忝列门墙三载，如今又毕业四年，成果寥寥，并不起眼，实在愧对恩师教诲。我联系上李老师时，还在广州华南师范大学读研，并未见过。备考期间，常有疑问请教，李老师总是很快回复邮件，肯定我的思考。面试那天是第一次见到李老师，他把我上下打量，仔细询问笔试情况，紧张的心一下平复。李老师身材魁梧高大，和蔼敦厚，深得儒家圣贤气象，非常关爱我们。每周一次的读书会，老师对每位同门的发言都表示肯定，从不直接批评，总能看到我们的闪光点，支持我们继续思考。对于选题，李老师非常慎重，我的选题，即经过几次变动才确定，开题后的写作，老师也时时关心询问，在思路阻塞时为我解惑，保障了论文的顺利进行。博士毕业后，我回到华师做博士后，李老师也在北师荣休，被华师聘为特聘教授，我跟李老师又在华师延续了三年的师徒缘分。得知我的博士论文获资助要出版，李老师很高兴，并欣然作序，多有溢美，为小书增色不少。感恩李老师这些年的悉心指导！

跨二级学科到古代文学做博士后，向文献学靠近，这与我学术旨趣的调整有关。因为受益于传统智慧，我不愿走纯粹思辨的路子，通过博士论文的写作，我也强烈地感到自己对历史语境、一手文献的陌生，希望以后的研究，能在文献、知识和理论阐释中保持张力，即，既不走向脱离历史语境和一手文献的纯思辨演绎，又不仅限于知识论的文献本位立场，而是在充分尊重文本材料的基础上，作出意义阐释，使文献在理论的照射下焕发思想性、价值性辉光，同时，理论阐释也始终结合着具体的文献和鲜活的历史。这时，恰好得知华南师范大学马茂军教授刚获批“历代古文选本整理及研究”国家社科基金重大项目，他希望不同学科背景的人参与，我也有意学习文献学，因缘和合，得以进入马老师的项目组，开展新的研究，其实相当于重新读一个古代文学的博士。幸运的是，我的这一转向，得到李老师的支持，他嘱咐我多学习古代文学重视文献的研究范式，做好文艺学与文献学的结合。四年来，我一直致力于明代古文选本的研究，对李老师开示的学术路径，心向往之，努力实践。博士期间的理论学习，为我提供了思考古文选本的基本方式，从这一点看，虽然毕业后我没有继续博士论文的研究，它也还十分稚嫩，但对我的影响，是积极而深远的，也是我学术上最初的系统训练，对我个人来说，意义非凡。尽管如此，我还是期待着各位专家、同行和读者对本书的批评和建议。

2021 年 9 月底，我从华师博士后出站，10 月入职海南师范大学文学院，喜逢学院中国语言文学获批海南省第五轮 A 类重点学科立项建设，可资助出版博士论文，拙文有幸入选，感谢学院对青年教师的支持，这是一个团结、和谐、温暖的工作集体。前几天，女儿刚刚出生，她每天都嘟着小嘴吃奶，吃完静静地睡觉，小手手紧紧握住，或睁开眼睛，感受周围世界的新鲜，一切都好可爱。这些天，爷爷奶奶、外公外婆、爸爸妈妈无时不关心，陪伴着她，饿了就吃，吃了就睡，无忧无虑，本真自在，我笑称，这真是令人羡慕的神仙生活。她“生而神灵”（《黄帝内经》）的生命，令我好奇。从 2008 年离开贵州到广州读大学，再赴北京读博，毕业后又回到母校华南师范大学做博士后，求学的十数年，光阴匆匆，自己竟已过“而立”两年，如今又多了父亲的身份，人生遂步入下一站光景，对生命、时间、生活的理解，都较二十来岁时更有进境。我将我的第一部书，作为礼物献给全新的小生命吧，接下来的时光，我们一起成长。

2022 年 6 月 25 日